AF177958

KARIN MÜLLER arbeitete nach dem Studium und einer journalistischen Ausbildung beim Hörfunk jahrelang als Redakteurin. Obwohl sie die schottische Landschaft, die Serie *Outlander* und die Gastfreundlichkeit der Schotten liebt, ist sie kein Fan von Busreisen. Ausprobiert hat sie es natürlich trotzdem und schrieb danach ihr wunderbares Romandebüt *Ein Schotte kommt selten allein*. Die Autorin lebt mit ihrer Familie bei Hannover.

Besuchen Sie uns auf www.penguin-verlag.de und Facebook.

KARIN MÜLLER

Ein Schotte kommt selten allein

ROMAN

 PENGUIN VERLAG

Sollte diese Publikation Links auf Webseiten Dritter enthalten,
so übernehmen wir für deren Inhalte keine Haftung,
da wir uns diese nicht zu eigen machen, sondern lediglich
auf deren Stand zum Zeitpunkt der Erstveröffentlichung verweisen.

Penguin Random House Verlagsgruppe FSC® N001967

3. Auflage
Copyright © 2020 by Penguin Verlag, München,
in der Penguin Random House Verlagsgruppe GmbH,
Neumarkter Straße 28, 81673 München
Dieses Werk wurde vermittelt durch Agentur Brauer
(zuständige Agentin: Ulrike Schuldes).
Umschlag: Favoritbüro
Umschlagmotiv: © Shutterstock / Potapov Alexander,
Shutterstock / Matthew Dixon, Shutterstock / Binh Thanh Bui,
Shutterstock / AVN Photo Lab, Shutterstock / Oathz,
Shutterstock / Simic Vojislav, Shutterstock / mubus7,
Shutterstock / Nail Bikbaev, Shutterstock / Nicole Kwiatkowski,
Shutterstock / attilio pregnolato, Shutterstock / Chrislofotos,
Shutterstock / Morfon Media
Redaktion: Angela Kuepper
Satz: GGP Media GmbH, Pößneck
Druck und Bindung: GGP Media GmbH, Pößneck
Printed in Germany
ISBN 978-3-328-10453-7
www.penguin-verlag.de

Dieses Buch ist auch als E-Book erhältlich.

1

Katzenjammer und Katerstimmung

Mit einem Knall ziehe ich die Autotür hinter mir zu und schreie los. Es ist mir schnurzkackpiepegal, ob mich irgendjemand hört, während ich mit ausgeschaltetem Motor im Parkhaus stehe.

Ich hatte einen wirklich miesen Tag, und jetzt sehe ich auch noch, dass mein schickes Kostüm vorhin Wasserflecken auf die Polster des Fahrersitzes gestempelt hat. Nie wieder werde ich einen Wagen leasen, was für eine stumpfsinnige Idee! Dieses Gefühl, bloß nichts schmutzig zu machen und keinen Kratzer mitnehmen zu dürfen, bringt mich noch um.

Ich greife hinter die Sonnenblende, ziehe einen Schokoriegel aus der Schachtel mit meinem Geheimvorrat und schiebe ihn mir komplett in den Mund. Sofort geht es mir besser, und ich atme auf. *Ganz ruhig, Janne. Ein Auto ist ein Gebrauchsgegenstand, und es gibt mehr im Leben, als …* Stimmt. Jetzt ist Feierabend, und alle können mich mal!

Dieser Arbeitstag hatte es wirklich in sich. Auf dem Rückweg vom Außentermin heute Mittag geriet ich in einen Wolkenbruch, daher das nasse Kostüm. Zurück in der Redaktion schnauzte mich der Ressortleiter an, weil mein Text über die Ortsratssitzung vom Vorabend dreizehn Zeilen zu kurz für sein verändertes Layout war. Also setzte ich mich dran und schrieb etwas dazu. Eine halbe Stunde später kriegte ich gleich noch einmal die volle Ladung seiner sanguinischen Persönlichkeit zu spüren, weil ich (seinetwegen!) zu spät in die Konferenz kam. Mir klingeln immer noch die Ohren.

Zu guter Letzt hat der Chef vom Dienst meinen ganzen Artikel in die nächste Ausgabe geschoben, weil der dynamische Kollege aus der Unterhaltungsredaktion unseren Bürgermeister beim Tennisspielen mit einer B-Prominenten ertappt hatte. So was hat natürlich Vorrang vor vierundzwanzig Paar neuen Gummistiefeln für die freiwillige Feuerwehr! Ich sehe das alles ein, aber dass unser aalglatter Starreporter dann auch noch die Dreistigkeit besaß, mir zum Trost *vierzig* Zeilen Platz für einen *Einspalter* auf seiner Seite anzubieten – das war das Sahnehäubchen auf meiner nicht vorhandenen Torte.

Vierzig. Vier! Null! Nachdem ich bereits sechsundachtzig Zeilen ausgeschwitzt hatte!

Über Gummistiefel!

An meinem Geburtstag!

Meinem *vierzigsten!*

Vier! Null!

Und in der Kantine war der Nachtisch alle.

Ich schnippe das Alupapierchen in den frisch gesaugten Fußraum meines Autos und gönne mir noch einen Schokoriegel. Dann stecke ich kauend den Schlüssel ins Schloss und funkele mein vierzigjähriges Gesicht im Rückspiegel an. Meine schulterlangen Haare sehen aus, wie kraftlose dunkelblonde Schnittlauchlocken nun einmal aussehen, wenn sie in der zugigen Heizungsluft eines Großraumbüros getrocknet sind: strähnig, glatt und platt. Meine Wimperntusche ist verlaufen, und darunter sehe ich aus wie ein Pandabär.

Es ist so typisch, dass mich niemand darauf aufmerksam gemacht hat. Nicht mal die Redaktionsassistentin, als ich ihr die Fahrtkostenaufstellung brachte. Dabei heißt es doch immer, dass Frauen zusammenhalten. *Humbug.*

Ich schiebe mir die Brille auf den Scheitel, streiche mit dem Zeigefinger unter meinen Lidern entlang und wische wie immer die schwarze Farbe an meinem Bein ab.

»Shit!«, rutscht es mir noch in der Bewegung heraus. Ich habe heute ja gar nicht die dunklen Jeans an, sondern diesen sündhaft teuren cremefarbenen Rock, wegen des Interviews mit dem Vorstandsvorsitzenden der Bank, das für die Samstagsausgabe geplant ist. Dass er eine ordentliche Spende für den Tierschutzverein lockergemacht hat, interessiert unsere Leser — mehr als Gummistiefel, aber nicht so sehr wie das, was der Bürgermeister und die B-Prominente noch so spielen außer Tennis.

Ich hasse diesen Job.

Ich hasse diesen Tag.

Ich hasse mein Leben.

Nein. Stopp. Das stimmt ja überhaupt nicht. Ich mag mein Leben. Sehr sogar.

Ich liebe meine Unabhängigkeit, und ich entdecke immer neue Vorteile am Singledasein. Heute an meinem Geburtstag ganz besonders. Ich lasse mich nicht länger verbiegen. Wenn ich Schokolade will, dann nehme ich sie mir! Apropos, ein Riegel geht noch, über die Wasserflecke kommen morgen wieder die karierten Schonbezüge, und das blöde Kostüm muss sowieso in die Reinigung. Außerdem kneift es am Bauch.

Ich mache mir nicht viel aus Äußerlichkeiten, und wenn mich erst mal ein Headhunter für ein großes Reisemagazin oder eine angesagte Kinozeitschrift abgeworben hat, dann werde ich sowieso überwiegend im Homeoffice arbeiten und nur noch bequeme, schräge Klamotten tragen. Das wird dann mein Markenzeichen.

Seufzend öffne ich den Reißverschluss, atme befreit aus, setze die Brille wieder auf und starte den Motor. Viel besser!

Vielleicht packe ich das Kostüm auch in die Altkleidersammlung. Das unbequeme Ding habe ich ohnehin nur deshalb gekauft, weil es mein Ex so sexy an mir fand. Es wird höchste Zeit, mich und mein eigenes Leben wiederzufinden, meine Träume zu leben! Schottland zum Beispiel: Eines Tages werde ich mit dem Rucksack durch die Highlands trampen, meinen Prince Charming an der Seite, der mich auch in Jogginghosen liebt, und mit ihm die stille Einsamkeit der Berge, die grandiose Natur, Sonnenuntergänge und Whisky genießen. Und guten Sex in einem romantischen Bed & Breakfast haben. Guter Sex ist nämlich schon ein Weilchen her, aber jedes Mal, wenn mich meine Schwester Imme oder eine meiner Freundinnen übers Internet verkuppeln wollen, mündet das in einem Fiasko.

Das letzte Fiasko hieß Holger und hat mich in eine Identitätskrise gestürzt.

Ich will jetzt nicht daran denken, heute nicht. Ich will einfach nur aufs Sofa und diesen Tag mithilfe von Netflix-Serien und einem Schälchen Tiramisu verdrängen. Einem *großen* Schälchen Tiramisu. Das schwöre ich mir im Angesicht der Wasserränder auf den Polstern.

Versöhnlich lege ich den Arm um die Nachbarlehne und mache mich fahrbereit. Mein Blick schweift über den Beifahrersitz. Da entdecke ich auch welche ... Wasserränder – von meiner Messengertasche. Moment mal, hat die etwa abgefärbt? Ich beuge mich hinüber und rubbele mit dem Zeigefinger über den grauen Schatten. Natürlich hat die abgefärbt! So kriege ich den Wagen niemals ohne Nachzahlung los!

»Kacke!«, brülle ich aus voller Kehle und atme dann tief durch Nase und Mund aus, so wie ich es im Volkshochschulkurs *Burnout-Prävention durch Stressabbau und Entspannungstraining* gelernt habe. Einatmen ... ausatmen. Etwas gemäßigter knurre ich noch mal »Kacke«, bevor ich den Rückwärtsgang einlege. Vielleicht hat meine Freundin Mareike ja recht, und ich brauche wirklich ganz dringend Urlaub. Mareike, die gute Seele! Vorgestern habe ich sie und ihren Freund unter Androhung drastischer Maßnahmen ins Kino und zum Essen geschickt. Die beiden sind frischgebackene Eltern, haben seit Monaten keine Zeit mehr allein zu zweit verbracht, und Klein Elsa hat gerade ständig Blähungen. Mit Kindern kann ich prima, eine meiner leichtesten Übungen. Die beiden haben mir das abgekauft. Sie müssen ja nicht wissen, dass ich drei Stunden wie eine Irre durch den Park gejoggt bin, weil das Gerumpel das Einzige war, was Elsa beruhigt hat. Immerhin kann ich die Nächte durchschlafen. Ich schiele noch einmal auf meinen ruinierten Sitz. Mareike würde die Polsterflecken vor lauter Babystress nicht mal sehen.

Ach, was soll's.

Zufrieden nicke ich meinem Pandabären-Ich im Rückspiegel zu. Seit diesem Psychokurs bin ich viel ruhiger geworden. Es wird Zeit, mein Leben wieder zu genießen. Nur weil man zum wiederholten Mal unverhofft Single wurde, muss man nicht allein für die Arbeit leben. Und schon gar nicht für Zeilenschlachten um Feuerwehrgummistiefel und Ortsratssitzungen. Filmkritiken, Autorenporträts oder Reiseberichte hingegen – das wäre etwas anderes! Aber das wird kommen, nicht aufgeben, Janne!

Von roter Ampel zu roter Ampel plane ich auf dem Nachhauseweg alles richtig schön durch: Badewanne, Tiramisu und dann mit George und Lucas aufs Sofa, mir die Seele und den Bauch von meinen beiden schnurrenden Samtpfötchen massieren lassen.

Während ich im Zeitlupentempo die Treppen von der Tiefgarage hinauf ins Erdgeschoss bezwinge – ich habe immer noch Muskelkater vom Babysitten, stelle ich grinsend fest –, gehe ich im Geist meine Watchlist durch. Wahrscheinlich wird es mal wieder auf ein paar meiner Lieblingsfolgen *Outlander* oder *Big Bang Theory* hinauslaufen. Ich liebe Serien. Und Filme. Und Bücher. Damit kenne ich mich aus, das ist meine Berufung. Ich bin ein romantischer Filmnerd. Sobald Mareike aus der Elternzeit zurück ist, wechsele ich sofort wieder in meine geliebte Kulturredaktion. Nur ihr zuliebe bin ich im Lokalen eingesprungen. Ich kann nicht verstehen, wie man freiwillig sein Leben lang Jahreshauptversammlungen von Schützenvereinen, Feuerwehren und neunzigste Geburtstage besucht.

Stöhnend schiebe ich die schwere Brandschutztür zum Hausflur auf und lege einen Zwischenstopp am Briefkasten ein. *Wieso bekommst du Werbung für einen Treppenlift, Janne?* Dann sind da noch zwei Rechnungen und vier Glückwunschkarten mit der furchtbaren Vierzig vorne drauf. Spontan erhöhe ich meine geplante Tiramisu-Ration auf die ganze verdammte Packung.

Ich will nur noch raus aus dem faltenreich an mir getrockneten Kostüm, rein in meine Schlabberhose und das Lieblingsgammelshirt und den Abend mit Katzen und Kalorienbomben genießen. Summend stecke ich den Schlüssel ins Schloss – und dann kippe ich fast hintenüber.

»Überraschung!!!«

2

Ein Freund, ein guter Freund …

Zehn Minuten später sitze ich eingequetscht zwischen meinen Lieblingsmenschen, Luftballons und Papierschlangen, mit zusammengepressten Knien und hängenden Schultern auf meinem Lieblingssofa. Dafür, dass ich allein sein wollte, ist es ganz schön eng hier.

Imme hat wirklich alle zusammengetrommelt. Alle außer Susa. Die Glückliche liegt mit Grippe und vierzig Grad Fieber im Bett, und ich würde auf der Stelle mit ihr tauschen. Meine Freundinnen sehen mich an und erwarten, dass ich mich freue. Und das tue ich natürlich auch. Ehrlich! Aber ich bin noch immer in diesen Klamotten gefangen. Ich konnte gerade noch den blöden Reißverschluss wieder hochziehen. Nicht mal ein klitzekleines Löffelchen Tiramisu konnte ich mir stibitzen. Aus meinem eigenen Kühlschrank!

»Ach, Süße, sag mal, weinst du etwa?« Imme steht vor mir, beugt sich gerührt zu mir herunter und hält mir ein Sektglas hin.

»Deine Augen sind ganz rot«, bestätigt Mareike, die

neben mir sitzt und ein zerknittertes Taschentuch zückt, um mir damit den Augenwinkel zu betupfen. Fehlt nur noch, dass sie reinspuckt wie bei Klein Elsa.

»Nein«, widerspreche ich heiser. Meine Augen brennen verdächtig. Aber die Ursache dafür ist nicht meine Rührung über diese Überraschungsparty zu meinem Vierzigsten, nicht einmal die Erschöpfung nach vierzehn, teils sehr nassen Stunden im Job. Ich fühle mich gerade einfach nur komplett überfordert von so viel … Liebe.

Sieben Augenpaare kleben an mir: die energischen meiner künstlerisch hochbegabten Freundin Dana, die leicht glasigen von Merle, meiner immer gut gelaunten Haustierärztin. Die grünen Augen gehören meiner Ex-Kollegin Saida, dem Technik-All-Star mit dem beneidenswert sportlichen Traumbody. Mareikes braune Augen mustern mich jungmütterlich müde und besorgt. Marie fixiert mich nachbarschaftlich liebevoll in Eisblau. Die Luchsaugen mit den Falten drum herum gehören der Hundebesitzerin Leonie, die meine Filmleidenschaft und mein Faible für funktionsorientierte Klamotten teilt. Und dann sind da noch die stark geschminkten Augen mit Rändern darunter, die noch dunkler sind als die von Mareike – die gehören Imme. *Moment mal, Schwesterchen, hast du dich schon wieder mit diesem verheirateten Typen getroffen?* Inquisitorisch scanne ich ihr sommersprossiges Gesicht. Imme bläht nur kurz die Nasenflügel und trötet gut gelaunt in eine dieser aufgerollten Papierpfeifen, die einem eine lange Nase machen und dabei klingen wie ein Alleinunterhalter auf Klebstoff.

Ich hebe mahnend die Augenbrauen, aber sie weicht

meinem Blick einfach aus und wühlt so konzentriert in der Schale mit den Kartoffelchips, als ob auf deren Grund ein Diamant versteckt wäre. Imme ist definitiv die Leichtlebigere von uns beiden. Ich vermute, dass sie das mit ihrem notorischen Putzfimmel zu kompensieren versucht. Oder andersherum. Bevor sie meine gerahmten Landschaftsfotos und Schnappschüsse auf dem antiken Büffett mit Girlanden umrankt hat, hat sie erst mal überall Staub gewischt – darauf wette ich. Sie hasst meine Flohmarkteinrichtung. Ihre Wohnung sieht aus wie am Einzugstag, und zwar, bevor die Kartons mit der persönlichen Habe ausgepackt wurden. Bei mir wirkt es genau umgekehrt – wobei ich nicht besonders viel besitze, auch weil meine Ex-Freunde bei ihrem jeweiligen Auszug schleichend mein Inventar verschlankt haben. Imme hätte das längst hochwertig ersetzt, ich bummele lieber über einen Trödelmarkt, wenn ich etwas brauche, oder improvisiere. Mein Blick streift das ein oder andere in Umlauf befindliche Sektglas. Alle sind verschieden, und eins ist – oh – das Saftglas mit dem Pinguin. Wo hat sie das denn gefunden?

Eigentlich haben Imme und ich nur die dunkelblauen Augen und die schlanke Figur gemeinsam. Wir können futtern wie die Scheunendrescher und nehmen nie ein Gramm zu, leider auch nicht an den richtigen Stellen. Imme behauptet, ich hätte einen pathologischen Hang zum Grübeln, zu bildhaften Fantasien, Gedankensprüngen und Übertreibungen. Aber das brauche ich alles für meinen Job. Umgekehrt hätte Imme ohne mich wahrscheinlich schon vierzehn uneheliche Kinder und dazu fünf Hunde aus dem Tierschutz. Mit anderen Worten:

Wir ergänzen uns prima und wissen, was wir aneinander haben.

Na warte!, funkele ich sie an. *Wir sprechen uns noch!* Jetzt gerade geht es allerdings schlecht, und das weiß sie genau.

Saida, Dana, Mareike und Leonie hat Imme mit ihrem Zweitschlüssel hereingeschleust. Marie hat einen eigenen Schlüssel. Als Nachbarinnen sind wir bestens vertraut mit den Gießgewohnheiten und der Post der anderen. Wir helfen einander, leihen uns gegenseitig Gläser, Eier und ein Ohr. Und in gemeinsamen Singlezeiten kochen wir mindestens dreimal wöchentlich zusammen. Meist kaufe ich ein, weil Marie chronisch klamm ist. Dafür putzt sie heimlich meine Fenster oder staubsaugt und glaubt, ich merke das nicht.

Merle, die Perle, trinkt aus dem zweiten Pinguinglas. Sie hat einen Riesentopf veganes Curry mitgebracht. Aber das ist für später, hat Imme bestimmt. Erst soll ich mein Geschenk auspacken. Und da wären wir also, genau jetzt, in diesem Moment, in dem ich in aufsteigender Verzweiflung versuche, mich in Luft aufzulösen. Zu viele Menschen auf zu engem Raum schauen mir zu und verströmen einen Erwartungsdruck, der noch dichter ist als ihre kumulierte Parfümwolke. Ich bin gefangen in den Tiefen meines durchgesessenen Lieblingssofas, und auch das Patchworkkissen vor meinem Bauch schützt mich nicht annähernd vor alldem.

Man könnte eine Katze atmen hören, so still ist es, als ich das überdimensionale Kuvert öffne, einen Blick auf die Karte werfe und verzweifelt versuche, cool zu bleiben. Ich habe ein ganz mieses Gefühl. Du hast da was falsch verstanden, Janne. Es ist bestimmt nicht das, wonach es aussieht. Oder es ist ein Scherz. Es *muss* ein Scherz sein!

Zunehmend verzweifelt drehe ich diesen riesigen, wattierten Umschlag in den Händen. Darauf prangt eine Vierzig. Vier. Null. Gibt es denn keine anderen Zahlen mehr auf dieser Welt? Anscheinend nicht. Damit ich mein stolzes Alter auch bloß nicht vergesse, hat Imme meine komplette Wohnung damit zugebastelt. Auf Luftschlangen, Ballons, Servietten, Untersetzern, der Torte, selbst auf dem Toilettenpapier schreit mich meine persönliche Schreckenszahl an. Aber das sind alles Nebenkriegsschauplätze.

Mein Problem ist dieses *wirklich wahnsinnige Geschenk!*

Mir ist schlecht. Ich sehe die Bilder auf der aufwendig gestalteten Karte, betrachte die Buchstaben, setze das alles im Kopf zu einer unmissverständlichen Botschaft zusammen – und möchte dringender denn je auf einen anderen Planeten.

Imme ignoriert meinen flatternden Augenaufschlag, und zwar sehr genüsslich, wie ich finde. Sie legt die Kindertröte beiseite, um sich eine Handvoll Kartoffelchips in den Mund zu schieben.

»Jetzt sag doch was!«, fordert sie mit vollem Mund.

Es dauert einen Moment, bis ich begreife. *Ach, verdammt. Die warten immer noch alle.*

Sieben Augenpaare sind nach wie vor auf mich gerichtet, die Lippen dicht über den Sektgläsern, aber niemand trinkt.

»Das ist nicht euer Ernst, oder?«, piepse ich.

Doch, ist es.

Die dazugehörigen Köpfe nicken.

»Wow!«, presse ich heraus und lächle nervös. »Ja, also ...
das ist äh ... Hammer!«

Ich lasse meine Hand mit dem geöffneten Umschlag
sinken und flüchte mich noch einmal ins intensive Studium
der Geburtstagskarte mit dem selbst gebastelten Gutschein. Meine Freundin Dana ist Grafikdesignerin. Wir
haben uns in der Redaktion kennengelernt, bevor sie sich
selbstständig gemacht hat. Ihre Bastelleidenschaft ist legendär, und mit der Karte hat sie sich selbst übertroffen.
Im aufgeklappten Zustand poppt eine hügelige Landschaft
auf. Wie die Kulisse vom Schlaraffenland wird sie durchzogen von Schienen, Straßen und einem See. Nicht eins,
sondern gleich drei Springteufelchen federn mir entgegen:
eine Dampflokomotive, ein Seeungeheuer und ein Reisebus. Und alle drei lachen zuckersüß buntstiftig.

Sie haben sich so viel Mühe gemacht. Verreisen soll ich.
Nach Schottland, Nessie finden und sogar den berühmten
Harry-Potter-Zug sehen. Das wäre eigentlich verlockend.
Aber dieser Reisebus macht mir Angst. Vielleicht gibt es
eine ganz harmlose Erklärung, und sie wollen einfach nur
alle mitkommen? Dann passen wir natürlich nicht in ein
Auto, aber ... Nein, ich fürchte, das ist es nicht: Saida hasst
Wind und Kälte, Imme hat eine Outdoor-Allergie, und
Mareike würde weder mit noch ohne Klein Elsa in einen
Flieger steigen. Ich ahne Schreckliches. Da stehen außer-
dem Worte in blau-weißer Schönschrift, und auf die
Rückseite ist ein Flyer geklebt, aber ich will und will es
nicht wahrhaben.

Ich nehme die Brille ab und fange an, die Gläser mit einem Zipfel meiner Bluse zu putzen. Das tue ich immer, wenn ich nervös bin. Oder mir Zeit verschaffen muss, um nachzudenken. Ich habe eine schnelle Auffassungsgabe und kein Pokerface, und ich ringe panisch um Fassung. Ja. Ich will seit Jahren unbedingt nach Schottland. Das ist mein Traum, und natürlich wissen sie das. Aber doch nicht im Schleuderprogramm einer Vollbespaßungszwangsanimationspauschaltour!

In den unendlichen Nanosekunden, bis mein Blick sich wieder heben muss, bastele ich selige Überraschung in den Faltenwurf meiner Mimik. Zumindest hoffe ich, dass es so rüberkommt. Vielleicht noch ein entwaffnend nervöses Lächeln dazu? *Tu so, als ob, Janne! Du kannst das! Sie haben sich so angestrengt, und billig war dieses Geschenk ganz sicher nicht!* Nee, ganz und gar nicht, irre teuer war das. *Irre! Sind! Die!*

»Yay!«, presse ich heraus, setze mir die Brille wieder auf die Nase und lächle tapfer. Der Knoten in meinen Stimmbändern ist echt. Wieso, um Himmels willen, eine *Pauschalreise?* Per *Bus!* Und auch noch komplett durchorganisiert? Ich mag keine fremden Menschen! Mir ist es Therapie genug, wenn ich mich beruflich mit den seltsamsten Vertretern des Homo sapiens auseinandersetze. Und was sind das überhaupt für Leute, die so was buchen, eine Busrundreise? Mir fallen nur Nerds und Ruheständler ein. Werden da Rheumadecken mit Schottenkaros verkauft? Oder Kaffeemaschinen? Unsere Eltern haben so was vielleicht gemacht – aber ich doch nicht! Ich meine, ich bin vierzig geworden, nicht achtzig! Warum schicken sie mich nicht gleich auf eine Moselkreuzfahrt mit Dosen-wurstverkauf?

Alle quasseln gleichzeitig durcheinander. Schon schlie-ßen sich Arme um mich. Siebenmal hintereinander quet-schen sie die Luft aus mir wie aus einem alten Akkordeon. Und alle sind glücklich. Alle außer mir. Aber das dürfen sie nie erfahren. Nie!

»Oh, Gott, ich hab schon befürchtet, es wäre *too much*.«

»Das wird super!«

»Ich bin so neidisch!«

»Mach dir bloß keine Sorgen um Lucas und George. Wir kümmern uns um die beiden!«

Zum Beweis streckt sich Leonie, zieht Lucas mit beiden Händen von seinem heiligen Schlafplatz auf dem Kratz-baum und drückt die Nase in sein Fell.

Ich höre ein untertouriges Protestmurren und beobachte hilflos, wie mein stattlicher Tiger die Krallen ausfährt. Leonie und Susa habe ich beim Joggen kennengelernt, die beiden sind Hundefrauen. Sie haben keine Ahnung, wie Katzen ticken. Ich bin noch immer in der siebten Umar-mung gefangen. Dabei müsste ich jetzt dringend einschrei-ten. Aber kurz bevor Lucas die Klauen in Leonies Haare schlagen kann, setzt die Ahnungslose ihn auf dem Teppich neben seinem Bruder ab. Prompt bekommt George Lucas' Unmut zu spüren. Fauchend und raufend verschwindet das ineinander verhakte Katzenknäuel in der Küche.

Man sagt ja, dass Tiere ihre Menschen spiegeln. Nun, ich gestehe: Zumindest ein kleiner, unerzogener Teil in mir würde jetzt sehr gern die Krallen in meine jüngere Schwester schlagen.

Irgendetwas klirrt und lenkt mich ab. Was haben die beiden Berserker jetzt schon wieder vom Tresen geschubst? Nicht das gute Curry, oder? Als ich mein Sektglas abstelle und aufspringen will, um nachzusehen, zieht mich Leonie aufs Sofa zurück. Imme schenkt mir eilig nach.

»Hiergeblieben!«

Mir ist jetzt schon ganz schön duselig. Aber vielleicht ist das in dieser Situation gar nicht schlecht.

»Wir haben beschlossen, dass *du* jetzt mal dran bist, Schätzchen – und wir sorgen für die Kätzchen. Haha! Das reimt sich! Also hoch die Tassen! Man wird nur einmal vierzig!« Marie strahlt.

Die hat leicht reden! Sie hat das Drama ja auch erst in drei Jahren vor sich.

In der Küche scheppert es noch einmal. Ich sehe George aus der Tür schießen, Lucas rast hinterher. Beide verschwinden durch die Katzenklappe. Ich ziehe den Kopf ein. Meine Gedanken fliegen mit den sich jagenden Tieren nach draußen. *Bitte nicht meine Tomaten abknicken!,* flehe ich im Geist. *Sie haben doch im letzten Gewitter schon so gelitten.*

Entsetzt höre ich meinen eigenen Gedanken zu und stelle fest, dass ich womöglich tatsächlich spießig werde. O Himmel! Meine Freundinnen haben recht. Ich muss wirklich mal raus … Im letzten Jahr ist ganz schön viel auf mich eingeprasselt. Erst die Versetzung auf Zeit ins Lokale, dann die Trennung von Holger, der Rosenkrieg um unsere Blu-Ray-Sammlung, Mareike wurde Mama, Susa musste mit Burnout zur Reha, Saidas bester Freund starb bei einem Autounfall … Gefühlt bin ich von Freundin zu

Freundin gefahren und habe getröstet, abgelenkt, baby-gesittet, Kinder gefüttert, Popos abgewischt – und dann kam noch die Zahn-OP von Lucas obendrauf. Oh, wie der arme Kerl herumgetorkelt ist, nachdem er aus der Narkose erwachte …

Dana schiebt sich augenzwinkernd in mein verschwommenes Blickfeld. »Die Karte ist wirklich zauberhaft«, lobe ich schachmatt gesetzt und sehe zu ihr auf. »Wessen Idee war das denn?«

Sie zeigt strahlend in die Runde. »Wir alle waren das. Wir haben zusammengelegt. Es sollte etwas ganz Besonderes für dich sein!«

»Du hast das wirklich verdient!«, ergänzt Marie. »Wir wissen doch, wie sehr du Schottland liebst – und Filme!«

»Eine Buspauschalreise mit Vollprogramm für Kinofans. Für dich allein!«, haut Imme noch mal brutal in dieselbe Kerbe. »Du musst dich um überhaupt nichts kümmern, es ist alles inklusive und bis ins Detail durchorganisiert – und der Veranstalter sagt, es wird eine ganz kleine Gruppe. Oh, ich bin so aufgeregt, als ob ich selbst fahren dürfte!«

»Du musst uns jeden Tag schreiben, was du erlebst!«, ruft Leonie.

»Das ist *die* Idee! Saida, kannst du ihr nicht einen Reiseblog bauen?« Dana sieht mit rosigen Wangen zu meiner Ex-Kollegin hinüber.

»Klar«, sagt die auch noch und ignoriert meinen abwehrenden Blick. »Das ist ganz einfach. Wartet, ich mach das mal eben. Gibst du mir kurz dein Handy?«

»Ich, äh …«

Niemand hört auf mich. Mein Smartphone wird enteignet und weitergereicht, und Saida zieht sich damit an den Esstisch zurück.

»Ich habe noch einen Adapter für Großbritannien. Den brauchst du bestimmt.« Mein Kopf fliegt zurück zu Imme, deren Augen vor Tatendrang sprühen. »Soll ich dir packen helfen?«

»Wieso? Wann geht's denn los?«, frage ich alarmiert.

»In zehn Tagen!«, ruft Leonie und hüpft auf dem altersschwach knarzenden Sofa auf und ab. »Dein Urlaubsantrag ist bereits genehmigt. Das hat Mareike organisiert.« Sie nickt stolz.

»Oh«, rutscht es mir heraus. Meine letzte Hoffnung schwindet. Der Sekt in meinem Kelch schwappt gefährlich. Ich stürze ihn in mich hinein und halte Imme das Glas zum Nachfüllen hin.

Ich bin verloren. Ich werde sterben. Die Katzen werden sterben. Die Blumen werden vertrocknen. Die Tomaten … Ich …

»So, jetzt lasst uns noch mal anstoßen!«, fordert Imme, nachdem sie allen nachgeschenkt hat. »Auf dich!«

Muss ich jetzt wirklich auf eine Buspauschaltour? Ich blicke in lauter strahlende Gesichter. Meins glüht ein bisschen, genau wie meine Füße, ich habe ein flaues Gefühl im Magen, und mein Herz wummert so schnell, dass mir schwindelig wird. Sie sind schon toll, meine Freundinnen, auch wenn sie mich in den sicheren Tod treiben.

»So, fertig. Da ist es. Guckst du?!« Saida reicht mir mein Handy. »Ich hab dir einen Titel angelegt, passwortgeschützt. Aber das kannst du natürlich alles ändern.«

Ich werfe einen Blick auf mein Handy.

Jannes Reiseblog
Datum: 5. September, 19.43 Uhr
Ort: Jannes Lieblingscouch, überfülltes Wohnzimmer, zu
Hause

Hier fängt dein Abenteuer an. Mit einem Wahnsinnsge-
schenk und einer mordsmäßigen Überraschungsparty!
Damit du dein altes Ich wiederfindest, musst du ganz dringend raus hier, und zwar ohne uns. Wir lieben dich, Janne!

Darunter ist ein Foto von der geöffneten Geburtstagskarte
mit dem Gutschein und meinem verdutzten Gesicht zu
sehen. Natürlich wieder mit verlaufener Schminke. Warum erzählt mir das nie jemand?

»Mädels, da habt ihr mir wirklich ein Mords-Ei gelegt«,
sage ich aus vollem Herzen und mit einem dicken Kloß im
Hals. Plötzlich habe ich Whisky im Sektglas – und in mir
das Wissen, dass auch der andere Kelch, der mit der Reise,
nicht an mir vorübergehen wird. Vierzig.

Schottland.

Allein.

Auweia.

»Tja dann, prost, alle zusammen!« Wir stoßen an. Die
Gläser klirren. Der Whisky brennt sich seinen Weg bis in
meine Zehenspitzen.

Marie legt mir die Hand aufs Knie. »Freust du dich,
Janne? Du freust dich doch, oder?«

Ich ringe mir ein tapferes Nicken ab. »Ja, klar ... riesig ... Ich wollte schon immer mal nach Schottland, das
wisst ihr ja ...« Bis hierhin ist das noch nicht einmal ge-

logen. Ein Glück, dass die anderen nicht hören können, was ich denke. Meine innere Stimme kreischt den Satz in stummer Hysterie zu Ende: *Aber doch nicht auf eine Rundreise! Mit lauter Rheumadeckenkäufern oder Bekloppten! Oder schlimmer noch: Mit total bekloppten Rheumadeckenkäufern!*

3

Karosessel und andere Schreckmomente

Zehn Tage später

Anscheinend sehe ich aus, wie eine Gruppenreisende aussehen muss. Denn während ich den Zoll hinter mir lasse und in der Ankunftshalle kurz stehen bleibe, um meine Papiere zu sortieren, bin ich bereits identifiziert. Der Reiseleiter ist ein übergewichtiger, fröhlicher Fünfziger, Typ Fossiliensammler. Er winkt mir mit einem blaugesichtigen Funko-Pop-Puppenmaskottchen zu. Der übergroße, wild bemalte Plastikkopf mit dem Mini-Vinylkörper sticht mir ins Auge, noch bevor ich das Pappschild vor der Brust seines Besitzers entziffern kann.

»Brave Hart Tours?!«, schmettert er mir gut gelaunt und ein klein wenig kurzatmig entgegen. Es klingt nicht wie eine Frage, sondern wie eine Feststellung. Oder eine Urteilsverkündung. Dabei komme ich mir vor wie mein getigerter Mopskater George, wenn ich ihn zum Krallenschneiden zwischen meine Oberschenkel klemme.

Ich nicke kläglich und bin inständig dankbar, dass mich

am Flughafen von Edinburgh niemand kennt. Schlimm genug, dass zu Hause sieben sogenannte Freundinnen auf meinen täglichen Bericht im virtuellen Reisetagebuch für die Daheimgebliebenen warten. Damit ich im Urlaub das Schreiben nicht vermisse, ohne könne ich ja nicht, meinte Saida, har, har. Vielleicht hat sie damit sogar recht, die Gute, aber ich bin mir jetzt schon sicher, dass ich einiges werde beschönigen müssen. Alles Bisherige zum Beispiel und wahrscheinlich auch das meiste von dem, was noch kommt.

Mir eilt ein gewisser Ruf voraus. Dabei bin ich gar nicht so zynisch, wie meine Freunde mir unterstellen – das ist nur meine konstruktiv-kreative Art, gewisse Menschen zu ertragen. Etwa, wenn sie mir wasserköpfige Reisemaskottchen drei Zentimeter vors Gesicht halten, wie Gregory es gerade tut. Ich kann auch anders.

»Niedlich, die Puppe«, schwindele ich. Einfach so. Tadah! Es ist gar nicht so schwer, die Bemerkung aufrichtig klingen zu lassen. Vielleicht hätte ich Schauspielerin werden sollen und keine Journalistin.

»Oh, aber das ist doch keine Puppe!« Gregory steigt sofort darauf ein und lächelt großherzig. »Das ist unser Braveheart junior. Er ist dem historischen Freiheitskämpfer William Wallace nachempfunden, wie er von Mel Gibson im Film Braveheart gespielt wurde. Du darfst Melly zu ihm sagen, *aye?* Er wird uns auf der Fahrt begleiten.« Er zupft an der gestrickten Bekleidung des Plastikpüppchens herum und tut, als würde Melly sich vor mir verbeugen. »Toll, oder?«

Ich versuche herauszufinden, was mich an dem, was er gerade gesagt hat, am meisten verwundert. Irgendetwas war da seltsam. Dann hab ich's: Das schottische *Aye.* Es passt nicht zu Gregorys österreichischem Akzent. Ich lächle beruhigt. Mein Verstand ist ein scharfes Messer und meine Feder die Scheide. Oder so ähnlich.

Erwartungsvoll sehen Gregory und Melly mich an.

Los, Janne, sag was, schnell! Zur Braveheart-Puppe. Darum geht's. »Äh … Aber hatte Mel Gibson die Haare im Film nicht irgendwie anders?« Ich kann wohl doch nicht aus meiner Haut. Es tut mir gleich wieder leid, aber Gregory kollert professionell amüsiert. Er klingt nicht nur wie ein Truthahn, er hat auch optisch eine latente Ähnlichkeit mit … *Nein, Janne. Aus! Pfui! Das ist böse.*

Ich verleihe mir ein Sternchen fürs Mühegeben und schweige. Denn klug bin ich auch. Ein kluges, sarkastisches Miststück … Und Menschen mit blaugesichtigen Wasserkopfpuppen soll man sicher nicht reizen.

»Darf ich Melly fotografieren?«, frage ich freundlich.

Gregory kollert wieder. Diesmal klingt es ehrlich erfreut. »Es ist ihm eine Ehre.«

Mit diesem Foto beginne ich mein virtuelles Reisetagebuch.

Jannes ~~Schreckmomente-~~Reiseblog

Datum: 15. September

Tag eins

Ort: Edinburgh Airport

~~Der Chronologie halber: Schreckmoment Nummer eins war mein Geburtstag und die Überreichung des Gutscheins. Check.~~

(Eintrag gelöscht)

~~Schreckmoment Nummer zwei: Ankunft am Flughafen in~~
~~Edinburgh. 15.40 Uhr.~~
(Eintrag gelöscht)

Besser nicht. Nicht so. Ich muss mir später in Ruhe überlegen, was ich überhaupt losschicken kann bei der Menge,
die ich zensieren muss.

Fürs Erste sollte wohl eine Bildunterschrift genügen:

Das ist Melly, unser Reisemaskottchen. Ich bin gut gelandet.

In der Zwischenzeit hat Gregory das M wie Michelsen auf
seiner Teilnehmerliste gefunden. Plappernd notiert er
meine Handynummer und hakt mich ab, vermutlich nicht
nur auf seinem Zettel.

Er hat einen Zahlendreher drin, also bei meiner Nummer. Mit diabolischer Genugtuung versäume ich es, ihn
darauf aufmerksam zu machen. Der soll mich gar nicht anrufen können. Pah!

Gregory schickt mich wie ein Kindergärtner noch eine
Runde spielen: Die gemeinsame Abfahrt wird erst in anderthalb Stunden sein, wenn er alle seine Schäfchen einge-
sammelt hat.

»Treffpunkt wieder hier«, mahnt er und zeigt mit Melly
auf die Säule mit der Topfpalme, der jemand einen umge-
kippten Caffè Latte zu trinken gegeben hat. So einen in
frisch aufgebrüht könnte ich jetzt auch gebrauchen.

»Alles klar«, will ich mich verabschieden. Da erhasche
ich einen Blick auf eine zweite Seite eng mit Namen und

Adressen beschriebenen Papiers und bekomme den nächsten Schreck. So viele Teilnehmer?

~~Nummer drei auf der Liste schrecklicher Momente:~~
~~Zwei Seiten!~~
(Eintrag gelöscht)

Ich werde eines Besseren belehrt: Gregorys Liste hat sogar drei Seiten, und sie sind einzeilig bedruckt!

Auf meinem Geburtstagsgutschein hat sich Brave Hart Tours als *Veranstalter für individuelle Kleingruppen* präsentiert ... Da stimmt was nicht.

»Wie viele sind wir denn?«, frage ich alarmiert. Das hätte ich besser nicht tun sollen.

»Wir sind vierundvierzig. Also mit Melly und mir sogar sechsundvierzig.«

Mir bricht klebriger, kalter, klaustrophobischer Angstschweiß aus. Vierundvierzig fremde Menschen, eine Vinylpuppe und dazu ich, eingepfercht in einem Reisebus ...

Ich gehe in einer kleinen Bar Kaffee trinken, um den Schock unserer sogenannten *Klein*gruppe zu verdauen, und warte. Dabei beobachte ich die Ankommenden und versuche sie insgeheim ebenso schnell zu kategorisieren wie Gregory, der fröhlich mit seinem Klemmbrett unterm Arm alle anspringt, die wie filmaffine Pauschalreisende aussehen. Meine Trefferquote ist nicht halb so gut wie seine, aber meine Gruppe wäre dafür sicher die interessantere geworden. Leider muss ich meine ersten Vorurteile gleich über Bord werfen. Es scheint ein illustres Völkchen zu sein, das solche Reisen bucht und freiwillig mitmacht. Längst nicht alle sehen aus wie Nerds, Rentner oder Rheumadeckenkäufer. Sogar eine Teenagerin ist dabei. Sie schleppt deutlich benutzte Reitstiefel in einer Plastiktüte und wird von ihrer Mutter nicht von der Hand gelassen. Wie hat das Mädchen wohl außerhalb der Ferien schulfrei bekommen? Ich zwinkere ihm zu, und es lächelt schüchtern, bevor es energisch weitergezogen wird.

Dann sind da noch zwei Freundinnen, die genauso irritiert auf Melly reagieren wie ich vorhin. Die eine wirkt zehn Jahre älter als ich, die andere zehn Jahre jünger. Sie haben identische Schultertaschen voll kleiner Pins und Schottlandsticker. Sobald Gregory sich wegdreht, um die nächsten Opfer abzufangen, tauschen sie Blicke und kichern auf eine hilflos humorvolle Art. Was soll man auch anderes tun!

Dieses Duo würde ich doch wunderbar ergänzen, sehr sympathisch. Aber während ich noch überlege, mit welchem lockeren Spruch ich mich bemerkbar machen könnte, steuern sie die Toiletten an, und dahin folge ich ihnen jetzt nicht.

Leider gehören die Punks mit den pink-blau-grün gefärbten Haarbergen nicht zu uns. Die haben ein total süßes Hündchen dabei, das allerdings auch eine Ratte sein könnte. Ich putze mir die Brille, aber da sind sie schon weitergezogen. Das wäre ein Spaß geworden. Menno.

Anderthalb Stunden später ist es dann so weit. Abmarsch der vollständigen Horde!

Im Geist notiere ich meinen Schreckmoment Nummer drei b. Der Augenblick, oder vielmehr der Klang, als die Kofferrollen auf dem Asphalt das Getrappel und Gekicher von fünfundvierzig Reisenden noch übertönen, brennt sich mir tief ein.

Reflexartig drücke ich auf *Record*, als wir über den Flughafenparkplatz auf unseren Bus zustürmen. Diese Aufnahme wird in meinem kleinen Horrorarchiv gespeichert. Kommentarlos.

Fünfundvierzig.

Wir sind fünfundvierzig Reisende, mit fünfundvierzig Koffern und mindestens doppelt so vielen Rollen. Ich zähle Melly bewusst nicht mit, Wasserkopf-Blaugesicht reist mit sehr kleinem Gepäck. Wenn er überhaupt einen eigenen Koffer hat. Er könnte aber. Ich glaube, ich will es nicht wissen.

Die anderen sind laut. *Wir* sind laut. Sehr laut. Und ich bin jetzt eine von ihnen.

Plötzlich muss ich an den zweiten historischen Aufstand der Jakobiten denken. Unser drohendes Donnergrummeln hätte selbst die hartgesottene Highlandarmee von Bonnie Prince Charles Reißaus nehmen lassen. Dann wäre es nie zu der verheerenden Schlacht von Culloden Moor im Frühling 1746 gekommen. Oder wenn die Schotten im achtzehnten Jahrhundert Kofferrollen gehabt hätten? Ich male mir aus, dass die Geschichte Schottlands wesentlich unblutiger verlaufen wäre. Jedenfalls schade, dass es Brave Hart Tours nicht bereits damals gab. Obwohl – da bin ich mir jetzt doch nicht ganz so sicher …

Schon der Beginn unserer gemeinsamen Reise erinnert mich sehr an eine Klassenfahrt. Obwohl hier zumindest äußerlich alle bis auf den Teenie erwachsen sind, gibt es das gleiche Hauen und Stechen, Schieben und Meckern an der Kofferluke des Reisebusses wie schon vor dreißig Jahren. Nur dass Gregory nicht mit Schulverweisen und Extraaufgaben drohen kann. Er hält sich dezent zurück. Vielleicht hat Braveheart junior ihm das geraten. Ich verkneife mir ein Augenrollen und beschließe, mir ein ruhiges Plätzchen im vorderen Drittel des Busses zu suchen. Mein Hirn spuckt alte Klassenfahrtweisheiten aus: Keinen Sitz zu dicht bei den Lehrern und Strebern auswählen, aber auch nicht ganz nach hinten zu den Chaoten. Und wie schon damals in der Schule bin ich nicht schnell genug.

Vorn ist alles besetzt, mir bleibt also nichts übrig, als im hinteren Drittel den einzigen noch freien Fensterplatz zu belegen. Dort, wo jetzt schon gegrölt und gepfiffen wird.

Fällt Fremdschämen eigentlich unter Zynismus? Kann ich mir das durchgehen lassen, ohne als arrogante Zicke zu gelten? Ich spüre in mich hinein und beschließe: Ja, ich kann.

Mein Schreckmoment Nummer vier stellt sich ein, kurz bevor wir losfahren. Ein Sechsergrüppchen älterer Kölnerinnen beweist erheblich mehr Talent im Partymachen als ich. Noch ehe der Busfahrer den Motor gestartet hat, stoßen sie mit pinkfarbenen Piccolo-to-go-Dosen an. In der Folge kreischen, winken und klopfen sie jedes Mal an die Scheibe, wenn sie einen Kilttragenden Schotten sehen, werfen ihm Kussmünder zu und malen Herzchen aus feuchtem Atem an die Scheibe.

»Ich war mal Miss Köln«, stellt sich Sag-Susi-zu-mir kurz vor und winkt schon wieder zum Fenster hinaus. »Und wie heißt du?«

»Janne«, antworte ich und will gerade noch etwas ergänzen, da unterbricht mich Susi.

»Oh, das klingt beinahe wie Jenny. Die Schwester von unserem Helden Jamie.«

»Jamieeeee!«, echot es aus den Reihen um Susi herum. Offenbar stehen die Kölnerinnen nicht nur auf Kilts, sondern auch auf *Outlander*.

»Kinder, wir haben hier eine richtige Jenny. Sie sieht auch ein bisschen so aus, oder? Guckt doch mal. Sie hat die gleiche Stupsnase und die hohen, hübsch geschwungenen Augenbrauen. Die Haarfarbe ist ein bisschen heller. Aber die tiefblauen Augen und die stolze Fraser'sche Körperhaltung kommen hin. Willkommen in der *Fan*mily!« Susi legt den Kopf schief, versucht verschiedene Blickwinkel, und die anderen taxieren auch schon, ob man mit mir womöglich einen Blumentopf gewinnen könnte.

»Danke. Ich … äh, ich heiße wirklich einfach nur Janne«, beharre ich, setze mir zum Beweis die Brille auf die angebliche Frasernase und lasse das Etui zuschnappen, bevor ich es neben eine Packung Nüsse und meine Wasserflasche ins Netz meines Vordersitzes stopfe.

Susi verliert das Interesse. Ihre Freundinnen lenken ihre Aufmerksamkeit nach draußen. Dort ist wieder einer mit Kilt zu bewerten.

Ich würde so gern aus meiner Haut können. Nichts gegen *Outlander*. Ich liebe die Bücher von Diana Gabaldon, und ich folge begeistert der gleichnamigen Fernsehserie. Manche

Folgen gleich mehrfach, gern in der nichtsynchronisierten Originalfassung, und ich unterhalte mich mit meinen Freundinnen über die Episoden. Aber meine innere Stimme sagt mir nachdrücklich, dass ich das in dieser Gruppenkonstellation für mich behalten sollte, wenn ich nicht völlig vereinnahmt werden will. Ich bin nicht der Typ, der laut loskreischt, bloß weil er einen Schauspieler sieht. Ich würde ihm eher Asyl anbieten vor so einer Meute, die mich gerade verblüffend an die wilde Clique bei Mareikes Junggesellinnenabschied erinnert. Ganz bestimmt würde ich niemals solche peinlichen T-Shirts tragen wie ... Mein Blick bleibt an Susis wogendem Busen hängen. Quer darüber steht in fetten Buchstaben das Wort *Knieporno!* Der klein gedruckte Text besagt, dass es für sie nichts gäbe, was besser sei als ein Schotte im Rock – abgesehen von einem ohne Rock. Darunter prangt das Foto eines dreiviertel nackten Jamies im kunstvoll verwehten Kilt. Wenn das keine Aussage ist. Ist der deutsche Feminismus so weit gekommen, dass wir jetzt Männer zu Sexobjekten degradieren?

Ach, Janne! Das ist doch witzig. Knieporno! Seit wann bist du so spießig? Spaßbremsig? Steif?

Bin ich gar nicht! Aber das *ist* niveaulos! Basta.

Sehnsüchtig versuche ich einen Blick auf die zwei Freundinnen mit den Schottlandtaschen zu erhaschen, die sechs Reihen weiter vorn miteinander in ein fröhliches Gespräch versunken sind.

Ich ernenne Fremdschämen zu meiner höchsten Tugend und rutsche mit einem missbilligenden Grunzen tief in meinen Sitz. Dafür ernte ich sofort ebensolche Blicke. Frei übersetzt: *Aha, eine Spaßbremse.* Vielleicht ist mein Verhalten nicht der direkteste Weg in die Herzen der Kölner Gang. Da will ich zwar nicht wirklich hin, aber einen Schluck von ihrem Sekt würde ich nehmen, den könnte ich jetzt wirklich gut gebrauchen. Dabei trinke ich zu Hause eigentlich nur, wenn es etwas zu feiern gibt, oder an runden Geburtstagen mit unverhofften Reisegeschenken.

Ich schüttele den Kopf über mich selbst. Keine zwei Stunden in dieser Gesellschaft, wir haben noch nicht mal Edinburgh verlassen, und ich bin bereits extrem suchtgefährdet.

Es ist kurz nach 19 Uhr. Wir sind längst raus aus der Stadt. Die Sonne geht gerade unter, und wir rollen in die Dämmerung, von Kreisverkehr zu Kreisverkehr, den Highlands entgegen. Ich werde angenehm dösig. Irgendwann beruhigen sich auch meine Mitreisenden und verfallen angesichts der immer überwältigender werdenden Landschaft in ehrfürchtiges Schweigen.

Genau wie ich. Keine Frage, wir sind nicht mehr in Deutschland. In dieser Gegend hat offenbar nie eine Flurbereinigung stattgefunden. Zumindest hat sich hier keiner die Mühe gemacht, mit Winkelmaß und Zollstock symmetrische Rechtecke in die Natur zu schneiden.

Wild und urwüchsig trotzen die hügeligen Felder dem schottischen Wetter. Ihre Kurven wechseln sich mit ebenso organisch wirkenden Schafweiden in allen Größen und Formen ab. Unterbrochen werden das satte Grün und leuchtende Gelb nur durch dunkle Hecken, in denen sich der Wind fängt, durch einsam wachende Bäume, gesellige Baumgruppen und tiefe Wälder.

Bäche und Flüsse durchziehen die Landschaft wie Adern. Ein lebendiges, pulsierendes Gemälde. Als hätte ein temperamentvoller Maler Farbenspiele in Grün, Braun und Gelb einfach so in die Weite gekleckst, da hinein weiße Schaftupfen gesetzt und dann beschlossen, im Himmel Kontraste zu modellieren. Ich bin fasziniert von sonnenuntergangsroten Wolkenschlössern, kobaltblau-schwarzen Gewittertürmen und lieblichen Schleiern in Königsblau und Weiß, den schottischen Nationalfarben.

Je weiter sich der Bus in den Norden vorarbeitet, desto hügeliger, violetter und wilder wird die Aussicht aus unseren Fenstern. Die Felder weichen einem moosigen Meer aus blühender Erika. Dazwischen leuchten gelbe Inseln. Ist das Johanniskraut oder Jakobskreuzkraut? Ich kann es im Dämmerlicht nicht erkennen. Wir rauschen zu schnell vorbei … Vorbei an Rinnsalen und Wasserfällen, die sich steile Berghänge und Felsschluchten hinabstürzen.

So oft schon habe ich diese Landschaft im Fernsehen gesehen und mich danach gesehnt, den Fuß hineinzusetzen, die Natur zu spüren. Nun bin ich immer noch durch eine spiegelnde Scheibe davon getrennt, aber ich habe Panoramarundblick. Die Highlands sind zum Greifen nah! Mein Herz pocht. Mein Magen knurrt. Ihn blende ich genauso aus wie meine plappernden Mitreisenden. Ich kann mich kaum sattsehen und versöhne mich schwelgend mit meinem Schicksal.

Leider wird es recht bald dunkel. Gregory lullt uns über die schnarrende Bordanlage mit Reisedetails, Fakten und Geschichten ein. Irgendwo zwischen Maria Stuart und die jakobitischen Aufstände mogelt er die Ankündigung, dass sich unsere Ankunft im Highland Rose Hotel verzögern wird. Das führt zu Schreckmoment Nummer drölf, den ich wie alle anderen nicht in meinem Reisetagebuch, sondern nur gedanklich abspeichere. (Vor lauter wunderschöner Landschaftseuphorie habe ich doch glatt vergessen zu zählen.)

Die Hotelküche hat zu, gesteht Gregory. Ein Raunen geht durch die Reihen. Er verspricht, sich zu kümmern. Schließlich habe er einen blaugesichtigen Highlandhelden an seiner Seite, und Melly würde unseren halb verhungerten Mägen schon zu Gerechtigkeit verhelfen.

Ich fühle mich für einen winzigen Moment solidarisch mit den Kölnerinnen: Einhellig verdrehen wir die Augen.

Dann wird es wieder ruhig im Bus. Alles schläft, einer wacht. Gregory. Ich vermute, er kann Stille nicht gut ertragen.

Viel zu kurze Zeit später klopft er über den Lautsprecher auf sein Mikrofon und macht damit zumindest die Kölnerinnen wieder wach.

»Ich lege uns mal eine schöne CD ein, ja? Die passt so grandios zur Abendstimmung der Landschaft.«

Abendstimmung? Draußen ist es so schwarz wie im Inneren einer Druckerpatrone! Ich bin ehrlich neugierig, was jetzt kommt und die wunderbare Stille toppen könnte. Klassik? Dudelsack? Folk Songs?

Nein.

Es folgt mein nächster Schreckmoment, der drölfhundertste. Aus purer Gewohnheit und damit wenigstens meine Finger etwas Sinnvolles tun, tippe ich Einträge in den Reiseblog, die ich dann gleich wieder streiche.

Jannes ~~Schreckmomente~~-Reiseblog
Datum: 15. September
Immer noch Tag eins, noch zehn Tage bis zum Heimflug
Ort: Unterwegs im Bus ~~der Schrecken~~

~~Oh Himmel, was soll ich jemals in dieses blöde Logbuch schreiben, das ich dann auch senden kann?~~ (Eintrag gelöscht)

Ich habe nichts gegen Filmmusik, aber diese Scheibe muss ihm jemand geschenkt haben, der absolut unmusikalisch ist oder ihn nicht leiden kann: Ein halbwegs tonsicherer Schulchor mit einer leider nicht ganz so talentierten Sopranistin trällert alte Soundtracks nach. Bei *Spiel mir das Lied vom Tod* ist meine Schmerzgrenze überschritten. In meiner Not knülle ich mir Haargummis in die Ohren. Etwas anderes finde ich so schnell nicht.

Irgendwann – ich muss zwischendurch tatsächlich eingeschlafen sein – ist auch das überstanden. Die Reifen rumpeln über einen Bordstein. Davon werde ich wach. Wir halten in einer Kieseinfahrt. Die Türen öffnen sich, und vierundvierzig kleine deutsche Brave Harts, alle mit blauen Aufklebern auf der Brust, strömen ins Freie, reißen ihr Gepäck aus den Ladeluken und zerren ihre Koffer über knirschende Kieselsteine dem verlockenden Licht entgegen, das warm und einladend aus den Sprossenfenstern des Hotels fällt.

»*Slàinte mhath!*« Unser Reiseleiter Gregory hebt sein knisterndes Probierbecherchen, und zweiundvierzig aufgedrehte Busreisende antworten vielstimmig: »Ssslllandsche-wahhh«, und tun es ihm nach. Der Teenager darf nicht und verzieht schmollend das Gesicht. Auch ich presse die Lippen zusammen.

Oh. Mein. Gott. Da bin ich also: erster Abend, erstes Hotel, erste Gruppenerfahrung in meiner Pauschaltouristengruppe. Die Zimmer sind aufgeteilt und besichtigt, nun folgt der obligatorische Willkommensschluck in der Lobby.

Unauffällig lasse ich den Blick durch den Raum schweifen. Die Lobby hat den Charme eines in die Jahre gekommenen Antiquitätencafés. Mein karierter Ohrensessel steht in einer Ecke, perfekt abgeschirmt durch eine Zimmerpalme in einem gigantischen weißen Keramikblumentopf mit glasierten Putten, die sich gegenseitig ringsherum jagen.

Die übrigen Polstermöbel sind aus mehreren Epochen wild durcheinandergewürfelt. Alles wirkt sauber, aber der Zahn der Zeit hat deutliche Kratz-, Sitz- und Nagespuren hinterlassen. Es ist total heimelig, und vielleicht stimmt mich deswegen das Ambiente traurig. Ich komme mir so allein und deplatziert vor wie die kleine Porzellanballerina mit dem angeklebten Fuß, die auf dem Fensterbrett neben mir steht und mit blindem, sehnsuchtsvollem Blick in die schottische Nacht stiert. Da sind wir schon zwei. Ich vermisse meine Mädels daheim – und meine Jungs, also George und Lucas. Männer können mir bis in ferne Zukunft gestohlen bleiben.

Ich nippe an dem scharf riechenden Getränk in dem mir zugeteilten Plastikfingerhut und schlucke zaghaft. Das

Brennen treibt mir Tränen in die Augen. Mit Todesverachtung stürze ich den Rest hinterher. Jetzt ist es gar nicht mehr so schlimm. Kehle, Speiseröhre, Magen. Die goldene Flüssigkeit kribbelt sich abwärts und wärmt mich auf ihrem Weg durch mein Inneres von innen nach außen. Wärme tut mir jetzt richtig gut. Ich fühle mich schrecklich. Auch wenn ich wirklich, wirklich, *wirklich* keine Sozialphobie habe, wie Imme steif und fest behauptet. Ich kann jederzeit neue Kontakte knüpfen, wenn ich das will. Es sind einzig die äußeren Umstände, die mir die Lust darauf vergällen: Mein größter Traum ist zu meinem ärgsten Albtraum geworden. Schottland im Reisebus statt allein mit Rucksack. Das ist eine Kampfansage.

Ich betrachte mein geleertes Becherchen und lasse den Tag noch einmal Revue passieren: Fünfeinhalb Stunden sind seit der Ankunft in meinem Traumland vergangen. Sie teilen sich auf in anderthalb Stunden Zeit totschlagen am Flughafen, bis wir komplett waren, plus vier Stunden Busfahrt in meinem neuen Rudel. Unter Aufbietung all meiner Kräfte (und weil ich bisher kein sicheres WLAN gefunden habe) habe ich noch immer nicht zu Hause angerufen. Wenn ich zurückrechne bis zu dem Moment, in dem ich heute Morgen die Wohnung verlassen habe und Imme meinen Koffer in ihr Auto gewuchtet hat, um mich zum Flughafen zu kutschieren, dann bin ich inzwischen dreizehneinviertel Stunden ohne Nabelschnur und ohne Nachricht von meinen Katzen. Ich vermisse sie! Auch wenn ich weiß, dass es den beiden hervorragend geht. Die werden womöglich erst bei meiner Rückkehr merken, dass ich nicht nur zur Arbeit weg war, weil Marie jeden Abend stundenlang mit ihnen auf dem Schoß Blu-Rays guckt und dabei George und Lucas mit sündhaft teuren Leckerlis vollstopft, die sie bei mir nie kriegen würden, und Imme Futternäpfe und Katzenklos bestimmt fünfmal täglich schrubbt und neu auffüllt.

Ich schlage mich tapfer, finde ich. Zur Belohnung hole ich mein Smartphone aus der Jackentasche. Das Handy schweigt, das Display ist so dunkel wie meine Stimmung. Das ist der Nachteil von so einem Reiseblog, da kommentiert niemand etwas. Man bekommt keine Herzchen oder Daumenhochs als anerkennende Bestätigung oder kurze Updates über den Heimwehstatus zweier Katzen nach ihrem zwangsverschickten Frauchen. Nicht, dass ich das bräuchte, aber …

Nein. Ich habe mir fest vorgenommen, keine Nachrichten zu schicken und zu fragen, wie es meinen heiß geliebten Samtpfötchen geht und ob Lucas seine Medizin genommen hat. Ich weiß, dass Imme und Marie gut klarkommen mit der Pflege meiner Mäusejäger. Sie machen das nicht zum ersten Mal, erst letzten Herbst war ich für drei Tage zur Fortbildung. An meinem Kühlschrank hängt außerdem eine dreiseitige Liste mit Fütterungs- und Streichelgewohnheiten sowie Notfallnummern, die ich ihnen auch abfotografiert und aufs Handy gesendet habe. Und wie heißt es so schön: Keine Nachrichten sind gute Nachrichten.

Ich ziehe das jetzt durch. Nabelschnur durchtrennen. Alleine atmen. Kann ich. Einatmen … ausatmen. Locker!

In Todesverachtung und einem Anfall von Wahnsinn lösche ich meine Facebook-App, den Instagram-Account und sogar WhatsApp von meinem Handy. Es wird nur diesen aberwitzigen, einseitigen Reiseblog geben! Keine darüber hinausgehende Kommunikation mit Daheimgebliebenen. Nur im äußersten Notfall. Schließlich will ich das Hiersein genießen und meinen Urlaub nicht online verplempern.

Statt aufs Display zu tippen und darüber zu wischen, bohre ich meine nervösen Zappelfinger in die Füllung des leicht verschlissenen karierten Sessels, damit sie irgendetwas zu tun bekommen. Ich kann das. *Cut!* Und durchtrennt ist die Nabelschnur!

Schließlich bin ich weder abhängig von sozialen Medien noch eine dieser einsamen Katzenfrauen über vierzig, die mit ihren Haustieren verborgene Kinderwünsche oder das Singledasein kompensieren. Ich habe meine Katzen schon viel länger, als ich allein lebend bin.

George und Lucas sind bei mir, seit ich Mitte zwanzig mein Studium abgeschlossen und in der Zeitungsredaktion angefangen habe. Ben hat sie mir damals geschenkt, meine heiße Affäre, mein Kollege aus der Sportredaktion, der mit mir sesshaft werden wollte. Die Katzen, seine Zahnbürste und seine Gitarre sind zum Beweis dafür als Erste bei mir eingezogen, quasi als Vorhut, wie er mir lachend versichert hat, bevor er für drei Tage als Reporter ins Trainingslager irgend so einer Fußballmannschaft verschwunden ist.

Kurz danach habe ich herausgefunden, dass Saida aus der Buchhaltung einen Hundewelpen von ihm bekommen hat. Etwa zur gleichen Zeit. Und dass er die Statusmeldungen aus dem Trainingslager in Wirklichkeit aus den Agenturen bedient hat und mit einer Tennisspielerin … äh … trainiert hat. Saida und ich haben ihn beide vor die Tür gesetzt – also Ben, natürlich nicht die Haustiere – und sind bis heute beste Freundinnen.

Inzwischen ist Saidas ehemaliger Welpe nach einem langen Leben im Hundehimmel angekommen. George und Lucas sind mehr oder weniger in Würde gealtert. Sie haben Männer ein- und wieder ausziehen sehen, manch nackten Rücken zerkratzt und auch mal in einen Herrenschuh gepinkelt. Ich weiß bis heute nicht, wer von beiden das war, aber hätte ich das Zeichen erkannt, wäre Holger schon viel früher Geschichte gewesen als erst vor drei Monaten.

Katzen haben Menschenkenntnis. Ich frage mich nur, warum sie mich nicht vor meinen Freundinnen gewarnt haben. Oder vor meiner Schwester. Apropos Schwester. Hoffentlich vergisst Imme nicht, die Tomaten zu gießen. Die stehen windgeschützt auf meinem Südbalkon – wenn das Wetter hält, tragen sie dieses Jahr sicher noch bis in den Oktober hinein Früchte.

Seufzend setze ich das Plastikgläschen an meine Lippen und klopfe den allerletzten Tropfen heraus. Ich habe Heimweh. Ein bisschen. Das ist ganz normal, wenn man schon länger nicht mehr allein verreist ist. Aber ich bin eine starke, mutige Frau! Auch wenn ich unbedeutende Berührungsängste mit fremden Menschen habe. Dazu stehe ich! Nur was zum Henker schreibe ich den Mädels zu Hause? Ich starte einen neuen Versuch, schließlich kann ich es ja schlecht bei dem Foto von Melly belassen.

Jannes ~~virtuelles ZwangsReisetagebuch~~ Reiseblog

15. September

Tag eins

23.17 Uhr, Hotel Highland Rose, irgendwo im Norden von Schottland ~~weit weg von zu Hause.~~

Wir sind gut angekommen. Ich sitze im Ohrensessel in einer ~~überfüllten~~ lebendigen Hotellobby und trinke Whisky aus einem Plastikfingerhut. Urlaub! ~~Warum tu ich mir das an? Warum tut ihr mir das an?~~ *Yay!* Ich danke euch, Mädels! Diese Reise wird bestimmt ~~scheiße!~~ ~~großartig!~~ unvergesslich!

Das muss genügen. Schon für solche Einträge komme ich garantiert in die Lügenpresse-Hölle. Entschlossen stopfe ich das Smartphone zurück in die Jackentasche und sehe mich um. Alle, die noch nicht ihre Zimmer aufgesucht haben, sind in Gespräche vertieft. Wahrscheinlich fachsimpeln sie über schottische Filme oder Serien und erzählen sich alberne Geschichten von Fan zu Fan. Ich will das nicht. Ich könnte. Ich weiß eine ganze Menge. Aber ich will nicht. *Das ist ein Unterschied, Imme! Ich bin kein schlicht gestrickter Filmnerd, sondern Kulturredakteurin, ich kenne mich von Berufs wegen aus! Und wenn man mich hundert Jahre ins Lokale steckt, ich bleibe Kulturredakteurin!* (Zum Glück verhindert der Gesetzgeber, dass Mareikes Erziehungsurlaub so lange dauert.) Vor meinem geistigen Auge sehe ich, wie Imme mir die Zunge herausstreckt und mich Besserwisser nennt. Das macht sie immer, wenn ihr nichts Konstruktives mehr in unseren Diskussionen einfällt.

Jedenfalls will ich jetzt ins Bett.

Diese ganze Fahrt ist ein Desaster. Da kann das Highland Rose Hotel so shabby-schnuckelig sein wie es will. Es hätte mir vom ersten Moment an klar sein müssen. Ach, was rede ich, es *war* mir ja vom ersten Moment an klar, ganz egal, wann und wo ich mit dem Zählen der Schreckmomente beginne. *Aber wenn man aus purem Harmoniebedürfnis hoch sieben in eine durchgetaktete, rundum organisierte Busrundreise einwilligt und freiwillig ins Flugzeug nach Edinburgh steigt, dann verdient man es nicht anders, Janne Michelsen. Und jetzt sozialisiere dich, verdammt noch mal!*

Maulig mit mir selbst, arrangiere ich mich zwischen den Sprungfedern des betagten Karosessels in der Hotellobby, die urgemütlich wäre, wenn da nicht all diese wildfremden Menschen herumsäßen, die derselbe Bus ausgespuckt hat wie mich, unverdauliches Gewölle. *Reiß dich zusammen, Janne, du wirst schon wieder phobisch!*

Ich ziehe einen Flunsch und gebe meiner inneren Stimme nach. Wider besseres Wissen beschließe ich, meine schöne Liste mit den Schreckmomenten einzustellen. Stattdessen starte ich einen neuen Anlauf.

Positiv denken, 2.0!

Was würde ich denken, wenn ich freiwillig hier wäre? Was fände ich gut? Ich hole die Brille aus dem Rucksack und sehe mich weiter in der Lobby um. Ich versuche wirklich mein Bestes, denn eigentlich setze ich meine Brille nur auf, wenn ich (etwas scharf sehen) muss. Okay. Fokus auf die Möbel, die Menschen erst mal ausblenden, das ist dann

Stufe zwei. Selektive Wahrnehmung: An. Und dazu: Einatmen … ausatmen.

Das Hotel hätte ich mir allein wirklich nicht besser aussuchen können. Ich finde die Loungesessel im Schottenkaro niedlich. Die gestreiften Tapeten, dazu der barocke Stuck und die Kristallleuchter versprühen diesen typisch britischen Puppenhaus-Charme. Selbst der Geruch erinnert mich an alte Fernsehfilme – und das meine ich positiv. In diesem gemütlichen Ambiente sind Sprungfederherausforderungen und altehrwürdige Polster wunderbares Understatement und Edelvintage. Ich würde mich nicht wundern, wenn Miss Marple oder Agatha Christie *herself* am Nebentischchen unter dem Moorhuhnporträt Platz nähmen.

Es funktioniert! Nahezu fröhlich lasse ich den Blick durch den Raum schweifen und stöhne versehentlich laut auf. Nein, doch nicht. All diese fremden, hungrigen, müden Reisenden mit Plastikbecherchen haben so gar nichts mit Hercule Poirot oder Mister Stringer gemein. Außerdem kann ich die beiden Freundinnen mit den Schottlandtaschen nirgends entdecken. Mist, ich erinnere mich. Gregory hat ihnen einen ungnädigen Blick hinterhergeschickt, als sie sich gleich am Anfang unter tausend Entschuldigungen zurückgezogen haben. Das wollte ich eigentlich auch tun, aber nach Gregorys Vortrag über Gruppendynamik, Kennenlernen, Sozialisieren und Blabla habe ich mich nicht mehr getraut.

Meine Mitreisenden fläzen in zerschlissenen Sofas und Sesseln herum, haben Porzellantellerchen auf dem Schoß, kauen schmatzend Sandwiches, plaudern über langweilige

Belanglosigkeiten oder drücken sich für einen Nachschlag Suppe am Büffett herum. Einer kratzt sich ungeniert im Schritt, ein anderer weiß nicht, wie er den Deckel vom Porzellanteekännchen herunterbekommt. Seine Begleitung kontert das mit einem Lachen, vor dem eine Hyäne Reißaus nehmen würde. Ich sinke immer tiefer in meinen karierten Sessel und wünsche mir die Punks vom Flughafen mit der niedlichen Hündchenratte her.

Wäre ich ein Misanthrop vom Kaliber eines Ebenezer Scrooge oder Oliver Kalkofe, dann würde ich feststellen, dass hier ganz schön viele menschelnde Menschen sind: dumm, geschmacklos, ohne Benimm und auch noch ungepflegt. Ganz schön gemein. Mich würde er zweifellos über denselben Kamm scheren. Ich müffele inzwischen selbst nach versagendem Deo und möchte dringend duschen.

In Wirklichkeit machen mir diese Menschen einfach Angst: weil ich sie nicht kenne, manche auch gar nicht kennenlernen will – und die mich vermutlich auch nicht –, aber wir alle gemeinsam nach einem strengen Zeitplan zwangsbespaßt werden. Ich sollte dringend solidarische Gemüter finden, es müssen ja nicht zwingend Punks sein. Meine kurze rebellische Phase mit Sicherheitsnadel im Ohr und blauen Strähnen unterm Deckhaar (das war ein Kompromiss mit Mama, ich war sechzehn und wollte mich für ein Praktikum bei der Lokalzeitung bewerben) ist zu lange her.

Ich ziehe meine Schmolllippe ein und gebe mir Mühe, sympathische Zeitgenossen zu entdecken. Muss ja. Und ehrlich gesagt sehen einige schon nett aus.

Ein leichter Anflug von Panik überfällt mich, als eine

weitere Erinnerung aufflackert. Holger, mein Ex, hat mir im finalen Trennungsstreit an den Kopf geworfen, dass ich eine überspannte Bildungszicke wäre – nur, weil ich die Shakespeare-Verfilmungen behalten wollte und ihm per Excel-Datei nachweisen konnte, dass die mir gehören. Pedantisch wäre ich außerdem, hat er in diesem schneidenden, leisen Ton gekontert. Wie gesagt, ich gebe zähneknirschend zu, dass ich manchmal eine Neigung zu übertriebener Klugscheißerei habe, damit sollte ich mich in den kommenden Tagen dringend zurückhalten. Aber nur weil ich lieber Arte gucke als RTL, bin ich doch kein schlechter Mensch, oder? Und wenn er seinen heiligen Himbeerjoghurt in unserem Kühlschrank mit »Holger's« beschriftet – ich meine, da musste ich doch was sagen. *Holger's* – mit Deppenapostroph, als Lehrer! Was wollte er denn da auslassen, mit dem Auslassungszeichen? Holgerseins? Hätte er das in der Teeküche seines Instituts gebracht, wäre es megapeinlich für ihn geworden. Der Mann ist in der Erwachsenenbildung tätig, also ehrlich – Sprache ist unser beider Handwerkszeug.

Ich kaue auf meiner Unterlippe herum und starre auf meine Füße. Ich könnte heulen, als mich die Selbsterkenntnis trifft wie ein Tischbein den kleinen Zeh. Im Journalismus habe ich meine Besserwisserei lediglich so kanalisiert, dass ich Geld dafür bekomme – wenn man es freundlich betrachten möchte. Ganz offensichtlich bin ich keinen Deut besser als meine Mitreisenden, nur ein bisschen eingebildeter obendrein. Und sehr müde. Dann werde ich immer unleidlich. Wie lange muss ich wohl hierbleiben, ohne als gruppenresistente Spaßbremse zu gelten? Wieso ist

Margaret Rutherford schon tot? Vielleicht wäre mein Leben einfacher in Schwarz-Weiß.

Ich betrachte das Landschaftsbild mit dem Hirsch inmitten der schottischen Heide, das über dem elektrischen Kamin hängt, und seufze aus tiefster Seele. Imme, Merle, Mareike, Saida, Leonie, Dana, Marie – warum habt ihr mir das angetan?!

Da! Es passiert mir schon wieder! Ich drehe mich weg von den Grüppchen fröhlich plaudernder Menschen und ärgere mich in schmerzhafter Selbstmitleidserkenntnis über mich selbst. *Hör endlich damit auf, Janne! Wenn deine Reisegefährten dich ebenso schnell abhaken wie Gregory, hast du im besten Fall Narrenfreiheit, aber vermutlich hält dir einfach niemand im Frühstückssaal einen Platz frei oder bemerkt überhaupt deine Abwesenheit, falls du dir beim Ruinenklettern den Knöchel verrenkst oder eine Klippe runterfällst.*

Oder sie lassen mich sogar mit Absicht liegen, brüte ich finster vor mich hin. Geschähe mir ganz recht. Dabei will ich wirklich nicht negativ sein. Ich bin nicht so. Das ist erst so seit … seit Holger. Darum: Schluss damit! Schluss mit dem Sarkasmus! Schluss mit der Verweigerungshaltung! Das ist so einfach wie Apps löschen.

Genau in diesem Moment macht Gregory noch einmal mit der Whiskyflasche die Runde. Wild entschlossen strecke ich ihm meinen Becher in den Weg. Gut gelaunt bleibt er vor mir stehen und schenkt mir nach.

»Möchtest du den Rest behalten? Ich muss ins Bett, und von den anderen will keiner mehr.« Seine Zunge klingt ein bisschen schwer, als er mit der Flasche vage hinter sich deutet. Die Hotellobby hat sich inzwischen geleert.

Ich bedanke mich mit einem ehrlichen Lächeln und nehme das als bestätigendes Zeichen des Himmels für meine beschlossene Offenheit. Der Mann macht auch nur seinen Job und gibt sich Mühe.

Mein neues Mantra lautet: Ich werde mich mit offenem Herzen auf diese Reise einlassen! Blaugesichtige Puppen-maskottchen in den schweißigen Händen eines engagier-ten Reiseleiters sind niedlich! Sechzigjährige mit anzüg-lichen Jamie-Fraser-T-Shirts sind es auch … Nein, stopp. Das ist nun doch gelogen. Ich gebe auf. Dann sollen sie mich eben in den Highlands liegen lassen. Vielleicht findet mich ja ein sympathischer einheimischer Schafbauer und schleppt mich in seine Kate, wo wir am Torffeuer sitzend über Gott, den Brexit und die schottische Welt philoso-phieren.

Viel wahrscheinlicher ist es allerdings, dass ich mich morgen früh mit den Kölnerinnen um Lachs und Rührei prügele. Am Ende werden sie gewinnen, und ich sitze ein-sam am Katzentisch der übrig gebliebenen, allein reisen-den Spaßbremsen.

Grübelnd nippe ich an meinem halb leeren Whisky-becherchen. Oh nein! Ich werde mir diese sympathisch aussehenden Freundinnen schnappen, und dafür will ich in Form sein. Es wird wirklich Zeit, dass ich ins Bett komme.

Ich gebe mir einen Ruck und stemme mich aus den Tie-fen des Sessels in die Vertikale zurück. Es ist kurz vor Mit-ternacht, und mir ist tatsächlich der Po eingeschlafen. So viel zu Tag eins. Wie soll ich das für meine erwartungs-vollen Blogleserinnen aufbereiten? Außerdem habe ich einen kleinen Schwips, und obwohl ich noch niemanden wirklich kennengelernt habe, bin ich trotzdem eine der Letzten hier.

Erschöpft verlasse ich das Schlachtfeld der leeren Teller, zerknüllten Papierservietten und Schnapsbecher mit einer fast leeren Flasche Whisky im Arm.

Auf meinem Zimmer angekommen, nehme ich mit der Handykamera ein Foto davon auf und poste es für die Lieben zu Hause. Darunter schreibe ich:

Angekommen. Alles gut. Whisky schmeckt. Jetzt ab ins Bett.

Die Uhr auf meinem Handydisplay zeigt 23.55 – fünf vor zwölf. Ich habe Schluckauf, und während ich mir das Gesicht wasche und meine guten Vorsätze für den nächsten Tag verinnerliche (auf Menschen zugehen, freundlich sein, mich einlassen), schwirren mir absurde Gedanken im Kopf herum. Wenn meine Schreckmomente-Liste analog in einem richtigen Reisetagebuch existieren würde, könnte ich sie jetzt aus der Kladde reißen und im Waschbecken verbrennen. Schon bei dem Gedanken bekomme ich Angst, dass der Qualm den Rauchmelder auslösen und zehn Sekunden später Gregory in meiner Tür stehen würde. Ich möchte alles andere als den Mann im Schlafanzug sehen.

Darüber muss ich lachen. Auf einmal bin ich friedlich gestimmt. Mit einem leisen Hicksen zerknülle ich in meiner Vorstellung das verhängnisvolle Blatt und tue so, als würde ich es in den Papierkorb kicken.

Dann streife ich mir die Lieblingshausschuhe ab, die mit den pausbäckigen Putten von Raffael, ohne die ich nie verreise, und sinke in mein wundervolles Hotelbett. Gefühlte fünfzehn Millionen Schreckmomente habe ich heute überlebt. Mein Kleiderschrank ist eingeräumt, die Zähne sind geputzt, die Haare gekämmt, das Gesicht abgeschminkt.

Mein letzter Blick gilt der Whiskyflasche, die mir Gregory als Betthupferl überlassen hat. *Assimilieren, Janne, wie die Borg bei Star Trek. Du bist jetzt eine von ihnen, und es beamt sich sowieso niemand vom Raumschiff Enterprise herunter, um dich zu retten. Also mach mit. Du musst es ja nicht übertreiben mit der Anpassung!*

Gregory ist ein Schätzchen, ich nehme alles Gegenteilige zurück. Auch wenn er auf Puppen steht, ich meine, jedem seine Vorlieben, oder? Was kümmert's mich! Er hat es organisiert, dass ich nicht hungrig hier liege. Die Hotelküche hat uns trotz der späten Ankunft ein kleines Impro-Büffett aus herrlich labberigen schottischen Sandwiches und Suppe in der Lobby bereitgestellt. Dazu gab es aus Gregorys ganz privater Reiseleiterkasse ebenjenen kleinen Dram Single Malt für jeden. Ein Dram ist ein schottischer Schluck. Sogar gelernt habe ich heute etwas.

Kurz: Meine Welt ist einstweilen wieder in Ordnung. Eigentlich ist es doch ganz einfach, mich glücklich zu machen … Von wegen Bildungszicke.

Der Alkohol bleibt als Mahnmal auf dem Tischchen in meinem Zimmer stehen, beschließe ich und knipse grinsend die Nachttischlampe aus. Nur eins beschäftigt mich noch. Sind viele schottische Schlucke eigentlich Drams oder Drammer? Und will ich das Gregory morgen fragen oder lieber nicht?

4

Slàinte mhath! – Na denn, Prost

Das schottische Frühstück an meinem ersten Morgen in
diesem wunderbaren Hochland hört sich großartig an.
Ich gerate schon in Verzückung, als ich die handgeschrie-
bene Speisekarte studiere, die auf jedem der wunderschön
mit Blümchen gedeckten Tische im Saal ausliegt. Erster
Gang: kontinental. Zweiter Gang: *very British*. Man darf
zwischen diversen warmen Leckereien und Spezialitäten
wählen. Es gibt Eier in allen Varianten von Benedict bis
pochiert, dazu Porridge, Würstchen, Black Pudding (wer's
mag, ich steh nicht so auf Blutwurst), gebratene Pilze, Tomaten und Schinken, weiße Bohnen in Soße und Kartof-
felküchlein. Mir läuft das Wasser im Mund zusammen.

Leider zieht man mir die Karte buchstäblich aus den
Fingern. Die Kellnerin neben mir räuspert sich nicht etwa
zum wiederholten Mal, weil sie einen Frosch verschluckt
hat, sondern weil sie abräumen will, und ich stehe ihr in
meiner Unschlüssigkeit offenkundig mitten im Weg.

Ein Blick in die Runde sagt mir: Ich bin zu spät dran.
Fast alle Tische sind bereits verlassen, das Geschirr benutzt,

die Brotkörbe leer, und die beiden netten Freundinnen habe ich auch verpasst. Ich bekomme nichts mehr zu fassen außer zwei Scheiben erkaltetem Toast, einem Marmeladenglas und den Butterresten meiner Voresser. Das kann doch wohl nicht wahr sein, oder? Matt lasse ich mich auf einen Stuhl sinken, werfe Aufstrich und Toast auf ein unbenutztes Gedeck und verteidige meine Ausbeute, indem ich beide Arme schützend darüberwerfe, als die Serviererin sich nähert. Kichernd räumt sie alles, was ich so schnell nicht zu fassen kriege, um mich herum ab. Immerhin lässt sie das Milchkännchen und den Zucker stehen.

»Früher aufstehen, Schätzelein«, rät Susi augenzwinkernd und schiebt sich als eine der Letzten an mir vorbei Richtung Ausgang. Die hat gut reden. Als ich ihr hinterherblicke, sehe ich ganz deutlich, wie sie sich eine geschmierte Stulle in die Handtasche steckt. Susi hat sogar Wegzehrung, und ich finde gerade noch eine halbe Tasse lauwarmen Kaffee in einer Kanne auf dem Nebentisch.

»Kann ich den haben?«, frage ich höflich. Ein schlecht gelaunter Teenager und die dazugehörige Mutter schieben gerade ihre Stühle zurück. Das Reitstiefelmädchen. Die beiden sind mir gestern schon am Flughafen aufgefallen.

»Ja, sicher«, murmelt die Frau im Hinausgehen und quatscht weiter auf ihre Tochter ein. »Wenn du früher ins Bett gehen würdest, wärst du auch eher wach. Ich hab das hier gebucht, damit wir zusammen Spaß haben, und nicht, damit du nur im Internet surfst.« Die Jugendliche gähnt und verdreht hinter ihrem Rücken die Augen. Unsere Blicke begegnen sich kurz. Sie zieht ertappt die Mundwinkel nach oben. Solidarisch grinse ich zurück. Ich kenne das.

Nicht nur, dass meine Lieben mich hier ebenfalls zwangs-
beglücken wollen. Manchmal hänge ich auch viel zu lange
auf irgendwelchen Plattformen herum, statt zu schlafen.
Aber hier wird ja alles anders. Ich drücke den Rücken
durch und scanne die verlassenen Tische nach einer weiteren Kaffeequelle.

Außerdem, nur fürs Protokoll: Ich habe nicht verschlafen! Ich bin sogar superfrüh wach geworden. So früh, dass
ich mir ein bisschen die Gegend angesehen habe, während
die Susis aus meiner Reisegruppe noch in ihren Laken von
nackten Männerknien im Kilt geträumt haben.

Zu Hause gehe ich vor dem Frühstück regelmäßig eine
Runde joggen.

Na ja, manchmal.

Also gut, ehrlicherweise nur, wenn das Wetter passt und
nichts Wichtiges dazwischenkommt.

Aber heute, heute Morgen nun, da war ich total mo-
tiviert. Ich hatte zwar keinen Platz für Sportkleidung in
meinem Reisegepäck, aber der Gedanke an einen schönen
Spaziergang in herrlicher schottischer Hochlandluft hat
mich tatsächlich noch vor dem Frühstück nach draußen
getrieben. Schottland fühlen! Zu Fuß erspüren! Unbe-
rührte Natur! Und das habe ich nun davon. Einen hungrigen Magen und keine Zeit mehr für Rührei und gebratene
Tomaten, nur weil ich mich ein kleines bisschen in der Zeit
verschätzt habe und dieser Rundweg über den Bach in
Meilen und nicht in Kilometern beschriftet war.

Die Kellnerin räuspert sich noch einmal dezent. Als ich
mit vollem Mund von meinem Teller hochsehe, nickt sie
in Richtung Fenster. Ach, du Scheiße! Da draußen steht

schon der Bus. Der Motor läuft, und vierundvierzig kleine Brave Harts stehen in der Schlange, um zum ersten Tagesausflug anzutreten. Ich brabbele eilig ein krümeliges »*Thank you*« in Richtung meiner Lebensretterin, ziehe mir im Laufen die Jacke über und haste nach draußen.

Jannes Reiseblog
Datum: 16. September, 9.12 Uhr
Tag zwei der offiziellen Schottlandreisezeitrechnung

Wir sitzen im Bus. Auf zu neuen Ufern! Gleich besuchen wir eine Destillerie und nehmen an einer Whiskyverkostung teil. *Yay!* ~~Alkohol schon am Vormittag und auf nüchternen Magen – ob das eine gute Idee ist? Ah. Moment. Wir machen erst mal Pinkelpause an einer Raststätte. Vielleicht habe ich ja da Glück, noch was zu essen abzukri…~~ (Eintrag gelöscht)

Der Bus bremst scharf und biegt für eine kurze Pause auf einen Großparkplatz ein. Ich habe natürlich kein Glück: Bis ich die Technik verstanden und meinen Kaffee aus dem Automaten gezogen habe, ist die Schlange an der Kasse für Reiseproviant so lang, dass ich eine lebenswichtige Entscheidung treffen muss: Toilette oder Sandwich? Ich entscheide mich notgedrungen für Ersteres. Aus lauter Verzweiflung verkoste ich danach in der Souvenirabteilung diverse Marmeladensorten auf ungetoastetem Weißbrot. Leider machen diese winzigen, pappigen Probierhäppchen nicht satt, nur durstig. Die Jugendliche hat anscheinend ihre Mutter abgehängt und greift meine Idee auf.

»Findest du Traube besser oder Himbeere?«, versuche ich zu fachsimpeln, als uns eine eifrige Verkäuferin ansteuert.

»Weiß nicht, beides lecker, oder?«, gibt sie zurück.

Dann taucht ihre Mutter auf. »Amelie? Wo steckst du denn?«

Die Verkäuferin dreht ab, das Mädchen läuft rot an und verdrückt sich ebenfalls. *Aber ich hab's versucht, ich hab's immerhin versucht!* Ich blicke mich um in der Hoffnung, die sympathischen Freundinnen irgendwo zu entdecken, aber die sind mir im Verdrücken eindeutig alle überlegen.

Und dann müssen wir auch schon wieder einsteigen.

Gregory hat eine Führung durch eine Destillerie gebucht, die wir nach einer weiteren halben Stunde mit dem Bus erreichen. Ich kann mich nicht so richtig konzentrieren auf die ganzen Behälter und Gärprozesse, für die uns eine Studentin auf Deutsch mit lustigem schottischem Akzent begeistern will, obwohl mich das Thema brennend interessiert. Eigentlich knurrt mein Magen gar nicht sooo laut dazwischen. Eine ältere Dame mit eisengrauem Dutt guckt mich trotzdem missbilligend an und schenkt mir dann ein Hustenbonbon. Es ist ein spärlicher Magenfüller, aber die Geste zählt. Ich bleibe dabei: Die kleine Wanderung am Bach entlang, der auf der anderen Straßenseite unseres Hotels in einen nebligen Park führt, war den Hunger danach allemal wert. Das dachte ich zumindest bis eben. Denn jetzt packt Susi raschelnd ihren Toast aus. Sofort hat sie die ungeteilte Aufmerksamkeit von der Dame mit Dutt und mir. Was sind schon Rehe im Morgentau, Dunst über den Wiesen und idyllisches Plätschern über uralte Findlinge gegen ein belegtes Sandwich oder zumindest einen ordentlichen Schluck vom viel besungenen Wasser des Lebens, wie Whisky in Wahrheit heißt? Nein, das stimmt nicht. Ich würde jederzeit wieder spazieren gehen. Die Dame mit Dutt räuspert sich streng, und Susi packt seufzend ihre Wegzehrung wieder ein.

»Hast du gesehen, dass bei unserem Hotel gegenüber ein kleiner Park ist?«, schnappe ich hinter mir auf. »Wollen wir da heute Abend mal spazieren gehen?«

»Dürfen wir das denn?«, flüstert eine Frauenstimme zurück.

Zweistimmiges Gekicher.

Ich drehe mich um, und mein Herz macht einen Sprung. Es sind die beiden Freundinnen mit den Stickertaschen, wir sind offenbar seelenverwandt!

»Der Park ist super, aber verschätzt euch nicht in der Dauer des Rundwegs. Sonst kommt ihr noch zu spät zum Essen.« Ich grinse ihnen verschwörerisch zu und ernte ein Lächeln. Das ist ein Anfang.

»Willst du mitkommen? Ich bin Maike, und das ist Christina. Wir haben's nicht so mit Großgruppen.«

»Aber das Programm ist super«, ergänzt Christina schnell. »Alleine würde man einige dieser Sehenswürdigkeiten gar nicht finden, oder?«

Ich nicke stürmisch. »Das sehe ich ganz genauso. Ich heiße Janne, und: sehr gern.«

Der Maischegeruch hängt schwer in den warmen Räumen. Mir wird ein bisschen flau, aber dann haben wir auch das geschafft. Wie ein Rollkommando entern wir das Allerheiligste, den Verkaufsraum der Destillerie. Als ich mich suchend nach den beiden Frauen umsehe, hebt sich ein Arm aus dem Gewimmel. Maike signalisiert mir, dass sie und Christina sich zu den Toiletten durchkämpfen und danach zurückkommen. Ich zeige auf einen der Verkostungsstände als Treffpunkt, und ihr Daumen geht hoch. Läuft bei uns.

»*Slàinte mhath!*«, flirte ich wenig später die Dame hinter dem Tresen der Probierstube an. Möglichst unauffällig strecke ich ihr mein frisch geleertes Plastikprobiergläschen entgegen. Sie schüttelt bedauernd den Kopf. Wenn ich einen Liter des hauseigenen Super Single Malt kaufen möchte, für umgerechnet achtzig Euro – oder noch lieber den superduper Single Malt für fünfundneunzig Euro? –, dann dürfte ich natürlich sofort einen großzügigen Nachschlag haben, erklärt sie mir in breitestem Schottisch. Süß. Wir lächeln uns gekonnt professionell über ihren Tresen hinweg an. Mein Lächeln sagt: *Das ist aber scheißviel Geld, oder?* Ihr Lächeln sagt: *Wenn du dir das nicht leisten kannst, bleibt die Bar geschlossen, Schätzchen.*

Es ist noch nicht mal Mittag am Tag zwei dieser Reise, und ich bin auf dem direkten Weg in den Alkoholismus. Zumindest wäre ich es, wenn die Schotten nicht so mit ihrem Whisky geizen würden. Und ich habe Hunger. Bärenhunger! Mein Magen knurrt hörbar über den Tresen hinweg. Aber nicht mal das erweicht die geschäftstüchtige Bardame in der Schicki-Destille.

Zu meinem enormen Glück verwickeln ein paar andere aus dem Bus, mit dem wir hierhergekarrt wurden, Miss MacIrgendwas in ein fachsimpelndes Gespräch. Und weil der Akzent der Schottin so breit wie das Schulenglisch meiner Mitreisenden grauenvoll ist, sind alle hinreichend abgelenkt von dem kleinen niedlichen Tablett, auf dem noch ein paar unangetastete Probierschlucke stehen. Ich packe die Gelegenheit beim Schopf und die Flasche am Hals, leere ein Gläschen auf ex und fülle zwei weitere bis zum Rand nach. Und dann ab damit durch die Mitte. Wie sagt Schotty, der *Tatortreiniger* in einer meiner Lieblingsserien so schön? »Alkohol ist keine Lösung, Alkohol ist eine *Löse!*« Das ist genau mein Humor. Zu schade, dass keine neuen Folgen mehr gedreht werden.

Diskret schaufele ich mich durch die Menge und tue so, als ob ich am anderen Ende der Ausstellung über *Maischeherstellung damals und heute* dringend erwartet würde. Ich hoffe in der Tat, Maike und Christina wiederzufinden, aber ich kann sie nirgends entdecken.

»*Slàinte mhath!*«, proste ich mir daher selbst zu. Meine Zunge fühlt sich ein wenig klebrig an. Wie viel Prozent Alkohol hat dieses Zeug eigentlich? Und wie viele Marmeladenbrotkrümel hätte ich wohl für eine solide Mindestgrundlage benötigt? *Grundlagen, Janne!* Immer auf eine gute Grundlage achten, ermahne ich mich, vor allem, wenn man keine harten Sachen morgens kurz nach halb zehn gewöhnt ist und sich dem Thema Whisky erst langsam nähert. Ich zähle mit den Fingern. Also, ich hatte eine Scheibe Toast zwischen Hotel und Bus … dazu kamen die diversen Brotprobierwürfel beim Toilettenstopp an der Tanke … Oh, und dann wären da noch zwei Bissen von der zweiten Scheibe Hoteltoast, die ich mir vom Frühstück aufgehoben habe. Vor dem dritten Bissen, als wir nach zehn Minuten Fotostopp an einer wirklich spektakulären Burgruine in den Bus getrieben wurden wie eine Herde gutmütiger Hochlandrinder, ist sie mir leider heruntergefallen.

Ich lasse die Hand sinken und gebe es auf, Grundlagenforschung betreiben zu wollen (Grundlagen, hihi). Schließlich habe ich Urlaub. Gruppenurlaub. Fängt alles mit Gru- an.

»Ich bin Gru!«, kichere ich albern. Der Whisky ist super. Ich habe ganz heiße Zehen. Und Ohrläppchen. Unter diesen erschwerten Bedingungen ist *kein* Alkohol weder eine Lösung noch eine Löse.

Wenn Imme mich so sehen würde, oder Holger! *Bleib locker, Janne, lass fünfe grade sein! Schrauben wir unser Niveau runter und amüsieren uns!*

»Noch 'n Spruch, Schädelbruch«, kalauere ich zusammenfassend. Ich wende mich dem Schaukasten zur Geschichte der Whiskyherstellung zu und strecke meinem rosawangigen Spiegelbild die Zunge heraus. Dabei versuche ich, den Text hinter der Glasscheibe zu fokussieren, in dem der Ursprung des Wortes Whisky in der gälischen Sprache erklärt wird. Bildung ist mir wichtig, da bewege ich mich auf sicherem Boden, sie gibt mir Halt, auch wenn die alten Fliesen unter meinen Stiefeln leicht zu schwanken beginnen.

Energisch konzentriere ich mich auf die tanzenden Buchstaben und zwinge sie in eine Reihe. Meine Anstrengung wird durch die Erkenntnis belohnt, dass sich das irische Gebräu vom schottischen allein schon durch ein kleines, aber feines »e« in der zweiten Silbe unterscheidet.

Im Hintergrund wird gejohlt. Wahrscheinlich hat der feuchtfröhliche Trupp aus Köln gerade einen weiteren Mann im Schottenrock entdeckt. Ich denke an meine Mädels zu Hause, und die Schrift hinter der Glasscheibe beginnt erneut zu flackern. Wenn ihr wüsstet, was ihr mir da eingebrockt habt ...

Ich muss schon wieder kichern. Zumindest die Buchstaben haben Spaß. Die tanzen sogar. »*Slàinte mhath!*«, raune ich noch einmal möglichst schottisch, forme einen Kussmund für mich selbst und zwinkere mir anrüchig zu, während ich meinen letzten Fingerhut voll Whisky leere. Tut mir leid für Christina und Maike, aber wer zu spät kommt, den bestraft das Leben.

Im Hintergrund hebt noch jemand sein Becherchen. Nicht, dass das etwas Ungewöhnliches wäre. Der Raum ist proppenvoll mit sprichwörtlichen Busladungen von Menschen aller möglichen Nationen. Alle sind hier zum Whiskyverkosten – und -Kaufen. Ich stutze. Wieso eigentlich ist mir bis eben nie aufgefallen, dass sich »saufen« auf »kaufen« reimt?

Das Besondere an diesem einen Menschen ist, dass er nachdrücklich meinem Spiegelbild zuprostet. Also mir. Dabei grinst er auch noch ziemlich offensiv. Und es ist weder Christina noch Maike, sondern ein wildfremder Mann.

Heilige Hammerbraut! Der hat doch wohl meinen Toast nicht auf sich bezogen?

Mir schießt das Blut in die Ohren. Wie peinlich ist das denn! *Jetzt nur nicht umdrehen, Janne!* Aber ich kann es nicht lassen, seine Spiegelung unter den Stirnfransen meines Ponys hindurch anzuschielen. Der Typ senkt den Altersdurchschnitt der Anwesenden beträchtlich. Glaube ich zumindest, so genau kann ich das im whiskygeschwängerten Gegenlicht nicht erkennen. Ich kneife die Augen zusammen und beuge mich unauffällig nach vorn, um ihn etwas besser fixieren zu können. Vielleicht sollte ich doch mal über eine neue Brille nachdenken? Ach, verdammt, die habe ich mir ja vorhin hochgeschoben. Auf dem Scheitel nutzt sie mir natürlich nichts, und jetzt muss ich sie erst mal putzen.

Der fremde Mann löst sich aus seinem Grüppchen und kommt auf mich zu. Nicht gut. Also, eigentlich schon. Aber … nein! Da fällt mir auch noch mein Fingerhut runter. Ich bücke mich, um ihn aufzuheben, bevor er davonkullert, und rumse mit Getöse gegen die Glasscheibe. Das ganze Hängeregal bebt und klirrt. Aua!

Stöhnend fasse ich mir an den Kopf. Hinter mir, viel näher als ich gut finde, höre ich ein Räuspern. Es gilt mir. Und was noch schlimmer ist: Es hat den Beiklang eines unterdrückten Glucksens. Noch einmal: Neineinein! Wie peinlich! Ein einziges Mal bin ich leicht angesäuselt, und schon errege ich Aufmerksamkeit. Ich bin in einer Art Schockstarre gefangen und traue mich nicht, mich aufzurichten. Ob er weggeht, wenn ich die Augen zumache und mich nicht bewege?

»*Och, that might give you headaches …*« Eine sehr angenehme, sehr sonore und sehr schottische Stimme versetzt die Härchen auf meinen Unterarmen in leichte Schwingungen. Mein erschütterter Kopf schwingt sowieso. Das hat wirklich wehgetan. Ich schiebe meine Brille zurecht, höre auf, mir den Hinterkopf zu reiben, und neige mich ein wenig in seine Richtung.

»Wie bitte?«, presse ich hervor, obwohl ich ihn genau verstanden habe. Vielleicht kann ich mich ja mit Unkenntnis der englischen Sprache herausreden? Himmel, ist mir diese Begegnung unangenehm. Meine Schokoladenseite ist diese Vogel-Strauß-Haltung ja nun wirklich nicht.

Aber der Typ lässt sich nicht abwimmeln. Der genießt das auch noch! Wieder ertönt dieses leise Glucksen. »Oh, du bist Deutsche?« Ich überlege gerade, ob ich es hier mit einem Landsmann oder einem Schotten zu tun habe, weil er fast keinen Akzent hat, da redet er weiter: »Ich fürchte, unser Whisky macht dir eine Delle, sogar ganz ohne Trinken. Sagt man so?« Er beugt sich zu mir herunter. Ich spüre eine Hand an meinem Ellbogen und linse vorsichtig mit einem Auge, während wir uns gemeinsam aufrichten, er schwungvoll, ich eher zentimeterweise. Ich habe ein bisschen die Orientierung verloren. Wer weiß, wo das heimtückische Regal über mir seinen nächsten Angriff auf meine Schädeldecke plant.

»Beule«, murmele ich und mustere den Quell der weisen Ansprache. Mein Blick wandert verstohlen an Wanderstiefeln, Trekkinghosen, Hemd und Barbourjacke aufwärts zu seinem Dreitagebart. Ich habe durchaus ein bisschen viel von diesem heimtückischen Feuerwasser genippt, aber das muss ich ja nicht auch noch betonen. Schon gar nicht einem Schotten gegenüber, der mich mit blitzend weißen, wohlgeordneten Zähnen auslacht.

»Es heißt Beule, nicht Delle«, korrigiere ich leise grummelnd noch mal im ganzen Satz, um von mir und meinem Malheur abzulenken.

Aber der Mann geht gar nicht auf meine dezente Besserwisserei ein. »Hast du einen Löffel? Wenn man gleich damit kühlt, wird es nicht so schlimm.«

Ich schüttele behutsam den Kopf. Wenn ich einen Löffel hätte, hätte ich Joghurt. Wenn ich Joghurt hätte, hätte ich etwas im Magen. Und dann wäre das hier nie passiert. »Menno.«

Warum lacht der jetzt? Habe ich etwa irgendwas davon laut gesagt?

Der Schotte hat Grübchen, die sieht man sogar durch das Dickicht aus rotblonden Stoppeln. »Wollen wir uns noch einen Dram erschleichen, auf den Schreck?« Jetzt zwinkert er mir auch noch zu! O lieber Gott, heißt das etwa, er hat auch das mitbekommen? Meinen kleinen Mundraub auf Vorrat? Mir wird noch ein bisschen schummeriger in den Knien und im Magen. Das wird ja immer peinlicher!

Ich verziehe die Lippen zu einem schiefen Lächeln und starre hilflos seine bärtigen Grübchen an. Ich bin noch nicht mal vierundzwanzig Stunden in diesem Land, und schon ... Was mache ich denn nur?

»Ich glaube, ich hatte schon genug für einen Vormittag«, stammele ich.

»Du bist witzig. Wie heißt du?«

Wieso ist Imme nicht hier? Die wüsste, was man in so einer Situation tut. Ich nicht. Ich spüre Panik in mir aufsteigen. Der Mann sieht gut aus. Also tue ich das Erstbeste, was mir zu so einer Situation einfällt: Ich mache auf dem Absatz kehrt und fliehe – zugegeben – vielleicht ein kleines bisschen kopflos. Womöglich etwas unhöflich obendrein. Aber: Ich muss hier raus und ganz schnell in eine

Papiertüte atmen. Oder mich in eine übergeben, je nachdem, was eher hilft.

Ich tauche unter irgendeinem unbekannten Arm hindurch und rette mich atemlos auf die Toilette, Maike und Christina suchen. Das *will* ich zumindest. Nur gelingt es mir nicht, denn Gregory fängt mich vorher ein. Blitzschnell scannt er meinen Busen, auf dem der verräterische blaue Aufkleber mit meinem Vornamen prangt. »Da bist du ja ... Jenny!«

»Janne«, korrigiere ich schnappatmend.

Gregory sind solche Feinheiten der Linguistik egal. Er dirigiert mich am Ellbogen zum Ausgang hinaus und hält mir einen Vortrag über Gruppendynamik. Immerhin hängen wir so meinen Verfolger ab.

Es nieselt. Die Wolken hängen so tief, dass ich das Gefühl habe, mit dem Kopf einzutauchen. Die frische Luft tut mir gut. Meine Bronchien beruhigen sich. Der Rest von mir braucht noch ein bisschen, vor allem der Magen und mein Gehirn.

»Die anderen Teilnehmer sitzen schon tutto completo im Bus. Ich sag das gleich noch mal für alle durch. Ihr müsst *un-be-dingt* pünktlich sein. Sonst schaffen wir nicht alle vorgesehenen Etappenziele. Und daran willst du doch nicht schuld sein, oder?« Er mustert mich argwöhnisch. Mir läuft Wasser in den Kragen, und ich verziehe das Gesicht. Gregory scheint unsicher, ob er meinen Blick als reuevoll durchgehen lassen kann. Er schlenkert Braveheart junior spielerisch drohend vor meiner Nase herum »Das wäre der Gemeinschaft gegenüber nicht fair, sagt Melly.«

Ich nicke. Diese Puppe wird mich in finsterste Albträume verfolgen.

Erschöpft klettere ich in den Reisebus, vorbei an tadelnd dreinblickenden Gesichtern. Maike und Christina lächeln mich vorwurfsfrei an, doch der restliche Weg ist ein wahrer Spießrutenlauf.

Moment mal! Das ist es! Ich fühle mich in meine Schulzeit zurückversetzt. Jetzt weiß ich endlich, woran mich das alles hier erinnert. Natürlich! Der Bio-Leistungskurs, mit Herrn Büttner in der Zwölften nach Italien. Ich habe ein Referat über die Macchia gehalten. Was das ist, weiß ich heute noch: stachelige Gewächse, die auf kargem mediterranem Staubboden wachsen. Darin sind wir stundenlang herumgekrochen und haben botanisiert. Abends am Pool haben wir uns mit Asti Spumante getröstet. Natürlich ohne Herrn Büttner, nur wir Mädchen. Als unser stets korrekter Lehrer am nächsten Morgen die leeren Flaschen fand – okay, das war nachlässig von uns –, bekamen wir alle den gleichen Spruch zu hören. »… unsolidarisch der Gemeinschaft gegenüber.«

Noch sieben Reihen trennen mich von meinem Sitz. »Dann botanisieren wir eben vom Bus aus«, platze ich heraus. Dreiundzwanzig Jahre später fällt mir die passende Antwort ein, und Herr Büttner wird sie niemals hören. Das ist so typisch für mich, aber es tut gut, es einfach mal ausgesprochen zu haben, auch wenn ich heute, ganz im Gegensatz zu damals, gern *mehr* Zeit draußen in der Natur haben würde. Und mehr Whisky. Aber hier gibt's ja auch Heide und keine Macchia.

Ein bebrillter Mitreisender in der vierten Reihe sieht

kurz von seinem Reiseführer auf und begegnet meinem erheiterten Blick mit Ratlosigkeit.

»Ist nicht wichtig«, sage ich lächelnd und drehe mich um. Ich will noch mal zurück zu Gregory und ihn fragen, ob er zufällig Verwandtschaft namens Büttner in Norddeutschland hat.

Leider rumpeln wir bereits vom geschotterten Parkplatz, und da kennt unser Fahrer offenbar keine Gnade.

»Hinsetzen und anschnallen!« Oh. Das galt mir.

Ich ziehe den Kopf ein, mache kehrt und eiere geduckt von Schlagloch zu Schlagloch, zurück zu meinem angestammten Platz.

In meinem alkoholgeschwängerten Schädel fühlt es sich an, als ob sich die Weltgeschichte im Kleinen wiederholen würde. Aber ich lasse mich nicht länger unterdrücken. Mehr Minuten für die Brave Harts! Mehr Minuten für die schottische Natur. Für Schottland! Freiheit! Freiheit für mich – in Schottland! Diese Reise könnte mich und meine ganze Welt verändern! Ich werde mich wehren, für uns alle, ein Zeichen des Protests setzen! Jawohl, ich gehe in den Widerstand – aktiv! Und danach kapere ich den Bus, wir kehren noch mal um und fahren in die Destille zurück. Ich kann nicht länger den Kopf einziehen und weglaufen wie ein Teenager. Das war ein Versehen, ein Rückfall in alte Muster! Wenn wir wieder dort sind, nehme ich selbstverständlich noch einen erschlichenen Dram mit dem namenlosen Schotten! So ein kleines Fingerhütchen mehr wird mich nicht umbringen. Also, wie fange ich die Meuterei an?

Sobald ich auf meinen Sitz geplumpst bin, beginne ich

mit meiner Revolte, zunächst im Verborgenen. Ich werde nicht länger eins von Gregorys blauen Highlandkälbchen sein. Energisch pule ich an dem runden blauen Aufkleber auf meinem Pulli herum. Soll Gregory doch Gesichter lernen. Und alle anderen auch. Ich will nicht an einem täglich frischen blauen Klebchen auf der Brust erkannt werden. Das ist erniedrigend, sexistisch, empörend! Das Ding schieße ich in den Mülleimer. Schnipp! Sogar getroffen! Triumphierend blicke ich zum Kölner Damenkränzchen gegenüber. Köln ist doch traditionell auch frauenpower-mutig, oder? Aber wenn ich mir die fröhlich dauerschunkelnden Damen so ansehe, sitze ich mit meinem politischen Manifest hier ziemlich allein da.

Außer Piccolöchen und Männern im Kilt interessiert die Damen so schnell nix. Sie summen schon wieder Filmmelodien. Ein Schlag ins Gesicht der feministischen Sache. Mist. Und die kleine Amelie? Ich habe keine Ahnung, wo die im Bus sitzt. Plötzlich weiß ich nicht mal mehr, ob ich den schottischen Grübchenträger überhaupt wiedererkennen würde. Ich bin albern und einfältig und kein bisschen so mutig und draufgängerisch, wie ich gerne wäre. Und meine mitreißenden Freundinnen reisen nicht mit. Ich bin allein, im Gegensatz zu allen anderen in diesem Bus. Ich habe nicht mal eine Helikoptermutter dabei. Oder einen Melly.

Als hätte mir jemand die Batterie abgeklemmt, falle ich in mich zusammen, fische nach einem Kaugummi und meinen Kopfhörern. Ich habe keine Lust auf Musik aus meiner Playlist und auch nicht auf mein Hörbuch, aber ich brauche irgendetwas gegen den drohenden Buskoller, ausgelöst durch permanent schnatternde Mitreisende und etwas zu viel Schnaps am Morgen. Der abrupte Wechsel zwischen whiskyhochjauchzend und zu Tode betrübter Katerstimmung bringt einen schalen Geschmack im Mund mit sich. Und mein Schädel brummt wie ein beleidigter Bär. Vielleicht sollte ich es wirklich mal mit einem kalten Löffel versuchen. Im Geist gehe ich mein Handgepäck durch. Leider hat mein Rucksack nicht mal im Ansatz etwas Verwendbares zu bieten. Also presse ich den Hinterkopf gegen die Glasscheibe. Das kühlt auch. Nach ein paar Minuten kann ich wieder klarer denken, doch das schmerzt auf eine weitere Art. *Mensch, Janne. Da triffst du einmal im Leben einen waschechten Schotten, der dich sogar zum Whisky einladen will, und du versaust es.*

Das Glas versetzt meinem Hinterkopf bei jeder Bodenwelle leichte Schläge. Die erhöhen der Legende nach das Denkvermögen, und es fängt tatsächlich bereits an, Wirkung zu zeigen. Mit jeder Minute bedauere ich die erteilte Abfuhr mehr. Wieso habe ich Mister Grübchen denn nicht wenigstens nach seinem Namen gefragt? Dafür komme ich in die Buspauschaltouristinnenvorhölle. Ich ziehe mir die Kopfhörer aus den Ohren, bereue auch das sofort und korrigiere mich innerlich: Ich komme nicht erst dahin, ich bin schon mittendrin, im Fegefeuer der Gruppenreisenden.

Hinter mir streitet sich ein Ehepaar in den Sechzigern darüber, ob Schottland eigentlich noch zum United Kingdom gehört. Zwei Reihen vor mir fertigt eine resolute, weiß blondierte Bubikopfträgerin zusammen mit einer Verbündeten, die unter einem royal anmutenden Kopftuch mit Blümchenmuster steckt, eine Liste mit Mängeln an, um beim Reiseveranstalter Geld zurückfordern zu können. Schon heute! Dabei sind wir noch keine vierundzwanzig Stunden zusammen.

Unter die Top drei der Meckerliste meiner Mitreisenden zum ersten Programmtag haben es geschafft:

Gregory sei gar kein Schotte, sondern Österreicher. *Skandal!* Wie wird das Ganze erst eskalieren, wenn sie frühestens übermorgen mitbekommen, dass er in Wahrheit nicht mal Gregory heißt?

Auf dem zweiten Platz der No-Gos: Die Hotelbar hatte schon um 23 Uhr geschlossen. *Unmöglich!* Hallo? Schon einmal was von der nationalen Sperrstunde gehört? Egal! Auch dafür muss man den Veranstalter haftbar machen können. Recht so! Vielleicht sollte ich lieber mit den Damen Kopftüchlein und Bubikopf eine Revolution anzetteln? Genug Feuer haben die beiden jedenfalls. Will ich das? *Kurz überlegen, Janne? ...* Nein!

Die beiden Listenschreiberinnen kommen unterdessen zur ungeschlagenen, himmelschreienden Skandal-Top-Nummer eins: Es gab *Haggis* zum Frühstück!

»Der nationale Hammeleintopf ist eine widerliche Provokation guten festlandeuropäischen Geschmacks und passt kein bisschen zu Rührei, gebratenen Tomaten und Orangenmarmelade«, diktiert Blondie gerade ihrer Sitznachbarin.

Ich reiße die Augen auf. *Ernsthaft? Das ist das Argument?*

Okay, über gesottene Schafsinnereien kann man streiten, vermutlich selbst dann, wenn man als Schotte geboren wurde, aber ... Sie lassen mir keine Gelegenheit, darüber nachzudenken, denn das Drama zwei Reihen vor mir spitzt sich stetig zu. Inzwischen wird lauter über die exakten Formulierungen auf der Liste gestritten.

»Sag doch auch mal was Konstruktives, Agnes!«

»Hermine, du meinst *Porridge*. Nicht *Haggis*.«

»Das ist doch egal. Es kommt aufs Gleiche raus. Das Zeug war widerlich.«

Schlagartig wird mir klar, dass Agnes mit dem Kopftuch erheblich weniger Glück beim Frühstück hatte als ich. Ich saß alleine bei Toast, Kaffee und Marmelade, ohne meckernde weißblonde Hermine. Arme Agnes. Ich beschließe, ihren Tag nicht noch schlimmer werden zu lassen. Dass Gregory in Wirklichkeit Gregor heißt, muss sie alleine herausfinden. Ich werde dazu schweigen wie ein Grab.

Das Husten und Würgen des Bordlautsprechers kündigt eine weitere Ansprache von Gregory-Gregor an. »Wir sind inzwischen unterwegs durch die Grafschaft Beauly, Heimat der Clans Fraser und MacKenzie«, verkündet er, unterbrochen von Rauschen und Knattern.

Die Kölnerinnen lächeln verzückt und nicken sich wissend zu. Fraser, MacKenzie – schon wieder *Outlander*-Figuren. Ich könnte mitnicken, lasse es aber. Keine Verbrüderungen, bis ich wieder vollkommen nüchtern bin. Wer weiß, was ich sonst als Nächstes bereuen muss.

Beauly gefällt mir schon auf den ersten Eindruck aus den Busfenstern heraus. Ich mag die aus rotem Sandstein gemauerten Häuser, denen der Zahn der Zeit und unzählige beheizte Kamine einen grauschwarzen Schleier umgehängt haben. Auch hier scheint die Zeit stehen geblieben zu sein. Es gibt keine Leuchtreklamen, keine grellen Schaufenster. Ordentlich getünchte Reihenhäuser in Bonbon-farben wechseln mit alten Gemäuern, und den Hinter-grund bilden die immerwährenden saftig grünen Hügel, nur unterbrochen durch ein paar Schafweiden, Felder und den unendlichen, sich stets verändernden Himmel.

Wir parken gegenüber der ummauerten Klosteranlage auf einem kleinen Platz mit ein paar Läden zwischen den Wohnhäusern. Diesmal bin ich als eine der Ersten raus aus dem Bus. Ich habe das dringende Bedürfnis, frische Luft zu tanken. Vielleicht ergattere ich einen Kaffee dazu? Und Toiletten gibt es sicher auch irgendwo in der Nähe.

»Wollen wir uns die Ruinen zusammen ansehen?«, fragt Maike.

»Das ist total lieb von euch, aber ...« Ich schiele auf die Uhr. Es ist zwar erst kurz nach elf, aber die Zeit rennt, und ich muss mich wieder mal entscheiden. Wofür verwende ich meine kostbare halbe Stunde Ausgang?

»Ich komme nach, okay?« Ein Kaffee muss sein, das ist eine alte Redakteurinnen-Angewohnheit. Kaffee ist für Journalisten noch wichtiger als Schokolade oder andere feste Nahrung, und meine Nase hat welchen gewittert.

»Klar, kein Ding!« Christina und Maike schlendern ein-gehakt in Richtung der Ruinen. Ich überhole eine träge schlendernde Pilgerschar und entere als Erste unserer Gruppe den kleinen Fish&Chips-Laden auf der anderen Straßenseite.

»*A coffee to go, please*«, bestelle ich am Tresen und ernte einen ungläubigen Blick. Darauf folgt Erheiterung. »*Ah, dear. You want to take it with you. A coffee to take away, that's what ye mean, aye?*«

Ich nicke brav und erwidere das Lächeln. *»Yes, please.«* Sag ich doch, zum Mitnehmen. Man muss ja nicht jedes Wort auf die Goldwaage legen! Dann fällt mein Blick auf handlich verpackte Sandwiches mit Fisch und Salat und was auch immer noch zwischen den Brothälften steckt. Davon nehme ich gleich zwei, man weiß nie, wann es wieder was gibt, und ich habe kulinarischen Nachholbedarf. *»To take away!«,* wiederhole ich, und die Verkäuferin zeigt sich begeistert über meine idiomatische Lernwilligkeit. Eine verwandte Seele, denke ich beglückt, bezahle und quetsche mich bereits gut gelaunt zur Tür hinaus, als meine Mitreisenden gerade die Klinke herunterdrücken, um hereinzukommen. Freundlich nickend schieben wir uns aneinander vorbei. Wenn schon Sightseeing-Marathon, dann richtig.

Natürlich verbrenne ich mir im Laufen fast den Mund an meinem ersten gierigen Schluck. Dann strecke ich den Becher weit von mir, um mich nicht vollzukleckern, und eile mit tropfenden, verbrühten Fingern zum Eingang der Klosteranlage hinter dem Eisenzaun. Ich liege gut im Rennen. Ha!

5

Mellys neue Kleider

Mit meinem Kaffee in der Hand bleibe ich einen Augenblick direkt hinter dem eisernen Tor stehen. Es ist wirklich schön hier! Zwei unglaublich dicke, knorrige Bäume bewachen den Eingangsbereich der verfallenen Priorei. Sie fallen mir als Erstes ins Auge. Wie gern würde ich mich jetzt einfach auf eine der Steinbänke darunter setzen und den Ausblick genießen, mit dem Blick in die Ferne schweifen und darüber philosophieren, was die alten Eichen im Lauf der Jahrhunderte schon alles gesehen haben. Aber das ginge alles von meiner Zeit ab. Um halb zwölf müssen wir zurück am Bus sein. Das wird dieser verwunschenen Anlage überhaupt nicht gerecht!

Trotzig langsam gehe ich auf die Ruinen zu. Windschiefe Grabsteine mit unleserlichen Inschriften wechseln mit herausgeputzten Monumenten ab. Sie alle stehen in einem dicken Grasteppich und säumen den Weg zum dachlosen Backsteingerippe der alten Klosterkirche. Beauly Priory. Ihr hat nicht nur das beschauliche Städtchen, sondern die komplette Grafschaft den Namen zu verdanken. Eigentlich geht der Name Beauly, eine schottische Verballhornung des französischen *beau lieu* – schöner Ort –, zurück auf die Mönche, die hier im dreizehnten Jahrhundert ein Kloster gegründet haben. So steht es zumindest auf den Hinweistafeln geschrieben. Das wusste ich nicht, wie interessant!

»Ah!«, verkünde ich laut. »Es war also gar nicht Maria Stuart, die das gerufen hat, das ist nur eine Legende!« Leider interessiert meine Erkenntnis über den Fehler im Reiseführer niemanden. Den habe ich mir als App aufs Handy geladen, um Gepäck zu sparen, aber anscheinend hätte ich mir auch das sparen können.

Die kölsche Truppe rüttelt bereits aufgeregt an einer verschlossenen Pforte im nördlichen Querschiff. Neugierig pirsche ich mich an.

»*Quel beau lieu!*«, schleime ich mich betont unauffällig ein. »Das heißt: Was für ein schöner Ort. Wusstet ihr das?« Es interessiert immer noch niemanden. Die Damen rütteln weiter.

»Vielleicht sieht man was durchs Fenster?«, ruft Susi und schiebt mich mit einem entschuldigenden Lächeln beiseite. Immerhin nimmt sie Rücksicht auf meinen Kaffeebecher.

»Wieso, was ist denn da?«, frage ich ein kleines bisschen gekränkt. Und neugierig. Berufskrankheit.

»Dies ist das Mausoleum der MacKenzies«, erklärt Susi. »Hier ruht Jamies Großvater. Der elfte Lord Lovat ...«

»... Simon Fraser«, ergänzt ihre bebrillte Begleiterin ehrfürchtig. »Der Letzte, der auf dem Tower Hill in London geköpft wurde.« Sie greift sich schaudernd an den Hals.

»Moment mal«, frage ich. »Jamies Großvater – ihr redet

jetzt wieder von der Fernsehserie *Outlander*, richtig? Nicht von historischen Persönlichkeiten?«

»Wo ist denn da der Unterschied, Jenny?« Susi sieht mich ein bisschen schnippisch an, als könnte ich nicht bis drei zählen.

»Oh«, sage ich. *Klappe halten, Janne. Dünnes Eis!* Ich sehe den beiden eine Weile zu, wie sie das Schloss überprüfen, die Klinke drücken, zum vergitterten Fenster laufen und dann frustriert wieder von vorn anfangen.

»Maria Stuart war übrigens auch schon hier«, steuere ich ein bisschen geschichtliches Wissen bei. »Die ist aber noch vor Jamies Großvater gestorben.«

Ich ernte nur Schulterzucken. *Du bist solch ein Klugscheißer, Janne. So findest du nie Freunde!*

»Man kommt nicht rein«, stellt Susi rüttelnd fest und lässt resigniert die Schultern hängen.

»Überrascht dich das denn?«, frage ich vorsichtig. »Ich meine, es ist ein Mausoleum, dadrin sind Gräber.« Ich deute auf die verschlossene Tür.

Susi sieht mich tadelnd an. »Trotzdem hätte ich mir ein Foto mit Jamies Großvater gewünscht. Du verstehst das nicht. Ins Taj Mahal kommt man ja auch rein.«

Ja, das muss ich zugeben. Im Taj Mahal war ich noch nie. Aber ich könnte mir gut vorstellen, dass da auch nicht jeder den eigentlichen Sarkophag angrabbeln darf.

Plötzlich steht Christina neben uns. »Ich finde es ja schon schlimm, wenn man ägyptische Mumien oder den Ötzi öffentlich zur Schau stellt. Und ihr?«

»Das hatten die sich zu Lebzeiten bestimmt anders vorgestellt«, ergänzt Maike.

»Ich meine, das ist doch pietätlos, oder?«, fragt Christina.

Ich nicke und kaschiere meine zuckenden Mundwinkel, indem ich mir die Nase putze.

Susi und ihre Freundin sehen uns verständnislos an. Die beiden lassen uns stehen. »Los, beeil dich«, drängelt Susi ihre Begleiterin. »Wir haben nur noch sieben Minuten. Lass uns das Grab vom Roten Fuchs suchen. Ist das hier nicht auch irgendwo?«

Wir stromern zu dritt in die andere Richtung durch die Kirchenruine und setzen uns dann doch noch einen kurzen Augenblick auf die Steinbank am Eingang. »Simon the Fox Fraser«, murmele ich leise vor mich hin, trinke meinen inzwischen lauwarmen Kaffee und kann mir ein Grinsen nicht länger verkneifen. »Wusstet ihr, dass so der Spitzname des elften Lords Lovat lautete?«

Christina zieht beeindruckt die Augenbrauen hoch.

»Er war Jakobit und Hochverräter, auch bekannt als der letzte Highlander«, spule ich mein Wissen ab. Fakten behalten fällt mir leicht. »Hingerichtet wurde er am 9. April 1747. Nur leider liegt er weder hier noch vermutlich sonst irgendwo auf dem Gelände der Abtei.«

»Cool«, sagt Maike. »Und wer liegt dann da drüben?«

»In dem Sarg ruht eine fünfundzwanzigjährige Frau – zusammen mit Knochen von mindestens vier weiteren Unbekannten. Das haben schottische Forensiker vor Kurzem untersucht. Die Aufzeichnung der Pressekonferenz habe ich mir während der ewigen Wartezeit auf dem Flughafen angesehen.«

Christina kichert. »Du nutzt freies WLAN und You-Tube für Bildungsfernsehen?«

Ich zucke mit den Schultern und lächle verschmitzt. »Kann man machen. Muss man natürlich nicht, aber dann rüttelt man halt sinnlos an verschlossenen Türen.«

Wir grinsen uns an und teilen Schokokekse.

Den *Skye Boat Song* summend, machen wir uns auf den Rückweg zum Bus – zwei Minuten zehn Sekunden vor dem Anschiss-Countdown. Ab und zu macht es schon Spaß, die Bildungszicke zu geben. Man muss es ja nicht ständig raushängen lassen.

»Wo fahren wir als Nächstes hin?«, frage ich Gregory, der an der Treppe stehend bereits seine Schäfchen durch-zählt. Auf einmal habe ich einen Anflug massiv guter Laune. Übermütig pike ich sogar Klein Melly in den ent-blößten Plastikbauch.

»Castle Leod«, sagt Gregory professionell freundlich und puzzelt dabei einen kleinen Gegenstand an einer Kor-del aus seiner Jackentasche.

»Oh, die Burg, die dann doch nicht Filmkulisse für das berühmte Castle Leoch wurde?«, fragt Maike und klimpert ein wenig mit den Wimpern.

Das bringt ihn kurzfristig aus dem Konzept. »Äh. Ja. Äh. Genau die«, stammelt er und fängt an, sich zu recht-fertigen, während seine Jackentasche sich beharrlich wei-gert, ihren Schatz an der Schnur freizugeben. Ob das Ding womöglich eine Stoppuhr ist? Zutrauen würde ich ihm das durchaus!

Gregory fingert zunehmend nervös daran herum. Er sieht dabei richtig goldig aus. »Sie diente aber als Buchvorlage für Diana Gabaldon und ist wirklich sehenswert und ...«

Ich unterbreche ihn, tätschele ihm sanft den Arm und zwinkere dabei verschwörerisch. »Wissen wir doch«, flüstere ich. »Ich freue mich drauf. Ehrlich!« Dabei nicke ich in Richtung der Kölnerinnen, die heftig diskutierend auf uns zutraben. »Nicht unterkriegen lassen.«

Unser Reiseleiter nickt hilflos. Er sieht mich mit einer Mischung aus Verständnislosigkeit und Dankbarkeit an, so als hätte ich ihm angeboten, Melly einen neuen Kilt zu häkeln, einfarbig und in Rosa.

Gut gelaunt wandere ich zu meinem Sitzplatz. Ich fange an, die Fahrt zu genießen. Castle Leod also, danach steht die Gedenkstätte Culloden Moor auf dem Programm, wenn ich mich recht erinnere, und heute Abend gehe ich mit Maike und Christina spazieren. Es wird!

Der Tourplan ist sicher in meinem Rucksack verstaut. Da bewahre ich die Reiseunterlagen in einer schlichten Klarsichthülle auf. Ich habe gern alles vollständig bei mir, so kann ich immer mal nachlesen, was für den jeweiligen Tag geplant ist. Das minimiert das Risiko von Überraschungen. Aber natürlich habe ich die Detailplanung nicht auswendig gelernt, und ich blättere auch nicht vor. Das wäre ein bisschen wie schummeln. So als ob man am ersten Dezember schon alle Adventskalendertürchen öffnet.

Der Bus trägt uns zur nächsten Etappe, und ich beiße dankbar in mein Sandwich. Lieber Himmel, was für ein Tempo Gregory uns vorgibt. Ob das jetzt die ganze Zeit so weitergeht? Wir haben noch nicht mal offiziell Mittagspause gemacht, und ich habe bereits hundert Fotos verschossen. Schottland-all-in-one-day: Whisky, Ruinen, Schloss, Schlachtfeld … Ich hoffe nur, dass wir gleich ein wenig mehr Aufenthalt haben.

Bin ich die Einzige, der bei unserer Sightseeing-Geschwindigkeit der Kopf brummt? Oder liegt das immer noch an meinem flüssigen zweiten Frühstück? Allein das heutige Pensum – an Sehenswürdigkeiten, meine ich, aber gut, ehrlicherweise auch an Alkohol –, das würde ich mir im Normalfall in mindestens vier Wochenrationen aufteilen. Mindestens! Ich schlucke meinen Fischsandwichbissen hinunter, schwelge in der bergigen Kulisse draußen und unterdrücke ein Seufzen.

Dieses Land ist so atemberaubend schön – und wir rauschen in einem Affenzahn hindurch und dran vorbei. Ich muss nachher mal Christina und Maike fragen, wie sie das finden, und ich ahne, was sie sagen werden: zunehmend schrecklich. Frustriert öffne ich mein Reisetagebuch für einen kurzen Zwischeneintrag.

Jannes ~~Reiseblog schrecklicher~~ Schottenblog
Immer noch Tag zwei
Immer noch der 16. September, irgendwann mittags

Ich habe neue Freundinnen gefunden: Maike und Christina sind seelenverwandte Schwestern im Geiste. Und beinahe hätte ich dem Maskottchen unseres Reiseleiters einen neuen Kilt gehäkelt, aber ich komme gar nicht dazu vor lauter Sightseeing.

Zugegeben, das klingt etwas sarkastisch, aber diesmal lösche ich es nicht. So! Der Vollständigkeit halber ergänze ich dann noch ein paar Rahmendaten, auch damit ich selbst den Überblick behalte und später nicht alles verwechsle.

Unser Ziel eben (siehe Bild) war die Beauly Priory, jetzt sind wir schon wieder im Bus, und es geht weiter nach Castle Leod. Pausenlose Höhepunkte. Hui!

Unterwegs halten wir kurz auf freier Strecke. Ich bin überrascht, allerdings weniger von der Schönheit des malerischen Wasserfalls, der sich in mehreren Strömen über nackte Felsen in einen gewundenen Bach ergießt, sondern davon, dass wir tatsächlich links ranfahren und aussteigen dürfen, um ihn ohne trennende Fensterscheiben und Tempo achtzig bewundern zu dürfen. Anscheinend haben Maike und Christina diese Unterbrechung herausgehandelt. Ich könnte sie dafür knutschen! Allmählich entwickle ich ein warmes Gefühl für unsere zusammengewürfelte Gemeinschaft.

»Aber nur ganz kurz!«, fleht Gregory. »Und Vorsicht wegen der Autos.« Niemand hört ihm wirklich zu. Alle stürmen an ihm vorbei ins Freie, ich mittendrin.

Das Tal auf der anderen Straßenseite finde ich allerdings noch viel schöner als den Wasserfall zu unserer Linken. Überall blühen Glockenblumen und Johanniskraut. Dazwischen sind große Flächen komplett violett. Die Heide wirkt auf mich wie ein einladender Teppich, der sich hügelabwärts entrollt.

»Nein, nein, nein!«, brüllt unser aller Reiseleiter mir hinterher, als ich mich daranmache, die Böschung über einen kleinen Trampelpfad hinabzuklettern und der Einladung zu folgen. Ich ignoriere ihn geflissentlich, denn ich muss mich konzentrieren. Der Boden ist schlüpfrig vom Regen, Erde wechselt mit kleinen Felsbrocken und glatt gespülten Steinen. Leider turnen mir ein älterer Herr und sein zauselbärtiger Sohn hinterher, die ich offenbar zu einer kleinen Revolte inspiriert habe. Hat man denn hier nirgends seine Ruhe?

»Kommt zurück!« Gregory winkt und fuchtelt. »Sofort!« Er steht auf der anderen Straßenseite und guckt wie ein kleiner Junge, der den Asphalt für glühende Lava hält. Dabei kommt weit und breit kein Auto.

»Was?«, rufe ich genervt. Ich bin schon groß und habe den nicht vorhandenen Verkehr durchaus im Griff.

Gregory tippt auf seine Armbanduhr und gestikuliert als Verstärkung mit Melly.

Das kann doch wohl nicht wahr sein?! Ich verdrehe die Augen.

Zauselbart und sein Vater kehren folgsam auf dem Absatz um. Umständlich drängen sie sich an mir vorbei. Ich habe noch Glück, dass sie mich dabei nicht umschubsen.

Gregory hat sich derweil ein paar anderen Teilnehmern zugewendet, Maike und Christina sind auch dabei. Ich nutze die Gelegenheit und tauche ab. Wenn ich mich ducke, bin ich von der Straße aus nicht mehr zu sehen. Wenigstens zwei, drei Fotos möchte ich von diesem Idyll mit nach Hause nehmen, und irgendwas Unverfängliches brauche ich schließlich auch für meinen Blog. Einatmen … ausatmen. Himmel, bin ich genervt!

Diese kleinen blauen Blümchen vor dem Hintergrund von Moos und Heide und über allem der gigantische Wolkenhimmel – das könnte man zum Poster vergrößern, und selbst dann würde es die Weite nicht einfangen. Ich atme noch mal tief ein und muss husten. Vor mir liegt ein unberührt wirkendes Tal, aber hinter mir hat unser Fahrer bereits den stinkenden Dieselmotor angelassen. Na, wenn das kein Wink mit dem Zaunpfahl ist.

Ächzend stehe ich auf, stecke die Kamera ein und klettere die Böschung wieder hinauf.

Für den Stopp in Castle Leod plant Gregory die obligatorischen fünfzehn Minuten ein – inklusive Pipipause. Inzwischen bin ich mir sicher: Er prüft unsere Aufenthaltsdauer tatsächlich mit einer Stoppuhr! Ich erkenne die Umrisse unter der Ballonseide seiner Allwetterhose. Und ich komme noch einer weiteren perfiden Raffinesse auf die Spur.

Anscheinend hat er den Tagesplan so ausgearbeitet, dass die Sehenswürdigkeiten quasi mit der Kapazität ihrer öffentlichen Toiletten in Relation zum durchschnittlichen Blasenfassungsvermögen seiner Lämmchen korrespondieren. Na ja, er würde es wohl nicht so ausdrücken, aber mir wird immer klarer: Es ist nicht historisches Wissen, das die Qualität eines Reiseleiters ausmacht. Er muss schon vor den Reisenden wissen, wann wer aufs Klo muss, und sollte sich auskennen, wo genau dann auch ein stilles Örtchen in unmittelbarer Nähe ist. Ich schaue ihn mit ganz neuen

Augen an. Es würde mich nicht wundern, wenn ein Teil von Gregorys enormem Bauchumfang in Wirklichkeit einem Geheimvorrat an aufgewickeltem Toilettenpapier geschuldet wäre, als Notfallreserve. Vor meinem geistigen Auge sehe ich, wie er davon einer Schlange stehenden Schar geduldig bedarfsentsprechende Streifen abwickelt. Wahnsinn.

»Fünfzehn Minuten!«, wiederholt Gregory in Wahrheit gerade lächelnd. Ich brauche einen Moment, um meine inneren Bilder beiseitezuwischen. Äh, loszuwerden – nicht wischen, nicht in diesem Zusammenhang, bitte nicht!

Dann bekomme ich einen Ellbogen ins Kreuz, und der Rest verflüchtigt sich von alleine. Sobald wir den Parkplatz angesteuert haben, schieben und drängen wieder alle mit Handys und Kameras zum Ausgang.

Gregory hat seine Stoppuhr scharfgemacht. Gerade lässt er die verräterische Kordel in seiner Hosentasche verschwinden.

»Dann haben wir ja gar keine Zeit für eine Innenbesichtigung?«, stelle ich vorwurfsvoll fest, als er sich den Hosenbund ein Stück hinaufzieht. Ich muss dabei ziemlich entgeistert aussehen. Entsprechend milde lächelt er mich an.

»Jennyschätzchen …« Er schüttelt väterlich den Kopf. »Jennyschätzchen, dann würden wir ja niemals mit dem Programm durchkommen. Wir fahren jetzt zuerst einmal weiter nach Inverness. Dort machen wir zwei Stunden Mittagspause. Danach haben wir noch Culloden auf dem Plan, und vorher gibt es einen kleinen Überraschungshalt bei einem gewissen Steinkreis. Aber psst! Nicht den anderen verraten!« Er zwinkert mich an, als wäre er die Lottofee persönlich.

»Ja, aber, das sind alles Ruinen«, wage ich dennoch zu widersprechen. »Brauchen wir wirklich zwei Stunden zum Essen in Inverness? Die meisten von uns haben doch schon in Beauly …«

»Jenny!«, versucht er mich zu unterbrechen, aber ich nehme gerade Fahrt auf.

»Dies hier ist laut meinem Reiseführer das älteste noch intakte Schloss. Und heute gäbe es sogar die Möglichkeit zu einer Führung! Der vorletzten in dieser Saison!« Ich halte ihm mein Handy hin, damit er sich selbst überzeugen kann.

Gregory ignoriert meinen ausgestreckten Arm und lächelt maskenhaft weiter.

»Keine Angst, Liebes. Auch bei den Ruinen gibt es Toiletten. Schottland ist bestens auf seine Besucher vorbereitet.« Immer noch dauerlächelnd, schiebt er mich Richtung Ausgang. »Jetzt hast du noch vierzehn Minuten, denk dran! Pünktlich zurück sein!«

Damit lässt er mich stehen und watschelt der Mutter und ihrer renitenten Amelie hinterher.

»Immer nur Schlösser und Burgen«, schnappe ich auf. »Ich will reiten gehen! Und Schnuffelkühe streicheln!« Wie alt ist das Mädchen eigentlich? Fünfzehn? Zwölf? Sie sieht aus wie mindestens siebzehn. Aber das liegt vielleicht an der Schminke.

Mit hängenden Schultern bleibe ich an der Auffahrt stehen. *Closed today* steht auf dem grünen Schild, das unübersehbar auf dem verwitterten Mäuerchen thront. Ich beiße mir auf die Lippe. Gregory hat das garantiert gewusst. So was Blödes aber auch.

Die Gärten sind trotzdem zugänglich. Immerhin. Während ich im Gehen auf der Website der Burg nach dem Fehler suche, schnappe ich eine Unterhaltung zwischen den Kölnerinnen auf. »Castle Leoch sah im Film aber ganz anders aus. Waren das alles Spezialeffekte, mit grünen Tüchern und so?«

»Nein, Lore. Liebelein, das hier ist Castle LeoDDD. Nicht LeoCHCHCH. Das hat in keinem Film mitgespielt«, gibt Susi zur Antwort, während die Damen weiterbummeln.

Ein Schloss kann in keinem Film mitspielen, klugscheiße ich heimlich und sperre schon den Mund auf, um ihnen hinterherzurufen. Aber dann siegt meine stetig wachsende Sozialkompetenz. Erstens hat es keinen Sinn. Zweitens entwickle ich Sympathien für Susis in einer Welt voller Lores und Hermines. Drittens habe ich herausgefunden, warum heute zu ist. Ich war im Monat verrutscht. Und viertens: Nur noch zwölf Minuten! Ich mache mich besser auf die Suche nach dem Walnussbaum, der im Jahr 1550 zu Ehren der Mutter von Maria Stuart gepflanzt wurde. Der ist umsonst und draußen und etwas ganz Besonderes.

»Du bist gar kein Walnussbaum«, beschwere ich mich leise japsend bei dem Kleinod, als ich zwei Minuten später unter seinem majestätischen Blätterdach stehe. »Du bist eine Esskastanie.«

Wie zur Bestätigung raschelt es in den Zweigen, und mir fällt eine stachlige Frucht vor die Füße. Über mir höre ich wütendes Keckern. Ein Eichhörnchen. Und es schimpft mit mir.

»Welche Laus ist dir denn über die Leber gelaufen?«, frage ich nachsichtig. »Bist du auch mit einer aufgezwungenen Reisegruppe unterwegs?«

Das Eichhörnchen antwortet mir nicht. Es windet sich in einer diagonalen Abwärtsspirale den breiten Stamm herab, springt auf den perfekt getrimmten Rasen und hält etwa einen Meter vor mir plötzlich inne. Dunkelbraune Perlaugen taxieren mich.

»Ich stehle dir deine Beute schon nicht. Hier.« Zum Beweis gehe ich in die Hocke und schubse die Kastanie sachte mit dem Zeigefinger an. In ihrem stacheligen grünen Fransenkleid kullert sie ungelenk auf das Tier zu.

»Bist du sicher, dass die schon reif ist?«, gebe ich zu bedenken. »Bei uns isst man Maronen auf dem Weihnachtsmarkt. Nicht schon im September.«

Das Eichhörnchen zögert, aber dann ignoriert es meinen Einwand. Wahrscheinlich gehört es zum Clan der MacKenzies, und Kommentare von mir sind unter seiner Würde. Oder es weiß einfach besser, was ihm schwer im Magen liegt und was nicht.

Schimpfend hüpft es gerade so nah an mich heran, dass es die Kastanie mit Ärmchen und Maul fassen kann, und klettert dann sofort wieder ins schützende Blattwerk hinauf. Beeindruckt sehe ich ihm nach. Wenn ich das ebenso gut könnte, würde ich öfter auf Bäume klettern.

In der Ferne ertönt ein Nebelhorn. Das verwirrt uns beide einen Moment lang. Das Eichhörnchen verliert um ein Haar seinen Schatz. Schon wieder, fast wie das arme

Kerlchen mit seiner Nuss bei *Ice Age*. Ich muss grinsen. Es tutet noch einmal. Wo kommt das nur her? Dann realisiere ich, dass keine Kreuzfahrtschiffe auf dem Parkplatz vor Anker liegen, sondern Busse. Unserer vor allem! Mit Gregory und seiner unbarmherzigen Stoppuhr an Bord. Oh nein, nicht schon wieder! *Du bist so verpeilt, Janne!* Hastig rappele ich mich hoch und sprinte zurück.

Ist das Urlaub, wenn man die ganze Zeit seinem Reiseleiter hinterherrennt?

Mit Seitenstechen und brennenden Lungen nähere ich mich Amelie und ihrer Mutter, die gerade mit Gregory darüber diskutieren, ob man nicht noch einen Ausritt ins Programm nehmen könnte, während wir morgen das Highland Folk Museum besuchen.

»Das Mädchen hat keine Lust darauf, vier Stunden in einem Museumsdorf abzuhängen. Sie ist vierzehn!«, erklärt die Übermama gerade.

Da lag ich ja gar nicht so schlecht mit meiner Schätzung.

In dem Alter müsse man das verstehen, sprudelt sie weiter, und im Vorjahr hätte es den Ausritt auch gegeben. »Deswegen ist Amelie überhaupt mitgekommen nach Schottland und nicht mit ihrer besten Freundin ins Zeltlager nach Südfrankreich gefahren.« Zum Beweis hält die Dame Gregory ihr Smartphone unter die Nase.

Dankbar für die Ablenkung quetsche ich mich an den dreien vorbei, kassiere ein fröhliches Augenzwinkern und einen weiteren Keks von Maike und lasse mich kauend auf meinen Sitz plumpsen. Uff.

Amelie und ihre Mama hangeln sich jetzt auch den Gang hinunter und steuern auf zwei Plätze schräg vor mir zu. Ah, da sitzen sie also.

»Das ist ein anderer Reiseanbieter gewesen?«, zischt ihr die Mutter in den Nacken. »Das hast du gewusst, oder? Dass du mich so auflaufen lässt!«

Amelie hat Tränen in den Augen. Als sie sich setzt, begegnen sich unsere Blicke erneut. Ich beiße mir auf die Lippe. Ich kann ihr so gut nachempfinden, was sie gerade durchmacht. Am liebsten würde ich sie bei der Hand nehmen und mit ihr ins Lila und Grün nach draußen entkommen. Wir würden uns meinen angebissenen Keks teilen und irgendwo ganz sicher zwei Pferde finden, oder wenigstens ein paar Schnuffelkühe zum Troststreicheln.

Gregory schiebt sich schwitzend mit etwas Abstand hinter ihnen her, stützt sich an jeder Kopflehne mit den Händen ab und zählt dabei durch. Er lächelt nach links und nach rechts. Bei den beiden angekommen, vereist sein Blick kurzzeitig, und bei mir zieht der Reiseleiter rügend die Augenbrauen hoch und tupft sich Schweiß von der Oberlippe.

Geht das jetzt etwa wirklich eine ganze Woche so weiter? Lieber Gott, bitte schenke mir Geduld – und zwar sofort, denn ich kann verdammt gut alles davon gebrauchen, was du noch irgendwo übrig hast. Oder zaubere für Christina, Maike und mich zumindest einen Dreiersitz in diesen Bus! Letzteres nehme ich allerdings gleich wieder zurück. Bloß kein Nähezwang, ich will unseren guten Draht ja nicht überstrapazieren.

Unser Bus rollt wieder über die Landstraße. Dösend kühle ich meine Stirn an der Fensterscheibe. Im Halbschlaf bekomme ich mit, wie Köln über die beste Kiltlänge bei Männern diskutiert und was genau ein Knie im Rock so pornografisch sexy macht. Das Mutter-Tochter-Gespann schräg vor mir versucht, die Geräusche der jeweils anderen zu übertönen: Die eine schnarcht, die andere hört Musik.

Das Paradies ist draußen. Wir kurven durch eins dieser namenlosen, schnuckligen Highlanddörfchen, in denen die Zeit irgendwo zwischen dem neunzehnten Jahrhundert und den Siebzigern stehen geblieben scheint. Villen aus Bruchsteinen wechseln mit weiß getünchten Häuschen und kleinen Geschäften. Wie würden wohl die Bewohner eines dieser Cottages reagieren, wenn ich plötzlich anklopfen und um Asyl bitten würde? Wie würde ich an ihrer Stelle reagieren? Ich würde mir die bunte Tür mit dem Löwenkopf-Klopfring vor der Nase zuknallen, vermute ich.

Keine zwanzig Minuten später überqueren wir die Brücke, die den Beauly Firth vom Moray Firth trennt, und erreichen Inverness, die Hauptstadt der Highlands an der Mündung des Flusses Ness. Dort parken wir auch, direkt am Fluss, der sich quer durch die Innenstadt zieht. Hier reihen sich Pensionen, Hotels und Restaurants dicht an dicht. Etwa alle fünfzig Meter gibt es eine Brücke, manche für Autos, eine nur für Fußgänger, und an jeder Straßenlaterne, jedem Mauervorsprung und jedem Hauseingang hängen Blumenampeln und -arrangements. Bezaubernd sieht das aus, wie aus einem Bilderbuch.

Mittelalterliche Kirchtürme scheinen mit ihren nadelschmal zulaufenden Dachspitzen an tief hängenden Wolken zu kratzen, und über all den hübschen, teils uralt wirkenden Häuschen thront die Burg von Inverness Castle. Maria Stuart fand in Inverness Zuflucht, Macbeth wurde hier ermordet, allerdings nicht in der Festung, die heute hier steht. Die ist in Wahrheit noch recht jung.

»Das viktorianische Schloss wurde 1836 erbaut«, erklärt uns Gregory. »Man kann es nicht besichtigen, darin befinden sich Gericht und Verwaltung. Aber der Blick von dort auf die Stadt lohnt den Aufstieg. Auf dem Vorplatz ist eine wunderhübsche Blumenuhr angelegt, und auch die Statue von Flora MacDonald möchte ich nicht unerwähnt lassen …«

Außer mir hört ihm kaum noch jemand zu. Meine Mitreisenden trippeln unruhig von einem Bein aufs andere oder verabreden sich bereits mehr oder weniger flüsternd in Kleingrüppchen zum gemeinsamen Essen. Die Ersten reißen Gregory die kleinen Flyer mit dem Stadtplan aus der Hand und marschieren einfach los. Frustriert hält er inne.

»Kommst du mit?«, wendet sich Lore an mich. »Wir verlaufen uns immer.«

Geschmeichelt überlege ich tatsächlich, mich den Kölnerinnen anzuschließen, aber dann zieht Heide, eine Brünette mit Minipli in den blondierten Strähnchen, Lore fort. »Wir gehen zuerst shoppen, haben wir gesagt.«

Christina und Maike fragen mich, ob ich mit ihnen zu Meckes oder in eine Pizzeria möchte. Jetzt bin ich in der Zwickmühle.

»Öhm«, drucke ich verlegen herum.

»Na? Raus damit!«, grinst Maike, und ich gebe mir einen

Ruck. »Ich hatte mich eher auf Fish & Chips oder einen schottischen Pub gefreut, wenn ich ehrlich bin … Aber wirklich gern ein anderes Mal«, rufe ich ihnen hinterher.

Zu Pommes und Burgern schleifen mich meine Kolleginnen zu Hause schon ständig mit, wenn die Kantine Gulaschtag hat – ein Euphemismus für die gesammelten Reste der Vorwoche. Außerdem bin ich noch satt von meinen Sandwiches. Mich interessiert die andere MacDonald.

»Flora MacDonald«, reiße ich Gregory aus seinen Gedanken, als er den Vandalenhorden nachsieht. »Wer war das noch mal? Der Name klingelt bei mir irgendwo.«

Außer mir stehen nur noch Amelie und ihre Mutter sowie ein etwas korpulentes Pärchen unschlüssig in seinem Dunstkreis.

»Oh«, freut er sich, und diesmal sieht es aufrichtig aus. »Nun, man nimmt an, dass sie die – unglückliche – Geliebte von Charles Edward Stuart war. Sie hat den Prinzen nach der verlorenen Schlacht von Culloden in Frauenkleider gesteckt und als ihre Zofe ausgegeben, damit er nach Skye fliehen konnte. Von dort hat unser Bonnie Prince Charlie sich später unerkannt nach Frankreich abgesetzt. Flora hat zeit ihres Lebens auf eine Zeile von ihm gewartet. Und wenn du die Statue betrachtest, wirst du feststellen, dass sie noch immer hoffnungsvoll nach Skye blickt. Aber er hat sich nie wieder bei ihr gemeldet.«

»Der Schuft«, sage ich automatisch.

Gregory betrachtet mich mit sichtlicher Neugier, und seine Augen glitzern. »Wollen wir zusammen hinaufgehen, Jenny?« Aus seiner Stimme höre ich ein klitzekleines bisschen zu viel Euphorie heraus. Alarmiert schüttele ich den Kopf. »Ich, äh, ich bin schon zum Shoppen verabredet, fürchte ich. Oh, und ich muss Gas geben, wenn ich die anderen noch erwischen will. Wir sollen ja rechtzeitig zurück sein, nicht wahr?« Ich zupfe mir einen Stadtplan aus dem Stapel in seiner Hand und trete eilig den Rückzug an.

»*Aye!* Pünktlich um halb vier«, ruft er mir nach.

Zwei Stunden – das ist zum Leben zu wenig und zum Sterben zu viel für die größte Stadt in Nordschottland. Andererseits braucht es für diesen Rekord gerade mal fünfzigtausend Einwohner, zumindest die Innenstadt sollte also zu schaffen sein. Ich stecke mir eine Route über das Dreieck aus High Street, Church Street und Academy Street und spaziere als Erstes über die tatsächlich leicht federnde Hängebrücke auf die andere Flussseite des River Ness.

Währenddessen sauge ich den Flair des Städtchens in mich auf. Hier wimmelt es von jungen Leuten – welch eine angenehme Abwechslung zum Altersdurchschnitt bei unseren bisherigen Sehenswürdigkeiten. Ich bummele an Schaufenstern vorbei und kehre schließlich doch in einer Pizzeria ein, allerdings einer ziemlich stylishen, mit urigen Holztischen, an denen man mit mindestens zehn Leuten sitzt, und alles ist bio, sogar das Bier, und mehr als Bier und Pizza aus dem Holzofen gibt's auch gar nicht. *Save the planet, drink organic,* steht auf den T-Shirts der Kellner und Kellnerinnen. Hier bin ich richtig. Bestellt und bezahlt wird am Tresen, allerdings habe ich keine Ahnung, wie ich mich entscheiden soll. Noch nie habe ich eine so gigantische Zapfanlage gesehen. Hundert Sorten Selbstgebrautes gibt es zur Auswahl, die Hähne füllen die ganze Rückwand. Was nimmt man denn da? Immerhin ergibt das ein schönes Foto fürs Logbuch. Dann bin ich an der Reihe. Bei der Pizza entscheide ich mich für die mit Ziegenkäse, Paprika und Pesto. Ich oute mich als Touristin auf der Durchreise, die peinlichen Einzelheiten erspare ich mir und bitte um einen Getränketipp.

»*Goldeneye*«, empfiehlt die rothaarige Studentin mit den Sommersprossen, die meine Bestellung entgegennimmt. Ein Bier, das nach James Bond benannt wurde?

»Wunderbar, ich meine, *great! I'll have that!*«

Ich habe ja schließlich Urlaub, also warum nicht? Aber ein halbes Pint genügt mir, und ein Wasser nehme ich auch mit an meinen Platz. Öhm. Der ist allerdings inzwischen von einem Quartett junger Leute besetzt. Mist. Wenn meine Pizza mich nach Fertigstellung finden soll, dann muss ich da jetzt eben hin. Also gebe ich mir einen Ruck. »*Excuse me?*«

Die vier kommen aus Spanien, ihr Englisch holpert ein bisschen, Deutsch können sie kaum, und ich kann quasi kein Spanisch außer *un café con leche por favor*. Milchkaffee gibt es hier drin nicht, aber wir haben Spaß zusammen und plaudern dreisprachig und mit Händen und Füßen. Ich habe schon ein paar Tage nicht mehr so gute Laune gehabt, stelle ich fest, als wir uns nach der Mahlzeit voneinander verabschieden und einander noch eine gute Zeit in Schottland wünschen. Beschwingt verlasse ich die Pizzeria-Bar, dieser spanisch-schottische Balsam für meine Seele hat mir Flügel verliehen. Und das Bier vermutlich auch, aber jetzt steige ich auf Wasser und Saft um, beschließe ich.

Die haben's gut, mit dem Mietwagen wäre ich jetzt auch viel lieber unterwegs als in unserem Reisebusboliden. Apropos. Ich sehe auf die Uhr, und schon stellt sich das schlechte Gewissen ein, und ich beschleunige meine Schritte. Wenn ich die gute Flora noch auf ihrem Aussichtssockel auf dem Burghügel besuchen möchte, dann muss ich mich ziemlich sputen. Melly und Gregory haben mich bereits konditioniert wie einen pawlowschen Hund. Ich sabbere zwar nicht beim Klingelton, aber es genügt, an die beiden zu denken, schon laufe ich schneller, obwohl die Straße zu dieser Anhöhe steil bergauf geht. Mit Biopizza und Goldeneye im Magen ist die Herausforderung doppelt so groß, aber ich will das schaffen. Mein Rucksack drückt mir schwer in die Nieren, es fängt mal wieder an zu nieseln, doch wenn ich mir einbilde, dass mich das anfeuern soll wie Zuschauerduschen einen Marathonläufer, dann ist es gar nicht mehr so schlimm.

Gleich. Bin. Ich. Oben. Ha! ... Und auf wen treffe ich am Monument? Gregory, Amelie und ihre Helikoptermutter. Ausgerechnet. Ich will schon die Schultern einziehen und mich dezent verdrücken, da winkt mir die Kleine aufgekratzt zu. Nanu? Was ist denn mit ihr passiert? Hat sie einen YouTube-Blogger zum Selfie überreden können?

Gregory dagegen tupft sich schon wieder über die Stirn, mit einem karierten Stofftaschentuch diesmal, das er sorgsam um Melly herum aus der ausgebeulten Jackentasche hervorgezogen hat. Jetzt sieht es so aus, als ob das wasserköpfige Püppchen gleich Übergewicht bekommt und herausfällt – oder zu entkommen versucht, je nachdem, wie fantasiebegabt oder gruppenkollergefährdet man ist.

»… aber wenn sie später nicht rechtzeitig am Treff-punkt ist, muss sie mit dem Taxi ins Hotel fahren. Dafür übernehme ich keine Verantwortung«, stöhnt Gregory.

»Ist das ein authentisches Tartanmuster?«, bringe ich mich ebenso neugierig wie unverfänglich ins Gespräch ein, und damit ich nicht ständig auf Melly starre.

»Was?« Gregory guckt verwirrt von mir zu Amelies Mutter und von da zu seinem Taschentuch, auf das ich Hilfe spendend deute. »Das? Äh. Nein.« Augenscheinlich ist er nicht auf Multitasking eingestellt.

Amelies Mutter stöhnt derweil theatralisch, um die Aufmerksamkeit nicht zu verlieren und tätschelt ihrer Tochter dabei die glühenden Wangen wie einer Dreijähri-gen. »O Gott, nein. Das schafft mein Mädchen nicht allein in diesem fremden, wilden Land. Dann muss ich eben mit-fahren. Dabei bin ich doch allergisch.« Divengleich presst sie die Fingerspitzen gegen ihre Schläfen, als würde schon der Gedanke einen Migränetsunami auslösen.

Interessiert ziehe ich die Augenbrauen ein Stückchen höher. »Wogegen denn, Sie Ärmste?«

»Ich darf reiten gehen«, klärt mich Amelie auf.

Ah, daher die gute Laune. »Oh, das klingt toll. Ich wollte auch schon immer mal …«, setze ich an und drehe mich zu Melly und seinem Gespielen. Das Püppchen wird gerade zusammen mit dem Taschentuch energisch in die Tasche zurückgestopft.

Sofort unterbricht mich Gregory. »Das ist eine Aus-nahme und nur für geübte Reiter. Dieser Ausritt ist nicht für Anfänger geeignet.«

Woher will der Mann denn wissen, ob und wie gut ich

reiten kann? Allein schon aus purem Trotz müsste ich mir jetzt auch ein Pferd buchen. Aber ein anderes Bedürfnis in mir ist stärker, auch wenn es mindestens ebenso absurd ist: Ich verspüre den plötzlichen, hartnäckigen Impuls, so schnell ich kann, in die Pizzeria zurückzulaufen und die Spanier zu fragen, ob ihr Mietwagen nicht auch für fünf zugelassen ist. Ich kann mich mäuschenklein machen, wenn es drauf ankommt! »Keine Panik«, höre ich mich stattdessen Gregory beruhigen. »Ich habe gar nicht die passende Kleidung mit.«

»Ich schon«, strahlt Amelie.

Ihre Mutter seufzt. »Sogar die Reitstiefel mussten mit. Ich habe die Tüte in der Ladeluke vom Bus gelassen. Ich weigere mich, unser Hotelzimmer mit diesen Dingern geruchlich in einen Stall zu verwandeln.«

Ich erinnere mich an die Plastiktüte. Amelie verdreht die Augen, aber der Rest ihrer Ausstrahlung ist tiefenentspannt-selig. Pflichtschuldig umrunden wir die arme Flora einmal, dann folgen wir unserem Meister im gleichen Stechtrab bergab wie er und keuchen zurück zur Sammelstelle am Fluss. Mit ihm als Schrittmacher erreichen wir den Bus gerade noch rechtzeitig. Trotzdem warten schon alle und richten rügende Blicke auf uns. Gregory stottert Entschuldigungen. Irgendwie ist das Karma, finde ich, er hat seine Truppe eben gut erzogen.

Amelies Mutter nimmt die Schuld auf sich, erzählt ein wenig leidend von der Reitschule, die direkt auf dem Weg nach Culloden liegt, und bedankt sich überschwänglich bei Gregory für sein Entgegenkommen, dass er der jüngsten Teilnehmerin diesen Herzenswunsch ermöglicht. Moment mal … Drückt sich die Heuchlerin da etwa tatsächlich ein Tränchen weg? Wo sie eben noch oben bei Flora so gelästert hat?

»Und kann da jeder mit?« Auf einmal drängt sich ein Mann um die dreißig mit Halbglatze, Pferdeschwanz und Kaugummi zwischen uns durch und bleibt direkt vor mir stehen. Gehört der unhöfliche Klotz überhaupt zu unserer Gruppe?

Gregorys Reaktion nach schon. »Klaus, nur wenn man wirklich reiten kann«, bügelt er ihn professionell lächelnd ab. »Das ist wirklich eine außerplanmäßige Ausnahme. Wir anderen fahren alle, wie es im Programm steht, nach Culloden. So, und jetzt bitte einsteigen.« Die Türen öffnen sich wie die zum sprichwörtlichen Sesam, und wir setzen uns gehorsam in Bewegung. Nur Klaus stoppt, weswegen ich fast in ihn hineinpralle. »Isch will des aach. Unn die Natalia sowieso. Wir lieben Tiere, net wahr, Maus?« Maus hängt an seinem freien Arm. In der anderen Hand schleppt Klaus pralle Einkaufstüten aus diversen Boutiquen.

»Ich kann reiten«, sagt Natalia wie aus der Pistole geschossen, und trotz der Stiefeletten mit den Stöckelabsätzen glaube ich ihr das. Ihre Jacke sieht countrymäßig getragen aus, aber das ist es nicht allein, sie hat diese gewisse resolute Pferdemädchenausstrahlung wie meine Schwägerin Kaja. Natalia schüttelt Klaus' Hand ab.

»Ich habe das nur … Das ist bloß …«, haspelt Gregory verzweifelt und sieht von Natalia zu Amelies Mutter. Der Motor des Busses läuft, und das macht ihm offenbar zusätzlich zu schaffen. Ich sehe, wie er zunehmend nervös an der Stoppuhrstrippe in seiner Tasche herumspielt.

»… es ist ein Alternativprogramm für junge Leute, die nicht so ein großes historisches Interesse mitbringen«, springt Amelies Mutter lächelnd ein. »Wir zahlen das selbst.«

Natalia zieht verletzt die Nase kraus. Das kann ich verstehen: Mit knapp dreißig habe ich mich auch noch für jung gehalten. Allerdings hatte ich da trotzdem schon ein Interesse für Geschichte.

»Isch aach«, behauptet Klaus. Er nickt bekräftigend und fischt zum Beweis sein Portemonnaie aus der Brusttasche.

Gregory tut mir richtig leid, wie er schweißtupfend um Worte ringt.

»Isch geh aach reiten«, erklärt Klaus noch mal mit Nachdruck. »Unn meine Maus sowieso. Stimmt's, Maus? Maus kann reiten.«

»Das hab ich schon gesagt, Schatz, aber ich muss wirklich nicht …« Natalia lächelt mich entschuldigend an, und sogleich ist sie mir sympathisch.

»Gleiches Recht für alle«, beharrt ihr Freund stur. »Des is escht geiler als son langweilischer Rasen mit Museum.«

Hat Klaus gerade wirklich *geil* gesagt? Amelie kichert leise, also vermutlich schon. Ich räuspere mich dezent, weil ich jetzt wirklich lieber in den Bus möchte, als hier weiter zuzuhören, und will mich an Klaus und Maus vorbeischieben. »Lass es doch gut sein«, wende ich mich leise an Klaus.

Warum kannst du nie die Klappe halten, Janne? Klaus sieht aus, als ob er die Platinkarte eines Fitnessstudios besitzt. Bestimmt stampft er mich gleich ungespitzt in den asphaltierten Boden. Aber falsch gedacht, Klaus hört mich gar nicht.

Widerwillig macht er einen Viertelschritt zurück, während er Gregory ein Bündel Geldscheine hinhält und sofort von Amelies Mutter darüber aufgeklärt wird, dass er den Ausritt direkt beim Reitstall zahlen muss. Was für eine Klugscheißerin!

»Also schön.« Geschlagen hebt Gregory ausgerechnet in dem Moment die Arme, als ich im Begriff bin, an ihm vorbeizugehen. Um ein Haar bekomme ich seinen Ellbogen ins Gesicht. »Noch jemand?« Kampflustig sieht er mich an, aber ich weiß, was sich gehört, und schüttele artig den Kopf.

»Culloden«, schwöre ich, und das scheint die richtige Antwort zu sein. Ich darf passieren.

Amelie nutzt die Gelegenheit und folgt mir auf dem Fuß, genau wie Natalia-Maus.

»Er ist wirklich ein Schatz, aber manchmal so stur wie eine Brechstange«, raunt sie mir zu, während wir die Treppe erklimmen.

Ich erwidere Natalias Giggeln und drehe mich über die Schulter zu ihr um. »Männer«, gebe ich hinter vorgehaltener Hand zurück. »Kennste einen, kennste alle.«

Natalia grinst auf genau die richtige Art, und ich wäge innerlich ab, ob wir vielleicht beim Abendessen zusammen mit Maike und Christina an einem Tisch sitzen könnten. Wenn sie so nett ist, dann muss Klaus auch noch mehr sein außer stur. Ich werde es herausfinden. Vielleicht gibt es ja irgendwas, das wir gemein haben, und die Reise wird noch richtig nett. Wie ein Regenbogen am schottischen Himmel steigt Hoffnung in mir auf.

Als ich mich mit einem weltversöhnten Seufzen auf meinen Sitz plumpsen lasse, stehen Klaus und Amelies

Mutter immer noch draußen und diskutieren mit dem armen Gregory. Dann spricht der Fahrer ein Machtwort, die drei poltern herein, und wir starten.

Nach Umfrage über den scheppernden Bordlautsprecher und Meldung per Handzeichen sind es am Ende fünf aus unserer Gruppe, die, statt Culloden zu besichtigen, lieber spontan reiten gehen möchten: Amelie, Natalia und Klaus und ein rüstig wirkendes Rentnerpärchen. Und alle nicken, als Gregory noch mal betont, dass man aber wirklich, *wirklich* sattelfest sein muss.

Klaus gehört definitiv nicht zu den Menschen, die leise sprechen können. Es schallt quer durch den Bus, als er seine Natalia fragt, wie »des mit dem Bremsen« noch mal ging. Ich habe ja nicht viel Ahnung von Pferden, aber ich hege den Verdacht, dass wir da schon zwei sind. Schneller als gedacht habe ich sie also gefunden, die Gemeinsamkeit mit Klaus.

»*Yay!*«, murmele ich.

6

Fraser-Blümchen und Spumante

Soll ich mich einmischen? *Muss* ich mich einmischen? *Darf* ich mich einmischen? Immerhin bin ich Mitglied im städtischen Tierschutzverein bei uns zu Hause. Andererseits werden die Pferde sich zu wehren wissen, die Reitlehrerin wird Kummer gewohnt sein, Klaus ist schon groß, ich habe Urlaub und trage nicht die Verantwortung für diese Gruppe. Ich werde mich also nicht noch unbeliebter machen (außer vielleicht bei einem schottischen Pferd), aber glücklich bin ich mit dieser rationalen und durchaus logischen Kopfentscheidung nicht. Das bin ich nie. Ich bin ein Bauchmensch. Nur falle ich damit immer fürchterlich auf die Nase. Siehe Welpen-Ben, Pedanten-Holger – und Rodrigo, die Latino-Mogelpackung aus dem Spanischkurs, zähle ich auch mit, obwohl ich da Schluss gemacht habe. Und …

Die Bordlautsprecher kratzen und rauschen in meine trüben Überlegungen hinein. »Überraschuuuung! Unser nächster Stopp führt uns zu den *Clava Cairns*«, scheppert Gregorys Stimme, kaum dass wir Inverness hinter uns gelassen haben. Der Rest seiner Botschaft geht in einem spontanen Kreischkonzert der Kölnerinnen verloren. Was ist denn nun kaputt?

Mein Zusammenzucken interpretieren die sechs Rheinländerinnen als Aufforderung, mich einzuweihen.

»Das ist in Wirklichkeit der *Craig na Dunh*«, raunt mir Miss Köln 1950 mit leicht saurem Piccolo-Atem zu. Ich nicke, wickele mucksmäuschenstill einen neuen Kaugummi aus dem Alupapierchen und spiele oscarverdächtig die Ahnungslose. Der Steinkreis diente als Inspiration für ihre Lieblingsserie *Outlander*, lasse ich mich aufklären, während alles in mir nach einem Kaffee und richtigen Ohrenstöpseln schreit. Die nächste Apotheke ist meine.

»Da sind wir allllle Fans von!« Susi schwenkt ihr Sektfläschchen großzügig über die umliegenden Sitze. »Grooooße Fans!«, schwärmt sie ein wenig lallend, und ich verkneife mir ein Grinsen. Nein, wer hätte das wohl erraten? Aber ich werde mich hüten, den angeschickerten Damen zu erzählen, dass ich das mit Clava und Craig bereits wusste. Geschweige denn, dass ich alle Bücher der *Outlander*-Reihe schon vor zwanzig Jahren gelesen habe, auch wenn die Vorstellung, ein wenig zu fachsimpeln, durchaus ihre Reize hätte – aber ich bin mir sicher, das würde mir weit mehr als einen Piccolo bescheren. Also lächele ich unverbindlich und schnüre an meinem Rucksack herum.

»Warte«, befiehlt Susi und legt ihre Hand gebieterisch auf meinen Unterarm. »Ich erklär dir das mal.« Bevor ich mich wehren kann, hebt sie meinen Rucksack hoch, drückt ihn mir auf den Schoß und quetscht sich auf den nun frei gewordenen Platz neben mich. »Also. In der Geschichte geht es um Claire und Jamie ...«

»Jamiieeeee«, echot es von der anderen Gangseite zu uns herüber. Ich schiele auf meine Uhr, die zeigt 15.08 Uhr an. »Sie ist im Zweiten Weltkrieg Krankenschwester ...« Susi ist in ihrem Element. Das Notausgangschild zieht meinen Blick magisch an. Ein ganz gewöhnliches Busfenster hat durch den Schriftzug *Emergency Exit* so was wie den Ritterschlag erhalten. Jetzt ist es etwas Besonderes. Bei uns würde *Im Notfall Scheibe einschlagen* auf einem gravierten Blechschild am Rahmen stehen. Das klingt alleine schon so nüchtern.

In diesem schottischen Bus prangen die roten Buchstaben mitten auf dem Panoramafenster. Mit einem roten Abwärtspfeil. Und der zeigt nicht einfach nur auf eine Glasscheibe. Er zeigt wissend genau auf die schottische Landschaft da draußen. Auf sanfte, in Violett und Grün getauchte Hügel unter einem wilden Himmel. *Steig aus!*, ruft er mir zu. *Lass dich nicht fremdbestimmen.* Carpe diem – pflücke den Tag! Träum nicht dein Leben, lebe deinen Traum. Ich schwelge in Kalenderweisheiten.

Wie gern würde ich dort jetzt wandern. Allein! Die Heide blüht. Es sieht beinahe kitschig aus, aber nur beinahe. Ich finde die Farben und Formen atemberaubend schön. Einzelne Bäume fliegen an uns vorbei. Der Wind jagt die Wolken und treibt sie zu immer neuen Formationen zusammen und wieder auseinander. Die Sonne malt stetig wechselnde Farbspiele hinein. Ich träume mich weg. Susi sprudelt unverdrossen weiter. »... und Jack Randall sieht genauso aus wie ...«

Ich bin kurz davor, mich doch noch als Fan zu outen. Die Zeit kriecht. Oder meine Uhr lügt: Angeblich ist es erst 15.10 Uhr. Die anderen Kölnerinnen stimmen den *Skye Boat Song* aus der Serie an. »*Sing me a song …*«

Susi gerät kurzzeitig aus dem Konzept: Soll sie nun mitsingen oder weiterreden? »Das musst du lesen – oder sehen!«, beschwört sie mich in unverkennbarer Aufbruchsstimmung mit einem tätschelnden Druck auf den Unterarm. Ich nicke, wie ich hoffe, schüchtern genug. Susi scheint zufrieden. Sie klettert auf die Kölner Busseite zurück und fällt lautstark in den Refrain ein. »*… say, could that lass be I …*«

Schepper. Krach …

Ich schließe den Bordlautsprecher auf der Stelle in mein Herz. Er kann ohne Mühen selbst die ausgelassenen Damen neben mir übertönen. Augenzwinkernd und dabei lieb lächelnd, lege ich einen Finger über meine Lippen.

»In drei Minuten sind wir da-ha!«, knarzt Gregory beschwingt.

»Hurra-ha!«, antwortet der Kölner Chor. Und ich stimme stumm mit *Jesus H. Roosevelt Christ!* zu.

Als unser Reiseleiter als Nächstes verkündet, dass wir nur fünfundzwanzig Minuten für den Fotostopp haben, erfasst das Grüppchen neben mir hektische Unruhe. Die singenden Damen lassen mich einfach sitzen. Sie drängeln zum Ausgang, die Handys klickbereit. Dabei steht der Bus noch gar nicht. Wieso meckert der Busfahrer denn jetzt nicht? Gregory gibt über den Lautsprecher sein Bestes, die kölsche Stampede aufzuhalten. Er rauscht und knattert hilflos weiter. »… Sicherheit … krsprsppchhhh …

Geduld schhhhhrrppppsss … alle in der Gruppe … schhrrrhhhkkkh …« Aber gegen sechs Kölner Gute-Laune-Schwergewichte kommt Gregory nicht an. Zumal die anderen Reisenden es ihnen gleichtun und den Mittelgang stürmen. Alle außer mir.

Es ist 15.14 Uhr. Offensichtlich ist meine Uhr doch nicht stehen geblieben. Ich atme tief durch und lausche dem künstlichen Ticken des Sekundenzeigers. So was wie Uhren, Listen oder Zahlen sind Anker für mich, wenn ich in nebligen, fremden Gewässern treibe. Fremd ist, was laut ist oder schrill oder auf andere Art unberechenbar und beängstigend. Ich bleibe noch einen Moment sitzen, genieße den stetig sinkenden Lärmpegel, umso mehr Leute aus dem Bus strömen, und lasse den roten Pfeil und seine philosophische Ausgangsbotschaft auf mich wirken.

In diesem Augenblick ist das, worauf er zeigt, allerdings weniger attraktiv. Wir haben auf dem Parkplatz angehalten, wo auch sonst. In einem Meer aus Fernreisebussen. Stehen hier zwanzig dieser Ungetüme – oder mehr? Ich will es gar nicht wissen. Jedenfalls haben sie alle ihre Fracht ausgespuckt und auf die kleinen Steinkreise und Hügelgräber von *Balnuaran of Clava* losgelassen. So einen Ansturm haben die armen Felsen in den viertausend Jahren ihrer Geschichte selten erlebt, vermute ich. Und wenn, dann haben die stürmenden Horden vor uns wohl nie Gutes gebracht.

Mein tollkühnes Whiskymütchen ist endgültig verflogen. Jetzt drängt erneut meine eher depressive Reisegrundstimmung an die Oberfläche, um Luft zu schnappen.

Meine Seele sehnt sich nach Verbindung, nach Vertrautem und Vertrauten, nach einer Nase voll Katzenfell und einem behaglichen Schnurren in meinem Ohr. Ich pfeife auf meine guten Vorsätze und mein Internetguthaben, lade mir WhatsApp neu herunter und schicke eine akut heimwehgesteuerte Textnachricht an meine Heimatbasis.

Wie geht es den Katzen? Leben sie noch? Kommt ihr gut zurecht?

Minutenlang starre ich die beiden grauen Häkchen an, aber sie färben sich nicht blau. Wieso liest das zu Hause niemand? Bestimmt haben sie Wetten abgeschlossen, wann ich das erste Mal nach George und Lucas fragen würde. Saida behauptet, ich könne nicht delegieren und schon gar nicht loslassen. Das sei bereits früher auf der Arbeit so gewesen. Aber das stimmt überhaupt nicht! Na ja, ein bisschen vielleicht. Ob ich WhatsApp doch wieder löschen soll? Seufzend lasse ich den Blick über die Omnibusse draußen schweifen. Ein Massenlager trojanischer Pferde, die über Schottland gerollt werden und ihren Inhalt einfach nicht bei sich behalten können, weil er ihnen so schwer im Magen liegt. Ich kann's verstehen.

Auf dem freien Parkplatz neben uns wird gerade das nächste prallvoll gefüllte Ungetüm abgestellt. Der Fahrer kämpft und rangiert und kurbelt sein riesiges Steuerrad herum, dass ihm der Schweiß in den Kragen läuft. Das sehe ich natürlich nicht bis ins Detail, aber ich kann es erahnen. Er kriegt es nicht hin. Er müsste ja auch viel weiter nach links einschlagen. Nein, noch nicht. Erst wenn ... Ich stöhne leise und klopfe gerade an die Scheibe, um seine Aufmerksamkeit zu gewinnen, da kommt ihm draußen schon jemand anders zu Hilfe und fängt an, ihn einzuweisen. Oh, es ist unser Busfahrer. Ich ducke mich. Mist. *Mann, Janne! Echt jetzt?* Er hat mich bemerkt, wahrscheinlich erst dadurch, dass ich mich bewegt habe. Doppelmist. Jetzt winkt er natürlich in meine Richtung und bedeutet mir gestenreich, auszusteigen.

»Ja, gleich!«, murmele ich und winke zurück. Der andere Busfahrer hupt verwirrt, weil er nicht weiß, was er mit der ganzen Winkerei anfangen soll und wem jetzt was gilt. Die beiden diskutieren. Ein leises Grinsen stiehlt sich in meine Mundwinkel, doch ich beiße mir sofort reumütig auf die Unterlippe, schließlich bin ich mit schuld an dem Chaos. *Schäm dich, Janne!* Wo war ich? Ach ja. Delegieren und loslassen. Nein, das kann ich gut. Man muss nur richtig erklären und vorbereiten. Dann ist das ganz einfach.

Gedankenverloren wühle ich in meinem Rucksack nach ein paar Bonbons und einer Packung Taschentücher für den Landgang. Währenddessen frage ich mich, ob meine lieben Freundinnen mich vergessen haben. Oder hat Imme womöglich meine Liste nicht gelesen? Enttäuscht lasse ich die Schultern sinken. Ich traue ihr durchaus zu, dass sie wieder mal meint, alles allein und viel besser zu können als ich.

Stirnrunzelnd schnüre ich den Rucksack zu und stelle ihn in den Fußraum. Wir hatten fest vereinbart, dass sie mich in Sachen Katzen auf dem Laufenden hält. Imme weiß doch, dass ich mich sonst nicht entspannen kann. Ich habe ihr alles ganz genau aufgeschrieben, damit sie es leicht hat: Futterpläne, tägliche Routine, sonstige Aufgaben. Oh, Gott. Ob etwas passiert ist? Vielleicht wissen sie nicht, wie sie es mir beibringen sollen …?

Auf einmal höre ich Schritte. Der Busfahrer schiebt sich durch den Gang und unterbricht meine zunehmend panischen Gedanken in lupenreinem Oxford-Englisch. »Ich verriegele jetzt die Türen. Wollen Sie nun raus oder nicht?« Anscheinend ist er fertig damit, einparken zu helfen. Ich gucke überrascht zum Fenster hinaus. Tatsache, da steht der trojanische Bolide, touristenlos leer wie alle anderen auch. Er gleicht unserem Bus wie ein Ei dem anderen und parkt sogar halbwegs parallel zu uns.

»Sorry«, nuschele ich, stopfe schnell Bonbons und Tempos in meine Jackentasche, schnappe mein Handy und stolpere ins Freie.

Lupenreines Oxford-Englisch, schießt es mir durch den Kopf, Schotten sind auch nicht mehr das, was sie mal waren.

Die *Clava Cairns* also. Nach einem letzten Check der Uhrzeit (15.25 Uhr) stopfe ich mein Smartphone entschlossen in die Tasche meines Parkas und stapfe, innere Dialoge führend, über den Schotterweg zum Eingang der Gräberanlage. *Du guckst da jetzt nicht mehr drauf, Janne. Den Katzen geht es hervorragend.* Das weiß ich ja. *Die beiden werden nach Strich und Faden verwöhnt und am Ende der Woche so viel wiegen wie drei Pumababys.* Aber ein Pumababy wiegt sicher dreimal so viel wie eine ausgewachsene Hauskatze, dann wären sie fett! Gar nicht gut … *Du hast definitiv einen krassen Kontrolltick!* Nein, höchstens eine klitzekleine Kontroll…

schwäche, und ich weiß auch ganz genau, warum! *Lenk dich ab, Janne, egal womit.* Ich seufze.

Als ob das so einfach wäre! Soll ich vielleicht die Kieselsteinchen unter meinen Füßen zählen? Murrend widerstehe ich der Versuchung (nein, ich habe das nicht ernsthaft in Erwägung gezogen!) und sehe nach vorn.

Natürlich trampeln die ersten Wilden mit umgehängten Fotoapparaten, in Hochwasserhosen und Tennissocken bereits auf den Grabanlagen herum, als ich dazukomme. So was würden *Outlander*-Fans niemals tun! Die verehren das Land, seine Geschichte und seine (fiktiven) Bewohner. »*Excuse me ...?* Hallo? Wir sollen nicht ...« Man ignoriert mich. Ich gebe auf. Immerhin scheint es wirklich niemand aus unserer Gruppe zu sein, denn die Frevler verstehen offenbar weder Deutsch noch Englisch.

Runterfahren, Janne. Nicht deine Affen, nicht dein Zirkus! Ich muss damit aufhören, ich klinge wie meine eigene Großmutter und benehme mich wesentlich schlimmer: spießig, besserwisserisch, und hochgradig neurotisch. *Sei wie alle anderen Touristen auch, Janne, von mir aus amüsier dich wie ein kleiner Nerd, aber amüsier dich! Sieh dich um und fotografiere, du hast noch knapp zehn Minuten!* Na gut. Ich atme tief durch und putze erst mal mit einem Shirtzipfel meine Brille. Frisch ambitioniert versuche ich, einen der Monolithen menschenfrei vor die Linse zu bekommen.

Ich zücke meinen Fotoapparat. Er ist nichts Besonderes, ein kleiner digitaler Ritschratschklick. Mein Smartphone hat vermutlich mehr Megapixel als dieses Ding, aber wenn ich das Handy heraushole, kann ich nicht für mich garantieren. Ich wische den Gedanken an Lucas und George tapfer beiseite und starre durch den Sucher. Sofort laufen mir die Kölnerinnen durchs Bild.

Was macht dich eigentlich besser als die? Musst du unbedingt die intellektuelle Spaßbremse geben? Ich schnaufe, unzufrieden mit mir selbst. Tue ich ja gar nicht. Ich gebe mir Mühe. Wirklich. Außerdem ist das Galgenhumor. Was soll ich denn machen, wenn ich hier niemanden zum Reden habe? Bei denen zu Hause kann ich ja schlecht aus dem Nähkästchen meiner Leiden plaudern. Mein täglicher Reiseblog muss sorgenfreie Zone bleiben und begeistert klingen. Oder zumindest nachrichtlich. Sonst machen sie sich womöglich Vorwürfe – und schlimmer noch: Imme und die Mädels würden sich darin bestätigt fühlen, dass ich mich tatsächlich nicht mehr amüsieren kann. Aber das stimmt gar nicht! Ich bin total entspannt! Ich mache nämlich Urlaub. *Ja, okay.* Vielleicht muss man mich manchmal ein bisschen in mein Glück hineinschubsen, aber dann komme ich prima zurecht. Als ob ich nicht anpassungsfähig wäre. *Ich!* Dabei ist mein zweiter Vorname Abenteuerlust. Und der dritte lautet Flexibilität! Ich habe nur ein wenig die Übung verloren.

Heimlich schiele ich nun doch auf mein Handy. Noch immer keine Antwort, und es ist schon halb vier durch. *Ganz ruhig, Janne. Es wird schon alles gut sein.* Ich atme tief in den Bauch. Keine Nachrichten sind gute Nachrichten. Vielleicht sind sie einfach nur im Garten … oder auf der Toilette. Nicht jeder, der nicht innerhalb von einer halben Stunde auf sein Handy schaut, muss deswegen gleich tot sein.

Ich lege den Kopf schief und beobachte eine meiner

Mitreisenden (ich glaube zumindest, dass sie auch aus unserm Bus ist). Fürs Foto wirft sie sich so stürmisch an einen der Granitbrocken, als wäre es ihr Liebhaber. Ich schmunzele belustigt. Irgendwie niedlich. Da gellt sie plötzlich »Jamieeee! Wo bist du?!« über den Platz, und ich zucke doch wieder zusammen. Warum gibt es hier so viele *Outlander*-Fans von der … extrovertierten Sorte? Es gibt doch auch so viele harmlose, heimliche, wie mich! Und noch so viele andere tolle Filme, die in Schottland gedreht wurden.

Diana Gabaldons Bücher und die Serie haben den Schotten einen wahren Tourismusboom beschert. Ich hoffe nur, dass sie uns nicht irgendwann mit Mistgabeln von der Insel jagen, weil wir uns nicht benehmen können, sobald wir in Horden auftauchen.

Himmel, ich werde Whiskyfässer brauchen, um das hier zu überleben … aber das *Wie* ist egal. Dieser Gruppenurlaub ist meine persönliche Peak Challenge – Herausforderung angenommen! *Lieber Gott, schenke mir Toleranz, Geduld, Vertrauen … und Nachhilfestunden im Lockerbleiben. Und mach, dass ich eine Nachricht von Imme bekomme.*

Ich verdrücke mich in die hintere Ecke des Parks und warte, bis die Anlage sich etwas leert. Wie ging das noch mit der Burnout-Prävention? Ich setze mich auf einen Baumstumpf und schließe die Augen. Gelassenheit to go, das war ganz einfach: nur fünf Minuten. Ankommen. Den Moment genießen. *Lass los, Janne. Du kannst das!* Ich atme tief durch die Nase ein und blende dabei konzentriert alle störenden Gedanken aus. Genau so, wie wir es in dem

Volkshochschulkurs beigebracht bekommen haben, schärfe ich meine Wahrnehmung für das, was ich um mich herum mit meinen Sinnen erfassen kann.

Die Luft ist wundervoll. Es riecht nach Wald und Kräutern – und dem Parfüm einer Frau, die sich dicht an mir vorbeischiebt.

Frustriert atme ich aus ... *Los, noch mal. Dranbleiben, Janne. Nicht gleich wieder ablenken lassen.*

Ich sauge schottische Hochlandluft durch meine Nasenflügel. Wieder *ein* ... Klappt nicht. *Noch mal.* Zur Unterstützung spanne ich die Hände an ... Und lasse locker ... *Ein.* Und spanne wieder an ... *Aus.* Und lasse los. Ich fokussiere mich nur auf die Luft, die in meine Lungen strömt. Und noch mal: *Einatmen ... Ausatmen ...* Natürlich kann ich mich entspannen! Ganz wunderbar sogar, der blöde Kurs war teuer genug! Ich blinzele. Wie lange sollte man das mit dem Atem wiederholen? Bestimmt hatte ich die Augen schon fünf Minuten geschlossen. Oder? Na ja, wohl eher nicht. Aber immerhin: Es war ein Anfang. *Das hast du gut gemacht, Janne.* Man muss sich auch mal selbst loben.

Ich ziehe meine Arme an den Handgelenken lang, dehne mich und blicke in den Himmel. Die dicken Regenwolken von vorhin haben sich für den Augenblick verzogen und strahlendem Blau Platz gemacht. Ein paar freche Zuckerwatteflocken fegen über mich hinweg und verändern dabei stetig ihre Form. Die Sonne ist gleißend hell und wärmt sogar ein wenig. Meine Nasenspitze kribbelt. So kann es bleiben, Schottland! So geht Urlaubsstimmung. Ich erinnere mich wieder.

Irgendwo auf dem Parkplatz wird gehupt. Ich schiele auf meine Armbanduhr. Gilt das schon wieder mir? Oder ist das beginnende Hup-Paranoia? Nein, drei Minuten bleiben mir noch. Ich zwinkere in die Sonne und wandere los, um ein paar schöne Nahaufnahmen von den Disteln zu machen. Aus der Froschperspektive mit den Steinen im Hintergrund. Schön sieht das aus. Einatmen … Ausatmen … Den Atemstrom an den Nasenflügeln spüren. *Fokus. Bleib in der Achtsamkeit, Janne.* Nicht an die Gregorys dieser Welt denken, nicht an zu Hause und meine Miezekatzen und … *Zu Hause! George! Lucas!* Meine Finger tasten in der Jackentasche nach dem Handy. Aber mit ein bisschen Willenskraft schiebe ich sie daran vorbei und lasse sie zur Belohnung nach einem Hustenbonbon greifen. *Kein Blick aufs Telefon! Das bleibt drin!*

Puh. Es ist ein bisschen anstrengend, sich zu entspannen. Aber ich werde immer besser. Ich schaffe das! Nur weil im letzten Jahr mein Leben etwas durch den Wolf gedreht wurde, heißt das ja nicht, dass ich mir nicht eine leckere Wurst daraus kochen kann. *Was ist das denn für ein schräges Bild?* Ach, hör auf, das ist völlig egal jetzt!

Ich halte mich kurz an einem der großen Findlinge fest. Von denen kann man Gelassenheit lernen: Sie stehen hier jahrtausendein, jahrtausendaus und schauen einfach zu, halten die Klappe, regen sich nicht auf, mischen sich nicht ein. Aber ist das nun der Gipfel des Nirwana oder einfach nur verdammt mieses Karma? Was muss man wohl angestellt haben, um als Findling wiedergeboren zu werden?

Ich streiche sanft über den rauen Stein. »Du hast es auch nicht leicht«, murmele ich tröstend. Der Felsblock glitzert mich an. Er hat eine wunderschöne Maserung unter dem Moos.

Dann sticht mir eine Ansammlung Glockenblumen ins Auge. Die muss ich als Nächste vor die Linse bekommen. Alle schottischen Nationalblumen auf einem Fleck, fantastisch! Auf allen vieren krabbele ich auf der Suche nach dem schönsten Blickwinkel um die Schönheiten herum.

Herrliche Stille ist inzwischen eingekehrt, so ohne lärmende Kinder, sangesfreudige Kölnerinnen und Kulturdenkmälerübergriffige Kletterfreunde, transpirierende Großväter nicht zu vergessen. Verflixt, meine Gedanken springen schon wieder ... *Einatmen ... ausatmen*, ermahne ich mich. *Nicht dein Problem, Janne!* Schön die Kurve gekriegt. Noch mal puh. Ich schenke mir ein inneres Lächeln. Eigentlich ist es wirklich nicht so schwer. Ich sag's ja, ich werde immer besser mit der Entspannung.

Lächelnd pirsche ich weiter und halte mit der Kamera auf alles, was mir ins Auge springt. Moose, Gräser, Blüten, von oben, von unten, von der Seite. Irgendwann bemerke ich, dass ich tatsächlich ziemlich allein hier bin. Oh nein, das Zeitfenster! Nicht schon wieder zu spät kommen! Bitte nicht! Ich schiebe meinen Jackenärmel hoch. Die Armbanduhr zeigt 15.39.37 Uhr an. Und wieso sind eigentlich meine Hände so voller Erde? Oh, und meine Knie auch. Aber dafür habe ich jetzt keine Zeit. Ich bin siebenunddreißig Sekunden im Minus – und ich befinde mich am anderen Ende der Gräberanlage ...

Natürlich bin ich unter den Letzten, die zum Bus zurückgehetzt kommen. »Schneller, meine Lieben. Bitte aufs

Timing achten!«, mahnt Gregory und winkt ungehalten mit Braveheart junior. Ich lege einen schnellen Sprint ein und überhole das Pärchen vor mir. Zwar komme ich mir schuldig vor, aber mein Coup gelingt. Ich erreiche den Reisebus vor ihnen und mogele mich dann auch noch durch die Seitentür am Chef und seiner Standpauke vorbei. Geschafft. Ich kann ja doch noch aus meiner Haut schlüpfen und abenteuerlich sein. Doppelt erleichtert plumpse ich auf meinen Sitz und strahle hinüber zu meinen Nachbarinnen. Die sind bestimmt auch schrottgenervt von Gregorys Stoppuhrenfimmel, oder?

Die Blicke der Kölnerinnen erwischen mich daher kalt. »Das geht alles von unserer Zeit am nächsten Stopp ab«, knirscht mich Lore an und tippt demonstrativ auf ihr Handgelenk. »Wir wollen Blümchen am Fraser-Monument ablegen, und wenn wir jetzt auch noch an diesem Reitstall halten müssen ... Die schließen um achtzehn Uhr!«

Ihr Blick schockfrostet mein Lächeln, und es gefriert zu einer Grimasse, mit der ich den Joker bei *Batman* spielen könnte. Lore ist Susis beste Freundin und Nachbarin – nicht nur im Bus, sondern auch zu Hause in Köln. Und sie versteht keinen Spaß, wenn es um ihre Pläne geht. Susi selbst ist beschäftigt. Sie checkt Koordinaten mit ihrem Smartphone. Vielleicht tut sie auch nur so. Ich werde jedenfalls keines weiteren Blickes gewürdigt. Da ist sie wieder, die zwölfte Klasse. Ich habe einen weiteren Flashback und befinde mich wieder auf dieser Klassenfahrt nach Italien. Ich sehe Rieke vor mir, die langweilige Klassenstreberin, die am Morgen nach unserem fröhlichen Mädelsabend als Erste aufstand und mit voller Absicht so laut über die leeren Spumante-Flaschen stolperte, dass Herr Büttner noch im Schlafanzug nach dem Rechten sehen *musste*. Es gibt erfreulichere Anblicke für Siebzehnjährige als überfünfzigjährige Biologielehrer im Pyjama. Vor allem, wenn sie mit Tennissocken und unrasierter Wut im Gesicht alle am Pool zusammentrommeln. Morgens um halb sieben. Mir war doch eh schon übel …

Puh. Ich schüttele mich nach über zwanzig Jahren immer noch bei diesem inneren Bild.

Angesichts der Erinnerung an Rieke und Herrn Büttner geht meine mühsam herbeimeditierte Volkshochschul-Entspannung stiften. Die lässt mich einfach hier sitzen, das Miststück — es sind aber auch wirklich erschwerte Bedingungen, so mit Fraser-Blümchen und Spumante! Die Rieke aus meiner Macchien-Fantasie zieht mir mit der Sektflasche eins über, zumindest fühlt es sich so an, als ich begreife: *Ich bin wie sie geworden, nur schlimmer!* Ich stöhne laut und lasse mich gegen die Rückenlehne fallen. Das ist ja furchtbar!

Prompt ernte ich einen bitterbösen Blick von Susi. Habe ich schon erwähnt, *wie sehr* ich mich in meine Schulzeit zurückversetzt fühle? Aber Abi ist lange vorbei, ich bin dem berüchtigten Hier und Jetzt ausgeliefert, als erwachsene Frau von vierzig Jahren. Leider. Das bedeutet, ich mogele niemandem mehr Meerrettich in die Zahnpasta oder löse den Deckel vom Salzstreuer. Aus dem Alter bin ich raus. (Na gut, ich habe so was nie wirklich selbst getan. Aber ich habe dabei zugesehen und nicht gepetzt — zumindest dann nicht, wenn die Leute es verdient hatten!) Noch mal leider.

Was ist nur aus mir geworden? Ich unterdrücke ein zweites Seufzen und gebe mir einen Ruck.

»Das Fraser-Monument ist ein Gedenkstein für die Clans, die an der Seite von Bonnie Prince Charlie in Culloden Moor gekämpft haben, nicht wahr?«, frage ich freundlich in Richtung sauertöpfische Susi.

»Ja«, kommt es knapp zu mir herübergebissen. »Der Clan der Frasers war für den Prinzen im Aufstand gegen die englische Besatzung sehr wichtig.«

»1746. Wir reden von Jonathan »Black Jack« Randall, richtig?«, setze ich nach, um ein paar Punkte wettzumachen, und zwinkere Susi verschwörerisch zu. Er war der Erzfeind Jamie Frasers in der *Outlander*-Serie, wer wüsste das nicht.

Mein Plan geht auf.

»Stimmt«, grummelt Susi eine Spur verwundert und etwas netter. Sie beobachtet meine erfolglosen Versuche, die schottische Erde unter meinen Fingernägeln mit einem Tempo wegzukriegen, und reicht mir ein Feuchttuch. »Wir haben grob geschätzt nur noch eine Stunde Zeit dort und müssen den Stein ja auch erst auf dem Freigelände finden und ...«

»Nur eine Stunde?«, unterbreche ich alarmiert. »Wie soll man denn da die ganze Ausstellung sehen? Da ist doch ein Museum, oder nicht?«

»Und Toiletten«, mischt sich Lore ein und beugt sich vor, um mich besser anfunkeln zu können. »Davor werden Schlangen sein.«

Susi schiebt ihre Freundin energisch zurück. »Ach, mach dir keine Gedanken. Du kriegst noch genug Geschichte. Das Highland Folk Museum morgen wird viel interessanter. Da wurden jede Menge *Outlander*-Filmszenen gedreht.« Sie sieht mich skeptisch von der Seite an. Anscheinend hält sie es trotz all meiner Versuche für vergebene Liebesmüh, mich tiefer in die Geheimnisse der geheiligten Dreharbeiten einzuführen. Tatsächlich würde mich das brennend interessieren, aber der Preis ist mir zu hoch. Ich nicke artig, und sie wendet sich wieder ihrem Handy zu. Zum Glück bin ich nicht so abhängig von diesen Dingern. Ich bevorzuge die reale Welt! Demonstrativ sehe ich nach draußen und lasse mich von der Landschaft verzaubern, die scheinbar an uns vorbeifliegt.

Doch mein stilles Glück währt nicht lange. Die Fahrt ist kurz, nur ein paar Minuten, und wir biegen in einen Schotterweg, der an Pferdeweiden vorbeiführt. Die Bremsen zischen, als der Bus seine Türen aufstößt, um unsere fünf Reitwilligen zu entlassen, und ein paar der Rösser, die draußen neugierig die Köpfe heben, sprinten bockend und furzend davon. Gregory führt den kleinen Tross an, wacker und unerschrocken. Ich bewundere ihn dafür und winke durchs Fenster. Amelie winkt strahlend von draußen zurück, Klaus und Natalia sind in gestenreiche Gespräche verstrickt, die sich anscheinend um Zügelführung drehen, so wie die beiden mit den Armen herumfuchteln. Bevor alle in einem Natursteinhäuschen verschwinden, das offenbar der Anmeldung zu ihrem Reitabenteuer dient, schnappe ich einen ziemlich erschrockenen Blick von Klaus auf, der einem buckelnden Pony unter einer dick wattierten roten Regendecke gilt, das quer über die Weide schießt. Dann verschwinden sie aus meinem Blickfeld, denn wir fahren wieder an.

Gregory tupft sich den Schweiß von der Stirn, geht schwankend durch die Reihen und zählt uns noch mal alle durch. Unsere Blicke begegnen sich kurz, als er auf unserer Höhe ist. Meiner sagt so was wie: *Fünfundvierzig minus fünf sind vierzig.*

Gregory spricht seinen tatsächlich aus: »Sicher ist sicher, Mädels. Ihr seid ganz schön wilde Dinger.« Er zwinkert mir animateurmäßig zu, also habe ich mir den Unterton nicht eingebildet.

Ich schnappe nach Luft, aber Susi lenkt die Aufmerksamkeit geschickt auf sich. »Gregory, Culloden ist laut Plan der letzte Stopp des Tages, ich hoffe, wir hängen die verlorene Zeit wieder hintendran!«

»Aber meine Teure!« Gregory dreht sich, und ich bekomme nur noch seine pralle Kehrseite und die wehenden Jackenschöße ab. »Ich tue, was immer in meiner Macht steht. Ich habe das selbstverständlich bedacht. Wir sammeln die Reiter nachher mit dem leeren Bus zuerst ein und treffen euch dann alle am Parkplatz von Culloden, so habt ihr noch mal zwanzig Minuten extra. Aber nicht mehr – denn dann wartet das Abendessen im Hotel auf uns, und das soll ja nicht kalt werden, nicht wahr? Sonst wird unser Melly ganz traurig. Es gibt doch *Eton Mess* als Nachtisch.« Er raschelt in seiner Tasche herum und fingert tatsächlich den kleinen Blaukopf heraus, um damit vor Susi herumzualbern.

Leider kann ich Susis Reaktion nicht sehen, aber ich höre ihr promptes Kichern. »Ihr seid aber auch immer hungrige Schlingel, ihr zwei. Na gut. Dann sind wir beruhigt.«

»Was ist *Eton Mess?*«, pirsche ich mich noch mal in ihre Aufmerksamkeit, sobald Gregory die Sicht wieder freigibt.

Susi hebt verträumt die Schultern und klopft erklärend auf ihren winzigen Bauchansatz, der lustigerweise mit dem Knieporno-Kilt auf ihrem T-Shirt zusammenfällt. »Ich bin gar nicht so für Süßes.«

Sie giggelt vergnügt, und meine Mundwinkel zucken. Okay, *das* ist witzig.

Kaum hat Gregory seinen Platz vorn wieder eingenommen, da schnarrt es, der Lautsprecher pupst und knarrt, und Gregory kündigt uns die Gedenkstätte der verheerenden Schlacht an, mit der das freie Leben der schottischen Highlander und das Clanwesen ihr Ende fanden – und die Kilts verboten wurden, für viele, viele Jahre. Arme Susi. Aber *das* weiß sie ganz sicher.

Die Besichtigung von Culloden Moor nimmt mich mit. Vielleicht ist es sogar gut, dass wir nur eine Stunde Zeit haben, um über das ehemalige Schlachtfeld und durch die Ausstellung zu gehen.

Aus der Distanz könnte man das ehemalige Moor für einen gepflegten Golfplatz halten. Kurz gehaltener Rasen wechselt mit Inseln aus Heide, wilden Rosen, Arnika, Disteln und Ginster, nur dass die roten und blauen Fähnchen auf der weiten Ebene keine Löcher, sondern die Stellungen der Engländer und der Schotten während des vernichtenden Kampfes im April 1746 markieren.

Für mein Gefühl realisieren die wenigsten Besucher, dass sie auf dieser Wiese über einen gigantischen Friedhof tollen, unter dessen Grasnarbe Tausende von Toten liegen.

Dezente Schilder bitten darum, respektvoll auf den Wegen zu bleiben. Aber die Menschen laufen überall, sie reden lachend miteinander, posieren für Selfies oder halten ihre herumrennenden Kinder nur auf, um sie auf die kniehohen Gedenksteine der gefallenen Clans zu setzen und dort zu fotografieren – auf Massengräbern.

Ich schlucke trocken und bleibe stumm.

So viel Hoffnung und Mut wurden hier innerhalb von weniger als einer halben Stunde in einem grausamen Gemetzel und Blutbad zerschmettert. Kraftlos lasse ich mich auf eine Bank sinken und ziehe fröstelnd den Kragen meiner Jacke fester um mich. Der Wind heult mir um die Ohren, und mir ist, als hallten darin uralte Stimmen nach. Meine Augen tränen, und ich blinzele ein paarmal in die Weite. So viel Leid.

Lore hat anscheinend den Stein des Fraser-Clans gefunden. Aus der Ferne sehe ich, wie sie ein Blümchen davor ablegt, um an einem realen Grabmal letztlich eines Filmhelden zu gedenken, einer erdachten Figur. Aber ich bin innerlich viel zu leer und mitgenommen, um das zu bewerten. Das steht mir ja auch gar nicht zu, und selbst wenn ich es irgendwo tief in mir drin zumindest skurril finde – es bleibt eine andächtige Geste, und Lore ist genauso hilflos wie ich. Ich rappele mich auf, um nicht völlig in Schwermut zu versinken, fotografiere die tief stehende Sonne hinter der aus Natursteinen gemauerten Scheune, die als einziges Gebäude auf dem Freigelände steht, dann kehre ich zum Besucherzentrum zurück. Das flache Gebäude mit der Aussichtsplattform schmiegt sich fast unsichtbar in die melancholisch schöne Landschaft.

Diesmal bin ich als eine der Ersten wieder draußen. Ich ertrage das Gewusel im Souvenirshop und der Cafeteria nicht, und eine Rückkehr in die Ausstellung deprimiert mich noch mehr. Ich bin vorhin einmal hindurchgeflogen, um in der Kürze unseres Zeitfensters zumindest einen Eindruck zu erhalten – und der hat mir genügt. Die Dokumentation ist sehr einprägsam. Ich hatte keine Ahnung, wie nah sich die Kämpfenden auch mit Musketen und Pistolen tatsächlich kommen mussten, um … Ich starre auf ein Porträt von Charles Edward Stuart. Der bornierte, kriegstreibende und dabei so untüchtige Bonnie Prince Charlie macht mich wütend. Wieso feiern die Schotten ihn heute noch? Nach allem, was er letztlich durch seine missglückte Invasion verursacht hat? Es scheint ihn immerhin beschäftigt zu haben. Den Schautafeln entnehme ich, dass er dem Alkohol verfiel und als gebrochener alter Mann im römischen Exil starb.

Ich brauche frische Luft, auch wenn ich gerade von draußen komme.

Auf dem Parkplatz atme ich tief durch. »Oh Mann«, stöhne ich so erschöpft, als wäre ich tausend Meter gerannt, und schüttele mich. Ich habe mal irgendwo gelesen, dass das hilft. Ich muss an George und Lucas denken, und mich übermannt erneut die unbändige Sehnsucht, mein Gesicht in einem lebendigen Katzenfell zu vergraben und die beiden auf meinem Schoß schnurren zu hören.

Ein kleiner Junge läuft an der Hand seiner Eltern auf den Eingangsbereich zu und deutet, ohne seine Mum loszulassen, mit einem Finger hinter mir in den Himmel. Ich drehe mich um und sehe einen wunderschönen Regenbogen, der sich komplett über das Schlachtfeld spannt, und irgendwie versöhnt mich das ein bisschen. Mit wilden Kindern, albernen Teenagern, den Lores und Hermines und vielleicht sogar ein bisschen mit dem fettleibigen, versoffenen Prinzen. Man muss wirklich den Augenblick genießen, wenn einem das Leben gerade wohlgesonnen ist. Veränderung ist die einzige Konstante in der Welt. Man weiß nie, was als Nächstes kommt, aber irgendwann ist auch wieder ein Regenbogen dabei. Ich muss husten. Oh haue-ha. Vielleicht sollte ich zu Hause das Ressort wechseln, vom Lokalen in die Lebenshilfe-Ecke. Könnte ich dann den Whisky als Arbeitsmittel von der Steuer absetzen?

7

Hell's bells

»Ey, mir tun sooooo die Glogge weh!«

Ich reiße die Augen auf. Das ist etwas mehr Information, als ich mir auf meine harmlose Frage gewünscht
hätte. Aber die Situation ist zu absurd, als dass ich mich
gruseln würde. Mühsam versuche ich, meine zuckenden
Mundwinkel unter Kontrolle zu bringen. Klaus steht
breitbeinig, mit leicht gebeugten Knien und aufrechtem
Rücken keinen halben Meter vor mir und demonstriert
mit den Händen genau, welche er meint. Dabei zieht er
eine mitleiderregende, schmerzverzerrte Grimasse und
greift sich als Nächstes auch noch mit spitzen Fingern öffentlich in den Schritt, um die Hosennaht von den …
öhm … offenbar gequetschten Testikeln zu lüpfen.

Das macht es nicht besser.

Um zu verhindern, dass ich meine schöne Suppe in
einem unkontrollierbaren Lachanfall quer über den Tisch
spucke, verstecke ich mich schnellstmöglich hinter meiner
Stoffserviette und mime einen ganz, ganz schlimmen Hustenanfall.

»Echt jetzt«, wendet er sich daraufhin tief erschüttert und in breitem Hessisch an meine Tischnachbarin, eine nette ältere Dame, die mir eifrig auf den Rücken klopft. »Des hätt isch nie gedacht! Des is ja furschbar! Wie mache die Männer denn des?« Als hätte er einen Sitzball zwischen den Beinen klemmen, watschelt er um mich herum zum letzten freien Sitzplatz an unserem Tisch im Hotelrestaurant.

Ich schnappe nach Luft, weil ich mich jetzt tatsächlich verschluckt habe. Mir schießen Tränen aus den Augen. Klaus tut mir wirklich leid, aber irgendwie ist das auch Karma, oder? Verzweifelt um Beherrschung ringend, weiche ich Natalias Blick aus, die ihrem Freund gerade den Stuhl zurechtschiebt.

»Na, Junge, hast du dir einen Wolf geritten?«, kräht Susi vom Nachbartisch herüber, als ich mich gerade einigermaßen gefangen habe, und Klaus bejaht eifrig und erzählt ihr haarklein und quer über unseren Tisch von seinem erlittenen Pferdedrama.

Dem angeregten Gespräch zwischen den beiden entnehme ich, dass die Reitlehrerin ihn anscheinend als Hochstapler enttarnt hat, noch bevor Klaus im Sattel saß. Nach zehn Metern nahm sie ihm die Zügel weg und begann, sein Pferd zu führen. Nach weiteren zwanzig Metern brachen die beiden einhellig sämtliche Versuche einer schnelleren Gangart als Schlurfschritt ab, und die Chefin schickte ihn zusammen mit einer alten Dame und der Praktikantin auf eine Minirunde, für die das Trio ebenso lange brauchte wie die übrige Truppe für eine herrliche Galopprunde bergauf und bergab durch Wald und Tal.

»Wir haben sogar Adler und Rehe gesehen«, schwärmt Natalia mit rosigen Wangen, als wir beim Hauptgang angelangt sind, und türmt sich noch zwei Kartoffeln auf ihren Teller.

»Isch hab kein' Hunger«, entschuldigt sich Klaus und zieht sich immer noch ein wenig eierig (sic!), aber vor allem schmollend zurück. Natalia sieht ihm nach. Dann wendet sie sich wieder mir zu.

»Ich fühle mich wirklich schuldig, wenn ich das sage, und er tut mir auch leid, aber er hat es provoziert, oder?«

Ich weiche geschickt mit einer Gegenfrage aus. »Hat er überhaupt schon mal auf einem Pferd gesessen?«

»Als kleiner Junge auf dem Rummelplatz, sagt er.« Sie zwinkert mir zu. »Auf jeden Fall wird er jetzt nicht mehr so schnell sagen, dass mein Hobby kein Sport ist. Na ja, ich sehe besser mal nach ihm. Möchtest du meinen Nachtisch haben?«

Meine Augen leuchten bei der Aussicht auf ein zweifaches *Eton Mess*, das ist Natalia Antwort genug. Was für ein Tag!

Nachdem ich mein erstes Glas mit geschlagener Sahne, frischen Erdbeeren und Baiserstückchen ausgelöffelt habe, fällt mir ein, dass ich vielleicht zur Abwechslung mal ein Foto für meinen Reiseblog machen sollte, das nichts mit Geschichte zu tun hat und deutlich illustriert, dass ich die Reise unbeschwert genieße. Was würde da besser passen als eine Kalorienbombe … oder zwei? Und dazu sollte ich dringend mal ein oder zwei Seiten schreiben und einen vernünftigen Reisebericht absetzen. Das ist längst überfällig.

Lore und Susi, die ja nicht so für Süßes ist, wie ich nun weiß, haben es furchtbar eilig, an die Bar zu gelangen, bevor die Massen dort eintreffen. In dieser Schlange wollen sie auf jeden Fall die Ersten sein, und sie fragen mich nicht, ob ich mit möchte. Möchte ich auch gar nicht. Ich habe eigene Pläne.

Und dann steht Maike vor mir.

»Bist du abmarschbereit?« Sie strahlt mich an, zwei Walkingstöcke in der einen und einen kleinen Rucksack in der anderen Hand. Christina winkt kniend vom Eingang, sie bindet sich gerade die Schnürsenkel ihrer Wanderschuhe. Verflixt, unser Spaziergang! Den habe ich total vergessen!

»Oh nein!« Ich ziehe schuldbewusst den Kopf ein. Natürlich habe ich Lust auf die beiden, auf frische Luft und Bewegung. Aber das ganze *Eton Mess* klumpt sich plötzlich wie fünf Kilo Blei in meinem Magen, und ich wollte doch meinen Text … »Oh, Maike, seid ihr sauer, wenn ich heute Abend doch passe? Morgen komme ich ganz bestimmt mit, okay?« Sobald ich es ausgesprochen habe, bereue ich meine Absage. Du bist ein solcher Feigling, Janne! Aber Maike zuckt gut gelaunt mit den Achseln und lächelt.

»Klar, kein Problem. Morgen ist auch noch ein Tag!« Sie zwinkert mir zu. »Wir laufen nicht weg.«

Ich bleibe allein zurück an unserem verwaisten Tisch, trinke unzufrieden mit mir selbst mein leicht gechlortes Leitungswasser aus und bestelle mir noch einen Orangensaft zum Nachspülen. Als mein Glas leer ist, bin ich mal wieder eine der Letzten im Raum. Ich erkenne die Kellnerin vom Morgen wieder. Lieber Himmel, müssen die Doppelschichten fahren? Reflexartig stapele ich die Teller unserer Tischgesellschaft aufeinander und fege mit dem Handrücken sämtliche Krümel zu einem Häufchen zusammen. Die Servicekraft bremst mich lächelnd und hebt scherzhaft drohend den Zeigefinger.

»Holidays, aye? Don't take my job!«

»Holidays«, seufze ich und sinke in mich zusammen. Ich weiß nur zu gut, dass ich hier zum Urlaubmachen verdammt bin. Dass Abschalten und anpassen so schwer sein kann!

Ich verziehe mich in mein Zimmer. Mürrisch krame ich in meinem Rucksack nach dem Plan mit dem Reiseverlauf. Eigentlich habe ich mir geschworen, nicht zu gucken, sondern den jeweiligen Tag auf mich zukommen zu lassen − quasi als Gelassenheitsübung, um mir selbst zu beweisen, dass ich sehr wohl die Kontrolle aus der Hand geben kann. Aber jetzt will ich doch wissen, was mich morgen erwartet. Ich muss! Natürlich, nur damit ich mich ein wenig darauf einstellen kann … klamottentechnisch zum Beispiel. Ich überfliege die Liste, und in der nächsten Sekunde rutscht mir ein »WAS?!« heraus. »Das ist nicht dein Ernst, Gregory, oder?« Stöhnend lasse ich mich rücklings auf mein Bett fallen. Gregory plant eine gruppendynamische Massenbewegung mit Musik vom Band, und ich habe keine Ahnung, wie ich mich der entziehen könnte.

Vor lauter Frust zappe ich mich durch krisselnde und rauschende Analogprogramme. Das einzig streifenfreie Fernsehbild hat der Sportkanal. Ich bleibe also bei stinklangweiligen Snookermeisterschaften hängen und schlafe irgendwann nach zwei Uhr darüber ein.

Am nächsten Morgen beim Frühstück fasse ich mir ein Herz. »Ceilidh tanzen? Ernsthaft? Muss das sein?«

Susi und Lore finden die Idee natürlich großartig. Einzig Klaus teilt bei uns am Tisch meine Bedenken – so umständlich, wie er sich hingesetzt hat, wohl aus denselben anatomischen Gründen wie bereits gestern. Gerade als er den Mund aufmacht, um seinen Testikelstatus öffentlich zu aktualisieren, erspähe ich Gregory.

»Entschuldigt«, unterbreche ich und flüchte zum Kaffeeautomaten. Dort stelle ich unseren Reiseleiter, und zwar zur Rede. »Das ist doch Ringelpietz mit Anfassen für Erwachsene«, platze ich ohne Umschweife heraus. »Am frühen Morgen noch dazu. Ich würde mich gern ausklinken.«

»Dir auch einen guten Morgen, äh … Jenny«, rügt Gregory und nimmt einen großen Schluck Kaffee. Melly starrt mich derweil unverhohlen aus seiner Brusttasche an.

»Ich mag nicht zum schottischen Volkstanz zwangsverpflichtet werden«, erkläre ich verzweifelt. »Das ist albern und peinlich.«

»Das ist *eine* Sichtweise«, doziert Gregory altväterlich. »Die andere besagt, tanzen ist eine wunderbare Möglichkeit, um miteinander gruppendynamisch in Kontakt zu kommen und die Mitreisenden besser kennenzulernen. Außerdem ist Ceilidh uraltes schottisches Brauchtum. Hast du deinen Koffer fertig gepackt? Wir treffen uns in einer halben Stunde in der Lobby, und dann tanzen wir uns warm für den Tag.« Er macht eine wichtige Pause, pflückt Melly aus seinem Nestchen und betont nachdrücklich: »Alle«, während er mit dem kleinen Wasserkopf lustige Hüpfbewegungen macht.

Gruppendynamisch. Das ist ein Triggerwort aus meiner Studienzeit. Wie ich es hasse. Sich mit fremden Leuten zum Affen machen. Ich blamiere mich immer bei so was. *Immer!* Alle werden über mich lachen, selbst Maike und Christina. Und dann werden sie eben doch weglaufen, und wir gehen heute wieder nicht zusammen spazieren und auch nicht an einem anderen Tag. Es ist der niemals endende Horror aus meiner Kindheit. Mit Topfschlagen, Blinde Kuh und anderen Partyspielen fing es an. Heute sind es Hochzeitsspielchen, Vorstellungsrunden mit lustigen Bewegungseinlagen oder eine Ceilidhstunde unter Gregorys Anleitung in einer schottischen Hotellobby, die bei mir Schweißausbrüche und hektische Flecken verursachen. Ich kann mir keine Schrittfolgen merken, wenn alle gucken. Ich stolpere über meine eigenen Füße und rempele fremde Menschen an. Ich will das nicht. Es ist pure Folter, die Hölle auf Erden, Armageddon.

Ich grummele etwas von »Gepäck holen« und verschwinde in meinem Zimmer. Während ich mich zu beruhigen versuche, indem ich meine Socken akribisch in den Koffer falte, gehe ich im Geist verschiedene Varianten durch, um dieser unsäglichen Veranstaltung auszuweichen: A: Ich könnte hier oben einfach auf meinem Koffer sitzen bleiben, bis wir abfahren. B: Oder noch eine halbe Stunde Schlaf nachholen. C: Oder einen Migräneanfall simulieren, mich entschuldigen und dann weiter bei B.

D: Oder ganz erwachsen mit Koffer in der Lobby auftauchen und dort so tun, als würde ich mit dem Knöchel umknicken. Dann weiter bei A oder B, nur eben unten in der Lobby.

Am Ende wird es E. Selbstbewusst und erwachsen stelle ich meinen Koffer zu den anderen, die in der Halle aufgereiht sind. Dann setze ich mich auf einen der an die Wand geschobenen Tische und warte in aller Ruhe, bis mein programmierter Handywecker klingelt.

Gregory kämpft mit der Stereoanlage, die so aussieht, als hätte sie die Beatles noch persönlich erlebt. Der Kasten quietscht und leiert und gibt irgendwann rauchend den Geist auf. Geistesgegenwärtig zieht jemand den Stecker. Lore hält sich demonstrativ die Nase zu, und Amelie kichert. Gregory klatscht unbeirrt in die Hände und verkündet fröhlich: »Macht nichts. Wir können auch ohne Musik Spaß haben. Das ist vielleicht sowieso einfacher für die ersten Schritte. Ich mache es euch mal vor, und ihr tanzt mir nach! Juchhu!« Gregor winkt uns energisch zu sich und baut seine Schäfchen in zwei Reihen auf.

Juchhu? Das wäre jetzt ein sehr guter Moment für meinen Alarmruf! Die Sekunden dehnen sich endlos. Gregory fixiert mich mit zusammengekniffenen Augen und winkt noch einmal. Notgedrungen rutsche ich von meinem Logenplatz und gliedere mich ein.

»Eins, zwei, Wechselschritt«, ruft Gregory enthusiastisch. Aber Timing ist alles: Gerade als mir schwindelig wird, vibriert mein Hintern.

»Oh, sorry, da muss ich rangehen«, flöte ich, wedele entschuldigend mit meinem Handy und husche aus dem

Raum. Wahrscheinlich bekommt mein Spaßbremsenstempel jetzt noch einen dicken schwarzen Kringel drum, aber das ist mir egal. Ich bin mir sicher, dass ich auch den ein oder anderen neidischen Blick in meinem Nacken spüre und nicht nur Messer. Erleichtert lächelnd ziehe ich die Tür hinter mir zu und steuere den Kaffeeautomaten in der Lobby an. Alles richtig gemacht, Janne! Jetzt noch ein kleines Nickerchen oder Zeitung lesen im Wintergarten, und dann kann der Tag von mir aus beginnen!

Da wird hinter mir die Tür noch einmal aufgerissen. Erschrocken drehe ich mich um und fingere nach meinem Telefon, das ich bereits wieder eingesteckt hatte. Doch es sind nur Maike und Christina, die sich offenbar an meine Fersen heften wollen. Glucksend und winkend holen sie mich ein.

»Unglaublich, oder?«, japst Christina. »Ceilidh mit Musik vom Band ist ja schon gewöhnungsbedürftig, aber ganz ohne?« Sie verdreht kichernd die Augen.

»Ich fand's ganz lustig«, behauptet Maike und wiegt versonnen die Hüften.

»Scherzkeks!« Christina pikt ihr zwischen die Rippen, und Maike quietscht vergnügt auf.

»Okay, Kaffee ist eine nicht zu verachtende Alternative und unabdingbar für meinen angeschlagenen Kreislauf!« Sie hält sich den Handrücken an die Stirn und lächelt mir verschmitzt zu. »Los, kommt, Mädels, bevor wir noch als Deserteurinnen verhaftet werden. Uhrenvergleich: Wir haben noch eine Stunde!«

»Gestohlene Freizeit!«, jauchzt Christina.

»Honigsüße Wonne!«, ergänze ich selig und trabe den

beiden hinterher. Ich habe Schwestern im Geiste gefunden. Heureka!

Jannes Reiseblog
Tag drei
17. September, 14 Uhr 12
Urquhart Castle am Loch Ness

Hey, ihr Lieben! Angekommen! Heute Morgen hat unser Reiseleiter einen Ceilidh-Workshop veranstaltet. ~~Ich bin geflohen, so schnell ich konnte.~~ Es war wirklich ganz lustig, aber leider klingelte mein Handy, und ich musste rausgehen. Eine Mitreisende (Maike) und ihre Frau (Christina) hatten Kreislaufprobleme, also haben wir bis zur Abreise Kaffee getrunken und uns super unterhalten. Die beiden haben sich diese Reise zum Jahrestag geschenkt. Wie ~~bescheuert~~ romantisch ist das denn! ~~Und wieder bin ich das fünfte Rad am Wagen.~~ Die beiden sind supernett, und wir haben den gleichen Humor.

Auf halber Strecke haben wir auch die ganze Zeit beim Mittagessen zusammengesessen. ~~Aber ich will auf keinen Fall, dass sie mich als ihr persönliches Klammeräffchen wahrnehmen. Die Dosis macht das Gift.~~

Jetzt gerade sehen sie sich einen sehr faszinierenden Film über die historische Bedeutung des Schlosses in dem kleinen Museum der Burg an. Den habe ich mir vorhin schon gleich als Erstes angeguckt, als sie noch im Shop waren. Das gibt mir Zeit, euch kurz zu schreiben, der halbe Tag ist ja schon wieder um. Kinder, wie die Zeit rennt, wenn man Spaß hat! ~~Hrgxs. In Wirklichkeit bin ich~~

~~so müde, ich könnte auf diesen unbequemen Wurzeln ein-~~
~~schlafen und würde nicht mal aufwachen, wenn Nessie~~
~~mit einem Riesenplatsch direkt vor mir auftauchen und~~
~~mich nass spritzen würde.~~

~~Tina und Maike möchte ich also auch nicht ständig auf~~
~~den Wecker fallen. Ich gebe mir Mühe, ehrlich. Aber es~~
~~ist schwer, Anschluss zu finden. Die eine Gruppenhälfte~~
~~findet mich doof, die andere ist es selbst. Natalia knutscht~~
~~die ganze Zeit mit ihrem glockigen Klaus, die Kölnerinnen~~
~~sind eine verschworene Clique, und Bubikopf (Hermine)~~
~~und Blümchenkopftuch (Agnes) sind notorisch schlecht~~
~~gelaunt. Waaaaaah!~~ (Eintrag gelöscht)

Seufzend reiße ich mich zusammen, lade ein paar Landschaftsfotos von unterwegs hoch (oh Himmel – wann habe
ich den haarigen Bernd und seine schimpfende Gattin
fotografiert?). Entsetzt lösche ich die verwackelte Aufnahme einer posierenden Mitreisenden und der halb ent-
blößten Kehransicht ihres vor blühenden Disteln hocken-
den Mannes, scrolle schnell zu Aufnahmen von malerischen
Felsen im Wasser und einer Entenfamilie am Kiesstrand
und setze noch mal neu an.

Sind die Bilder nicht toll geworden? Es ist windig hier am
See, aber überwältigend. Die Farben sind übrigens echt!
Ich habe nichts bearbeitet! Endlich sind wir am legendären Loch Ness. Loch Ness! Hallo? Wie krass ist das
denn!? Ich habe Nessie zwar bisher nicht entdecken können, aber ich habe einen Schluck Wasser aus dem See
getrunken und das Museum besichtigt. Und ob ihr's glaubt

oder nicht: Während ich hier unterhalb der Ruinen des Urquhart Castles an einen Baum gelehnt sitze, spielt ein Dudelsackpfeifer. ~~Dazu könnte ich glatt ein paar Schritte Ceilidh tanzen, das haben wir ja heute Morgen geübt.~~

Nein, den letzten Satz lasse ich besser weg, das ist zu dick aufgetragen, das würden sie mir zu Hause nie abkaufen. Imme weiß, wie ich solche Gruppenzwangsaktivitäten hasse. Sie hat mich früher oft genug bei Familienfeiern erfolgreich damit erpresst: Alibi gegen Nachtisch und die Hälfte von Omas Schokolade. Ich glaube, Oma hat so was geahnt, zumindest hat sie mir zum Abschied meist ein Täfelchen extra zugesteckt.

Ich nehme ein paar Takte der Musik auf und schicke sie als Soundnachricht, drehe mich um und mache ein weiteres Beweisfoto für meine Lieben, damit sie sehen und hören, wie toll es hier ist, und mir auch wirklich glauben, dass mir ihr großzügiges Reisegeschenk gefällt. Es würde ihnen das Herz brechen, wenn sie auch nur ahnen würden, was ich auf dieser Großgruppenveranstaltung durchmache.

Ich muss gähnen und dabei aufstoßen. Die essigsauren Pommes und der frittierte Fisch vom Lunch-Stopp auf der Fahrt liegen mir schwer im Magen. Das sanfte Plätschern der kleinen Wellen, die der Wind gegen das Seeufer drückt, hat zusätzlich eine geradezu bleierne Wirkung auf meine Augenlider. Es ist noch Zeit genug, bis wir wieder einsteigen müssen. Mein Plätzchen am Stamm dieser riesigen Weide ist windgeschützt, und wenn ich für fünf Minuten die Augen zumache, bin ich fit für das Highland Folk

Museum, das unser nächstes Reiseziel ist. Nur fünf Minuten …

»Fuck, fuck, fuck!«

Als ich hochfahre, weil eine Ente laut schnatternd und flügelschlagend an mir vorbeiflattert, sind nicht fünf Minuten vergangen, sondern fünfzehn! Warum hat dieses dämliche Handy nicht geklingelt, wie es sollte? Wieso hat mich keiner geweckt? Ich hatte heimlich gehofft, dass Maike und Tina mir nachkommen würden. Schlaftrunken raffe ich meine Sachen zusammen und renne die Anhöhe hinauf zu den befestigten Wegen in Richtung der Busse.

Mein Herz hüpft mir bei jedem keuchenden Atemzug fast aus dem Ausschnitt. Ich bekomme kaum Luft, aber ich renne weiter, hügelaufwärts über die geschotterten Wege zum Parkplatz, so schnell ich kann. Das zum Thema Mellys Sightseeing-Marathon! Entweder ich werde am Ende dieses Urlaubs eine Langstreckenläuferin mit bemerkenswerter Kondition und zwei Kilo weniger auf den Hüften sein, oder … nein, nichts oder! Genau so wird es kommen. Aber noch pruste und schnaufe ich wie ein Walross und kämpfe um jeden Meter.

Die Wasserflasche in meinem Rucksack schlägt mir unentwegt in die Nieren. Meine Seitenstiche strafen jeden in meiner Familie Lügen, der behauptet, ich hätte keine Taille. Ich habe einen Kieselstein im Schuh und keine Zeit, ihn auszuleeren. Wenn ich heute schon wieder als Letzte am Bus bin, lynchen die mich, einer nach dem anderen, so viel ist sicher.

Aber wie soll man sich halbwegs bilden (und Schlaf nachholen) können, wenn man nur so winzige Zeitfenster zu Verfügung bekommt? Meine Freundinnen haben mich hierhergeschickt, damit ich meine Urlaubsfähigkeit trainiere, und nicht, damit ich Hetzjagd spiele. Das hätten Imme und die anderen niemals wissentlich gebucht!

Endlich erreiche ich den asphaltierten Boden des Parkplatzes. Da kann ich noch mal das Tempo anziehen.

Oh nein! Vor mir ertönt ein sattes Dieselgeräusch. *Renn, Janne!* Mein Bus setzt sich in Bewegung. Ohne mich! *Schneller!* Das gibt's doch nicht. Das können die nicht machen. *Lauf!* Das tun die nicht wirklich, oder? Die wollen mir doch nur einen Schreck einjagen. Ist das die Rache wegen meiner Ceilidh-Verweigerung heute Vormittag? *Lauf einfach!*

»Haaaalt! Wartet!«, keuche ich und fuchtele wild mit den Armen. Zählt Gregory denn nicht anständig durch? Und warum sagen Maike und Tina nichts? Es muss doch irgendjemandem auffallen, dass ich fehle!? Ich winke und renne gleichzeitig, ignoriere den Schmerz in meinem Rücken und meinem Fuß und den in meiner Taille auch. Die Wasserflasche gluckert fröhlich bei jedem Schritt, als ob sie mich auslachen würde, während ich mich durch die parkenden Reihen der Mietwagen quetsche und gestikulierend versuche, Gregorys Ungetüm den Weg abzuschneiden.

»Heyyyyyy!«, brülle ich und strauchele aus einer Parklücke. Allerdings mache ich den Fehler, gleichzeitig einzuatmen und schlucken zu wollen. Hustend und würgend muss ich meinen Sprint abbrechen. Ich beuge mich hinunter, stütze die Hände auf die Knie, und der Rucksack rutscht mir unsanft gegen den Nacken. Es fühlt sich feucht an. Auch das noch! Aber wenn sie mich nicht gesehen haben und ich daher in fünf Sekunden die neue Kühlerfigur darstelle, ist das wohl das geringste meiner Probleme.

Jedoch – oh Wunder! – Gregory hat anscheinend seinen Spaß gehabt. Der Bus hält direkt vor mir an. Zischend öffnet sich die Seitentür im hinteren Drittel des Fahrzeugs.

»Herr im Himmel, halleluja!«, röchele ich, rücke mein Handgepäck und meine Brille zurecht und hangele mich mit letzter Kraft die Stufen hinauf. Ich bin im Rücken klatschnass geschwitzt. Mein Mund ist so trocken wie ein Staublappen, und meine Brillengläser beschlagen. Ich wünsche mir ein Sauerstoffzelt, und zwar nicht erst zu Weihnachten, sondern jetzt! Natürlich ziehe ich staunende bis ungnädige (und zum Glück allesamt unscharfe) Blicke auf mich. Das kenne ich bereits zur Genüge, und es tut mir wirklich aufrichtig leid. »Entschuldigung. Sorry. Kommt nicht wieder vor«, japse ich abgehackt zwischen kurzen Atempausen und geniere mich fürchterlich. Schon wieder so ein Spießrutenlauf! Mit gesenkten Augen steuere ich meine Sitzreihe an. *Nicht provozieren, Janne. Keinen ansehen. Unsichtbar sein.*

Oh, hoppla … Soooo unsichtbar wollte ich dann aber doch nicht sein! Da sitzt einer auf meinem Platz und schläft: quer über beide Sitze und mit einer karierten Tweedmütze über dem Gesicht! Wie finde ich denn das? Schon ein bisschen frech, oder?

Hilfe suchend will ich mich an die Kölnerinnen wenden. Aber die sind … weg. Da sitzen völlig Fremde. Wobei das nichts heißen will, denn ich bin noch weit davon entfernt, die viel zu vielen Großgruppennasen zuordnen zu können.

Hat Gregory ein munteres *Reise nach Jerusalem* veranstaltet, um sein unpünktliches Schäfchen zur Räson zu bringen? Oder haben die Damen beschlossen, dass ich kein adäquater Umgang für sie bin? Spielen die mir Streiche? Was ist das schon wieder für ein Kindergartenzauber!?

»Mann!«, rutscht es mir heraus – ungefähr zeitgleich mit einem sonoren Räuspern im Lautsprecher. Ich wollte alleine sitzen! Das ist das Privileg von uns Singles, wenn wir schon für die Einzelzimmer immer Zuschlag zahlen müssen! Es sind nur ganz wenige Doppelreihen frei geblieben, ich will nicht wieder aufstehen müssen und suchend durch den Gang irren. Außerdem war ich zuerst hier ... also ... vorhin.

»Bitte setzen!«, heißt es knapp aus der Box, und dann wirft mich ein Ruck fast dem Sitzplatzdieb auf den Schoß.

Der murrt ungnädig im Schlaf. Geht's noch?

»Sorry«, brumme ich noch mal und schiebe mich neben ihn. Immerhin rückt der Typ angesichts meiner drastischen körperlichen Aufforderung weiter durch bis zum Fenster.

Missmutig, aber auch ein bisschen fasziniert von so viel Dreistigkeit putze ich mir erst mal die Brille. Dabei mustere ich ihn – oder das, was ich unter dem Tweed von ihm erkennen kann. Die geöffnete Wachsjacke sieht teuer aus. Das ist keine von der Angebersorte, die sich Städter für den Golfausflug kaufen und dann ganz hinten in den Schrank räumen, sondern eine häufig benutzte von der Brauche-ich-wirklich-Art. Ärmel und Saum sind etwas abgerieben, aber eindeutig Markenware. Die Hände des Sitzplatzräubers ruhen verschränkt auf ansehnlichen Oberschenkelmuskeln, über die sich eine perfekt sitzende Jeans spannt. Langen, feingliedrigen Fingern droht ein Prospekt über die Flora und Fauna der Region zu entgleiten. Selbst seine Fingernägel sind gepflegt, kurz geschnitten und sogar gefeilt, und doch sind es keine Mädchenhände am falschen Körper. Die Füße stecken in lässig geschnürten Outdoorstiefeln. Sie passen farblich zur Jacke und zum Hemd, genau wie der leichte Schal. Der ist kariert, genau wie die Mütze. Ob das Kaschmir ist? Ich beuge mich neugierig vor und bremse mich gleich wieder. *So was tut man nicht, Janne!* Aber das wäre endlich mal ein Mann mit Geschmack, menno! Und so einer auf dieser Reise!, quengele ich der Schlaubergerin in meinem Kopf vor und fahre mit meiner unauffälligen Musterung des Schlafenden fort. Unter der Tweedkappe lugt ein dunkelblonder Bart hervor, rotblond, okay, aber immerhin ordentlich gestutzt. Wieso ist mir der Mann vorher noch nicht aufgefallen? Hat das mit selektiver Wahrnehmung zu tun? War ich so sehr auf mein Reisegruselkabinett fixiert? Habe ich etwa vor lauter Zauselbärten, Herrenhandtaschen und streitsüchtigen Damen mit Scheingold in der Kehle nichts und niemand anderen mehr bemerkt? *Das wäre schlimm, Janne. Sehr schlimm!* Fatal! Darin gebe ich der ewig nörgelnden Stimme in meinem Kopf recht. Ich muss dringend die alte Janne aus dem Karbonit befreien und auftauen. Aber es ist ja noch nicht zu spät. Heute ist erst der zweite richtige Reisetag. Vielleicht ist der Sitzplatzdieb nett? Oh bitte, liebes Universum, lass ihn nett sein!

Ich kaue unschlüssig auf meiner Unterlippe herum. Einen Spruch, ein Königreich für einen Spruch! *Du brauchst was Lockeres, Schlagfertiges, schnell jetzt, Janne! Öffne ihm eine Tür!* Wie wäre es damit? Und schon hole ich Luft: »Möchten Sie hier vielleicht Asyl bekommen? Mein tapferes Herz braucht auch manchmal eine Brave-Heart-Pause.« *Haha, tapferes Herz – brave heart, nicht schlecht, Janne, gar nicht schlecht!* Zufrieden schiebe ich mich im Sitz zurecht. Ieeh, nass! Wieso fühlt sich mein Rücken immer noch so feucht an?

In meinen neuen Nachbarn kommt Leben. Der Kaschmirkarotyp bewegt sich, und ich stelle erleichtert fest, dass mir irgendetwas an ihm jetzt doch bekannt vorkommt. Ist es die Geste oder der Bart oder …? Ach, egal, Hauptsache, ich bin noch nicht komplett im Tennissockenuniversum gefangen. Wenn er nett ist, könnten wir mit Maike und Tina ein Quartett bilden.

Während ich versuche, unauffällig eine Hand in meinen Rücken zu schieben, bringt mein Sitznachbar sich zurück in die Senkrechte.

Seine Tweedmütze rutscht. »Asyl? Wieso?«

Ich pralle zurück. »Neee, oder?«

»Tach auch«, begrüßt er mich und grinst ebenso belustigt wie schläfrig. Mir klappt die Kinnlade herunter. *Der gehört nicht hierher, Janne! Das ist der Kerl aus der Whiskybrennerei gestern Vormittag! Der ist hier falsch!*

»Äh … ich glaube, Sie sind hier falsch«, sage ich langsam. O Gott, ist das peinlich!

Zunehmend wacher reibt er über das Gesicht. Das Grinsen des Typen wird immer breiter. »Nein, ich glaube nicht«, sagt er lapidar. Ich schnappe nach Luft. Was macht ausgerechnet *der* in *meinem* Bus und auf *meinem* Platz?! Wieso hat er sich hier eingeschmuggelt? Wie konnte er so weit kommen? Hat ihn denn niemand bemerkt? Hallo? Security! Kann hier denn jeder einfach so hereinspazieren und mit uns mitfahren?

Hilfe suchend wende ich mich nach vorn, sehe den Gang entlang, neben mich, dann zu den Sitzen hinter mir. Verwunderte, völlig fremde Gesichter überall. Sie blicken von ihrer Lektüre auf, starren mich an, schauen gleichgültig wieder weg.

Und da trifft mich die Erkenntnis wie der eiskalte Guss eines vorbeifahrenden Autos, das durch eine winterliche Pfütze pflügt. Es ist noch viel schlimmer. Nein. Nicht *er. Du bist hier falsch, Janne!*

Panisch springe ich auf, klammere mich an die Vorderlehne, und meine Augen durchforsten die Reihen nach irgendeinem bekannten Gesicht. Durch den knatterfreien Lautsprecher werde ich angeranzt, mich sofort wieder hinzusetzen. *Knatterfrei, Janne!* Kein Rauschen, Knarzen oder Fiepen. Das Mikrofon funktioniert ohne Nebengeräusche, eine Fernsehübertragung könnte nicht rauschärmer sein. Warum ist mir das nicht sofort aufgefallen? Das ist nicht unsere Anlage. Das ist nicht Gregorys schnarrende Stimme und auch nicht die unseres Busfahrers. Es ist überhaupt nicht mein Bus!

Nicht!

Mein!

Bus!

Mir wird flau. Mein Kreislauf sackt weg. Hitze schießt

mir ins Gesicht. Ich muss mich setzen. Ich wische mir über die Stirn. Sie ist klebrig. Was ist das für ein Albtraum?

»Können Sie mich bitte mal kneifen?«, krächze ich heiser.

»Willst du nicht erst mal die nasse Jacke ausziehen?«

Mechanisch taste ich nach dem Sicherheitsgurt und schnalle mich an. »Wie bitte?« Ich starre dem Bärtigen ins Gesicht.

Aus dem Augenwinkel nehme ich draußen, auf der anderen Seite der Panoramascheibe, eine Bewegung wahr. Ein zweiter Bus gleitet längs an uns vorbei. Er sieht haargenau so aus wie unserer. Mehr noch: Für einen Moment erhasche ich durchs Fenster den kurzen Anblick von sechs offen stehenden Mündern. Die Kölnerinnen. Sie stupsen einander an, Susi winkt sogar – ganz offensichtlich ebenso verständnislos wie ich. Die Szene wäre beinahe komisch, wenn das alles nicht so tragisch wäre. Ich meine, im Kino würde ich darüber lachen. Aber hier? In meinem Kopf rattert es.

»Das sind meine … das waren … das … ich … Wo bin ich hier … ich meine, wo fahren wir hin?« Ich stammele nur noch und glotze dabei wie ein hypnotisiertes Kaninchen dem Fahrzeug nach, das ziemlich schnell Fahrt aufnimmt. In die entgegengesetzte Richtung. Mit meinem Koffer. Meinen Keksen. Mit Christina und Maike. Meinen Kölnerinnen. Mit Gregory und Melly an Bord, mit Zauselbart und Amelie, Klaus und Maus, Lore, Susi, Hermine und Agnes. Nur nicht mit mir. Die waren eigentlich doch alle gar nicht so schlimm, wenn ich's recht bedenke. Lieber Gott, ich will nie wieder eine arrogante Zicke sein und meine Bildung raushängen lassen. Ich bin auch nur so durch den Wind, weil meine letzten Beziehungen … Ach, stimmt ja gar nicht, ich kann mich nicht ewig mit Ben, Rodrigo und Holger herausreden, auch wenn mir die drei wirklich einen Knacks versetzt haben. Seit ich sämtlichen Männern abgeschworen habe, geht es mir gut, und das tut jetzt auch überhaupt nichts zur Sache. Hallo, da oben, wie wär's damit? Ich singe mit den Kölner Mädchen dreimal am Tag alle Filmmelodien, oder von mir aus auch immer dieselbe, oder sogar zehnmal täglich, aber bitte, bitte, lass mich mit Sabberfäden an Susis Schulter aufwachen. In meinem eigenen Reisebus! Ich kneife ganz fest die Augen zusammen und öffne sie in Zeitlupe. Nichts. Ich bin immer noch hier, im falschen Fahrzeug, neben diesem … Mann!

»Brauchst *du* vielleicht Asyl?«

Ich könnte heulen.

Mein Sitznachbar gibt sich kaum mehr Mühe, seine Freude zu verstecken. »Falscher Film?«

»Ganz falscher Film. Und falscher Bus!«, stöhne ich und denke *Kaschmirclown,* wobei mir das sofort wieder leidtut, ehrlich, lieber Gott!

Ich drehe mich zu ihm und flehe den vermeintlichen Falschsitzer inständig an. »Wir müssen anhalten. Sofort! Und umdrehen! Ich muss zurück zu meiner Gruppe, in den anderen Bus.«

»Einbahnstraße«, erwidert der Bärtige trocken und zeigt auf die Fahrbahnmarkierung. »Hier wird gebaut, wenden geht schlecht.«

Wie in Trance löse ich den Sicherheitsgurt, dann begreife ich, dass wir uns mit jeder Sekunde schneller von meinem Bus entfernen. Da kommt Leben in mich, mit dem Mut der Verzweiflung klammere ich mich wieder an die Lehne vor mir und wuchte mich aus meinem Sitz. Das Adrenalin erreicht meine Stimmbänder. *»Excuse me!«*, brülle ich noch einmal nach vorn. Dann fuchtele ich mit den Armen und rufe ein weiteres Mal: *»Excuse me!«* Dieser dämliche Fahrer muss mich doch hören. Und haben die keinen Reiseleiter? Oder hat der Tomaten auf den Ohren?

Tomatenrot laufe ich allerdings im nächsten Moment an, als ich realisiere, dass ich die ungeteilte Aufmerksamkeit sämtlicher Mitfahrer habe.

»You're welcome. And now sit down, Lady, will you, please?!«, schimpft es erneut aus dem Lautsprecher. *»Emergencies only! Now! Sit!«*

Völlig perplex starre ich den Typen neben mir an, der mich behutsam am Unterarm zurück auf meinen Sitz zieht und dabei ein entwarnendes Signal nach vorn gibt.

»Das ist aber doch ein Notfall!«, wende ich mich kleinlaut an ihn. Er weist mit einer Kopfbewegung nach vorn. »Unser James findet es nicht gut, wenn man während der Fahrt Kontakt zu ihm aufnimmt. Das hast du ja schon mitbekommen. Außerdem sind wir ziemlich spät dran, wir müssen die Achtzehn-Uhr-Fähre kriegen, das ist die letzte heute, es soll nämlich windig werden.« Er seufzt väterlich. »Das ist jetzt ein bisschen wie in *Speed*. Mit Sandra Bullock. Kennst du den Film? Wir dürfen nicht unter fünfzig Meilen pro Stunde geraten.« Er zwinkert mir zu und gluckst in sich hinein.

Ich funkele ihn an. »Natürlich kenne ich *Speed,* und ich weiß auch, wer die Hauptrolle gespielt hat. Aber ich glaube nicht, dass wir hier an Bord eine Bombe haben, die losgeht, wenn wir kurz anhalten. Wir brauchen also keine Spezialeinheit, um mich hier rauszukriegen. Außerdem sehen Sie auch gar nicht aus wie Keanu Reeves.«

Abwehrend hebt er die Hände und grinst. »Na, immerhin hältst du mich nicht für Dennis Hopper.«

»Pff.« Hopper war Keanus Gegenspieler in *Speed*, der rachsüchtige Bombenleger. Das weiß jeder, der sich auch nur ein bisschen mit Filmen auskennt, und ich kenne mich zufällig gut aus.

Mister Kaschmir zwinkert mir zu. »Wolltest du nicht eben noch Asyl beantragen?«

Haha, wie witzig! Ich habe jetzt keine Zeit für Scherze. Mein Hirn rattert weiter. »Welche Fähre überhaupt?«, frage ich misstrauisch. »Wir fahren die ganze Woche nicht mit der Fähre. Wir fahren nur Bus. Das hätte Gregory erwähnt.«

»Gregory, hmm?« Es klingt aufgesetzt verständnisvoll.

Ich nicke abwesend. Die fahren woanders hin. Wer sind *die* überhaupt? »Welche Fähre?«, wiederhole ich stur.

»Die nach Skye.« Er mustert mich interessiert.

»Skye«, schnappe ich wie ein Fisch auf dem Trockenen, während aufs Stichwort in meinem Kopf die gut gelaunten *Outlander*-Fans aus Köln lossingen und mein Verstand drohend seinen Karton vom leergeräumten Schreibtisch dort oben hebt.

Es ist jetzt nicht so, dass mein Leben an mir vorbeizöge, aber ich frage mich schon, wieso manche Frauen durch einen Steinkreis ins achtzehnte Jahrhundert fallen und Leute wie ich in den falschen Bus stolpern, sobald sie mal für eine Minute nicht aufpassen. Daran sind nur Imme und all meine Freundinnen schuld!

»Ach. Du. Scheiße!« Ich brauche keinen Spiegel, um zu wissen, dass mein Gesicht gerade die Farben wechselt wie eine Lichterkette unter Starkstrom, kurz bevor die Sicherungen rausfliegen. Und genauso glühen auch meine Gedanken durch. »Aber ... das ist eine Insel ... Die liegt ganz im Westen. Die haben wir gar nicht im Programm ... Sie ist viel zu weit weg. Unser Zeitplan ist auch fürchterlich knapp ... Wir fahren nach Osten weiter ... Ich muss nach Osten!«

Bei meinen Reisevorbereitungen habe ich mich keine fünf Minuten mit der Geografie oder Infrastruktur von Skye und den anderen Inseln vor der Westküste beschäftigt. Weil ich wusste, dass wir nicht mal in die Nähe der Hebriden kommen würden. Ich wäre ja gerne wieder einmal spontan ... aber doch nicht so ungeplant und aus heiterem Himmel!

Hilflos zeige ich hinter mich, über all die fremden Köpfe hinweg, die zu fremden Menschen in einem fremden Bus gehören. Mein Finger deutet die Straße hinunter, in die Richtung, aus der wir kommen. Da irgendwo ist *mein* Bus. Von dem wir uns immer weiter entfernen und er sich von mir. Sekündlich. Ich komme mir vor wie ein Astronaut im Weltall, der nur durch eine dünne Reißleine mit dem Mutterschiff verbunden ist, und dann – plopp! – wird das Ding durch einen blöden Unfall zerschnitten, die Nabelschnur durchtrennt. Das habe ich in unzähligen Filmen gesehen: Wenn der Held nicht gerettet wird, treibt er für Äonen in der Unendlichkeit. Gefrorener Weltraumschrott, das ist alles, was bleibt.

»Nach Osten«, wiederhole ich mit dünner Stimme und komme mir ein bisschen vor wie *E.T.*

»Nein. Westen«, stellt Mister Kaschmir unnachgiebig fest. Die Krähenfüßchen um seine Augen werden immer tiefer. Ich starre ihn an, unfähig zu verstehen, was er damit meint. »Es geht westwärts«, wiederholt er langsam. »Nonstop. Ist so. Unser Fahrer James hat seine Pause gerade gemacht, und es waren auch schon alle auf dem Klo. Aber falls du dich frisch machen möchtest? Du siehst ein bisschen blass aus um die Nasenspitze. Der Rest leuchtet dafür umso schöner.«

Ich starre ihn fassungslos an. »Wie bitte?«

Er schlägt sich mit der Faust vor die Stirn. »Entschuldige. Das war nicht so gemeint. Manchmal rutschen mir so Sachen raus, wenn ich nervös bin. Tja, irgendwie bin ich wohl gerade nervös.« Er grinst, und man sieht die Grübchen sogar durch die geschorene Unterwolle in seinem Gesicht.

Ich runzele die Stirn. Wenn hier jemand Grund hat, aufgeregt zu sein, dann wohl eher ich. »War das etwa ein Flirtversuch?«, platze ich heraus. »Dafür bin ich überhaupt nicht offen, besonders nicht jetzt, das stelle ich besser gleich klar. Ich habe im Moment echt andere Sorgen!«

Er räuspert sich und reibt sich mit der ganzen Hand über die Nase. Aber ich sehe trotzdem, dass sein Mund zuckt. »Sorry. Also, unsere Bordtoilette kommt jedenfalls mit Dudelsackmusik und Vanilleduft. Wir fahren wirklich durch. Nur, falls du …«

»Eine Bordtoilette *kommt* nicht mit irgendwas, das ist Küchenverkäuferdeutsch«, unterbreche ich ihn versöhnlich. »Grammatikalisch korrekt wäre: In unserer Bordtoilette *gibt* es, oder sie ist *ausgestattet mit*.« Mist, das klingt schon wieder verflixt klugscheißend, dabei meine ich es doch nur gut. Deutsch ist offensichtlich nicht seine Muttersprache, und er soll sich nichts Falsches einprägen, auch wenn es mich natürlich nichts angeht. »Sorry wegen des Verbesserns«, schiebe ich schnell hinterher. »Berufskrankheit.« Von wegen. Ich mache das auch immer, wenn mich etwas aus dem Konzept bringt – oder jemand.

»Du kennst dich mit Sanitäranlagen aus?« Er betrachtet mich interessiert.

»Was? Nein, mit Sprache. Ich bin Redakteurin.«

»Oh.« Er richtet sich auf und schüttelt mir freundlich die Hand. »Spektakulärer Auftritt, Respekt. Willkommen an Bord!«

»Dankeschön!« Einen Moment lang kriegt er mich mit seinem Charme, überrumpelt muss ich mitgrinsen. Sein Lachen ist ansteckend, und dass mich der Kerl permanent duzt, ist irgendwie … nett … und sonderbar … und … frech. Himmelnocheins! Dafür habe ich jetzt absolut keine Zeit! »Wie lange fahren wir?«, frage ich.

Er zuckt mit den Achseln. »Drei Stunden vielleicht?«

Das verschlägt mir die Sprache. Ich scanne die Fenster ab. Mein Blick bleibt an dem kleinen roten Hämmerchen kleben, mit dem man die Panoramascheibe mit dem Emergency-Exit-Hinweis einschlagen könnte. Offenbar ist er meinem Blick gefolgt. »Willst du springen? Dann nimm vielleicht lieber diesen Weg. Das wollte ich schon immer mal live sehen.« Er zeigt zuerst auf die Dachluke und dann auf eine rechteckige Aussparung im Teppich auf dem Gang.

Frech! »Haha.« Ich weiß, worauf er anspielt. Kennt der denn nur diesen einen Film? Schon wieder *Speed,* da hat sich Keanu mit Sandra Bullock aus dem fahrenden Bus abgeseilt und die Bodenklappe als Surfbrett benutzt. Mein Sitznachbar nimmt die Situation mit entschieden mehr Humor als ich. *Du magst Männer mit schrägem Humor, Janne. Und er sieht sehr süß aus, wenn er versucht, sein Lachen zu verstecken, nur damit du nicht sauer wirst.*

»Nicht witzig!«, behaupte ich stöhnend und plumpse erschöpft gegen die Lehne. »Da geht's in den Laderaum, ich müsste ja wohl noch eine Etage tiefer.« Ich schüttele den Kopf. »Das ist nicht gut. Gar nicht gut. Und jetzt?«

»Vielleicht doch erst mal die Jacke auszuziehen?« Hilfsbereit streckt Mister X die Arme nach meinem Kragen aus.

Ich nicke. Widerstandslos lasse ich zu, dass mein Nachbar mir das Ding vom Rücken zieht. Mein Denkapparat nimmt die Arbeit wieder auf. Ich neige nicht zu starkem Schwitzen, ist unsere erste Erkenntnis … Dann überholt mein Hirn sich selbst. *Vergiss rätselhafte Schweißflecken – dein Handy! Du hast doch dein Handy! … Denk an E.T.! Nach Hause telefonieren, Janne!*

Der Schotte hängt gerade meine Jacke an einen Haken am Fenster. Hektisch angele ich danach, beuge mich über den Fremden und wühle in meinen Taschen. Da ist es nicht. Es ist … Ich sinke wieder in meinen Sitz zurück. Oh Himmel, ich hab's doch wohl nicht im Bus gelassen, oder? Also … in *meinem* Bus!?

»Dieser Bus gehört nicht zufällig zu Brave Hart Tours, oder?« Ich starre meinem neuen Wegabschnittsgefährten erschrocken in die grünen Augen. Ach was, erschrocken ist gar kein Ausdruck, ich könnte mit einem Mal losflennen.

Moosgrüne Augen hat Mister Kaschmir, mit kleinen goldenen Sprenkeln. Sieht hübsch aus im Kontrast zu dem Dunkelrotblond. Warum registriere ich das überhaupt? Jetzt gerade ist das so was von nebensächlich!

Der Mann zuckt mit den Schultern. Seine Mundwinkel zucken auch wieder, das sehe ich genau und auch, wie sich die Falten um seine Augen weiter vertiefen! Die Situation ist ja tatsächlich irgendwie lächerlich.

»Was mache ich denn jetzt?«, stöhne ich. Ich würde wirklich gern auch über das alles lachen. Das verschiebe ich aber auf den Moment, wenn ich am knisternden Kaminfeuer meinen Enkeln die Episode erzähle. Vorausgesetzt, ich überlebe lang genug, um welche zu bekommen. Aber das habe ich jetzt nicht laut gesagt, oder?

Immer noch grinsend duckt mein Kaschmirclown sich weg und wühlt auf dem Fußboden in einem Stoffbeutel herum. »Schluck Whiskylikör?«

Ich schniefe und gehe im Geist die Alternativen durch. Alkohol oder keinen Alkohol? »Was soll's. Egal«, rutscht es mir heraus. »Auch wenn es eigentlich noch ganz schön früh dafür ist«, füge ich schnell hinzu. Ich möchte nicht, dass er einen falschen Eindruck von mir bekommt, selbst wenn wir uns ganz sicher nie wiedersehen werden, sobald ich hier raus bin.

Während der Mann einen stilvollen Flachmann im Lederetui und dazu zwei ziselierte Metallbecher zutage fördert, die wenig größer sind als ein Fingerhut, gehe ich im Geist meine Möglichkeiten durch.

Mister Kaschmir klappt inzwischen hilfreich das Tischchen von der Rückenlehne vor uns herunter und hält mir seelenruhig einen gefüllten Becher hin. Anscheinend hat er sich wieder gefangen.

Ich greife danach, proste ihm mechanisch zu und leere das Getränk in einem Zug. Brennt gar nicht ... Dann wühle ich weiter wie ein Maulwurf auf Koffeinlimo. Ich könnte den Typen bitten, mir sein Handy auszuleihen. Irgendwo in meinen Reiseunterlagen muss Gregorys Nummer sein ...

Ich bücke mich tiefer zu dem unförmigen Segeltuchklumpen, um den sich mittlerweile eine kleine Pfütze gebildet hat. *Wieso wird das da überall so nass, Janne?*

Leise fluchend wuchte ich mein einzig verbliebenes Gepäckstück auf meinen Schoß. »Oh, nein. Nicht das auch noch!«

8

Whisky und wandern

Feuchtigkeit sickert durch meine Jeans und erreicht meine Oberschenkel. Verdammt, verdammt, verdammt. Mit zitternden Fingern knibbele ich die Strippen auf und fische als Erstes einen Packen klatschnasser Papiere heraus. Meine Reiseunterlagen! Die Wasserflasche. Der undichte Deckel. *Wie konntest du das vergessen?* … Nicht, dass es einen Unterschied gemacht hätte … *Warum musstest du auf der Literflasche bestehen?* Ich wühle einhändig im Rucksack herum. In der anderen Hand halte ich noch immer den Minibecher – und die Klarsichthülle mit den schwimmenden Brave-Hart-Tourdokumenten. Ich ertaste schwimmende Nüsse, feuchte Haargummis, ein paar Münzen, ein glitschiges Bonbon … Angewidert verziehe ich das Gesicht. Ich brauche beide Hände, das wird so nichts. Mister Kaschmir klappt hilfsbereit auch das zweite Tischchen herunter und nimmt mir kommentarlos den Zinnbecher ab. Aus dem Augenwinkel sehe ich, wie er ihn noch einmal füllt, während ich im Inneren meines Beutels umherfische wie ein Pfarrer, dem der Täufling im Becken abhandengekommen ist.

»Da ist mein Handy! Ich hab's«, frohlocke ich endlich. Ich lasse mich sogar dazu hinreißen, kurz das bärtige Lächeln zu erwidern, während ich den nassen Rucksack wieder in die Pfütze im Fußraum sinken lasse.

Aber meine Freude währt nur kurz. Das Telefon ist natürlich auch frisch gebadet. Und das mag es nicht. Weil ich damals beim Kauf dachte, auf solche albernen Hightech-Features könnte ich verzichten. Darum gibt es jetzt keinen Ton von sich und kein Bild, sosehr ich auch darauf herumdrücke und mit meinem Pulli daran herumwische. Ich sinke in mich zusammen. »Und jetzt?«

»Du siehst so aus, als könntest du noch einen brauchen.« Der Typ klopft dezent auf das Tischchen. Einen Moment lang glotze ich begriffsstutzig auf die schlanken Fingerknöchel und den silbernen Fingerhut. Dann strecke ich die Hand danach aus.

»Moment!« Der Bärtige schiebt den Becher ein Stück von mir fort. »Diesmal bitte mit etwas mehr Gefühl.«

Ich starre ihn an. Das Fragezeichen über meinem Kopf ist so groß, dass man darauf schaukeln könnte. Vorausgesetzt, man hätte die Energie dazu, was bei mir leider nicht der Fall ist.

»Langsam trinken!«, fordert er und sieht mich nachsichtig an. »Das Korn hat monatelang gereift. Schottische Kühe haben Hochlandgräser in Sahne verwandelt. Das ist die Crème de la Crème vom Wasser des Lebens. Du darfst dieses Wunder nicht einfach herunterstürzen!« Er zeigt auf die Weiden und Felder, an denen wir vorbeifahren, und deklamiert mit solcher Inbrunst, dass ich richtig gerührt bin. Er spricht nahezu akzentfreies Deutsch, aber wenn er sich ins Zeug legt, fällt er in die Melodie seiner Muttersprache zurück.

»Ich gebe mir Mühe, okay?«

»Das ist ein Anfang«, sagt er, nickt und hebt seinen Becher. *»Slàinte!«*

»Slàinte!«, wiederhole ich brav und nippe unter seinem strengen schottischen Blick.

»Wie geht es eigentlich deiner Delle?«, will er plötzlich wissen.

Ich verschlucke mich und laufe feuerrot an, als er mich so direkt auf unsere erste Begegnung anspricht. Hilfsbereit rettet er erst den Likör auf das Tischchen und klopft mir dann kräftig den Rücken.

»Beule«, korrigiere ich, als ich wieder Luft bekomme. »Du hast mich wiedererkannt, o Gott, wie peinlich.« Vielleicht sollte ich mir das mit der Laderaumklappe doch noch mal überlegen.

»Schön, dass du mich endlich zurückduzt. Diese alberne Siezerei ist etwas typisch Deutsches, findest du nicht?«

Ich hebe schulmädchenhaft die Schultern, und seine Mundwinkel zucken schon wieder. Spürt er meine Unsicherheit? Himmel, wieso lasse ich mich immer so leicht aus dem Konzept bringen?

»Du musst deswegen nicht *Gott* zu mir sagen.«

»Wie bitte?« Ich reiße die Augen auf, und er hebt abwehrend die Hände.

»Nur ein blöder Witz, entschuldige. Mein schräger Humor. Habe ich mich überhaupt schon vorgestellt? Ich heiße Alex. Nichts für ungut. Hier, dein Dram. Trink nach, das hilft.«

Sein Spruch hat einen Bart, der erheblich länger ist als der in seinem Gesicht. Aber als ich ihn zum ersten Mal gehört hatte, musste ich tatsächlich lachen. »Nichtgott ist aber auch ein selten dämlicher Name«, drehe ich den Spieß um und löse damit beinahe die nächste Katastrophe aus. Alex versucht krampfhaft, das Kichern unter seinem rotblond-braunen Dreitagebart zu verstecken. Aber das klappt nicht, und jetzt kleckert *er* beinahe, weil das Beben bereits auf seine Schultern übergegriffen hat.

»He, aufpassen, denk an die Mühe der Kühe!«, setze ich sarkastisch nach.

Schon habe ich einen Mann zum Weinen gebracht. Alex lacht, dass ihm die Tränen kommen.

In letzter Sekunde rette ich den Becher mit dem kostbaren Likör aus seiner wackelnden Hand.

»*Sláinte!*«, sage ich, so trocken ich kann. »Mein Name ist Janne. Kannst du mir bitte dein Telefon leihen? Ich glaub, meins muss erst mal trocknen.«

»Wen willst du anrufen?«, fragt Alex. Berechtigte Frage, denke ich.

»Warum willst du das wissen?«, erwidere ich laut. »Hast du Angst, dass ich eine 0190-Nummer wähle? Ich muss meinen Reiseleiter erwischen, Gregory.«

»Gregory«, wiederholt Alex und zieht eine Augenbraue hoch.

Ich nicke. »Ja. So heißt er. Also eigentlich Gregor.«

»Aha. Und hast du seine Nummer?« Er zieht sein Smartphone aus der Brusttasche.

Es ist extrem ungesund, das Handy in der Brusttasche aufzubewahren. Das kann zu Herzrhythmusstörungen führen, stand in einer Studie. Aber ich traue mich nicht, ihn darauf hinzuweisen.

»Natürlich«, erwidere ich schnippisch. »Die ist doch in meinen Reiseunterlag...« Ich breche ab. Mein Blick folgt dem von Alex auf mein ausgeklapptes Tischchen und den durchweichten, zusammenklebenden Seitensalat. Die Klarsichthülle darum herum hat gewisse Ähnlichkeit mit einem schlecht geputzten Aquarium. »Okay. Die müssen auch trocknen. Vielleicht hänge ich sie zusammen mit meinem Smartphone an die Wäscheleine.«

Alex neigt bedächtig den Kopf. »Hmm ... Das ist blöd. Und Gre... also dein Reiseleiter kann dich umgekehrt auch nicht erreichen, weil dein Mobiltelefon nass ist. Hmm.« Er tippt rhythmisch mit dem Handy gegen seinen Daumen.

Ich stiere finster auf meine Fingernägel, mir ist nach einem Geständnis. »Das könnte er nicht mal, wenn es so trocken wäre wie eine Tüte Sand. Ich habe ihm die falsche Nummer gegeben.«

»Du hast was?« Alex hört auf mit der Daumenklopferei und starrt mich verdutzt an.

Ich hebe die Schultern. »Es war ein Versehen, okay? Frag einfach nicht.« In einer Mischung aus Selbstkasteiung und der Hoffnung, dass es mir beim Nachdenken helfen möge, fange ich an, mit den eingerollten Reiseunterlagen gegen meine Stirn zu schlagen.

»Du könntest natürlich im Büro der Reisegesellschaft anrufen. Die müssen ja wissen, wie sie ihre Leute erreichen ...«

»Oh, das ist eine gute Idee!«, unterbreche ich ihn und lasse mich zu einem flüchtigen Strahlen hinreißen.

»... nur wirst du da niemanden erwischen.« Er sieht mich schon wieder so überlegen mitleidig an.

»Wieso das denn nicht?« Ich zeige auf meine Armbanduhr. »Es ist Freitagnachmittag und gerade mal kurz vor drei. Da wird doch wohl noch irgendjemand im Büro sein und arbeiten?«

Alex schüttelt stur den Kopf. »Also, wenn es Brave Hart Tours ist ...«

Ich nicke argwöhnisch.

»... deren Firmensitz ist in Glasgow.«

Ich nicke wieder. Aber was genau will er mir damit sagen? Meine Stirn bewölkt sich, da ahnt der Rest von mir noch gar nicht, warum.

»Schon mal vom *Glasgow Weekend* gehört?«

»Nein«, hauche ich, inzwischen schwer wolkenverhangen.

»Tja. Die machen in Glasgow an jedem zweiten Wochenende im September zu. Jede Region in Schottland hat ihre eigenen Feiertage für das *Tattie Howkin'*.« Er beantwortet meinen verständnislosen Blick im gleichen Atemzug. »*Tattie howkin'* – Kartoffelernte. Dafür waren diese schulfreien Tage ursprünglich gedacht. Damit die Kinder auf den Feldern bei der Ernte mithelfen konnten.«

»Aber –«, setze ich an.

»Heute ist Feiertag in Glasgow«, unterbricht er mich kopfschüttelnd. »*Tattie Howkin'*.« Seine Mundwinkel zucken ein wenig.

»Und ...?!« Hinter meiner Stirn zuckt auch was. Ein Blitz.

»Und Montag ebenso.«

In meinem Oberstübchen rumpelt es, als ob ein vollbeladener Kartoffellaster umkippen würde. Dann entgleisen meine Gesichtszüge. Diesmal spüre ich regelrecht, wie ich blass werde, als mir das Blut in die Kniekehlen sackt. Jetzt fühle ich mich selbst wie ein Sack Kartoffeln. »Aber ...«, setze ich kraftlos an. Meine Finger schließen sich dafür umso willensstärker um den leeren Fingerhut, der auf diesen nichtsnutzigen Unterlagen steht, die unbedingt ihren Freischwimmer machen wollten. *Tief durchatmen, Janne. Nicht noch doller drücken. Du bist nicht Raimund Harmstorf in* Der Seewolf, *und dieses arme Becherchen ist keine Kartoffel, auch wenn du jetzt gern eine zerquetschen würdest. Es hat keinen Sinn. Entspann dich und lass die Kinder fröhlich Kartoffeln stoppeln.*

»Montag auch noch?«

»Montag auch noch«, wiederholt Alex mit Grabesstimme und steckt sein Telefon wieder ein. Kommentarlos schenkt er mir nach. Wir trinken. Stumm. Ich konzentriere mich auf meinen Atem. *Zweiundzwanzig*: Ein ... *Zweiundzwanzig*: Aus ... *Du bist ruhig und gelassen ... Zweiundzwanzig*: Ein. Eine verf... lixte Scheiße ist das! ... *Zweiundzwanzig*: Aus.

Und wenn ich mit zu Hause telefoniere? Ich meine, Imme müsste doch die kompletten Reiseunterlagen irgendwo ausgedruckt haben. Schließlich haben die Mädels das Ganze für mich gebucht. Aber dann müsste ich ihnen eingestehen, dass ich nicht alleine zurechtkomme. Welche Blamage. Nein. *Ganz ruhig, Janne. Du wirst jetzt erst mal abwarten, wie sich das Ganze entwickelt. Vielleicht bist du ja heute Abend schon zurück bei Gregory und den Kölnerinnen in deinem*

Hotel. Du weißt noch nicht wie, aber du schaffst das. Und dann werden wir herzlich darüber lachen.

Oder auch nicht.

Vielleicht ist das ja Schicksal?

Vor meinem geistigen Auge ploppt ebenso plötzlich wie unpassend die Erinnerung an eine äußerst behaarte Pofalte in zu knappen Hosen auf: Bernd, der beim Fotostopp auf dem Weg nach Urquhart Castle verzweifelt versucht hat, die übergewichtige Gattin komplett mit aufs Bild zu bekommen. Für seine Körperlichkeit kann natürlich niemand was, meistens jedenfalls nicht. Aber für sein Benehmen schon! »Jetzt stell dich doch nicht so dämlich an, Bernd!«, hat die fette Trulla gewütet und: »Herrgott, wieso hab ich einen solchen Trampel geheiratet? Draufdrücken, fertig! Das nächste Mal nehm ich einen Selfiestick mit, und du kannst zu Hause bleiben. Ist auch billiger.« – »Ja, Schatz. Entschuldige, Schatz.« Armer Bernd.

Ich schüttele mich. Diese beiden waren echt schlimm! Es gibt bestimmt auch nette Menschen in meiner Reisegruppe; Natalia-Maus hat Potenzial und Susi auch, glaube ich. Ich habe sie nur noch nicht richtig kennengelernt. Die Gruppe ist groß, und es ist erst der zweite richtige Rundreisetag – also ... es *war* mein zweiter Tag. Gerade scheinen die Karten ja mächtig neu gemischt zu werden. »Es kommt meistens nichts Besseres nach«, hat unsere Mutter immer gesagt. »Vom Regen in die Traufe!«

Heimlich beobachte ich meine Traufe. So schlecht sieht die gar nicht aus, vor allem in Konkurrenz zu den Bernds dieser Welt.

Alex blickt aus dem Fenster. Im Gegensatz zu ihm habe ich kurzfristig das Interesse an der grandiosen Kulisse verloren. Was schert mich das Sonnenlicht, das spektakulär durch dunkelgraue Regenwolken bricht und die Wiesen in ein magisches Licht taucht? Ich habe wirklich, wirklich andere Probleme. *Du bist doch nicht obdachlos, Janne, nun stell dich nicht so an!* Doch!, widerspreche ich mir selbst, bin ich! In einem fremden Land mit eigener Währung und einem eisigen Meer drum herum. Ich sitze neben einem unverschämt gut aussehenden Fremden, dessen Bartfarbe je nach Lichteinfall von Rotblond bis Braun changiert, und lasse mich abfüllen. Das alleine ist ja schon faul: Warum bietet er mir ständig Alkohol an?

Und mein einziger Koffer ist in dem anderen Bus. Sogar mein Pass, weil ich aus irgendwelchen irrationalen Spleens heraus auf Reisen mein Geld im Gepäck verteile wie ein Eichhörnchen seine Nüsse und auch die Papiere nie zusammen aufbewahre.

»Zumindest ist er nicht nass«, murmele ich. Im Geiste lasse ich noch einmal Revue passieren, wie ich heute Morgen Pass, Kreditkarte und den Großteil meiner Pfundnoten in diverse Socken und zwischen die Seiten meines Jane-Austen-Bandes gesteckt habe. Gebrauchte Unterwäsche ist kein gutes Versteck, es gibt zu viele Perverse auf der Welt – Rat meiner Schwester Imme, und die muss es wissen.

»Wie bitte?« Alex löst sich vom Fenster. Er wirkt, als ob er eben noch ganz woanders gewesen wäre. Jetzt sieht er mich aus besorgten grünen Augen an und strahlt in diesem Moment etwas aus, das in mir den Impuls weckt, mich am liebsten an seine breiten Schultern zu lehnen und in seine Arme zu flüchten. Ich räuspere mich. Dabei bin ich bestimmt keins von diesen Weibchen, die nicht alleine klarkommen, auch wenn ich gerade noch über schätzungsweise siebzehn Pfund und achtzig Pence verfüge. Egal. Ich kenne den Mann ja gar nicht.

»Nichts«, sage ich ein bisschen verlegen. »Mein Pass. Der ist trocken, glaube ich.«

»Das ist doch eine gute Nachricht«, lächelt Alex. »Und wo ist er?«

Ich hebe die Schultern und zeige irgendwo hinter uns. »In meinem Koffer. Unterwegs ins Highland Folk Museum und von da weiter in die Cairngorms, schätze ich.«

»Oh.« Er hebt wieder eine Augenbraue, die linke diesmal.

Ich ziehe die Lippen ein und nehme sie zwischen die Zähne. Ja, das ist blöd. Darin sind wir uns einig. Meine Gedanken überschlagen sich. Bis ich mir ein Taxi organisiert habe, sind die längst weitergezogen aus dem Freilichtmuseum. Wie weit komme ich wohl mit nicht einmal achtzehn Britischen Pfund? Leider kann ich mich beim besten Willen nicht an den Namen unseres nächsten Hotels erinnern.

»Kannst du mir ein paar Orte in den Cairngorms aufzählen?«, bitte ich meinen neuen Begleiter.

»Ist das ein Quiz, um mich besser einschätzen zu können?« Wenn er schmunzelt, bekommt Alex kleine Grübchen.

»Nein, natürlich nicht, ich …«, fange ich an, mich zu rechtfertigen.

»Alles gut«, lacht er und hält mir beschwichtigend die Kekspackung hin. »Nur ein Scherz, entschuldige.«

Er mustert mich unverhohlen, und meine Ohren beginnen zu kribbeln.

»Hast du vergessen, wo du wohnst?«

Ich ignoriere die unterdrückte Belustigung in seiner Stimme und nicke unbeholfen. »Es war irgendwas mit A, glaub ich.«

»Aviemore? Carrbridge?«

Ich sehe ihn hilflos an. »… oder mit B?«

»Ballater, Blair Atholl, Braemar?«, zählt Alex gehorsam auf.

»Nie gehört!« Verzweifelt lasse ich mich gegen die Rückenlehne plumpsen.

»Grantown-on-Spey, Tomintoul? Klingt da irgendwas vertraut?«

»Ich weiß es nicht. Das klingt alles so fremd!«

»Balmoral?«

Meine Miene hellt sich schlagartig auf – bis mir einfällt, dass das ein königliches Schloss ist. »Haha.«

»Sorry, ich wollte dich nur ein bisschen aufheitern.« Er legt den Kopf schief und sieht mich schräg von unten an. Diesmal kribbeln nicht nur meine Ohren. Schmollend greife ich nach einem Shortbread. Unsere Finger berühren sich kurz, als er mir die Packung hilfsbereit entgegenstreckt. Das Knistern des Papiers klingt unnatürlich laut in meinen Ohren. Reflexartig sehe ich zum Fenster hinaus. Mein Herz klopft. Ich würde jetzt wirklich gern fliehen, aber ich weiß ja nicht mal, wohin, geschweige denn, woher ich das Geld dafür nehmen sollte.

»Kann ich trotzdem mal kurz dein Handy ausleihen?«, frage ich nach einer Weile kleinlaut. »Ich versuche es mal bei der Reiseagentur in Deutschland. Du bekommst das Geld wieder. Ganz sicher.«

Alex zuckt mit den Achseln und reicht es mir. *»No problem. Aber willst du nicht lieber zu Hause anrufen?«*

»Nein. Auf keinen Fall!«

Alex hebt abwehrend die Hände. Gut, das hätten wir auch geklärt.

Es dauert ein bisschen, bis ich der englischen Suchmaschine klargemacht habe, was ich von ihr will. Alex sieht mir über die Schulter, wischt und tippt ein paarmal mit einem supercoolen Kombistift über das Display, und schon habe ich nicht nur die Nummer, sondern sie wird auch noch automatisch angewählt. Es tutet.

»Freizeichen!«, wispere ich aufgeregt.

Alex nickt und sieht dezent aus dem Fenster.

Es klickt in der Leitung. Dann ertönt endlose dreißig Sekunden lang eine Fahrstuhlmusikvariante vom *Skye Boat Song,* gefolgt von einer heruntergekühlten Automatenstimme, aber immerhin, ich bin durch! Heureka! »Willkommen bei Brave Hart Tours Deutschland. Wie kann ich Ihnen weiterhelfen? Möchten Sie eine Reise buchen? Dann wählen Sie bitte die Eins. Haben Sie Fragen zu einer bereits gebuchten Reise? Dann drücken Sie bitte die Zwei. Oder möchten Sie aus anderen Gründen mit einem Mitarbeiter sprechen? Dann sagen Sie bitte: Drei …«

»Drei!«, flüstere ich mit vorgehaltener Hand.

»Ich habe Sie nicht verstanden.«

»Drei!«, wiederhole ich etwas lauter.

»Ich habe Sie nicht ...«

»Zwei«, fluche ich.

»Sie haben sich für die Ziffer Zwei entschieden ... Ist das richtig?«

»Ja.«

»Ich habe Sie nicht ...«

»JA!« Peinlich berührt sehe ich zu Alex hinüber, der leise in sich hineingluckst. Kommentarlos schenkt er uns noch einen Dram ein.

»Im Moment sind alle Mitarbeiterplätze belegt. Bitte rufen Sie uns später wieder an. Vielen Dank für Ihren Anruf.« Klick.

Fassungslos starre ich auf das tutende Handy und wähle gleich noch einmal. Diesmal dauert es eine Weile, bis der *Skye Boat Song* anläuft. »Willkommen bei Brave Hart Tours Deutschland ...«

»Drei!«, herrsche ich die Roboterfrau an.

»Ich habe Sie nicht ...«

»DREI!«

»Der nächste freie Mitarbeiter ist gleich für Sie da.«

Stöhnend atme ich aus.

»Im Moment sind leider alle Mitarbeiterplätze belegt ... Die durchschnittliche Wartezeit beträgt ...«

Ich nippe an dem Becherchen, das Alex mir galant herüberreicht.

Auf einmal knackt und rauscht es. Die Ansage ändert sich. Nervös beuge ich mich nach vorn. »Sie rufen außerhalb unserer Geschäftszeiten an. Wir wünschen Ihnen ein schönes Wochenende!« Klick.

Und man bekommt nicht mal zwanzig Sekunden, um

eine Nachricht zu hinterlassen? Das kann doch wohl nicht wahr sein! Ich muss an den Spruch unserer Redaktionssekretärin denken und unterdrücke einen Wutschrei: Freitags nach eins macht jeder seins. »Das ist sooooo ... deutsch! ... Kann ich es noch mal versuchen? Vielleicht ist ja doch jemand im schottischen Büro ...?«

Alex' Mundwinkel beben. »So oft du willst! Ich habe eine Flatrate und eine Powerbank, sollte der Akku nicht ausreichen.«

Ich schiele auf meine Armbanduhr. Eine halbe Stunde seit Armageddon. Alex und ich sind inzwischen auf Tee und Shortbread umgestiegen. Diese Multifunktionsmaschine auf der Ablage über der Toilette zaubert astreinen Earl Grey. »Und sie kann auch Kaffee mit einer richtigen Crema«, behauptet Alex. Ich glaube ihm.

Nachdem ich in Glasgow auch niemanden erreicht habe, ergebe ich mich in mein vorläufiges Schicksal und lasse den Blick durch den Bus schweifen. Dieser hier ist wirklich komfortabler ausgestattet als unserer. Wobei – ich glaube, die Ausstattung ist sogar identisch. Nur wird hier die Minibordküche tatsächlich genutzt. Im Gegensatz zu unserem Bus sind hier die Sitzreihen nicht einmal zu drei Vierteln belegt. Die Fahrgäste sind überwiegend männlich – und jenseits der fünfzig. Alex senkt den Altersdurchschnitt beträchtlich, es sei denn, er hat sich verdammt gut gehalten. Neben dem Whiskylikör hat er enorme Vorräte an schottischem Buttergebäck in seiner Tüte. Ich frage mich, wen er damit vollgestopft hätte, wenn ich ihm nicht auf den Sitz gestolpert wäre.

»Was machst du eigentlich hier?«, frage ich unvermittelt.

»Als Schotte auf einer Rundreise durch Schottland, ist das nicht ungewöhnlich?«

»Fortbildung«, knurpst er lapidar mit vollem Mund und bietet mir noch ein Shortbread an.

Ich liebe diese steinharten, bröselnden Butterbriketts! Inzwischen wieder angenüchtert, glaube ich auch nicht mehr, dass er mich ausrauben würde. *Du hast ja auch nix mehr, Janne.* Haha, mein Galgenhumor ist wieder da.

»Also. Du hast Touristik in Deutschland studiert?«, greife ich unseren vorigen Gesprächsfaden auf und wische mir einen Krümel vom Mundwinkel.

Alex nickt. »Ich habe meinen Master in Hamburg gemacht. Warte mal.« Er hebt kurz den Zeigefinger und ruft dann laut: »Moin, Jungs!«

»Moin, Alex«, schallt es international in witzigen Akzenten zurück. Kaum einer der Herren hebt dabei den Blick. Sie lesen weiter in Angelmagazinen, fotografieren zum Fenster hinaus oder dösen unter ihren Tweedmützen, genau so, wie ich vorhin Alex angetroffen hatte.

»Gut eingenordet«, sage ich erstaunt.

»Ja. Hab ich ihnen beigebracht«, erklärt Alex spitzbübisch.

Ich erwidere sein Lachen. »Wie lange seid ihr denn schon als Gruppe unterwegs?«

»Seit gestern«, schmunzelt er. »*Whisky and Nature.*«

»Das klingt verlockend«, gebe ich zu. »Mich hat man mit lauter Deutschen auf bekannte Drehorte angesetzt. Meine Freundinnen fanden's witzig.« Dass sie außerdem damit bezweckt haben, mich in eiskaltem Wasser zum

Schwimmen zu zwingen, damit ich mit meinem ange-knacksten, komplexbehafteten Selbstbewusstsein nicht zwischen Katzen und Job versauere, verschweige ich ge-flissentlich.

Alex streicht sich amüsiert über den gestutzten Bart. »Die haben dir das eingebrockt?«

Ich nicke heftig. »Ich wollte immer schon mal die Schauplätze von *Local Hero*, *Highlander* und *Braveheart* se-hen. Okay, über Mel Gibson lässt sich streiten, *Outlaw King* war auch nicht so meins. Mir taten die Pferde leid in dem Schlachtengemetzel. Aber ich mag *Outlander*. Nur, wie soll ich sagen, nicht so … öffentlich, so aufgesetzt und laut. Aus dem Laut*lander*-Alter bin ich raus, glaube ich.«

»Laut*lander*, den muss ich mir merken.« Alex grinst. »Das klingt nicht sehr begeistert. Also hat dein Frust nicht nur mit den derzeitigen Umständen zu tun. Filme und Serien interessieren dich aber schon, hab ich so rausge-hört? *Outlaw King* war übrigens auch nicht so meins, wenn ich das als Schotte überhaupt sagen darf.«

»Ja.« Ich seufze tief. »Erwischt. Ich glaube, ich bin einfach nicht für solche … Gruppenerlebnisse … ge-schaffen. Diese Leute sind irgendwie …« Ich suche nach dem richtigen Wort, denn ich will niemandem zu nahe-treten.

»… speziell?«, hilft Alex mir fragend aus.

Ich nicke dankbar, und er lacht. »Die Engländer haben da eine schöne Redewendung: *not my cup of tea.*«

»Das trifft es ganz gut«, erwidere ich erleichtert und proste ihm mit meinem recycelbaren Bambusbecher zu.

»Vielleicht hatte ich einfach zu hohe Erwartungen an Melly und Gregory.«

»Melly?«, unterbricht er mich und setzt sich auf. »Er nimmt diese Puppe immer noch mit auf seine Tour?«

Jetzt bin ich es, die überrascht guckt. Alex winkt hastig ab. »Nicht wichtig. Mir hat mal jemand erzählt von … Ich habe davon gehört, als …«

Ich unterbreche ihn glucksend. »Sag bloß, das Püppchen von Brave Hart Tours hat sich bis in Hamburger Hörsäle rumgesprochen? Ernsthaft? Das glaube ich nicht!«

»Na ja, nicht ganz … so ungefähr«, sagt Alex und räuspert sich. »Ich glaube allerdings eher, dass dieser Melly das persönliche Maskottchen von – äh, Gregory ist, so hieß er doch, oder? Ich kann mir jedenfalls nicht vorstellen, dass ein Reiseunternehmen das als Wiedererkennungsmerkmal wählen würde.«

Hoppla, der letzte Satz kam mit Nachdruck. Da hat aber jemand sein Business verinnerlicht, anscheinend ist das ein wunder Punkt bei Mister Tweed.

Er lässt die Schultern fallen und sieht mich an, als ob er ein schwieriges mathematisches Problem wälzte und nicht wüsste, wie er es benennen soll.

»Bist du Marketingexperte oder so was?«, quetsche ich mich gedanklich dazwischen, rein aus beruflichem Gewohnheitsinteresse.

Er zögert kurz. »So was Ähnliches vielleicht.«

Irgendwie sieht sein Lächeln gezwungen aus. Ich wüsste zu gern, was ihm gerade durch den Kopf geht. Anscheinend ist er unglücklich in seinem Job, der Ärmste, schnell ablenken.

»Egal wie. Ich finde es nicht schlimm, wirklich.« Ich hebe die Hände, Handflächen nach vorn, um zu betonen, dass ich meine, was ich sage.

»Äh, was jetzt genau?«

Er hat den Faden verloren, wie niedlich! »Na, Gregory und sein Maskottchen«, helfe ich ihm auf die Sprünge. »Die sind zwar nicht meine Tasse Tee ...« Ich stutze kurz, als mir etwas klar wird. »... aber die anderen haben viel Spaß mit den Witzen und der Art, wie er das macht. Es muss also an mir liegen.«

»Ich habe bis jetzt noch keinen Fehler feststellen können«, sagt Alex.

Oh, da ist das Augenzwinkern wieder! ... Moosgrüne Augen ... lange Wimpern ... Wir mögen die gleichen Filme ... und Shortbread ... In meinem Kopf formt sich eine Liste. *Schnell wegsehen, Janne! Du fragst ihn jetzt nicht, ob er eine Katzenhaarallergie hat!*

»Und du bist Reisejournalistin?«, fragt er beiläufig, während ich geflissentlich meine Brille auf Hochglanz poliere.

»Ich gebe zu, ich hätte mir eine andere Reise ausgesucht«, höre ich mich sagen. »Auf jeden Fall eine kleinere Gruppe! Oder zumindest einen anderen Veranstalter, in Richtung Studienreisen, oder Ökotourismus ... Am liebsten reise ich nämlich alleine.« *Notgedrungen! In Wahrheit bleibst du doch meist gleich zu Hause, sei ehrlich, Janne!*

Ich verkrieche mich hinter meinem Tee, weil ich erröte wie ein Teenager. *Und du verhältst dich auch so. Du redest nur Müll!* »Am liebsten reise ich alleine« – *Mensch, Janne!*

Ja. Verdammt! Und diese Janne verwünscht sich außerdem gerade dafür, dass sie heute Morgen aufs Schminken verzichtet hat. Jetzt habe ich Schrumpfaugen hinter einer völlig unmodernen Brille.

Es hat zu nieseln begonnen. Ich mustere, was ich zwischen den Schlieren der Fensterscheibe von meinem Spiegelbild erkennen kann, und streiche mir verstohlen eine Haarsträhne hinters Ohr. Nicht mal mein Scheitel ist ordentlich. Aber wer hätte denn ahnen können, dass mich außer Melly und Gregory jemand zur Kenntnis nimmt? Außerdem war ich spät dran und …

»Wie alt bist du eigentlich geworden?«

»Äh …« Huch? Wieso interessiert ihn das? »Vierzig«, rutscht es mir heraus, bevor mir mein Verstand das Plappermaul zuhalten kann. »Und wie alt bist du?«

Bist du blöd, Janne? Alles ab vierzig gibt man doch nicht einfach so zu! Und wenn er nun jünger …?

»Ich bin achtunddreißig«, kommt prompt die Antwort.

»Cool.« O Gott, hat das gequält geklungen, enttäuscht, geschockt? Ich lächle angestrengt und flüchte dann mit konzentriertem Blick zurück in die Landschaft, die draußen an uns vorüberzieht. Der Typ macht mich nervös. Wieso macht der mich so nervös? »Die Heide blüht«, stelle ich fest, als würde ich das wogende Violett zum ersten Mal bemerken. *Sehr geistreich, Janne, wirklich sehr geistreich! Wieso benimmst du dich denn bloß so bescheuert? Völlig idiotisch, total verkrampft! Sei doch nicht so eine Konversationsnull!* Das notorisch altkluge Männchen am Schreibtisch meines Oberstübchens ist nicht zufrieden mit mir: Es schlägt sich rhythmisch mit einem Aktendeckel vor die Stirn. *Nicht die Unterhaltung sterben lassen. Sag was, Janne!*

Ja, aber was?

Im verschwommenen Fensterbild sehe ich, wie Alex sich in seinen Reiseführer vertieft.

Angespannt fange ich schon wieder an, meine Brille zu putzen, und überlege, was ich jetzt tun soll, um den verkanteten Kahn unserer Konversation aus dem Schilf herauszuziehen.

»Bonbon?«, frage ich schließlich eloquent und krame ein verklebtes Toffee aus meiner Hosentasche.

Als er aufsieht, versuche ich vergeblich seinen moosgrünen Blick zu deuten. »Es ist ein bisschen warm geworden«, setze ich entschuldigend hinterher und räuspere mich. »Sahnetorte ist gerade alle.«

Das Lächeln kehrt zurück, hurra! Alex betrachtet das zerknautschte, warme Etwas in meiner Hand, so wie ein Archäologe den Plastikknochen eines kleinen Jungen umkreisen würde. Augenzwinkernd greift er schließlich zu, knibbelt das Bonbon unter Schwierigkeiten aus der verklebten Folie und steckt es sich genüsslich in den Mund.

»Ich finde, Sahnetorte wird vollkommen überbewertet.«

Da hätte ich ihn zum ersten Mal einfach nur knutschen können.

»Heiß hier drin«, sage ich und huste, weil mir mein eigenes Toffee dabei halb in die Kehle rutscht.

Einatmen … Ausatmen … *Unauffälliger, Janne! Was soll er denn denken? Dass du eine Toffeeallergie hast oder noch schlimmer: dass du gerade wegen seiner Augen hyperventilierst? Mach dich interessant! Sag was Su… Halt, nein! Sag bloß nichts Superschlaues! Irgendwas unterhalb von intellektuelle Spaßbremse!*

»Geht's wieder?« Alex klopft mir besorgt auf den Rücken.

Ich nicke mit tränenden Augen. »Könntest du mir …?«

»Ein Taschentuch? Warte kurz, habe ich.« Er kramt hilfsbreit in seinen Barbourjackentaschen herum.

»Danke«, röchele ich und nehme ein frisches Tüchlein aus der Packung, die er mir hinhält. »Eigentlich wollte ich dich bitten, ob du mir noch mal ganz kurz dein Handy ausleihen würdest. Wir haben doch WLAN hier drin, oder?«

»Ja, natürlich, willst du jemanden anrufen?«

Jaaa, meinen Telefonjoker, krähe ich innerlich und schüttele dabei den Kopf. Mir ist nämlich eingefallen, was mich *immer* beruhigt, wenn sonst überhaupt nichts mehr hilft: schreiben.

»Meine Freundinnen haben mich zu so einem Reiseblog verdonnert«, hole ich aus. »Ich möchte nicht, dass sie sich Sorgen machen.« Das ist sogar die reine Wahrheit. Ganz nebenbei klingt es interessant, aber nicht aufgesetzt oder wichtigtuerisch, das hoffe ich zumindest.

Alex zögert nicht. »Gern.«

»Danke!«, seufze ich aus tiefstem Herzen und beginne zu tippen.

Jannes Reiseblog

Tag drei

Datum: Immer noch (Freitag) 17. September, 17.47 Uhr

~~Auf dem Weg zum Fährhafen von Mallaig~~ Irgendwo in den Highlands

~~Ich bin aus Versehen in den falschen Bus eingestiegen.~~
~~Gleich stehe ich mit einem gut aussehenden Fremden am~~
~~Fährhafen nach Skye. Mein Handy ist nass, meine Liste~~
~~mit Telefonnummern total unleserlich. Es ist Feiertag, ich~~
~~erreiche niemanden in der Zentrale von Brave Hart Tours.~~
~~Hat jemand von euch die Handynummer von unserem~~
~~Tourleiter Gregory? Mein Koffer, mein Pass und mein~~
~~Geld sind weg. Was soll ich nur tun? Und wo soll ich heute~~
~~Nacht schlafen? Hilfe!~~
(Eintrag gelöscht)

Das kann ich doch alles nicht schreiben! Kein Wort davon!
Die drehen durch zu Hause vor Sorge! Die dürfen nichts
davon erfahren, allerfrühestens einen Monat nach meiner
Rückkehr. Noch mal von vorn:

Es gefällt mir stündlich besser hier. Vielen Dank für diese
tolle Reise, Mädels! Hier blüht überall die Heide, alles
schimmert und leuchtet violett. Natur pur. So habe ich es
mir vorgestellt. Es sieht herrlich aus.

Zufrieden drücke ich auf »Senden«. Da ploppt ein Fenster
auf, und das blöde Ding fragt mich nach meinem Passwort.
Wieso Passwort? In meinem Kopf rattert es. Das ist ein
fremdes Handy. Das System erkennt mich nicht. Ich habe
mich sowieso schon gewundert, wieso die Oberfläche so
anders aussah. Hat Saida da etwa eine Sicherheitsstufe ein-
gebaut? Moment, hat sie was von einem Passwort gesagt?
Natürlich hat sie. Aber mein Handy speichert Passwörter
automatisch, auch wenn Saida das leichtsinnig findet. *Er-*

innere dich, Janne! Tu ich aber nicht. Verfi... verdammter Mist!

»Alles okay?« Alex mustert mich mit schief gelegtem Kopf.

»Ja ... äh ... nein, eigentlich nicht«, stammele ich. »Ich kann es nicht auf meinem Blog einfügen, da ist was gesperrt.«

»Oh, fu... Shit«, verbessert sich Alex schnell und sieht zerknirscht von mir zu seinem Smartphone. »Das ist ein Firmenhandy. Darf ich mal sehen? Es könnte sein, dass ...« Er nimmt es mir ab, wischt und tippt darauf herum und beißt sich vor Konzentration sogar kurz auf die Unterlippe. »Vielleicht zweifelt mein Virenschutz an, ob deine Website sicher ist?«

Ich schüttele den Kopf. »Das ist es nicht. Ich habe das Passwort vergessen. Ich kann mich nicht einloggen.«

Alex sieht mich mitfühlend an. »*Och*. Willst du es erst mal in der Cloud speichern? Mir schien, du hast dir ganz schön Mühe für den Text gegeben.«

»*Och*«, wiederhole ich dumpf. Das sagen Schotten anscheinend immer, sobald was nicht läuft. Wo ist Saida, wenn man sie braucht? Da will ich einmal in meinem Leben ein kleines bisschen Eindruck schinden, und dann komme ich nicht mal halbwegs lebenstauglich rüber. »Danke, aber davon habe ich keine Ahnung«, gestehe ich. »Sowas macht immer Saida für mich.«

»Oh, ich dachte, weil du Redakteurin ...?«

»Nein«, unterbreche ich ihn gekränkt und spreche die vier Worte aus, die mir am schwersten fallen auf dieser Welt: »Kannst du mir helfen?«

Alex stutzt kurz, dann lacht er los und schüttelt den Kopf. »Es tut mir leid, aber ich kann das auch nicht. Ich habe keinen blassen Schimmer von diesen Softwaregeschichten. Ich benutze Handys nur. Sie müssen …«

»… funktionieren«, beenden wir den Satz gemeinsam. Fasziniert starre ich in seine Augen, und irgendwo in meinem Magen meldet sich ein leises Ziehen. Vielleicht sollte ich etwas Solideres essen als Shortbread. Da unterbricht uns James mit sonorer, rauschfreier Stimme. Er kündigt unsere Ankunft im Fährhafen an und ermahnt uns, nichts im Bus zu vergessen, was wir während der gut halbstündigen Überfahrt brauchen könnten. Ha! Erstens habe ich kaum Gepäck! Zweitens fahre ich nicht nach Skye. Und deswegen nehme ich drittens sowieso alles mit.

Immerhin verhindert der Busfahrer durch seine pragmatische Ansage, dass ich für den Rest der Fahrt drei Zentimeter über meinem Sitz schwebe. Ich muss hier weg. Seit ich meinen Bus verloren habe, kann ich nicht mehr klar denken.

»Kann ich den Text vielleicht als E-Mail an mich selbst senden?«, bitte ich. »Auf die altmodische Art? Dann kann ich ihn von dort kopieren, sobald mein Handy wieder einsatzbereit ist.« *Vier Zeilen, Janne, wie albern ist das denn?!* Gar nicht albern, solche Lebenszeichen können von der Polizei nachverfolgt werden, sollte mir etwas zustoßen!

»Ja klar, warte.« Alex wischt wieder auf dem Display herum und öffnet mir das Fenster eines privaten E-Mail-Accounts.

»Shortbreadginger82? Echt jetzt?« Ich bemühe mich, nicht loszuprusten, während ich meinen Logbucheintrag kopiere und in das neue Fenster einfüge.

Verlegen kratzt er sich den Bart. »Mir ist nichts Besseres eingefallen. Früher waren meine Haare außerdem viel röter als heute.«

»Wie ist denn *deine* Mailadresse?« Neugierig lehnt er sich herüber, um einen Blick auf meinen Bildschirm zu erhaschen. Unsere Schultern berühren sich dabei, und sein Kopf ist so nah, dass seine Haare meine Wange kitzeln. Ganz kurz nur, dann ziehe ich meinen Kopf reflexartig weg und streiche mir mit einer Hand über den Magen. Da drin hat es eben gepuckert.

»Die ist langweilig«, sage ich. »Janne.michelsengl«

»Engel«, sagt er und grinst. »Das ist süß.« Ich schaue ihn verständnislos an. Dann dämmert es mir. »Ach so. Nein, nicht Engel, 'gl' ist eine Abkürzung.« Ich beiße mir auf die Zunge, aber natürlich ist es zu spät.

»Und wofür steht die?«, will er wissen

»Ich … äh …« Sag ihm jetzt bloß nicht, dass das für deine Katzen steht, Janne! Der sortiert dich doch gleich in die Übriggebliebenenkiste ein! »Das sind zwei … ziemlich enge Freunde«, seufze ich matt. »George und Lucas.«

Habe ich wirklich soeben meine Katzen verleugnet?

9

Hitchcock lässt grüßen

Das Möwengekreische zerrt an meinen Nerven. Ich komme mir vor wie Tippi Hedren in Hitchcocks *Die Vögel*, nur dass meine Lage wesentlich gefährlicher und aussichtsloser ist, komplizierter und ... Ich male mit meiner Fußspitze Muster auf den Fußboden, während ich nach einem passenden Adjektiv suche. *Romantischer?* Nein!, kreische ich stumm gegen die Möwen und die ketzerische Stimme in meinem Kopf an. Sie kichert, ebenso unbeeindruckt von meinem stillen Protest wie die Möwen.

Nur durch halb blinde Sprossenfensterchen mit rotem Rahmen von mir getrennt, stehen trainierte Männerbeine in engen Outdoorhosen und Wanderstiefeln. Alex, der auf mich wartet. Hübsche Beine. Sie trotzen dem Wind und den Möwen. Bei jeder Bö schmiegt sich der Stoff eng an Oberschenkel und Waden. Wie sich die Muskeln wohl anfühlen? Bestimmt warm und ... und ... Jetzt hab ich das treffende Wort für meine Lage! Sie ist wesentlich ... schottischer!

Ich zwirbele mir die Kordel um den Zeigefinger, die von dem antiken Hörer in den schwarzen Kasten mit dem

Ziffernblock führt. Alex sieht mich durch die gesprungene Glasscheibe an. Ich stehe in der vermutlich letzten überlebenden Telefonzelle des gesamten Britischen Empires. Sie funktioniert. Es tutet. Allerdings endlos. Haben die nicht mal Geld für einen Anrufbeantworter?

»Da geht niemand ran!«, brülle ich durch die Fensterkachel. Ich habe darauf bestanden, es von hier auch noch einmal zu probieren. Übers Festnetz. Bei meinen letzten drei Versuchen ist permanent die Verbindung abgerissen. Bestimmt lag es nur daran. Und die Telefonzelle hat außerdem noch einen Vorteil: Abgeschiedenheit. Ich fühle mich sowieso schon äußerst unwohl, in einer fremden Sprache und einem fremden Land zu telefonieren. Okay, mein Englisch ist gut. Sehr gut vielleicht sogar. Aber Behörden stressen mich. Ungewohnte Umgebungen stressen mich. Fremde Reisegruppen stressen mich. Zuhörer in einem fremden Bus stressen mich. Rotblond-braunbärtige Männer stre...

Alex schmunzelt. Was bedeutet dieser Blick? Darf der so gucken? Ich habe noch nie jemanden mit solchen Augen gesehen. Als ob sich die Sonne in einem einsamen schottischen Tal mitten im Nationalpark bricht. Braucht man dafür keinen Waffenschein in diesem Land?

»Es ist das *Glasgow Weekend*. Warum sollte sich daran etwas ändern, ob du nun die Nummer googelst oder dir eine Seuche holst, weil du in diesen museumsreifen Telefonbüchern blätterst?«

Wo er recht hat, hat er recht. Verstohlen wische ich mir die Hand an der Hose ab. Im Rucksack müsste ich irgendwo noch Desinfektionstücher haben.

Das Schiffshorn dröhnt. Ich gebe auf. Energisch krache ich den Hörer auf die Gabel. Ich verlasse das antiquierte Häuschen mit seinen Graffitikritzeleien, Kaugummiresten und, *ganz im Gegenteil, Alex:* erstaunlich modernen und gut erhaltenen Telefonbüchern, und drücke mit der Schulter die Tür auf. Alex hilft von außen mit.

Schnell ziehe ich meinen karierten Lambswool-Schal höher, denn sofort hat mich der Wind wieder.

»Was soll ich denn jetzt machen?«, platzt es aus mir heraus.

Alex hebt die Schultern. »Du wolltest mir ja nicht glauben. Natürlich ist niemand dort. Es macht keinen Unterschied, ob du es von einem deutschen oder einem englischen Handy oder einer schottischen Telefonzelle aus probierst. Wochenende ist Wochenende. Und Feiertag ist Feiertag! Heute sitzt kein Mensch mehr in Glasgow im Office. Auch nicht bei Brave Hart Tours, und übrigens …«

Ich jaule auf wie der Hund meiner Freundin Susa, wenn er allein zu Hause (oder in meiner Obhut) bleiben muss. Aber mein Ausbruch der Verzweiflung wird genauso vom nächsten Tuten dieser verdammten Schiffsposaune von Jericho verschluckt wie der Rest von Alex' Ansprache.

Widerstandslos lasse ich mich von ihm unterhaken und fortlenken. Wie kann sich bitte irgendjemand bei diesem Lärm vernünftig konzentrieren? Ich schiele auf mein armes, schwarzes Smartphone mit dem Wasserrand im Display und stecke es wieder ein. Jetzt prasselt auch noch wolkenbruchartiger Regen auf uns nieder.

Wir laufen schneller. Bei diesem Wetter wird es Tage brauchen, bis es getrocknet ist! Falls das unnütze Ding überhaupt je wieder mit mir spricht. Soll ich doch noch mal schnell in die Telefonzelle zurücklaufen und bei mir zu Hause anrufen? Da drin ist es trocken. Und ich habe solche Sehnsucht nach einer vertrauten Stimme. Ich könnte ganz harmlos fragen, ob der Kater seine Medizin genommen hat. Vielleicht hat Gregory auch längst eine Suchmeldung nach mir rausgegeben? Teurer Gregory. Wenn dem so wäre, wüssten die zu Hause sicher längst von meinem Verschwinden und würden sich Sorgen machen. Es wäre also meine Pflicht, ihnen zu versichern, dass es mir gut geht. Und wenn sie von nichts wissen? Tja, dann soll das natürlich auch so bleiben, und ich würde die unvermeidlichen Sprüche darüber an mir abprallen lassen, dass ich ein Helikopterfrauchen mit Stubenhockersyndrom bin – in dem heimlichen Wissen, dass ich versehentlich in einem völlig unkalkulierbaren Abenteuer feststecke. Wobei ... es könnte schlimmer sein ... *Nein! Was denkst du denn da, Janne?* Du musst schleunigst zu deiner Reisegruppe zurück!

Ich schiele Alex von der Seite an und wische mir einen Tropfen von der Nasenspitze. Oh je. Der Mann hat die ganze Zeit weitergeredet. Sind meine Haare eigentlich genauso nass und zerzaust wie seine? Bei ihm sieht das verwegen aus, ich erwecke höchstens den bemitleidenswerten Eindruck einer zerrupften Straßenkatze.

»Entschuldige, was hast du gesagt?« Ich muss ziemlich laut schreien. Nicht wegen der Möwen, sondern wegen des zunehmenden Windes.

»Dass wir uns beeilen müssen, sonst fährt das Schiff ohne uns ab!«

»Ja, aber ...« Eine Bö peitscht mir einen Zipfel meines Halstuchs ins Gesicht und verfängt sich in meiner Brille. In Momenten wie diesen würde ich alles dafür geben, wieder Kontaktlinsen tragen zu können. Na gut, beinahe alles. Also, eine Menge jedenfalls ... Ich versuche, meinen unverhofften Reisepartner einzuschätzen. Er hat Humor, er ist gebildet, er hat schöne, feingliedrige Hände ... Ob er wohl ein Katzen- oder eher ein Hundetyp ist? Ganz sicher ist er kein Mister-Sauberes-Parkett, der eine Barbourjacke so dringend braucht wie Allrad an einem Stadtauto. Alex wirkt nicht wie einer, der irgendwas über Statussymbole kompensiert. Mein Ex war so. Alex nicht. So was spüre ich. Manchmal zumindest. Ok, meistens zu spät. *Hör doch mal auf zu denken, Janne! Das spielt jetzt alles keine Rolle!*

»Du verstehst das nicht«, rufe ich gegen das schottische Wetter an, ziehe den Arm aus seiner Ellenbeuge und fingere suchend an der faltbaren Kapuzenvorrichtung im Kragen dieser bescheuerten Allwetterjacke herum. Himmel, warum lassen sich Druckknöpfe mit nassen, klammen Fingern grundsätzlich nicht öffnen?

»Was?«, schreit Alex gegen den Sturm. Er ist mit mir stehen geblieben. Jetzt kreiselt er mit einem Zeigefinger um sein Ohr herum und sieht dabei inzwischen ein klein wenig genervt aus.

Ach so, der Kapuzensaum. »Nein, da hat sich nichts verfangen, das liegt nur an den Knöpfen!«, schreie ich.

Alex schüttelt den Kopf und greift mir in den Kragen. Glaubt der Mann etwa, ich bin zu blöd, meine Kapuze aufzusetzen?

Erstaunlich klar höre ich ein leises Reißverschlusszippen, und eine Sekunde später hat er mir ein trockenhaubenartiges Etwas über den Kopf gestülpt.

»Nein, ich meinte – ich kann dich nicht hören!«, brüllt er mich an.

»Ich bin ja nicht taub!«, schreie ich unerheblich leiser. »Sag das doch gleich!« Dicke Regentropfen sammeln sich unter seinem Kinn. Bei Alex sieht das beinahe sexy aus. Kleine Perlen im Dreitagebart. Und durch die Feuchtigkeit kommt auch der leichte Rotstich noch stärker durch. Shortbreadginger82 – zum Anbeißen. Bei mir hingegen ... Die verschwommene Reflexion im matten Plexiglas einer Reklametafel genügt mir. Nasse Strähnen, unförmige Jacke, praktische, ebenso figurfreie Hosen – absolut flirtfrei und geschlechtsneutral – das ist so gemein! Wütend auf mich, Gregory, Brave Hart Tours, den Regengott, die Welt, klappe ich die Billigkapuze wieder nach hinten, meine Frisur ist so oder so im Eimer. Am besten, ich setze mich in den nächsten Bus. Es gibt doch diese City-Link-Verbindungen ... Aber wo ist hier eine Haltestelle? Wann kommt ein Bus? Und wohin soll ich überhaupt fahren? Melly und Co. sind nach Osten aufgebrochen, Richtung Glencoe und Cairngorms. Selbst wenn ich dort jedes Hotel einzeln abklappere, werde ich sie niemals finden! Schon gar nicht ohne funktionierendes Handy ...

»Los, komm endlich! Du kannst auch im Trockenen weiterdenken.« Alex fasst mich am Ärmel und zieht mich über die Straße, auf den überdachten Wartebereich des Fährgebäudes zu. »Ich würde sagen, du musst dich schnell entscheiden!«, ruft er.

Im Windschatten des Ticketverkaufs ist es wesentlich einfacher, sich zu unterhalten. Ich putze mir die Nase, während Alex meine Situation treffsicher zusammenfasst. »Du kannst da drüben an der Haltestelle auf einen Bus warten, der dich zur Zentrale dieser Reiseorganisation nach Glasgow bringt, aber …«

»Das nützt mir doch nichts. Es ist Feiertag, hast du selbst gesagt, und ich erreiche da niemanden«, unterbreche ich ihn schniefend. Meine Nase läuft ein bisschen. Außerdem ist das eine blöde Idee. Was soll ich denn in Glasgow? In einem zugigen Hauseingang einen Sitzstreik abhalten und auf Dienstag warten? Selbstmitleidig jammere ich los. »Ich wollte die Highlands sehen! Ich habe für diese Tour bezahlt! Also … meine Freundinnen«, räume ich leiser ein. »Und diese Fahrt war bestimmt sauteuer …«

»Herzlichen Glückwunsch!«, unterbricht er mich sichtlich amüsiert.

»Wozu? Zu diesen Katastrophen etwa?«

Alex wischt sich den Regen aus dem Gesicht. Die hauchfein gravierten Krähenfüße an seinen Augen vertiefen sich. Lacht der über mich? Ohne den Mund zu verziehen?

»Nein. Zu deinen Freundinnen, Janne. Was haben die sich nur dabei gedacht, dich hier ganz allein auszusetzen?« Jetzt sind da wieder diese Grübchen, und er schüttelt den Kopf, dass die Regentropfen um ihn herumstieben. Natürlich lacht der!

»Ich habe noch nie einen so misstrauischen Menschen getroffen. Wann hattest du eigentlich Geburtstag?«

»Wieso ist das wichtig?« Ich rubbele mir mit den Händen die Arme hinauf und hinab. Meine Jacke ist offenbar nicht so wind- und wasserfest, wie es der Hersteller versprochen hat. Die Nähte suppen durch. Mir wird kalt. Ich muss unter Druck eine schwierige Entscheidung treffen. Mit einem wildfremden Mann auf eine Insel fahren oder mich mutterseelenallein auf dem Festland durchschlagen – wobei Großbritannien ja streng genommen auch eine Insel ist … Mögliche Gefahren in beiden Fällen: Raub, Mord, Vergewaltigung – Schiffsunglück und Ertrinken nur bei der ersten Variante. Also. Kann ich ihm trauen?

Alex schneidet eine verzweifelte Grimasse, und da fällt es auch mir auf. Das klingt tatsächlich misstrauisch. Vielleicht hat Imme ja recht, und ich mutiere bereits unaufhaltsam zur alternden Katzenfrau, die nicht mal mehr dem Postboten aufmacht. *Natürlich übertreibt sie, Janne. Und Alex übrigens auch. Aber nur ein bisschen.*

»Wie furchtbar«, rutscht es mir heraus. »Du hast recht. Am fünften September.«

Alex lacht. »Sternzeichen Jungfrau«, sagt er, als ob das alles erklären würde.

»Du glaubst doch nicht an Horoskope, oder?«

Er hebt nur die Schultern und grinst weiter.

Ich zwinge mich, nicht auf seine perfekten Zähne zu starren. Sein rechter Eckzahn steht ein bisschen vor. Immerhin. Niedlich irgendwie, stelle ich fest, aber zurück zum Thema. »Außerdem haben die ihr Büro gar nicht im Zentrum von Glasgow, sondern in irgendeiner Vorstadt, irgendwo am schottischen A… nfang der Welt«, schiebe ich schnell hinterher. »Wahrscheinlich sind in der Stadt die Mieten zu teuer für so ein kleines Unternehmen … Egal.

Ich … ich werde mich Richtung Cairngorms durchschlagen. So viele Hotels kann es da ja nicht geben«, beschließe ich mit dem Mut der Verzweiflung.

Alex zieht eine Augenbraue hoch. »Das ist ein Nationalpark, Janne, kein Dorf. Die Orte liegen nicht gerade fußläufig auseinander.«

»Ich weiß«, sage ich und drei Viertel meines großkotzigen Mutes sind bereits futsch. »Wie kann ich da am besten mit öffentlichen Verkehrsmitteln hinkommen? Der Bus braucht bestimmt Jahre! Wenn heute überhaupt noch einer kommt.«

Alex schüttelt schon wieder den Kopf. »Davon würde ich nicht ausgehen. Also?«

»Also was?«, frage ich verblüfft. »Ich … oh. Du meinst wirklich, heute kommt keiner mehr?«

Alex legt nachsichtig den Kopf schief.

Alarmiert blicke ich mich um. Nur noch ganz wenige Fußgänger drängen über den Pier zur Fähre, die Schirme zusammengeklappt und unter den Arm geklemmt, damit sie nicht umschlagen. Ansonsten ist der Platz wie leer gefegt. Die bunten Häuser haben die Fensterläden verriegelt. Tische und Bänke sämtlicher Cafés sind verzurrt und die Rollos heruntergezogen. Der Wind frischt zusehends auf und treibt Regen in dicken, dunklen Wolken vor sich her. Hier geht heute wohl tatsächlich nichts mehr.

»Ich muss aber doch meine Gruppe wiederfinden.« Das klingt selbst in meinen halb erfrorenen Ohren wenig schlagkräftig.

»Aber nicht heute«, sagt Alex gelassen. »Also, entweder du kommst jetzt mit, oder wir müssen Plan B nehmen.«

»Und wie soll der aussehen?«, frage ich.

Alex deutet auf das verrammelte Städtchen hinter uns. »Wenn wir nicht schleunigst an Bord gehen, legt meine Gruppe ohne uns ab. Dann bleibt uns beiden nur eine Parkbank im Regen oder die Telefonzelle – zumindest solange sie niemand zweckentsprechend benutzen möchte. Plan A: Du steigst jetzt mit mir auf diese schnuckelige kleine Fähre nach Skye, fährst übermorgen mit uns und dem Jacobite Steam Train bis Fort William zurück und erholst dich in diesen zwei Tagen von deiner Filmfan-tastischen Reisegruppe. Bis dahin finden wir heraus, wo ihr euch wiedervereinigen könnt. Wie klingt das?«

Der Mann hat recht, Janne, gib's doch einfach zu.

»Das ist der Harry-Potter-Zug, oder?«, schniefe ich. Meine Reisegruppe bekommt nur Zeit, sich den unterwegs von außen anzugucken.

Alex legt lächelnd den Kopf schief. »Wir kommen sogar an der Insel vorbei, auf der Harrys Professor Dumbledore begraben liegt.«

Ich wühle in meiner Jackentasche. Ich konnte mich noch nie leicht entscheiden. Und ich kann überhaupt nicht mehr klar denken. Meine Tempos sind inzwischen auch nass. »Erster Klasse?« Ich ziehe die Nase kraus.

»Nostalgischer Großraumwaggon mit Tee am Tisch«, verspricht Alex.

»Okay«, höre ich mich sagen. Alex streckt mir die Hand entgegen, und ich greife zu. Sie ist nass und warm, und ich lasse mich mitziehen. Wir rennen, so schnell wir können. Mitten durch Pfützen und vorbei an kreischend auffliegenden Möwen. Ich muss mir die Kapuze am Kopf festhalten, damit sie nicht heruntergeweht wird. Wir erreichen die eiserne Klappe der Fähre. Unsere Schritte donnern hallend über den Stahl. Ich fühle mich unglaublich mutig und verrückt und ... *Krieg dich wieder ein, Janne!*

»*Tickets please*«, bremst uns ein völlig unschottisch aussehender Typ in Regenjacke mit Wollmütze und Gummistiefeln und so einem Stanzklippdings in der Hand aus. Er stellt sich uns in den Weg und sieht nicht so aus, als ob er uns ohne ein stanzbares Billett auf sein Schiff lassen wollte.

Instinktiv verstecke ich mich halb hinter Alex. Das Herz klopft mir bis in den Hals. Ich habe Schnappatmung und Seitenstiche von dem schnellen Lauf. Widerstrebend lasse ich zu, dass Alex meine Hand loslässt. Sofort fühlt sie sich kühl an. Wir haben gar keine Tickets, oder?

Aber Alex greift völlig cool in seine Jackentasche, holt ein durchweichtes Papier heraus, reicht es dem Mann und zeigt auf den Bus, der fast das halbe Parkdeck der kleinen Fähre einnimmt.

»Wir gehören dazu. Alex Hartley. Und Begleitung.«

Die Augen des kleinen, dicken Bootsmanns heften sich auf mich. Vom Aufschlag seiner Mütze tropft es. Ich schaue ihm fest ins Gesicht. Er mustert mich wie eine Kiste Orangen zum halben Preis und stiert dann auf Alex' Zettel. Selbst die Druckerschwärze läuft in dicken Schlieren vor dem Griesgram davon. Schließlich nickt er, faltet das nasse Papier zusammen und winkt uns durch. Ohne zu stanzen.

Geräuschvoll atme ich aus. Erst jetzt bemerke ich, dass ich die Luft angehalten hatte. Ich habe mir nicht mal Alex' Nachnamen gemerkt vor lauter Aufregung.

»Kaffee?«, fragt er, als wäre es seine leichteste Übung, fremde Passagiere an Bord zu schleusen. Er legt mir den Arm um die Schultern und lotst mich übers Parkdeck ins Innere des Schiffes.

»Erst eine Toilette«, bitte ich. Ist das nun gut oder schlecht, dass es ihm so leichtfällt, zu schwindeln?

Wir haben mächtigen Seegang. Sobald wir den kleinen Hafen verlassen, komme ich mir vor wie auf einer Nussschale. Der Wind peitscht meterhohe Wellen übers Meer und setzt ihnen Schaumkronen auf. Gischt spritzt über die Reling, und ich klammere mich mit beiden Händen am kalten, weiß lackierten Treppengeländer fest, um hinter Alex nach unten zu gelangen, ins Innere der Fähre.

Eine halbe Stunde soll die Überfahrt dauern. Alex braucht keine fünf Minuten, um seine Gesichtsfarbe zu wechseln wie ein Chamäleon. Als ich von der Bordtoilette wiederkomme, hat es die verblichene Farbe der wogenden Vorhänge angenommen. Quasi Ton in Ton mit seinen Augen, nur ein paar Nuancen heller.

»Soll ich uns Kaffee holen?«, biete ich an und zeige in die Richtung des Pfeils mit der dampfenden Tasse.

Alex schüttelt stumm den bleichgrünen Kopf. Er hält ihn auf seine Ellbogen gestützt, als wäre er tonnenschwer, und fixiert irgendeinen unsichtbaren Punkt auf der Plastiktischplatte. Diesen leeren Blick kenne ich von meiner Schwester.

»Frische Luft?«, frage ich und durchforste den Raum mit Jägerinnenaugen nach Papierkörben, Spucktüten oder Müttern mit kleinen Kindern. Windeln gehen zur Not auch – wenn man sie geschickt zuhält, dann passt eine Menge rein. Aus welcher Körperöffnung, ist denen egal. Ich weiß das, weil meine kleine Schwester als Kind weder see- noch luft- noch autofest war.

Alex sieht nicht so aus, als ob er jetzt gern die lustige Geschichte von Imme und Teddy hören möchte und warum Letzterer damals ab dem Brenner nur noch auf dem Dachgepäckträger nach Italien weiterreisen durfte.

Eigentlich wäre es sogar ziemlich schlau, wenn wir unten bleiben würden. Aufgrund des stürmischen Wetters geht es anscheinend vielen ähnlich wie meinem Retter. Der kleine Aufenthaltsraum mit dem Selbstbedienungsbereich ist nur halb mit Menschen gefüllt. Dabei schwankt es im mittigen Bauch der Fähre am wenigsten. Dafür vermischt sich allerdings der Geruch nach Pommes, Kaffee und heißer Schokolade zunehmend mit Diesel. Nicht jedermanns Sache. Und vermutlich auch nicht zuträglich für empfindliche Mägen.

Alex gibt meinem Vorschlag mit gequälter Miene nach und zieht sich am Tisch hoch, bemüht, aufzustehen. Aber mit der nächsten Woge zieht es uns beiden die Füße weg. Das Schiff bäumt sich auf wie ein Wildpferd und springt krachend ins nächste Wellental. Am Nebentisch schüttet jemand seinen Tee quer über drei Mitreisende. Wir beide landen polternd auf der kleinen Sitzbank, halb nebeneinander, halb übereinander.

»Sorry!« Ich hänge quer über Alex' Brustkorb. So elegant und vorsichtig wie möglich stemme ich mich hoch. Es dauert nur eine Sekunde, aber in der sind wir uns ganz nah. Mein Herz klopft ein bisschen schneller, als ich sein

Duschgel oder Deo schnuppere oder was immer da so interessant riecht.

Alex hält die Augen geschlossen, während ich mich von ihm herunterarbeite. »Alles gut«, behauptet er, aber seine gequälte Mimik straft ihn Lügen. Unter anderen Umständen wäre es ziemlich prickelnd, wie sich unsere Beine berühren, aber so? Ich fürchte, ich bin die Einzige, die gerade ein kleines bisschen Gänsehaut bekommt – und einen anschließenden redlich unterdrückten Lachkoller, weil die ganze Situation so absurd ist.

Ich finde es extrem praktisch, dass die Schiffsmöbel sämtlich mit großen Schrauben im Boden verankert sind. Unsere Gliedmaßen sind es nicht. Leise kichernd sortiere ich meine Arme und Beine und hangele mich zurück auf meinen Platz. *Himmel, beherrsch dich, Janne!*

Alex stöhnt.

»Hast du dir wehgetan?«, frage ich besorgt.

Er bläht nur gequält die Backen. Auf seiner blassen Stirn stehen Schweißtröpfchen.

»Oh. Moment.« Wenn es jemandem schlecht geht, laufe ich zur Höchstform auf. Ich drücke kurz seinen Arm und drehe mich um. *»Excuse me!«,* rufe ich, schnappe mir den leeren Teebecher vom Nebentisch und drücke ihn meinem Mister Bleichgesicht unter die Nase. In Notfällen fackele ich nicht lange. Da wird gehandelt, nicht gedacht. Also stürze ich los, um Servietten oder Taschentücher zu besorgen, je nachdem, was ich in der gebotenen Eile schneller erwischen kann. Auf der von mir als Kind für Imme entwickelten Familie-Michelsen-Brechskala, kurz FMB, hat Alex gerade eine Neun von zehn möglichen Zählern erreicht. Der Brenner war eine Acht. Was für ein Glück, dass meinen Magen so schnell nichts umpustet.

Als ich mit einer Rolle Klopapier und einer mittelgroßen schwarzen Plastiktüte zurückkomme, ist zumindest um die Nasenspitze herum etwas Farbe in Alex' Gesicht zurückgekehrt: FMB-Wert sieben, vielleicht sechseinhalb. Das lässt darauf schließen, dass es einen Grund hat, weswegen er den Teebecher betont unauffällig vor mir verstecken will.

Grinsend halte ich ihm das Toilettenpapier und die Plastiktüte hin. »Da bekommt das Wort *Refill* eine ganz neue Bedeutung, stimmt's? Keine Bange, ich habe eine kleine Schwester, und Haggis sieht auch auf dem Teller nicht wirklich besser aus, oder?«

Er lächelt kläglich und verstaut seinen spontan ausgelagerten Mageninhalt dezent mit mehreren Lagen Toilettenpapier in dem undurchsichtigen Beutel.

»Ich muss dir vermutlich recht geben. Aber Haggis riecht wenigstens um einiges besser.« Er schluckt trocken, als uns die nächste Welle gefühlte zwei Meter anhebt und unsanft fallen lässt. »Ohhh. Lass uns das besser nicht vertiefen. Können wir über etwas anderes reden?«

Ich strecke die Hand nach seiner Spucktüte aus. Verdutzt sieht er mich an.

»Soll ich sie nicht entsorgen?«

»Vielleicht brauche ich sie noch.« Verlegen kraust er die Nase. Der ganze Kerl ist plötzlich zu einem kläglichen Häuflein Elend zusammengefallen.

Mir dagegen geht es prima. »Von mir aus kannst du sie auch als Souvenir behalten. Aber schau mal raus. Wir laufen gerade in den Hafen ein. Pfefferminz?«

Zehn Minuten später schieben wir uns zusammen mit den übrigen Passagieren schwankend in Richtung Ausgang und steuern von da den Bus an. Mein erster Eindruck von Skye ist nass und grau, ich kann kaum etwas erkennen, was hinter dem Hafen liegt. Der Boden unter uns schaukelt immer noch ganz schön. Ich habe nichts dagegen, dass Alex sich bei unseren erzwungenen Ausfallschritten an mir festklammert.

Okay, vielleicht ist es auch ein bisschen umgekehrt. Jedenfalls grenzt es an ein Wunder, dass die Fahrzeuge bei so einem Seegang stehen geblieben sind. Zwei Seeleute, an denen wir auf Deck vorbeiwanken, sind in ein heftiges Streitgespräch verstrickt. Ich habe keine Ahnung, welche Sprache sie sprechen.

Alex verzieht die Mundwinkel zu einem vorsichtigen Lächeln. »Das ist Gälisch«, erklärt er, als könnte er meine Gedanken lesen. »Die Fähre muss über Nacht hier im Hafen bleiben, und für morgen sind auch alle Fahrten abgesagt. Der Sturm legt wohl noch zu. Jetzt diskutieren sie, wie und ob sie nach Hause kommen und was ihre Frauen wohl dazu sagen.«

Gerade, als wir auf einer Höhe mit den beiden sind, gesellt sich ein wütender Passagier zu ihnen. Den verstehe ich! In breitem amerikanischem Akzent erklärt er, dass sein Kleinwagen trotz festgestellter Handbremse gehüpft ist. Und wer jetzt wohl für den Schaden aufkommt? Das würde mich auch interessieren, reine Gewohnheit. Ich verdrehe mir den Hals nach dem Trio und bemühe mich, dem Gespräch weiter zu lauschen. Doch das ist bei dem Wind leider unmöglich.

Zu Hause habe ich eine Zeit lang unsere Leserrubrik »Der Kunde ist König« betreut. Aber ich hab ja erstens Urlaub, und zweitens sieht der Mann nicht so aus, als ob er sich über ein Abonnement einer kleinen deutschen Tageszeitung freuen würde. Oh. Jetzt hat er den Matrosen geschubst. Das hätte ich nicht gemacht!

Alex zieht mich weiter, ich lege jetzt allerdings auch ganz freiwillig an Tempo zu. Der Regen kommt inzwischen horizontal von vorne. Ich stolpere Alex hinterher, und wir steigen in den Bus. Das Ding gleicht dem von Melly wirklich wie ein Zwillingsbruder. Erschütternd. Ich bin ein winzig kleines Sandkörnchen im Getriebe der Tourismusindustrie.

Tropfend wie eine kaputte Kaffeemaschine klettere ich hinter Alex die Stufen hinauf. Ich sehe nur seinen breiten Rücken, weil ich vorwiegend damit beschäftigt bin, nirgends mit meinem Rucksack hängen zu bleiben. Es ist eine wirklich blöde Angewohnheit, das Ding nur über eine Achsel zu schultern, und dann noch diese ganzen Strippen überall. Wozu braucht man zum Beispiel diese beiden langen am Boden? Genervt versuche ich, die losen Enden irgendwie zu verknoten.

Als ich hochsehe, bemerke ich, wie mich der Fahrer argwöhnisch beäugt und fragende Blicke mit einer sommersprossigen, schlanken Rothaarigen in der ersten Reihe tauscht. Das wird die Reiseleiterin sein. Unglaublich, dass mir die beiden nicht schon längst aufgefallen sind. Ich ihnen umgekehrt wohl auch nicht. Dafür jetzt anscheinend umso mehr.

»Excuse me, Madam!«, bremst mich die Rothaarige mit

in meinen Weg gestrecktem Arm aus. Ihre Fingernägel sind im gleichen Farbton lackiert wie ihre Haare. Na toll. Und jetzt? Will sie mich rausschmeißen? Soll ich mit den griesgrämigen Matrosen auf Zimmersuche gehen? Wieso haben die mich denn vor vier Stunden nicht gestoppt?! Damit hätten sie mir viel Ärger ersparen können! Ich ziehe die Augenbrauen zusammen und die Nase hoch. *Beruhige dich, Janne. Nicht aufregen, Ball flach halten. Du kannst das alles aufklären und anständig um Hilfe bitten.*

Da höre ich Alex verkünden: »Das ist in Ordnung. Meine Begleitung ist endlich doch noch aufgetaucht.«

Ohne zu zögern, sagt er das und wird nicht mal rot dabei. Er bleibt bei kreidebleich. *Der geborene Schwindler. Pass bloß auf, Janne!*

Die Reiseleiterin öffnet den Mund, aber Alex hangelt sich bereits durch die Sitzreihen nach hinten. Also klappt sie ihn zu und fährt den Arm wieder ein. Allerdings mustert sie mich unverhohlen, und ihr durchwinkendes Rucken mit dem Kopf hat etwas Schnippisches. Ich ringe mir ein freundliches Lächeln ab. Imme sagt, mit meinem Pokerface kann man selbst unter Nonnen nur verlieren. Darum senke ich den Blick schnell. Eilig tapse ich meinem seekranken Retter hinterher. Ich spüre, wie sich ihre Augen Tentakeln gleich an meinen Nacken saugen.

Als wir in die mir so vertraute und doch fremde Sitzbank plumpsen, fühle ich mich plötzlich total erschöpft. »Ich kann nicht mehr. Was mache ich hier eigentlich?«, platze ich heraus.

»Erst mal einfach nur sitzen«, murmelt Alex und fällt wieder in sich zusammen. »Der Rest findet sich schon.«

Der hat gut reden! Warum bin ich nicht zu Hause geblieben? Oder wenigstens in Mallaig? Ich hätte bestimmt irgendwo ein Zimmerchen gefunden. Oder eine Polizeistation. Ich meine, was macht man, wenn man plötzlich in einem fremden Land gestrandet ist? Ausgesetzt wurde? Sich verlaufen hat?

Wieder einmal fällt mir meine eigene innere Stimme in den Rücken: *Jammerlappen! Jetzt nimm's doch mal positiv, Janne! Nicht jeder hat gleich so einen schottischen Alex bei der Hand. Im Wortsinn.* Mürrisch streift mein Blick die langen, schlanken Finger, die verschränkt in seinem Schoß liegen. Aber ich kenne den Mann doch gar nicht, wieso sollte ich ihm einfach vertrauen? *Himmel, bist du kompliziert, tu's einfach!*

Alex hält die Augen etwas länger als nur einen Wimpernschlag geschlossen. Er sieht immer noch bedauernswert aus, ganz blass unter dem dunkel-rotblonden Dreitagebart. Als der Motor anläuft und der ganze Bus vibriert, zuckt er leicht zusammen, und seine Lider bewegen sich. Ich schaue schnell weg und gebe vor, dass ich zum hundertsten Mal meine spärlichen Sachen sortieren würde.

Alex richtet sich ein wenig auf und seufzt. »Du machst einen Lügenbaron aus mir«, fängt er an. »Schlechter Einfluss. Das ist sonst nicht meine Art.«

Hach! Mein Herz geht auf. Ich zucke betont leichthin mit den Achseln und sehe ihn an. »Na jaaaaa. Ich glaube, das geht als Notlüge durch. In Wahrheit muss ich dir sogar dankbar dafür sein, oder?«

»Auch wieder wahr.«

Alex lacht mich an. Das bringt mich ein wenig aus dem Konzept. »Mir liegt schwindeln genauso wenig. Aber in diesem Fall hat es mich wohl vor einer nassen Parkbank und einer Nacht im Freien bewahrt.«

»Dann stehen wir jetzt beide in der Schuld des anderen.« Er sieht mir so lange in die Augen, dass ich blinzeln muss. »Brauchst du irgendwas? Kann ich dir etwas Gutes tun? Vielleicht ein Ingwerbonbon für dich schnorren gehen?«

Er schüttelt matt den Kopf. »Danke für deinen Beistand eben. Ich bin nicht für schwere See gebaut, fürchte ich.« Er klappt die langen braunen Wimpern wieder zu und hält sich den Bauch.

»Kein Thema. Ich habe einen robusten Magen. – Was für eine Begleitung eigentlich?«, rutscht es mir heraus.

Alex zuckt kurz und kneift die Lider zusammen. Will er vermeiden, zu der Rothaarigen nach vorn zu schauen? Oder tut ihm der Bauch weh?

»Sorry. Ich musste das einfach fragen, sonst platze ich, und wir haben keine Tüte mehr für die Sauerei«, schiebe ich schleunigst hinterher und versuche, witzig und locker dabei zu klingen. *Das ging dich nichts an, Janne. Das geht dich überhaupt nichts an*, meckert mein Verstand, das kommt nur leider ein bisschen spät. Jetzt nutzt es mir auch nichts mehr.

Das Schweigen zwischen uns dehnt sich zu einer unsichtbaren Wand aus. Draußen drückt der Sturm Regen und sogar kleine Hagelkörner gegen die Scheibe. Der ganze Bus rumpelt und schaukelt. Es klingt wie die Ouvertüre zu einer Wagneroper. Allerdings hat das Holpern diesmal nichts mit dem Wellengang zu tun, sondern kommt daher, dass wir über die Laderampe fahren und endlich wieder festes Land erreichen.

»Es gibt keine. Da ist niemand«, murmelt Alex enorm zeitverzögert. »Ich buche immer ein Doppelzimmer. Alte Gewohnheit.«

Doppelzimmer? Erschrocken sauge ich Luft durch meine Nasenlöcher. Daran habe ich ja noch gar nicht gedacht!

Oh Janne, worauf hast du dich da eingelassen?

Na ja, irgendwie ist das eine ziemlich verlockende …

Nein, Janne! Du spinnst wohl!

Aber in seinem Zustand braucht er jemanden, der nach ihm sieht …

Auf keinen Fall, so weit kommt es noch! Selbstverständlich buchst du dir ein eigenes Einzelzimmer! Alex muss dir nur ein bisschen Geld leihen, das macht er bestimmt, denn mit siebzehn Pfund achtzig wirst du nicht weit kommen.

Okay, ich denke drüber nach.

Mitfühlend lasse ich den Blick über das attraktive Bündel Elend schweifen. In meinem Bauch reckt und streckt sich etwas Kribbelndes, das lange eingeschlafen war.

»Ach so«, sage ich leichthin und bemühe mich, ein Grinsen zu verhindern. »Alte Gewohnheit, ja?« *Heureka! Ist er etwa tatsächlich Single?* Auch wenn ich da betont keinen Zusammenhang sehe – meine Laune steigt sturmflutartig. »Möchtest du vielleicht doch ein Pfefferminz?«

10

Over the sea to Skye!

Jannes Reiseblog – E-Mail an mich selbst

Tag drei, Freitag, 19.46 Uhr
~~Portree, Isle of Skye.~~

~~Schiffbruch.~~
~~Planänderung.~~
~~Cool!~~
~~Ich muss völlig übergeschnappt sein.~~
~~Was habe ich mir nur dabei gedacht, auf dieses Schiff~~
~~mitzukommen? Jetzt bin ich hier mit einer völlig falschen~~
~~Reisegruppe und einem~~ gefährlichen gut aussehenden
fürsorglichen rätselhaften ~~mit einem Lügenbaron namens~~
~~Alex gestrandet. Die anderen sind im~~
Cairngorms Nationalpark

Ich bin total müde. Melde mich morgen wieder. Das schottische Wetter macht sich alle Ehre. Sturm und Regen. Bin durchnässt und hungrig. Erst mal duschen und was essen und das neue Hotel inspizieren. Aber es ist alles gut. Macht euch keine Sorgen!

~~Holt mich hier raus! Ich will nach Hause! Wie geht's George und Lucas?~~ Hab euch lieb.

Die Fahrt über die Insel ist wie eine Fortsetzung der stürmischen Seereise, eine geschwindigkeitsbegrenzte Achterbahn mit vollem Sturm-Schleuderprogramm. Mit anderen Worten: Ich finde es großartig, auch wenn wir durch die Regenmassen an den Scheiben kaum etwas von draußen mitbekommen. Gut anderthalb Stunden quält James unseren schaukelnden Bus hügelauf und hügelab. Mich erinnert das an das Kinderbuch von Jim Knopf, Lukas dem Lokomotivführer und seiner dampfbetriebenen Lok Emma auf der Insel Lummerland. Allerdings haben wir es auf dieser Insel mit mehr als den in der *Augsburger Puppenkiste* besungenen zwei Bergen zu tun. Und mit minusoptimalem Haarnadelkurvenwetter für die Empfindlicheren unter uns. Wenn ich mir Alex so anschaue, spürt er keinen wesentlichen Unterschied zu dem Ritt der Fähre über Wellenkämme und Täler auf See.

Unsere Konversation verstummt bis auf ein Minimum. Alex und ich haben Plätze getauscht, großzügig hat er mir den Fensterplatz überlassen. Ich presse mir die Nase an der regennassen Scheibe platt. Die Landschaft muss malerisch sein, aber bei diesem Sauwetter verschwimmen Wolkenmeer, Berge und Wasser zwischen den Schlieren zu einem matschigen Einheitsbrei, dessen Grautöne nur durch die Windböen immer mal wieder neu durchmischt und aufgelockert werden.

Endlich biegen wir in ein verwinkeltes Hafenstädtchen ein. Ein paar *roundabouts* und enge Kurven später stößt der Bus zischend wie eine alte Dampflok die Türen auf und gibt uns auf einem abschüssigen Parkplatz dem Unwetter preis. Kleine Blumengestecke und Buxbaumkugeln aus Plastik tanzen in kunstvoll arrangierten Hängekörbchen wie irre Derwische vor fast jedem Haus. Der Ort versucht selbst jetzt noch idyllisch auszusehen, als uns dicke Regentropfen, abgerissene Blüten und Blätter um die Ohren fliegen. Aber in diesem Moment will jeder nur so schnell und so trocken wie möglich Land gewinnen. Raus aus dem Bus, Zwischenstopp an der Gepäckklappe, rein ins Haus. Ich bin eine der Ersten. Kunststück, ich habe ja keinen Koffer.

»Feschter Boden unter den Füßen isch ein Geschenk, nicht wahr?« Ein älterer Herr spricht mich in dezent südwestdeutschem Akzent an, hält mir sehr galant die Tür auf und schüttelt erst danach seine Regenjacke nach draußen aus.

Wir haben Schutz gefunden im Windfang des Haddock Haven. Alex hat mich schnöde abgehängt. Nein, das stimmt natürlich nicht. Er meinte, es sei vermutlich besser, wenn er erst mal alleine mit der Reiseleitung sprechen würde. Ich gestehe: Und ich habe mich nicht darum gerissen, selbst mit der Rothaarigen zu plaudern. Außerdem habe ich den Verdacht, dass er ganz schnell die Herrentoilette aufgesucht hat.

Ha! Schon habe ich Anschluss gefunden. *Kaum hast du Melly und Co. verlassen, steigt offenbar dein Marktwert, Janne!* Ich lächle geschmeichelt und warte kurz auf den Gentleman. »Oh ja. Vor allem bei dem Wind«, stimme ich zu und beglückwünsche mich zu meinem internen Gruppen-Upgrade – lauter nette Menschen hier, was für ein Geschenk!

Gemeinsam betreten wir die Lobby eines urigen kleinen Hotels, irgendwo mitten in Portree, wenn ich das Ortsschild und die Tripadvisor-Plakette richtig gelesen habe. Dann muss das hier das Inselhauptstädtchen sein. Ich hätte es mir größer vorgestellt. Aber es passt zu meinem Bild von Lummerland: klein, niedlich, heile Welt.

Ich staune über die vertäfelten Wände in dunklem Mahagoni, dunkelgrüne Stores und Messinglampen mit genau darauf abgestimmten Schirmen. Sofort komme ich mir vor wie in einer anderen Zeit, zurückversetzt in einen dieser legendären Klubs aus dem vorletzten Jahrhundert. Im Loungebereich protzen dicke Ledersessel vor einem prächtigen Marmorkamin. Auf Beistelltischchen liegen Zeitungen und Magazine. Allerdings ist die Luft nicht von Winston Churchills Zigarrenrauch durchzogen, sondern von einem feinen Aroma nach Tee, Gebäck und frischen Blumen. Ein Portier mit Käppchen und Uniform steht neben einer Zimmerpalme bereit für unser Gepäck – also für diejenigen von uns, die welches haben.

Er ignoriert uns mit diesem antrainierten Blick ins Leere, der signalisieren soll, dass er gar nicht vorhanden ist. Aber eben nicht wie manche Baumarktmitarbeiter, die sich mitten in der Farbenabteilung in Luft auflösen, sobald man eine Frage hat. Er sieht auf diese höfliche, zurückhaltende, britische Art an uns vorbei: stets ansprechbar, niemals aufdringlich. Wenn ich für einen Artikel ein Bild zum Thema Diskretion finden sollte, exakt das würde ich nehmen.

Die Empfangsdame schiebt mit leisem Schnarren ihr Glasfensterchen zu. Jetzt sieht ihr Tresen ein bisschen so aus wie ein geschlossener Bankschalter. Davor stehen Alex und die Rothaarige und diskutieren. Sie hat eine Messingschale mit Schlüsseln in der einen und ein Klemmbrett in der anderen Hand. Während sie spricht, drischt sie heftig mit dem Stift gegen die Kante ihrer Schreibunterlage. Augenscheinlich sind sie nicht einer Meinung.

»Ah, dann wollen wir uns mal anstellen«, beschließt der ältere Herr an meiner Seite und reißt mich aus meinen Beobachtungen. Automatisch reihe ich mich neben ihn ein. Ich habe das Gefühl, ich müsste mich für meine Unaufmerksamkeit entschuldigen. »Gehören Sie denn auch zu der ... äh ... Whisky-und-Wandern-Reisegruppe?«, frage ich höflich und bemühe mich, *ihn* und nicht die beiden Streithähne am Tresen anzusehen.

»In der Tat, junge Dame.« Er sieht mich belustigt über die Ränder seiner runden Nickelbrille an. »Hätten Sie mir das etwa nicht zugetraut?«

Erst jetzt fällt mir auf, dass er einen dieser typisch deutschen Wanderhüte auf- und einen Spazierstock mit kleinen Plaketten in der Hand hat.

»Nein, nein!«, beeile ich mich klarzustellen. »Ich dachte irgendwie, es wären nur Briten unter den Teilnehmern.«

Er keckert amüsiert. »Und ich habe angenommen, harte Getränke und nasskaltes Wetter würde nur vergraute Herren wie mich hinterm Ofen hervorlocken ... Meine Frau wollte jedenfalls nicht mit. Ihnen hätte ich eher eine von diesen populären Filmtouren zugetraut. Wegen dieses ... wie heißt das noch ... warten Sie ... ich hab's gleich ...«

»*Local Hero?*«, beginne ich mit der Hochkultur.

»Nein, nein.«

»*James Bond – Skyfall?*« Die Rothaarige und Alex stehen immer noch an der Rezeption und diskutieren allem Anschein nach heftig und unnachgiebig. Es staut sich gerade etwas. Immerhin stehen wir alle im Trockenen, und der Tee ist auch schon fertig.

»Haha, Sie sind witzig!«, kichert mein neuer Freund.

»Aber nein. Bond schaut meine Frau nicht so gern.« Mein schwäbischer Begleiter wirkt, als ob er heute Nacht kein Auge zubekäme, wenn wir das Rätsel nicht lösen.

»Vielleicht *Highlander?*«, murmele ich abwesend. Die Hoffnung stirbt zuletzt.

»So ähnlich«, jammert er. »Da geht es um diese gut aussehende Krankenschwester und den jungen Jakobiten ... Heilig's Blechle ... aber ich komm gleich drauf!«

»*Outlander*«, seufze ich resigniert. Ich wusste es schon die ganze Zeit. Viermal so viele Touristen wie früher fallen dank Jamie und Claire in Schottland ein.

»Ei freilich!« Er strahlt. »Die isch'es. Genau! So heißt die Serie! Die guckt meine Frau immer.«

Schräg gegenüber wird die Rothaarige gerade etwas lauter, und ich lasse mich schon wieder ablenken.

»Nein, das geht nicht«, wütet sie in lupenreinem Oxford-Englisch. Aber Alex gibt anscheinend noch nicht klein bei. Er beugt sich leicht vor und flüstert ihr etwas ins Ohr. Es scheint ihm ja schon wieder blendend zu gehen!

Die Reiseleiterin errötet kichernd. »*No! Definitely not!*« Spielerisch schlägt sie ihm auf den Arm. Dabei schüttelt sie ihre rote Lockenmähne.

Empört blähe ich die Nasenflügel. Die flirtet ihn an! Und er macht mit! *Wie findest du das, Janne?* Na, soll er doch, geht mich nichts an. Moment! Reden die über mich? Für den Bruchteil einer Sekunde begegnen sich unsere Blicke. Die Rothaarige taxiert mich und streicht Alex dann mit dem Kugelschreiber über den Ärmel. Ich glaube, ich mag sie nicht besonders. Er fällt doch wohl hoffentlich nicht auf ihre billige Masche rein, oder? Diese Bitch weiß, dass sie meine Aufmerksamkeit hat, so wie sie den Kopf jetzt in den Nacken wirft. Und sie lacht mindestens ein Dezibel lauter. Pute!

Wieso sind ihre Haare eigentlich trocken und sehen aus wie frisch vom Friseur gestylt, während mir meine blonden Strähnen auf die ohnehin schon durchnässten Schultern triefen? Ich werde mir noch den Tod holen! Und auch so aussehen!

Mein neuer süddeutscher Freund räuspert sich dezent.

Mühsam lasse ich Alex mit den Augen los und wende mich schuldbewusst dem älteren Herrn zu.

»Entschuldigung, was haben Sie gesagt?«

»Da isch ganz schön viel Sex und Crime im Spiel, oder?«

Es ist also nicht nur mir aufgefallen! »Das finde ich allerdings auch«, grunze ich. »Kennen die sich schon länger?«

»Sie schauen das nicht gern? Ich dachte …« Etwas im Ton des Schwaben passt nicht zu meinen Emotionen.

Wir starren uns an, einer erstaunter als die andere. »Wie bitte?«

Seine buschigen, grauen Augenbrauen durchbrechen die gefurchte Stirnmitte. Mir dämmert, dass wir gerade aneinander vorbeigeredet haben.

»Oh, Sie sind noch bei *Outlander*«, sage ich, rasant die Gesichtsfarbe wechselnd, und schüttele in Gedanken das unaufmerksame Männchen in meinem Oberstübchen. Wie peinlich ist das denn! Am liebsten würde ich mich hinter dem Pagen und seiner Palme verstecken. »Äh. Ja. Da auch«, sage ich schnell und fange hektisch an, mir die Brille zu putzen. »Sehr viel … Entschuldigung. Ich war gerade in Gedanken …«, *und zwar bei der rothaarigen Hexe, die meinen Alex angegraben hat.* »Nein, ich finde die Serie sogar richtig gut. Es ist nur nicht ganz mein Geschmack, wenn es so … Die Brutalität, wissen Sie … Also … aber es gehört ja in die Zeit. Und die Kostüme sind toll … und die Kulissen … alles sehr gut recherchiert, finden Sie nicht? Man erfährt so viel über die schottische Geschichte. Die Hauptdarsteller sind absolut grandios und … Kennen Sie die Bücher?« Hilflos überprüfe ich meine Brillengläser. Genug gerubbelt. Ich setze die Brille wieder auf, ohne kann ich ja gar nicht erkennen, was da drüben inzwischen vor sich geht. *Du fängst schon wieder an zu plappern, Janne. Herrje.*

Mein Gesprächspartner guckt amüsiert. Na, wenigstens nimmt er mir die wirre Brabbelei nicht krumm.

»Was sagt denn Ihre Gemahlin dazu?«, beende ich meinen gestammelten Vortrag.

Alex sieht sich suchend im Raum um. Ich winke nervös, und er kommt auf uns zu. Die Rothaarige starrt ihm auf den Po. Mich würdigt sie keines Blickes mehr. Dann unterhält sie sich mit weiteren Gästen und tauscht jetzt erheblich zügiger Schlüssel um Schlüssel gegen Unterschriften auf ihrer Liste. Ich würde ihr so gern die Locken lang ziehen, bis es ziept.

»Jetzt muss ich sie dir leider entführen, Paul!« Alex schenkt dem Herrn mit der Nickelbrille ein charmantes Lächeln. Der tippt sich daraufhin fröhlich an den Hut und verabschiedet sich mit einer angedeuteten Miniverbeugung und einem verschmitzten Augenzwinkern.

»Damit habe ich gerechnet. Habe die Ehre.«

»Wir unterhalten uns später weiter, ja? Nicht böse sein!«, bitte ich den Wanderfreund und drücke kurz seinen Unterarm.

»Ich laufe Ihnen nicht weg«, verspricht er und tätschelt meine Hand. So ein süßer Zeitgenosse. Ich sehe ihm nach und atme tief durch.

»Und?«, frage ich dann Alex bang.

»Leider nichts zu machen«, antwortet er. »Das Hotel ist ausgebucht bis zur Abstellkammer unterm Dach.«

»Na, dann nehm ich die«, sage ich kampflustig und hebe den Rucksack auf. »Alles andere sprengt eh mein Budget. Wie ist denn hier das WLAN?«

»So weit kommt's noch«, lacht Alex und legt abwartend den Kopf schief. Er guckt mich an wie ein Welpe, der auf Leckerlis hofft. »Es ist wirklich nichts mehr frei. Aber ich habe meine Beziehungen spielen lassen«, verkündet er freudig.

»Ach was«, rutscht es mir heraus. Das war nicht zu übersehen. Ich denke an die rothaarige Pute, und wieder werde ich knallrot.

Alex grinst. »Immerhin konnte ich Eva …«

Eva heißt die? Was für ein passender Name, schießt es mir durch den Kopf. Bestimmt hat sie einen Koffer voller Paradiesäpfel dabei und eine Schlange am Busen!

»… Eva, also unserer Reiseleiterin, das größte Doppelzimmer rausleiern. War ganz schön anstrengend.« Er strahlt mich an. Der Kerl wartet wirklich auf einen Keks.

»Danke«, presse ich heraus. Auch wenn ich gerade nicht so richtig weiß, wie ich die Neuigkeit finden soll.

»Aha?« Sein Kopf macht inzwischen dem Turm von Pisa Konkurrenz.

Ich drücke meinen Rucksack an mich. »Dann hat es zumindest zwei Betten, oder?«

»Ich – keine Ahnung. Also … Oh … du meinst …? Du glaubst doch nicht … Oder denkst du etwa …?« Auf einmal fängt das Flirtwunder an zu stammeln wie ein Schuljunge. Alex fährt sich mit der Hand über den Hinterkopf, durch die Frisur und richtet ein heilloses Chaos auf seinem Kopf an.

Das könnte ich ja für ihn übernehmen, denke ich plötzlich und frage mich, wie sich seine Haare wohl anfühlen. Den Bruchteil einer Sekunde später starre ich ihn entsetzt an. *Wo kam das denn jetzt her?* »Ich denke gar nichts«, entgegne ich scharf. »Außer, dass ich ganz schnell …« *aus meinen Klamotten rauswill und mich im Bett aufwärmen … Sag es nicht, Janne! Sag es bloß nicht!* »… mein Handy auf die Heizung legen muss.« *Gerade noch die Kurve gekriegt. Puh.* Mein Herz schlägt heftig gegen den Rucksack. Das hätte er ganz leicht missverstehen können!

»Soll ich dir den abnehmen?«, fragt Alex beinahe schüchtern und streckt die Hände nach meinem Rucksack aus. »Das Zimmer ist im zweiten Stock.«

Ich schüttele den Kopf. Meine Haare fühlen sich immer noch nass und außerdem eiskalt an. Immerhin tropfen sie inzwischen kaum noch. Ich schätze, meine Jacke und der Pulli haben das Doppelte ihres Eigengewichts aufgesogen. Kein Wunder, dass ich trotz der Wärme und dem leisen Bullern des Kaminfeuers fröstele.

Bis wir das Zimmer erreicht haben, ist mir zumindest wieder einigermaßen warm. Alex federt die steilen, mit dicken Teppichen belegten Stufen hinauf. Soll er ruhig vorgehen. Ich habe Mühe, mit ihm Schritt zu halten, obwohl er eine riesige Sporttasche trägt und ich nur meinen kleinen, erschreckend leeren Rucksack.

Möglichst leise ringe ich nach Atem, während Alex die geschnitzte Holztür aufschließt. Wie süß! Hier gibt es keine Scheckkarten oder irgendwelche Chips. Das hatte ich unten richtig gesehen: Die Türen öffnen sich wie früher, indem man gute, alte, messingfarbene Schlüssel im Schloss dreht. Keine Gefahr, sich auszusperren. Ich stutze kurz. Im letzten Hotel ist mir das gar nicht aufgefallen, aber man schließt hier anscheinend wirklich überall genau andersherum als bei uns zu Hause. »Linksverkehr bis hin zum Schlüsselloch.« Ich werde rot. Oh, oh. Das könnte man auch falsch verstehen. *Halt doch endlich die Klappe, Janne!*

Alex grinst charmant. »Dazu sage ich jetzt besser nichts. Nach Ihnen, junge Dame.«

Er stößt die Tür auf, und ich trete ein.

Gemütlich! Wäre ich allein hier, würde ich mir als Erstes die Schuhe von den Füßen ziehen, die Jacke auf den Boden fallen lassen, den Wasserkocher anstellen und mich schwungvoll auf das riesige, mit gefühlten hundert Kissen belegte Bett werfen.

Unter diesen besonderen Umständen aber ... Moment. Was soll das denn? Ich ziehe die Stirn kraus. Imme würde mich schimpfen, aber die ist ja nicht hier. *Mach keinen Stress deswegen, Janne!*

»Ist was nicht in Ordnung?«, fragt Alex besorgt.

»Hier steht tatsächlich nur *ein* Bett«, höre ich mich sagen. Ein – zugegeben – sehr breites und vermutlich auch sehr weiches Bett. In dem man bei jedem Umdrehen automatisch in die Mitte und auf den anderen zukullert. War das sein Plan? Glaubt er, dass ich ... dass wir ... Habe ich ihn da jetzt drauf gebracht? Ich starre auf die Tagesdecke und fange hilflos an, die kleinen Schottenkaros zu zählen. Was mach ich denn jetzt bloß? Immeeeee! *Beruhige dich, Janne. Alles gut! Wenn er Kondome dabeihat und du es auch möchtest, wunderbar. Wenn nicht, Finger weg!*

Was?

Ich mein ja nur.

»Janne?«

»Ja, was?« Ich reiße mich vom siebzehnten Karo, zweite Reihe von unten, los und sehe knapp an seinem Ohrläppchen vorbei. Sogar diese Ohrläppchen sind niedlich. Herrgott noch mal! Ein Typ wie er und ich, das kann nur in einer Katastrophe enden. Wieso pennt er denn nicht einfach bei der Rothaarigen? Oder mit ihr, von mir aus? Oder mutiert zu einem hässlichen, schmerbäuchigen, müffelnden Halbglatzenträger in Ballonseide?

Da bemerke ich, dass er neben einem löwenfüßigen Zweisitzersofa steht und offenbar auf eine Reaktion von mir wartet. »Wenn das für dich okay ist, dann schlafe ich hier. Ich kann mich aber auch in der Badewanne einrichten, wenn du mir ein paar von diesen fünfhundert Küssen überlässt. Das würde dann nur schwierig, falls du in der Nacht mal … Also, dann müsstest du mich halt wecken.« Er grinst schief.

Oh, jetzt könnte ich ihn wirklich bei den süßen Ohrläppchen packen und küssen. *Was bist du doch für ein Schaf! Ein furchtbar spießiges, schwarzsehendes und sexistisches dazu! Die Rothaarige darf ihn auf keinen Fall kriegen!*

»Nein, nein. Alles gut. Ich danke dir, Alex, wirklich! Du hast mich heute gerettet. Ohne dich …«

Er würgt mich ab. »Hör auf. Denk nur an die grauenvolle Überfahrt vorhin … Das ist mir unangenehm. Wie wäre Folgendes. Soll ich dich ein bisschen allein lassen, damit du dich in Ruhe frisch machen kannst, und dann gehen wir was essen? Ich schätze, ich habe … äh … Platz gewonnen.« Er streicht sich verlegen über den Magen. »Wir Schotten sind berühmt für unsere Gastfreundschaft. Keine Widerrede also.«

Wie zur Bestätigung donnert es draußen. Die Deckenlampe flackert. Ich zucke zusammen und streife mir Gänsehaut von den Oberarmen. »Prima Wanderwetter, das muss ich schon sagen!«, murmele ich. »Abgemacht.«

Alex nickt zufrieden und dreht den antiken Heizkörper voll auf. Seine Kehransicht ist ziemlich knackig. Hmm.

»Verbrenn dich nicht an den Rippen.« Ich stutze. Erwischt. Ach nein, er meint die vom Heizkörper. Hui.

»Die sind aus Gusseisen und werden schnell sehr heiß«, erklärt er weiter, ohne sich umzudrehen. »Da solltest du das Handy nicht drauflegen. Und auch keine Schokolade.«

»Schokolade«, seufze ich. Die hätte ich jetzt gern!

Alex lächelt mich an und zieht leise die Tür hinter sich zu.

Ich bin allein. Einen Moment lang lausche ich auf die sich entfernenden Schritte. Dann tapse ich ins Bad, drehe auch hier die Heizung bis zum Anschlag auf und verriegele mit einer Drehbewegung den kleinen Knopf im Türknauf.

Befreit werfe ich alle Klamotten ab, sammle sie reumütig sofort wieder vom Boden auf und verteile sie auf dem Badezimmerheizkörper. Der knackt und gluckert gemütlich, als das heiße Wasser sich seinen Weg durch die Rohre bahnt.

Wasser. Das ist mein Stichwort. Seufzend klettere ich in die Duschwanne, schließe die Glastür, stelle die Brause an und lasse warme Ströme auf mich regnen, so viel und so heiß ich es gerade noch ertragen kann. Was für ein Luxus!

Erst als meine Haut so schrumpelig ist wie hoffentlich erst wieder mit fünfundneunzig Jahren, stelle ich die Dusche ab und rubbele mich trocken. Ich schlüpfe in einen der flauschigen karierten Hotelbademäntel und krabbele in die dazu passenden Puschen. In diesem Land sind selbst Herrenanzüge im Schottenmuster kein Fall für die Modeaufsicht, genial. Genüsslich schlurfe ich durch den hohen Teppichflor, in den ich auf dem Weg zum Bett bei jedem Schritt zentimetertief einsinke. Trotzdem vermisse ich meine eigenen Reisepantoffeln. Meine süßen Engelchen. Ob sich jemand erbarmt und meinen Koffer am neuen Hotel aus dem Bus gewuchtet hat? Oh. Wobei. Besser nicht! Womöglich bleibt er sonst herrenlos auf irgendeinem schottischen Hotelparkplatz stehen. Andererseits. Dann würde immerhin jemand merken, dass ich fehle ... Das wäre gut. Somit wäre ich eine *missing person*. Muss ich mich eigentlich nicht bei der Polizei melden? Das sollte ich vielleicht, oder? Was macht man denn als Nächstes in so einem Feiertagsfall? Gibt es da Vorschriften? Regeln? Ablaufpläne? Ich bin hilflos ohne genaue Vorgaben! Himmel, wieso haben wir keine Telefonnummern ausgetauscht?! Christina und Maike müssen jedenfalls glauben, ich sei vom Erdboden verschluckt worden, in eine Paralleldimension gesaugt, wie bei *Stranger Things* oder so ... Ich schüttele mich. Gruselig! Oder dass Nessi mich ins Loch Ness gezogen und verspeist hat. Nee. So was glaubt keiner. Naheliegender wäre natürlich, wenn ich durch einen Steinkreis ins achtzehnte Jahrhundert rutschen würde. So eine Claire-Randall-Nummer wäre wirklich überaus passend, fast schon Werbung für Brave Hart Tours! Allerdings war ich ja nach dem Steinkreisbesuch noch da. Und die Kölnerinnen würden mir so eine Extratour zu Jamie außerdem nie verzeihen. Bei der Vorstellung muss ich dann doch kichern.

Die Kölnerinnen! Lore und Susi und die anderen beiden haben gesehen, dass ich im falschen Bus gelandet bin. Aber ob die das Gregory überhaupt weitererzählt haben? Womöglich gehen sie davon aus, dass ich absichtlich »umgestiegen« bin? Und wollen nicht petzen? Oder sind sauer? Oder unterstellen mir sonst was, weil ich Gregory noch nicht angerufen habe? Oder sie sind der Meinung, dass es sie nichts angeht? Ja. Wahrscheinlich halten die sich einfach raus, ist ja auch bequemer, sich nicht einzumischen. Armes Deutschland.

Noch mal oh.

Da wird mir nämlich das nächste Problem bewusst.

Mein Blick pendelt zwischen meinem Minirucksack und Alex' Sporttasche hin und her. Was soll ich denn eigentlich anziehen, bis meine Klamotten wieder trocken sind? Hätte ich meine Wäsche erst mal durchspülen sollen? Ich glaube kaum, dass er mir mit einem Büstenhalter 75B und einem Schlüpfer in Größe 36 aushelfen kann – und das rothaarige Monster werde ich bestimmt nicht fragen! Abgesehen davon, dass ich sie eher auf 80D und 38/40 schätze.

Draußen klatscht der Regen gegen die Scheiben. Ein paar unbelehrbare Sturmböen drücken mit Macht gegen das Glas, aber das gibt eisern nicht nach, es knackt nur beleidigt. Zum Glück. Mir wird schon beim Gedanken an draußen wieder kalt. Sehnsüchtig betrachte ich die einladenden Daunenkissen. Ich kann ja schon mal die Decke zurückschlagen und Wasser aufsetzen. Unentschieden blättere ich durch die Teebeutel. Es lebe die praktische Veranlagung der Briten, in jedem noch so kleinen Gästezimmer einen Wasserkocher und eine Auswahl Tee, Gebäck und Instantkaffee bereitzuhalten.

Auf dem Rückweg ins Bad streife ich gefährlich nah am Bett entlang. *Nur nicht hinsetzen, Janne! Sonst kommst du nie wieder hoch.*

Pflichtbewusst schlurfe ich weiter, unterziehe meine Unterwäsche einer gründlichen Handwäsche und brühe mir zur Belohnung eine schöne Tasse Earl Grey auf. Während der zieht, widme ich mich meinem rucksackförmigen Wasserschaden. Ich schüttele meine Habseligkeiten auf dem Teppich aus und sortiere. Eigentlich müsste man die Blätter mit dem Reiseablauf einzeln auf eine Wäscheleine hängen. Aber selbst wenn ich sie einigermaßen heil auseinandergezupft bekäme – leserlich werden sie auch im trockenen Zustand nicht mehr. Ich schiebe die Brille hoch, kneife die Augen zusammen, halte das Papier gegen das Licht und drehe es in alle möglichen Richtungen, Winkel und Neigungen, aber die Handynummer von Gregory bleibt verschollen. *Also weg damit, Janne.*

Ich begleite das leise *Klong* im Papierkorb mit einem hemmungslosen Stöhnen. Das gleiche Schicksal ereilt den aufgeweichten Bonbonpapierzuckerbrei, zwei verklumpte Packungen Taschentücher und etwas undefinierbar Müffelndes, das in Alufolie gewickelt ist und wohl auch besser bleibt.

Meine Haargummis lege ich auf die Heizung. Genau wie eine zerknüllte Zwanzigpfundnote (yay! Mein Barvermögen steigt damit auf siebenunddreißig Pfund achtzig!), meine eingeschweißten Notfalladressen von zu Hause (die ich sowieso auswendig kann), das treulose Handy, ein paar Münzen, eine Packung Nüsse (zum Glück noch verschweißt) und meinen Notizblock.

Der Lippenpflegestift kommt extra auf den Schreibtisch. Der würde sonst schmelzen, so blöd bin ich ja nun nicht. Die Pflaster besser auch. Und der Kugelschreiber. Dem Bleistift ist es egal. Der Puder ist hinüber. Noch mal klong. Dafür finde ich mein Notfalldeo. Leider ist nur noch ein Rest drin. Aber immerhin. Morgen haben die Geschäfte wieder auf. Für einen Schlüpfer und eine Zahnbürste wird mein Geld wohl reichen.

Ich wühle noch einmal durch alle Nischen und Seitentaschen. Oh, da sind ja die handgemachten Hundekotbeutel im Tartantweedtäschchen! Die hatte ich fast vergessen. Ich fand sie so niedlich als Mitbringsel für meine Hundefreundinnen. Hmm ... Die hätte Alex natürlich auf der Fähre ... Na, egal. Besser so.

Ich gähne. Das war's. Zufrieden stülpe ich den Rucksack über die Stuhllehne, rücke das Konstrukt an den Heizkörper und schlüpfe endlich, endlich mit meinem Tee und drei Tütchen Zucker in die Daunenpracht. Herrlich.

Nur, dass mein Magen jetzt anfängt zu knurren.

Wie aufs Stichwort klopft es an der Tür. Zögernd steckt Alex den Kopf ins Zimmer. »Darf ich?«

»Ist ja deins«, erwidere ich grinsend und kontrolliere verstohlen den Sitz meines Bademantels. »Danke noch mal. Du bist überaus gastfreundlich, und ich habe wirklich ein schlechtes Gewissen, weil ich ...«

Er unterbricht mich vergnügt. »*Dinna fash.*«

»Ha!«, antworte ich. »Das kenne ich. Das ist gälisch und heißt: Mach dir keine Sorgen. Ich dachte immer, das sprechen außerhalb des Fernsehens nur noch alte Leute?« Das Männchen in meinem Kopf fährt stumm damit fort, sich einen Aktendeckel vor die Stirn zu hauen.

»Erstens, ich bin jünger als du«, erwidert Alex prompt. »Zweitens: Wir Schotten machen Hausaufgaben. Diana Gabaldon hat quasi im Alleingang die Urlauberzahlen beinahe vervierfacht. Ich bin vom Fach, und das ist ein Phänomen. Ich war dabei, als sie mit dem *Thistle Award* der Tourismusbehörde ausgezeichnet wurde. Natürlich habe ich vorher angefangen, ihre Bücher zu lesen, um diesen ganzen Hype um *Outlander* zu verstehen ... Die Fernsehserie ist ja inzwischen hier auch angelaufen. Nicht schlecht, muss ich sagen, und ein Phänomen, was daraus entstanden ist, und ...«

»Du warst dabei?«, unterbreche ich ihn ehrfürchtig. »Du hast Diana ...?«

»*Aye!*« Alex grinst breit. »Sie ist sehr nett und hat den Schalk im Nacken. Und nein ... ihre Telefonnummer hat sie mir nicht gegeben, falls du danach fragen wolltest, *Sassenach*. Aber ein Schulfreund von mir hat geholfen, Adso zu finden, den kleinen Kater von Claire und Jamie in Staffel fünf.«

Adso, dieser niedliche kleine Racker ... Mit zittrigen Fingern nehme ich einen Schluck Tee. Ich würde es Susi und Lore niemals verraten, aber Diana Gabaldon ist meine Heldin und mein literarisches Vorbild. So schreiben können ... Ein Interview mit ihr ...

Alex schmunzelt. »Und? Schaffst du es, dir keine Sorgen zu machen? Mal nicht an den Job zu denken? Irgendwie habe ich den Eindruck, du machst dir ständig Gedanken, stimmt's?« Er setzt sich behutsam an die äußerste Ecke des Bettes. Trotzdem schwappt mein Tee gefährlich nah an den Tassenrand. »Du machst schon richtig Urlaub hier, oder?«

»Halbwegs«, knirsche ich und versuche, den Wellengang auszubalancieren.

»Oh entschuldige«, sagt er bestürzt, als er es bemerkt, und steht wieder auf.

Jetzt schwappt mein Tee noch mehr, und ich verbrühe mir die Finger. »Nein, nein. Schon gut!«, schwindele ich und stelle die Tasse schleunigst auf dem Nachttischchen ab. Hölle, ist das heiß!

Unbeholfen zeigt er zwischen seiner Reisetasche und

der Badezimmertür hin und her. »Tja, also, ich äh … Ich würde dann auch mal kurz duschen und mir was anderes anziehen, bevor wir essen gehen. Du bist doch noch hungrig, oder?«

»Ja, natürlich«, antworte ich hastig und grinse verlegen. »Selber *dinna fash*!«

Es ist schon ein echt komisches Gefühl, mit einem gut aussehenden Typen zu reden, der Diana Gabaldon kennt, in seiner Tasche nach frischen Sachen wühlt und ins Bad schlendert, während man selbst quasi nackt in einem Hotelbett sitzt. Noch dazu in seinem Zimmer. *Das ist verdammt lange her, Janne. Wieso eigentlich?* Ach, lassen wir das.

Mir fällt etwas viel Wichtigeres ein. »Verdammt! Warte!«, rufe ich.

Alex lässt die Klinke los, als hätte er sich verbrannt, und dreht sich zu mir um.

»Was ist?«, fragt er erschrocken. »Verlässt du mich jetzt und schnappst dir meinen Schulfreund?«

Ich muss lachen. »Nein. Geht ja gar nicht.« Zerknirscht hebe ich die Schultern. »Das klingt vielleicht nach dem totalen Klischee, aber: Ich habe nichts anzuziehen! Was machen wir denn jetzt?«

»Das kann ich dir sagen«, lacht er. »*Du* bleibst erst mal hier und wartest, bis ich zurück bin. Und *ich* gehe duschen. Dann sehen wir weiter.«

Ich ertappe mich dabei, noch eine ganze Weile auf die längst geschlossene Badezimmertür zu starren und dem dahinter plätschernden Wasser zu lauschen. Abwarten und nichts tun, na toll. Das ist ja genau meine Stärke.

Unschlüssig schnappe ich mir den hoteleigenen Block und einen Kugelschreiber vom Schreibtisch und beschließe, mein Reiseblog-Update auf Papier vorzuscribbeln. Wenn mein Handy wieder trocken ist, brauche ich es dann nur noch abfotografieren. Ich kann mir ja nicht ewig Alex' Telefon leihen. Außerdem lenkt mich das Schreiben ab. Von moosgrünen Augen und absurden Übernachtungsarrangements zum Beispiel.

Jannes (provisorischer) Reiseblog
~~Freitagabend, irgendwas gegen halb zehn Abend~~
~~Portree, Isle of Skye~~
~~Ich habe ein Dach über dem Kopf und warme Füße. Und~~
~~ich sitze halb nackt im Bett eines fremden Mannes. Aber~~
~~es ist nicht, wie ihr denkt: Alex ist ein Kavalier. Er schläft~~
~~auf dem Sofa. Ich mag seine Grübchen. Aber das geht~~
~~euch gar nichts an.~~

Verdutzt reiße ich das Blatt heraus, zerknülle es und werfe es in den Papierkorb. Was schreibe ich denn da für einen Blödsinn? Bloß schnell weg damit, bevor Alex fertig ist mit Duschen! Neuer Versuch:

21.45 Uhr Cairngorms Nationalpark

~~Die Landschaft ist …~~
~~Alex~~
~~Das Wetter ist …~~
~~Alex~~
~~Wir haben heute …~~

Nein. Das ist doch alles Mumpitz. Ich forme einen zweiten Papierball und versenke ihn im Mülleimer.

Nicht böse sein, Mädels. Es war ein langer Tag. Ich kann das sowieso nicht posten, weil mein Akku sich entladen hat. Ich habe mein Handy nass werden lassen, ich Schaf. Schlaft gut und grüßt mir die Katzen!

So. Feierabend. Alex hat vollkommen recht. Ich habe Urlaub und sollte mich endlich mal entspannen!

Ich bin schon auf dem Weg, um den Block zurück auf den Schreibtisch zu legen, da fällt mir ein, dass ich zumindest schon mal eine kleine Einkaufsliste mit dringenden Notfallbesorgungen machen könnte.

- Eau de Toilette
- Mascara
- roter Lippenstift

Der Verstandesbeamte in meinem Schädel kugelt sich hinter seinem Schreibtisch. Das sollen überlebensnotwendige Dinge sein? Ich stutze. Ja, weiß ich auch nicht, wo so ein Blödsinn herkommt. Trotzig ergänze ich

- Push-up-BH

Ausgerechnet in diesem Moment reißt Alex in T-Shirt und Boxershorts die Tür auf. Der Stift schießt mir quer übers Papier und hinterlässt einen blauen Riss.

Wortlos zerknülle ich die Seite.

»Oh, sorry, habe ich dich unterbrochen? Ich dachte, du wolltest dich entspannen?«

»Ja, nein, ich habe mir nur ein paar ... Notizen gemacht.« Mein Herz pocht verräterisch laut knapp unterhalb meiner Kehle. Entschlossen lege ich den Block weg.

»Ist das eine Berufskrankheit, oder bist du doch nicht nur zum Spaß hier?« Er grinst breit.

»Du meinst, weil ich vorhin gesagt habe, dass Journalisten nie freihaben? Nein, nein, schon gut. Ich kann das auch später machen. Oder irgendwann.« Ich bemühe mich inständig, mein Herzrasen unter Kontrolle zu bringen.

»Aber nicht, dass du es vergisst, wenn es wichtig ist? Daran will ich nicht schuld sein. Wenn du noch arbeiten musst, kann ich auch so lange in die Lobby gehen ...?« Er zeigt auf die Tür. Das Licht der Deckenlampe fängt sich in den feinen Härchen auf seinen Unterarmen ... und den etwas drahtigeren auf seinen nackten, offensichtlich gut trainierten und leicht gebräunten Beinen.

»Ganz bestimmt nicht! So weit kommt es noch.« Ich sehe kurzzeitig das Gesicht meines grummelnden Chefredakteurs vor mir, und meine Pulsrate fällt schlagartig zumindest halbwegs ab. Dem würde das gefallen, wenn ich sogar aus dem Urlaub ... »Von hier schreibe ich nur für eine teure Auswahl treuer Abonnentinnen«, witzele ich.

»Hauptsache, du lässt Brave Hart Tours nicht allzu schlecht dastehen. Wenn du mich fragst, geben die sich richtig Mühe, ihre Gäste zufriedenzustellen.«

»Vor allem Gregory«, grunze ich. »Ich weiß ja nicht.«

Alex mustert mich in gespielter Verzweiflung. »Oh je, wie kann ich diesen schrecklichen Eindruck wiedergutmachen?«

Ich streife mir abwesend über die Unterarme. »Ist ja zum Glück nicht dein Problem.«

»Doch, irgendwie schon«, widerspricht er und schlägt sich mit der flachen Hand auf die Brust. »Das kann ich nicht auf uns Schotten sitzen lassen. Was hältst du von einer Auswahl regionaler Leckerbissen?«

»Vieeeel«, flöte ich inbrünstig und bemühe mich, nicht hinzusehen, als er endlich in seine Hosen schlüpft. Und das ist nichts als die Wahrheit.

11

Auld Alliances

Ich rülpse. Und kichere darüber. *Siehst du, Janne. So geht Ferienstimmung! Wird doch, du kannst es noch!*

Alex hat mich zum Glück nicht gehört. Zumindest verzieht er keine Miene, während er in den nächsten Cracker beißt. Wir sitzen im Schneidersitz in diesem riesigen, unglaublich gemütlichen Bett. Ich fühle mich wie zwanzig! Was heißt hier schon vierzig? Das ist doch auch bloß eine Zahl. Ich trage eins von Alex' T-Shirts, die mir weit über den Po reichen, und eine seiner Boxershorts, die er mir dazu geliehen hat. Verwegen, oder?

In dem Aufzug kann ich natürlich nicht vor die Tür gehen, aber das hätte ich in seinen dreimal aufgekrempelten Jeans, mit Gürtel und barfuß auch nicht gekonnt. Die habe ich vorhin anprobiert. Das ging gar nicht.

Darum hat er für uns kurzerhand den Roomservice bestellt, und jetzt machen wir Picknick. Im Bett. Das letzte Mal habe ich vor zwei Jahren im Bett gegessen, als ich ganz schlimm Grippe hatte und Imme mir drei Tage lang Nudelsuppe und Tee eingeflößt hat.

Heute Abend gibt es eine Krabbentarte, Wildlachs mit Reis und karamellisierten Möhren, eine Käseplatte, Obst und zum krönenden Abschluss ein Dessert, das Alex als *Hattit kit* bezeichnet.

»Es stammt aus den Highlands und besteht aus Buttermilch, Milch, Sahne, Zucker und Muskat«, erklärt er und beobachtet gespannt, wie ich den ersten Löffel in die puddingartige Creme steche.

Ich koste und verdrehe sofort verzückt die Augen. »Da heißt es immer, die Briten könnten nicht kochen. Alles Lüge!«, schwelge ich mit vollem Mund und spüle mit einem Schlückchen Weißwein nach. Den hat uns das Hotel aufs Haus dazugegeben. »Aber mächtig ist das. Das schaffe ich nicht ganz. Wie heißt es noch mal? *Hattit kit?* Das reicht ja für drei Tage!«

Alex stibitzt sich ein Löffelchen und lacht leise. Ein angenehmes, dunkles Lachen, wie Waldhonig. »Du darfst uns bitte niemals mit den Engländern vergleichen. Auch nicht, was das Essen angeht. Wir sind stark von Frankreich beeinflusst worden, wie du siehst.« Er deutet auf die Käsevariationen und den Chardonnay.

»Du spielst auf die *Auld Alliance* an«, antworte ich aufgekratzt und ein bisschen beschwipst.

»Genau«, entgegnet Alex und steigt auf meinen Lehrertonfall ein. »Ein altes Militärbündnis gegen die Engländer ...«

»... das aber auch großen Einfluss auf andere Lebensbereiche hatte ...«

»... und noch immer hat.«

»Wie man sieht.«

So viel Spaß hatte ich schon lange nicht mehr. Wir prosten uns grinsend zu und sehen uns tief in die Augen. Zu tief. Verlegen streiche ich mir eine Haarsträhne hinters Ohr.

»Schon mal darüber nachgedacht, Reiseleiterin zu werden?«, fragt Alex und schiebt sich eine weitere Traube in den Mund, ohne den Blick von mir abzuwenden.

Mein Herz pocht, wo driftet das denn hin? Schnell ablenken. Übermütig nehme ich noch einen Löffel Pudding und spüle ordentlich mit Wein nach.

»Ach, ich bleibe lieber Journalistin, da komme ich auch rum. Und ich kann doch meinen Beruf nicht an den Nagel hängen, bevor du mir ein Interview mit Adso eingefädelt hast«, giggele ich ausgelassen und nehme noch einen großen Schluck Chardonnay. Er ist mir ebenbürtig! Der Mann ist nicht nur mein gut aussehender Retter, er ist auch noch humorvoll und gebildet! Ich kann mein Glück kaum fassen. *Hauptsache, du machst nicht mit irgendeinem blöden Spruch alles kaputt, bevor es überhaupt angefangen hat! Frag nicht gleich, ob er zwei Kater und ihr Frauchen adoptieren möchte. Und trink nicht so viel. Du verträgst nichts!*

Ach Quatsch! Zersetzendes, spaßbremsendes Denken ist ab sofort hochfeierlich verboten. *Welcome back,* Lebensfreude und Leichtsinn! Wie habe ich euch vermisst! Prost!

Am nächsten Morgen wache ich mit dem Gefühl auf, dass meine Schläfen zwischen die Backen einer Schraubzwinge gepresst sind. Irgendetwas plätschert. Es dauert einen Augenblick, bis ich begreife, wo ich bin und woher das Geräusch kommt. Ich sehe zum Fenster hinaus. Der Himmel ist dunkelgrau verhangen, aber die Fensterscheiben sind trocken. Immerhin. Von dort kommt das Gluckern also nicht. Ich konzentriere mich. Ah. Im Badezimmer duscht jemand. Dann setzt sich das Puzzle meiner Erinnerung zusammen. Alex. Der falsche Bus. Die Fähre. Gregory. Mein Koffer. Mein Handy. Das *Glasgow Weekend*. Kartoffeln. Der Chardonnay … Alex … Mit einem Ruck setze ich mich auf. Autsch, mein armer Kopf!

Habe ich mein Handy auf der Heizung gegrillt, oder habe ich das nur geträumt? Ich strampele die Füße aus der Bettdecke, wälze mich aus dem Bett und hangele mich an der Stuhllehne entlang zum Schreibtisch. Da liegt es. Dreiteilig. Schutzhülle, Akku und Gehäuse, säuberlich in einer Reihe nebeneinander. Das muss Alex gewesen sein, und ich erkenne neidlos an, dass diese Methode um einiges effektiver und schonender ist als meine. Das türkisblaue Bookcase hat immer noch Wasserränder, und das Muster der eingeprägten Vögel und Blumengirlanden ist neuerdings von zwei dicken, parallelen Vertiefungen durchbrochen. Die stimmen ziemlich genau mit dem Abstand der Heizungsrippen überein. Immerhin ist das Telefon selbst nicht verformt. Von außen fühlt es sich trocken an, aber wie es im Inneren …

»Ich würde ihm noch einen Tag Schonzeit geben.« Das ist Alex' Honigstimme. Ich fahre herum. Mit freiem Oberkörper, nichts als ein Handtuch um die Hüften gewickelt, steht er plötzlich vor mir und rubbelt seine Haare trocken. Die auf dem Kopf! Ich reiße meinen Blick von der feinen, senkrechten Linie rotgoldener Härchen los, die am Bauchnabel beginnt und unter dem Frottee verschwindet.

Er lächelt, und mir wird heiß. »Moin, Alex!«

»Guten Morgen!« Er geht so nah an mir vorbei, dass ich sein Deo oder Duschgel oder was auch immer riechen kann, und das weckt meine Lebensgeister trotz Katers sensationell schnell auf. In meinem Kopf drängt ein Rudel Hormone auf die Kommandobrücke und will sofort den kleinen Mann mit den Aktendeckeln vom Chefsessel vertreiben. Verstohlen beobachte ich, wie Alex sich vor seine Sporttasche hockt und den Reißverschluss öffnet. Seine Schultern glänzen stellenweise noch feucht. Ich betrachte fasziniert das Zusammenspiel männlicher Rückenmuskeln bei einer so simplen Aufgabe wie frische Klamotten aus der Tasche nehmen. Alex' Haare haben auch im nassen Zustand einen leichten Rotstich. *Reiß dich zusammen, Janne!* Aber er hat ein Sixpack! Und ein kleines Tattoo etwas oberhalb der Leiste! Was es genau darstellt, konnte ich so schnell nicht erkennen. Meinen Hormonen läuft der Sabber aus dem Mundwinkel, und Herr Verstand hat alle Hände voll zu tun, sie rückwärts aus der Kommandozentrale zu schieben. Ich sollte erst mal Zähne putzen gehen. Und da war noch was, ähm, ich komm gleich drauf … Richtig: anziehen. Mein Mund ist trocken, ich muss mich räuspern, damit ich nicht kiekse wie ein rostiges Scharnier.

»Sind … äh … kann … also … ist das Bad frei?«, stammele ich und komme mir vor wie ein Teenager. Gott, ich bin so was von aus der Übung!

»Wenn du nicht noch jemanden eingeladen hast?« Alex dreht sich zu mir um und grinst. »Ich hab mir erlaubt, deine Wäsche abzunehmen, bevor ich geduscht habe. Die Luft ist ziemlich feucht da drinnen.« Er zeigt mit dem

Kopf auf einen kleinen Kleiderstapel auf dem Sessel an der Wand. »Ich hoffe, das war in Ordnung? Ich wollte dich fragen, aber du hast noch geschlafen.«

»Nein, nein. Alles gut«, sage ich. Er wollte fragen, ob er mir an die Wäsche gehen darf? Die Hormonladys klatschen sich hysterisch kreischend ab. Hinter meinen Schläfen pocht und braust es. Alex hat exakt zwei Sätze gebraucht, um mit drei Worten in mir ein Kopfkino auszulösen, das sich nicht mit einem Kater verträgt. Und mit meinem Alter schon gar nicht! *Wäsche. Duschen. Feucht.* Ich trage immer noch Alex' Riesenshirt und seine Shorts. *Raus hier, Janne. Zähne putzen! Wasser trinken! Sofort! Oder du reißt ihm das Handtuch von den Hüften und verführst ihn. Entscheide dich!*

Nichts einfacher als das. Ich gehe durch Tor A und dusche kalt. Pff. Bin ja kein hormongesteuerter Teenager.

Eine halbe Stunde später begleite ich Alex frisch gewaschen und in meinen eigenen, getrockneten Klamotten zum Frühstück. Im Geist beglückwünsche ich mich zu meiner Notfallzahnbürste und dem Ersatzdeo. Es macht sich eben doch bezahlt, für Eventualitäten gerüstet zu sein. Man weiß ja nie. Und zack – strandet man auf einer Insel wie Skye und weiß den eigenen Vorsorgetick wirklich zu schätzen.

Das Büffett ist großartig. Ich habe Bärenhunger, trotz des reichhaltigen Abendessens. Und nach dem zweiten Kaffee sind Spiegeleier, gebratene Tomaten, Pilze und Würstchen genau das Richtige gegen den sauren Geschmack im Mund. Danach geht es mir besser. Ich habe das Gefühl, dass ich volle Fischernetze an Land ziehen könnte, wenn ich wollte. Wobei – angesichts dieses Wetters würde ich ehrlich gesagt am liebsten vor dem Kamin sitzen bleiben. Hier kommt er nicht rein, aber draußen stürmt und tobt der Wind immer noch heulend um alle Hausecken.

Es regnet auch wieder. Ein feiner Sprühnebel fegt über die Fenster.

Ich verrenke mich, um einen Blick in den Himmel zu erhaschen, wo eine wilde Wolkenjagd stattfindet.

Alex kommentiert meine Bemühungen mit einem Schmunzeln. »Keine Angst, das lässt bald nach. Später klart es auf. Am Meer hält so ein Wetter nie lange vor.«

Ich grunze skeptisch. »Vielleicht sollten wir sicherheitshalber im Taucheranzug wandern gehen. Gibt's in der Lobby so was zu leihen?«

Er lacht laut auf, und ich ziehe unwillkürlich die Schultern ein.

»Für heute Vormittag ist ohnehin ›Drin-Programm‹ geplant: Wir besichtigen die Torabhaig-Distillery in Teangue und danach –«

»Oh, nein! Keinen Alkohol für mich. Ich hab genug für die nächsten drei Jahre«, unterbreche ich ihn, immerhin so leise, dass es niemand außer Alex hören kann, oder? Unsicher sehe ich mich um. Lauter unbekannte Gesichter, alle in Gespräche, Zeitungen oder ihre Teetassen vertieft. Von der Rothaarigen keine Spur.

Nur Paul nickt mir von einem der entfernteren Nebentische mit einem fröhlichen Guten-Morgen-Lächeln über seinen Kaffee hinweg zu. Er hat ein Notizbüchlein und einen Füllfederhalter neben sich liegen. Ein Seelenverwandter! Mir wird sofort warm ums Herz. Vielleicht schreibt er Gedichte für seine Frau? Wie romantisch! Auch ich habe mein Schreibzeug mitgebracht, also den Hotelblock und einen Stift, und zwar aus viel profaneren Gründen. Ich will mir dringend ein paar Zeilen für zu Hause aus den Rippen schneiden, wann auch immer ich sie digitalisieren kann, und ich muss mir aufschreiben, wie viel Geld ich Alex schulde.

Alex verschränkt die Arme und sieht mich an. Die goldenen Sprenkel in seinen moosgrünen Augen blitzen vergnügt. »Was machen wir nur mit dir? Kein Whisky im Whiskyland? Du wirst wahrscheinlich die Einzige sein, die es begrüßt, dass es noch gar keine fertigen Produkte von Torabhaig gibt. Die Distillery hat erst 2017 eröffnet. Ihre hauseigenen Fässer müssen also noch ein paar Jahre ablagern.«

2017, das war ja quasi vorgestern, in Whiskyjahren gerechnet. Ich dagegen komme mir vor wie im zwanzigsten Jahrhundert gestrandet. Kein Netz, kein Smartphone, keine virtuellen Sozialkontakte nach Hause. Mir kommt Robinson Crusoe in den Sinn. Nenn mich Freitag. *Glasgow Weekend*-Freitag. Stopp! Moment mal!

»Wer sagt denn, dass ich mitkomme?«, rutscht mir heraus. *Geht das jetzt wieder los, Janne? Ernsthaft?* »Sorry«, entschuldige ich mich schnell, als ich Alex' gekränkten Gesichtsausdruck sehe. »Ich meine … Findest du das gut?«

Er feixt und zwinkert mir zu. »Das geht schon in Ordnung. Du bist jetzt offiziell meine Begleitung. Und ich habe mir in den Kopf gesetzt, eine Fünf-Sterne-Bewertung aus der strengen Frau Redakteurin herauszukitzeln.«

»Wenn ich Reisejournalistin wäre und du der Chef hier, dann müsstest du dich dafür noch ein bisschen ins Zeug legen«, albere ich mit und wedele mit meinem Hotelblock. »Ich meine, guck mal zum Fenster raus – so ein Wetter gibt immer Abzüge in der B-Note.«

»Oha«, macht Alex und grüßt, für einen Moment abgelenkt, jemanden hinter mir. »In der Tat! Ich werde das sofort reklamieren!« Er zwinkert mir zu. »Entschuldige, ich bin gleich wieder da!« Damit schiebt er seinen Stuhl zurück und verlässt mich.

Schluss mit Schwelgen, Janne! Mein Verstand klopft mit einem Hämmerchen auf seinen Oberstübchen-Schreibtisch. Neugierig drehe ich mich um, und bingo! Da ist sie wieder.

Eva.

Das hätte ich mir ja denken können. Das rote Gift lehnt mit einem Espresso an der Bar, rührt wild darin herum und redet dann noch eindringlicher auf Alex ein. Leider spricht sie so leise, dass ich kein Wort verstehen kann. Nicht, dass es mich etwas anginge, aber interessieren würde es mich ja schon, zumal Eva immer mal wieder in meine Richtung sieht. Ich verstecke mich hinter meiner dritten Tasse Kaffee und verschlucke mich prompt daran. Hat Alex eben Evas Hand geküsst? Von hier drüben sieht die Körpersprache der beiden überhaupt ziemlich vertraut aus! Eva umarmt ihn mit vollem Körpereinsatz und küsst ihn stürmisch auf die Wange, aber auch nur, weil er den Kopf weggedreht hat. Das Luder! Was sind das denn für neckische Spielchen? Ich brauche einen Gegenreiz, schnell. Eilig fische ich die Zitronenscheibe aus meinem Wasserglas und beiße herzhaft hinein. Besser. Jetzt passt mein Gesichtsausdruck wieder zu meinem Empfinden.

Kurz darauf verabschiedet Alex sich von der Schlangenhüterin und geht in Richtung der Toiletten. Evas Dauerlächeln verlischt augenblicklich, stattdessen fixiert sie nun mich über ihren Espressorand, und dann kommt sie auch noch auf mich zu. Sie winkt jemandem hinter mir und tut so, als ob sie mich gar nicht beachten würde, cleverer Trick. Als sie auf meiner Höhe ist, beugt sie sich knapp zu mir herunter und flüstert: »Ich weiß, dass du nicht die Reisebloggerin bist, für die du dich ausgibst. Alex legst du vielleicht rein, aber mich nicht. Vorsicht!«

»Hä?« Aber da ist sie schon an mir vorbei und bei Paul angekommen. Im Setzen streckt Eva ihre langen Beine so gekonnt neben seinem Tisch aus, dass ihr Minirock gleich noch ein Stückchen kürzer wirkt. »Was kann ich für dich tun, mein Lieber?«, flötet sie. Paul verwickelt sie in ein Gespräch über Fischfang und schottischen Räucherlachs und macht sich dabei Notizen. Das erinnert mich an was.

Jannes Reiseblog
Tag vier
Samstag, 18. September

Was wollte ich denn jetzt schreiben? Hektisch klicke ich meinen Kugelschreiber an und aus ... Verdammt, diese Zicke macht mich ganz rappelig. Was geht sie mein Reiseblog an? Und was geht da mit Alex?

Konzentration, Janne: Wo müssten wir jetzt laut Plan sein? Immer noch im Nationalpark? Was wollten wir da noch mal an-

sehen? Hmm. Das Highland Folk Museum wäre gestern unser Highlight geworden – also, war es ja mit Sicherheit für die anderen. Aber heute? Wie konnte ich das vergessen? Was machen wir heute, Melly? Und was würdest du mir mit Alex raten?

Ich stoße gegen meine Teetasse und kleckere auf die Tischdecke. »Himmel noch eins!« Wozu schreibe ich diesen Blog überhaupt weiter? Ich habe keine Ahnung, wann ich das jemals posten kann – also wozu dann die Schwindelei und das notorische Klammern an den ursprünglichen Reiseplan? Ich starre den mit Teetropfen besprenkelten Block an. Das ist so typisch ich!

Meine Grundschullehrerin hat einmal in meinem Beisein ganz vorsichtig meine Mutter gefragt, ob sie an mir auch so einen klitzekleinen Hang zu zwanghaften … Weiter kam sie nicht. Na, die konnte sich was anhören!

Hmm, schon wieder schweifen meine Gedanken ab. Was zum Henker hat Alex Eva über mich erzählt? Das fühlt sich nicht gut an. Ich habe das untrügliche Gefühl, dass ich hier in irgendetwas hineinschlittere. Wie gut, dass dieses ungeplante Abenteuer bald ein Ende hat. Susi, Lore, mea culpa! Ich muss euch nur schnell wiederfinden, und dann oute ich mich als glühendster *Outlander*-Fan von allen, wir werden furchtbar darüber lachen, und die Flasche Prosecco geht auf mich! Und dann … dann kann ich auch nach Hause bloggen, was mir in Wirklichkeit passiert ist. Aber natürlich auf keinen Fall, solange ich nicht weiß, wo das alles hinführt und was für ein Ende die Geschichte nimmt!

Ich nehme mir fest vor, schon richtig gespannt zu sein

auf die Berichte meiner Kölnerinnen. Von mir aus ertrage ich auch einen Mega-Anschiss, falls sie mich gesucht haben oder auf den Parkplatz zurückgekehrt sind. Wie lange sie dort wohl auf mich gewartet haben?

Davon abgesehen haben sie, bis wir uns wiedersehen, bei Gregorys Tempo bestimmt schon dreißig weitere Burgruinen erklommen. Ach nee, warte, jetzt fällt es mir ein: Perth, das war unser nächstes Etappenziel. Nach dem Cairngorms-Nationalpark, also übermorgen. Das könnte sein. Es klingt jedenfalls gut.

Aber mindestens genauso wichtig ist: *Jesus H. Roosevelt Christ!* Was geht da zwischen Eva und Alex? Was sollte eben dieser Auftritt?

Ich kaue auf dem Stift herum und sehe zum Fenster hinaus. Eva und Paul sind verschwunden. Und dann noch dieser Dauerregen ... *Nicht denken, Janne, beruhige dich! Schreib!* Seufzend fange ich an zu schwindeln.

Samstag, 09.17 Uhr

Wir sind noch immer in den Cairngorms unterwegs, (und zwar Richtung Perthshire, Hinweis an mich: googeln und checken oder Alex fragen!) – was für ein fantastischer Blick in unverstellte Weite. Diese Landschaft! Die Gebäude! Die Tierwelt! Vor allem die Greifvögel! Das Netz ist hier allerdings sehr schlecht. Ich melde mich ausführlicher, sobald es wieder geht. Hab euch lieb!

Ja, das wird halbwegs glaubwürdig. Apropos. Da kommt Alex. Ich reiße den Zettel mit meinem Fake-Blogbeitrag heraus, falte ihn zusammen und stecke ihn in meine Hosentasche. Das würde ich jetzt liebend gern mit Mister Kaschmir tun, wenn ich ehrlich bin: ihn zusammenfalten und in die Tasche stecken, bloß wie? Und eigentlich auch nur im übertragenen Sinn, wäre schade um ihn. Was quatscht er aber auch ständig so lange mit Eva?! Ein Dilemma!

»Alles gut?«, fragt der Charmebolzen und ist offensichtlich bester Laune.

»Ja, klar, was soll sein?«, frage ich zurück. Mein Pokerface ist legendär!

»Du siehst aus, als hättest du in eine verschimmelte Zitrone gebissen, wenn ich ehrlich sein soll.«

Hmmm. Also schön, Mister Zitruspsychologe, du willst es ja nicht anders: »Wieso weiß Eva von meinem Reiseblog? Und warum glaubt sie, dass ich dich reinlegen will?«, platze ich heraus.

»*Was?*« Alex' Augen scannen in Windeseile den Frühstücksraum, aber Eva und Paul sind verschwunden. Er starrt mich einen Augenblick lang an, dann prustet er los. »Das hat sie gesagt?« Er wischt sich eine Lachträne aus den Augen. »Oh je, nicht falsch verstehen, bitte. Ich muss dir da was erklären, Janne. Irgendjemand hat Eva den Floh ins Ohr gesetzt, dass sich ein ziemlich bekannter, aber stets anonym auftretender Reisejournalist in unsere Gruppe geschmuggelt hat. Und da habe ich ...«

»Du hast ihr erzählt, *ich* wäre das?«

Er zuckt schelmisch mit den Schultern. »Ich dachte, es kann ja nicht schaden, wenn sie nett zu dir ist, oder?«

Doppelzimmernett sogar! Ist Kuppelei in Schottland eigentlich verboten?

»Moment mal.« Da fällt mir noch etwas auf. »Du hast das auch geglaubt, oder?« Ich ziehe die Augenbrauen hoch.

Alex schüttelt glucksend den Kopf. »Nur einen Moment lang. Aber die Vorstellung an sich fand ich extrem witzig.«

»Darum also deine blöden Sprüche in Richtung Urlaub machen und dass du mich nicht stören willst beim Schreiben …« Mir geht eine ganze Lichterkette auf.

»Kannst du mir verzeihen?« Er legt wieder diesen moosgrünen Straßenkaterblick auf.

»Ich überleg's mir.« Mit verschränkten Armen schiebe ich hinterher: »Dir ist aber schon klar, dass Eva auf dich steht, oder?«

Alex reibt sich über den knisternden Dreitagebart. »Dürfen Reiseleiter überhaupt so was?«

Ich muss kurz an Gregory denken und schneide eine vieldeutige Grimasse.

Ich sehe ihm förmlich an, wie es hinter seiner Stirn mit den zarten Denkerlinien rattert. Soll ich ihm diese angebliche Blindheit wirklich abkaufen, oder lief da was zwischen den beiden? Oder … läuft … womöglich immer noch?

Ich bohre noch mal nach. »Oh doch, ich habe einen Blick für so was« – *und ihre Kampfansage noch im Ohr,* füge ich im Stillen hinzu.

»Hmm«, macht Alex und tut unschuldig. »Aber selbst wenn – da beißt sie auf Granit, die Arme.« Verschmitzt lacht er mich an. »Sie will augenscheinlich etwas ganz Entscheidendes nicht wahrhaben.«

Ha! Also hat sie ihn angebaggert, und er will ganz offensichtlich nicht darüber reden! Ich gehe nicht auf seine letzte Bemerkung ein und ignoriere meinen stark beschleunigten Puls. Der tut jetzt nichts zur Sache! Gut, lassen wir das Thema fallen. Fürs Erste. Zurück zum Doppelzimmer. Wenn er glaubt, er könnte mich so leicht kriegen, indem er ... »Hör mal, du musst mir zumindest sagen, was mein Anteil an den Hotelkosten ist.«

»Du bist süß, Janne. Kann es sein, dass du zu viel denkst?« Alex lässt sich gegen die Rückenlehne fallen, die das mit einem gefährlichen Ächzen quittiert. Wieder inspiziert er mich mit diesem amüsierten Blick, den ich nicht richtig einordnen kann. »Bist du dir sicher, dass du Redakteurin bist und nicht Polizistin? Dann solltest du mich aber bitte zumindest erst nach der Bahnfahrt mit dem Jacobite verhaften. Kein Harry-Potter-Zug ohne mich, Frau Kommissarin, überlegen Sie sich das. Ich bin Ihr Ticket.«

Er breitet die Arme aus, und schon hat er mich wieder im Sack mit seiner guten Laune und seinem Charme. Arme Eva. Meine Mundwinkel fliegen nach oben. Ich kann gerade noch mit einer skeptischen Augenbraue dagegenhalten.

»Auch noch Erpressung?«, frage ich so streng ich kann und erwidere sein freches Grinsen. »Da kommen aber ein paar Jährchen zusammen, Herr ... ähm.« Ich stutze. Wir haben in seinem Bett gegessen, die Nacht zusammen verbracht, der Mann hat mich in Shirt und Slip, ungeschminkt und ungekämmt gesehen und meine Höschen *ohne* mich drin – und ich kenne nicht mal seinen Nachnamen. Er hat ihn schon mal erwähnt, dem Kontrolleur gegenüber, an der Fähre, aber ich kann mich in diesem Augenblick partout nicht erinnern. »Wie heißt du noch mal?«

»Nenn mich Alex, den Ticket Man.« Scherzhaft streckt er die Arme aus und hält mir die Hände entgegen. Ich tue so, als ob ich in meinen Hosentaschen nach Handschellen suchen würde. Dann schlage ich mir gegen die Stirn. »Ach, Mist. Die sind oben im Rucksack«, behaupte ich und drohe ihm mit meiner Frühstücksgabel. »Nicht weglaufen, Mister ...!«

»Versprochen! Puh. Glück gehabt!« Wir grinsen uns an. Alex nimmt einen Schluck Tee. »Hartley«, sagt er dann langsam und sieht mich aufmerksam an. »Alex Hartley. *Verra pleased to meet you. Verra pleased indeed.*«

Er rollt das Rrr richtig schön schottisch und blickt mir so intensiv in die Augen, dass ich schon wieder rosarot anlaufe.

»Na gut, Mister Hartley.« Ich räuspere mich und richte mich auf. *Sitz attraktiv, Janne!* Bauch rein, Brust raus. Kann ich. »Ich nehme Ihr freundliches Angebot an«, erwidere ich förmlich und falle ausatmend wieder in mich zusammen. »Ich komme mit. Aber vorher muss ich dringend ein paar Sachen besorgen. Meinst du, heute hat irgendein Laden geöffnet? Trotz Wochenende und globalen Kartoffelferien? Und ... ich hab dich vorhin unterbrochen. Also, was machen wir am Nachmittag, außer uns vermutlich wieder sinnlos zu betrinken?«

»Oh, das erledigen wir ja schon heute früh.« Alex lacht. »Lass dich überraschen, Janne. Nach der Distillery geht es in die Natur. Eine halbe Stunde zu Fuß an einem Bach entlang. Vergiss deine Kamera nicht. Und später machen wir eine geführte Wanderung in den Sonnenuntergang mit David MacDonald, einem hiesigen Singer-Songwriter, gefolgt von einem kleinen Dram als Absacker im Pub.«

»Also doch«, murmele ich ergeben. »Langsam habe ich den Verdacht, dass diese ganzen Rundreisen von der schottischen Alkoholindustrie bezuschusst werden. Das wäre mal eine Geschäftsidee, Mister Hartley!«

»So schlimm?« Alex lacht sein Waldhoniglachen, und mir rieselt ein Schauer den Rücken hinab.

»Nein, im Gegenteil!«, antworte ich und muss mich zum hundertsten Mal räuspern. »Das klingt wirklich super. Also, das Wandern und die Musik, meine ich. Aber davor brauche ich wirklich dringend ein Klamottengeschäft.« Ich muss schon wieder an Eva denken. Wieso habe ich nicht gefragt, was er mit seiner Andeutung meinte? Was will sie denn nicht wahrhaben? Immer muss ich so cool tun, so unnahbar. Dabei war das eine Steilvorlage. Etwas Entscheidendes … Vielleicht wollte er mir gerade seine Gefühle gestehen?

Alex sieht auf seine Uhr. »Na, dann lass uns einkaufen gehen. Nicht, dass du auch diesen Bus verpasst! Das könnte ich mir nie verzeihen.«

Meine hormongesteuerten Anteile schmelzen dahin, und mein Kopf hat keine Ahnung, was er dazu sagen soll.

Wenn Alex wüsste, wie chaotisch es in mir aussieht … Ich muss doch zurück zu … Maike und Christina und … und … Melly! Erdung, ich brauche Erdung, sonst verliere ich noch … meinen Verstand.

Erst als wir zurück im Hotelzimmer sind und unsere Sachen für den Tagesausflug zusammenpacken, fällt mir auf, dass Alex sich beim Frühstück schon wieder äußerst geschickt aus der Affäre gezogen hat. Was ist das denn jetzt mit seiner mysteriösen Begleitung? Ein ganzes Doppelzimmer, ein Doppelsitz für sich allein im Bus ... Entweder, er hat einen satten Einzelzimmerzuschlag gezahlt oder gar für zwei gebucht. Alex verheimlicht mir doch nichts, oder? *Maaaaann, Janne! Man könnte meinen, du würdest Krimis schreiben und keine Artikel über siebzigste Geburtstage und Jahreshauptversammlungen.* Alex hat ganz recht. An dir ist eine Polizistin verloren gegangen.

Mmpff. Aus Gewohnheit streife ich kurz über mein verunfalltes Handy. Schwarz, stumm, nackig und nutzlos liegt es auf dem Schreibtisch und nutzt hoffentlich die Zeit, um inwendig durchzutrocknen und sich von dem abendlichen Hitzeschock zu erholen, der dem Akku den Rest gegeben hat. Auf Alex' Rat habe ich die SIM-Karte rausgenommen. Da fällt mir etwas ein. Schwungvoll drehe ich mich zu ihm um. »Wir könnten doch *meine* SIM-Karte in *dein* Handy schieben? Dann könnte ich kurz eine Nachricht nach Hause schreiben, dass alles in Ordnung ist. Und mit dem Hotel-WLAN kostet es dich auch nichts!«

Alex lässt sich nicht von meiner Begeisterung anstecken. »Das können wir gern versuchen, sobald wir zurück sind. Nur jetzt fährt uns der Bus davon, meine Liebe. Du hättest dich vorhin nicht so lange bei Mrs. MacLeod in der Drogerie aufhalten dürfen. Ich möchte dich keinesfalls retraumatisieren, was falsche oder verpasste Busse angeht, und darum ...!« Augenzwinkernd dirigiert er mich zum Zimmer hinaus.

Ich mache gar nicht erst den Versuch, zu widersprechen. Ich wollte sowieso nicht wirklich nach Hause schreiben und schlafende Hunde wecken. Außerdem hat er leider recht. Zu meiner Verteidigung sei allerdings angemerkt: Es war wirklich eine Herausforderung, in dem Sammelsurium des kleinen Dorfladens zwischen Geschenken, Hustensaft und Energydrinks eine Tagescreme, zwei Schlüpfer, eine Haarbürste (Hallelujah!) und ein halbwegs akzeptables Shirt in meiner Größe zu finden. Aber ich war ja schon froh, dass überhaupt ein Laden geöffnet hatte.

Normalerweise würde ich ein neues Kleidungsstück immer erst mal bei vierzig Grad durchwaschen. Das ging ja nun nicht. Skeptisch blicke ich an mir herunter und ziehe den Reißverschluss meiner Jacke hoch, während ich Alex hinterhertrabe. Ich kann nur hoffen, dass mich meine nagelneue Highlandkuh auf Biocotton nicht mittels Giftgasen umbringt. Zugegebenermaßen riecht sie viel mehr nach Buttertoffees als nach Chemie. Ich bin also zuversichtlich, dass Mrs. MacLeod ihren Kunden nicht heimlich nach dem Leben trachtet.

James der Busfahrer wirft gleich hinter uns den Motor an, die Türen zu und braust los. Ich komme mir vor wie auf einer schaukelnden Hängebrücke, als ich mich mit Alex im Rücken nach hinten durchhangele. Wir werden durchweg freundlich beäugt. Ältere Herren nicken uns wohlgesonnen zu, blicken von ihrer Zeitung auf, von ihrem Sudoku hoch – kein Einziger hat ein Handy in der Hand, unglaublich! Manche sitzen nebeneinander und unterhalten sich leise und vertraut. Mein Freund Paul hat die Hände überm Bauch verschränkt und döst. Wie schön!

»Ist es eigentlich okay, wenn wir nebeneinandersitzen?«, frage ich, nachdem wir tatsächlich als Letzte unsere angestammten Plätze eingenommen haben. Der Regen kommt inzwischen waagrecht über das Meer herangefegt. Jede Pfütze, durch die wir fahren, spritzt bis hinauf zu unseren Fenstern, und es klingt, als würde der Unterboden sandgestrahlt. Springteufeln gleich versuchen böige Seitenwinde uns abzudrängen, sobald wir eine offene Fläche passieren. Und diese Inselstraßen sind verdammt schmal.

»Was meinst du?«, fragt Alex, während er sich bemüht, seine Regenjacke zusammenzulegen, ohne dabei die Polster und unsere Kleidung nass zu machen. Schließlich gibt er auf, stopft das Gummiknäuel unordentlich unter seinen Sitz und sieht mich mit erstaunten Augen an.

Ob das Kontaktlinsen sind? Kann eine ganz normale menschliche Iris tatsächlich so dunkelgrün sein? Und dann noch mit diesen schicken hellbraunen Glitzersprenkeln, die zu explodieren scheinen, wenn er sich das Lachen verkneift, so wie jetzt?

»Na ja«, druckse ich herum. »Du hast schließlich allein gesessen, bevor ich kam.« Ich zwar auch, aber das sage ich ihm nicht. »Mir ist aufgefallen, dass hier im Bus noch einige Doppelsitze frei sind. Da dachte ich … also, ich will nicht das Gefühl haben, dass ich mich dir aufdränge. Und weil du ja auch immer Doppelzimmer für dich alleine buchst … Du hattest doch bestimmt ganz andere Pläne.«

»Die hatte ich in der Tat«, entgegnet Alex trocken. »Äußerst langweilige, übrigens.« Er mustert mich nachdenklich. »Gebe ich dir etwa das Gefühl, dass du mir lästig bist? Oder schlimmer noch ...« Er fasst sich theatralisch an die Brust. »Bin ich *dir* lästig? Ist es meine Nase? Mein Deo? Stinke ich? Magst du meine Witze nicht? Versuchst du mir etwa gerade schonend beizubringen, dass du mehr Freiraum brauchst, Zeit für dich allein? Willst du ausziehen? Ist unsere Beziehung schon vorbei? Sind es meine ... Warte!« Er bückt sich, zieht sich die Hosenbeine hoch und atmet beim Anblick seiner grau gestreiften Strümpfe mit einem übertriebenen Seufzen aus. »Nein, Tennissocken trage ich keine. Das kann es also nicht sein, was dich von mir wegtreibt wie eine Blume im Meer.«

Ich muss mich beherrschen, nicht lauthals loszulachen, während er an sich herumschnuppert und eine Grimasse nach der anderen auf mich abfeuert.

Schräg vor uns kichert irgendjemand anders ungeniert los. *Wir werden abgehört!*

»Lass das, wie peinlich«, flüstere ich. »Wir sind bestimmt auch so bereits *das* Busgespräch.«

»Wenn schon.« Alex grinst breit. »Und um das noch mal auf den Punkt zu bringen. Nein, du nervst nicht. Meistens jedenfalls. Und ich will, dass du hier sitzt. Neben mir. Bitte.« Er sieht mich schräg von unten an, wie ein Kätzchen, das kurz vorm Verhungern ist.

»Ausnahmsweise«, erkläre ich großmütig.

»Ha! Da bin ich froh. Dann hätten wir das ja geklärt. Hand drauf.« Er hält mir seine Rechte hin, und ich schlage ein. Alex' Griff ist warm und fest. So wie am Fährhafen gestern. War das wirklich erst gestern? Und hat er eben *Beziehung* gesagt? Jetzt spinnst du aber völlig, Janne! Der Mann ist einfach nur hilfsbereit und gastfreundlich, bilde dir doch nichts ein! … Aber es vergeht eine ganze Weile, bis er meine Hand wieder loslässt. Ich meine, eine ganz schön lange Weile. Zumindest habe ich das *Gefühl*, dass er sie erheblich länger hält als nötig. Noch länger braucht allerdings danach meine Hand, bis sie aufhört zu kribbeln wie ein aufgescheuchter Bienenschwarm. Und in meinem Magen düsen die Tierchen auch herum. Hossa. *Du verknallst dich doch nicht gerade, Janne?* Quatsch! Das wäre total unlogisch und irrational und … und … bescheuert! Ich muss schließlich zurück zu meiner Gruppe!

»Kann ich mir mal kurz dein Handy ausleihen?«, frage ich, um mich abzulenken. »Wir haben doch WLAN im Bus, oder?« Ich ziehe meine SIM-Karte aus der Jeanstasche. Nicht der beste Aufbewahrungsort, aber es musste ja nun schnell gehen vorhin. »Ich sollte dringend ein Lebenszeichen senden. Sonst melden die zu Hause mich womöglich früher vermisst, als Gregory bemerkt, dass ich weg bin.«

Alex nickt geradezu übereifrig, und ich bin beinahe enttäuscht, keine Ahnung, warum.

»Das machen wir«, stimmt er sofort zu. »Kein Ding. Und weißt du was? Du bringst mich auf eine Idee. Wir rufen auch besser bei der Polizei an und melden dich als Fundstück. Bist du dann beruhigt? Nicht, dass deine Reisegruppe samt Veranstalter glaubt, du bist in den Firth of Forth gefallen oder von Nessie verschluckt worden. Das gibt schlechte Kritiken auf den einschlägigen Plattformen, und du weißt ja, wir haben einen Blogger-Maulwurf.«

»Ha! Jetzt hab ich dich erwischt«, behaupte ich, und mein Herz klopft schneller, weil ich hoffe, dass es nicht so ist: »Du willst mich also doch loswerden.«

Alex lacht. »Keineswegs. Ich will dich behalten. Aber rechtmäßig. Noch hast du mich nicht so weit, dass ich für dich ins Gefängnis gehen würde. Dazu kenne ich dich zu wenig.« Er macht eine kleine Pause, legt den Kopf schief und öffnet den Mund, als ob er etwas sagen wollte und sich dann für etwas anderes entscheiden würde. »Uns bleibt ja noch ein wenig Zeit, das zu ändern.«

Er zwinkert mir zu, und ich wechsele mal wieder den Hautton. Mein Herz stolpert ein bisschen, und dann schlägt es noch mal schneller als eben noch. »Ich bin also eine Sache für dich?«, kontere ich, um meine Nervosität zu überspielen.

»Man kann es dir einfach nicht recht machen, oder?« Alex hebt abwehrend die Hände. »Also, was möchtest du tun? Ich nehme an, selbst bei der Polizei anrufen, weil du eine selbstbewusste, emanzipierte Frau bist.« Immer noch feixend streckt er mir das Handy hin.

Ich verziehe das Gesicht, als böte er mir eine Zitrone an, aber ein anderer Teil in mir singt und übt dabei steppen: Er will mich behalten! Wie süß ist das denn!? »Kannst du da vielleicht für mich anrufen?«, bitte ich kleinlaut, und das kostet mich jede Menge Überwindung. Loslassen und anderen vertrauen gehört nicht zu meinen Stärken. Ich weiß das immerhin. Aber was ich noch schrecklicher finde, ist die Vorstellung, in einer fremden Sprache, in fremder Umgebung die Polizei anzurufen. Wenn ich mich nicht hinter meiner Rolle als Redakteurin verstecken kann, hasse ich es bis heute, Anrufe bei fremden Leuten zu machen. Oder schlimmer noch: bei Institutionen. Ich schreibe lieber. Da kenne ich dann wieder nichts. Sogar den Papst habe ich schon angeschrieben, ob ich ihn mal interviewen könnte. Leider bekam ich nur eine Standardabsage, aber immerhin: eine sehr freundliche. Die hängt an meiner Pinnwand im Büro. Das macht schon was her zwischen den Redaktionstelefonnummern und dem Kantinenplan, so ein päpstliches Wappen.

»Auch gut.« Alex sieht mich freundlich an. »Was soll ich sagen?«

Es macht ihm nichts aus! Hurra! Ich lächle ihn verzückt an, bis mir dämmert, dass er ja noch auf eine Antwort wartet. Das ist einfach. »Na, dass ich keine *missing person* bin!«, sprudele ich mit den Sturzbächen draußen um die Wette. »Sie sollen Gregory bitte ausrichten, dass es mir gut geht. Und ihn fragen, wo genau die Gruppe wann in den nächsten Tagen sein wird, damit ich sie treffen kann. Zur Not fahre ich eben mit einem Taxi von Fort William los.« Upps, Moment mal. Ich klacke nervös mit dem Fingernagel gegen meine Schneidezähne. Das geht ja gar nicht. Wovon soll ich das bezahlen? Ich habe keine Ahnung, wo mein Koffer gerade ist, beziehungsweise wann und wo wir wieder zueinanderfinden, damit er mich auslösen kann ... »Du ... äh ... du könntest mir doch ein bisschen Geld leihen, oder? Ich zahle es dir sofort zurück, wenn ich meine Kreditkarten wiederhabe! Überweisung oder PayPal, ganz wie es dir ...«

»*Dinna fash, Sassenach*«, unterbricht er mich mit einem Grinsen, das breiter ist als der Moray Firth. »Also. Polizei oder Fundbüro? Wo soll ich dich melden?«

Mein Held! »Warte, lass mich bitte erst kurz drei Sätze nach Hause morsen.« Wenn meine Rettung so kurz bevorsteht, kann ich zumindest schon mal meine technischen Schwierigkeiten erklären.

Erwartungsvoll schiebe ich den kleinen Plastikchip in die Führung, lasse die Abdeckung einrasten und fahre das Smartphone wieder hoch. Und dann: Fehlanzeige! Ich heule auf wie eine Koyotin, der man den Mond geklaut hat.

»Was ist?«, fragt Alex erschrocken.

»Du hast einen Vertrag mit Simlock!«

»Oh, Shit«, sagt Alex zerknirscht. »Daran habe ich nicht gedacht. Aber wir haben ja noch unser As im Ärmel. Soll ich?«

Ich tausche die SIM-Karten zurück, reiche Alex das Telefon, er wählt, und ich hänge an seinen Lippen. »Ja, hallo? Hartley hier. Alex Hartley. Neben mir sitzt eine junge Dame, die sich als *not missing person* melden möchte.«

Ich krieche Mister Hartley fast auf den Schoß, aber leider kann ich das Gebrabbel am anderen Ende der Leitung trotzdem nicht verstehen. Keine Ahnung, ob es am schottischen Akzent liegt oder den lauten Nebengeräuschen von Bus plus Straße plus Regen. Enttäuscht rücke ich ein Stückchen ab.

Alex sieht mich grinsend an, während er telefoniert. »Seit wann sie weg ist? ... Tja. So etwa zwanzig Stunden, grob geschätzt ... Zu früh? Wieso zu früh? ... Vierund-zwanzig-Stunden-Frist, ach so, ja. Natürlich. Und können Sie vielleicht trotzdem schon mal die Meldung aufnehmen, ausnahmsweise? Nur weil wir annehmen, dass sich vielleicht jemand nach ihr erkundigen … Das machen Sie? … Super! Wie sie aussieht?« Er schmunzelt und mustert mich von oben bis unten. Wieder einmal weiß ich nicht, wohin mit mir. Ich kann ja schlecht gelangweilt zum Fenster rausschauen, es geht immerhin um mich in dem Telefonat.

»Ziemlich gut, finde ich. Aber das ist subjektiv … Ja, Entschuldigung. Natürlich … ich bleibe bei der Sache. Also, dunkelblonde Haare, etwa schulterlang. Schlank. Blaue Augen. Größe?«

»Eins achtundsechzig«, flüstere ich ihm zu.

Alex taxiert mich, und ich frage mich, ob er nicht gehört hat, was ich gesagt habe. »Fünfeinhalb Fuß, würde ich schätzen … Gewicht? Etwa 120 Pfund …«

»Was? So schwer? Nie im Leben!«, quietsche ich empört. »Ich wiege maximal fünfundfünfzig Kilo! Okay, nach gestern Abend und dem heutigen Frühstück vielleicht sechsundfünfzig«, räume ich zerknirscht ein. Meine Hose spannt etwas am Bauch.

Alex schmunzelt und redet unbeirrt weiter mit dem unsichtbaren Polizisten. »Alter? … Nein, das weiß ich zufällig genau. Vierzig Jahre, und zwar noch nicht sehr lange.« Er zwinkert mich an.

Ich rutsche tiefer in meinen Sitz und halte mir die Augen zu.

Alex wird wieder ernst. »Nein, Sir. Sie hat ihren Reisebus verpasst. Doch, das kann durchaus mal vorkommen. … Brave Hart Tours. Der Reiseleiter heißt Gregory und hat ein blau-weiß gesichtiges Maskottchen dabei. … Ja, eine Braveheart-Puppe, genau. … Nein, das ist kein

Scherz ... Wie sie heißt? ... Melly. Wieso interessiert Sie ...? Ach so. Nein. Die Puppe heißt Melly. ... Nein, das ist kein Witz. Nein. Ich bin nicht von *Candid Camera*. Sie sind nicht im Fernsehen. Nein, wirklich nicht. Hallo? ... Sie hat ihre Reisegruppe verloren ... ja. Eine Touristin. Aus Deutschland. Falscher Bus und so. Der Name? ... Ja, natürlich. Sie heißt Janne ...?« Er stupst mich an. »Michelsen«, gluckse ich und luge durch einen Spalt meiner Finger. Es ist so unpassend, aber ich bin wirklich kurz davor, loszuprusten. Das ist ja tatsächlich wie bei »Versteckte Kamera«! *Reiß dich zusammen, Janne!*

»Mich-el-sen ... nein. Mi-che-l-sen. Moment. Noch mal. M-i-c-h-e-l-s-e-n.« Ich kann nicht mehr. Ich fange haltlos an zu kichern. Ich wusste gar nicht, dass mein Nachname zwei Schotten solche Schwierigkeiten bereiten kann.

Alex verdreht die Augen und schneidet wieder diese Grimassen. »Nein, Sir. Wirklich. Kein Scherz. ... Wer da lacht?« Er zwinkert mir zu. Ich winde mich und schiebe mir die halbe Faust in den Mund, um nicht laut loszugackern.

»Das ist *sie*. Janne Michelsen ... Wie bitte? ... Nein, ich will Sie wirklich nicht verarschen. Ich schwöre es! ... Nein. Aber das sage ich ja die ganze Zeit. Sie ist nicht *missing*. ... Doch, das habe ich ... Nein. *NOT missing person*. Was wir ...? Sie will wirklich nur ... damit Sie Bescheid wissen, falls sich Gregory meldet ... Ja, der mit dem Braveheart-Maskottchen ... genau. Hallo? Hören Sie ...? Hallo?« Alex schaut mich mit einer Mischung aus Fassungslosigkeit und Belustigung an und lässt das Telefon sinken. »Aufgelegt«, sagt er dann und wedelt mit dem

Handy vor meiner Nase herum, als könnte er den Polizisten herausschütteln. »Der Mann hat einfach aufgelegt. Tut mir echt leid.« Seine zuckenden Mundwinkel strafen ihn Lügen, und dann gesteht er: »Das hat Spaß gemacht. Wen rufen wir jetzt an?«

Ich weiß nicht, ob ich lachen oder weinen soll, also verziehe ich die Lippen zu irgendwas dazwischen. »Nicht komisch«, sage ich und muss trotzdem mitkichern.

Nach einer Weile atmet Alex stöhnend aus. »Und jetzt?«, fragt er trocken. »Doch Fundbüro?«

Ich wische mir die Tränen aus den Augenwinkeln, schiebe mich im Sitz wieder halbwegs in die Senkrechte zurück und hebe die Schultern.

»Keine Ahnung«, bringe ich japsend hervor.

»Na, wir haben ja noch etwas Zeit«, murmelt Alex. Er zuckt kurz mit der linken Hand. Sein Arm schnellt ein paar Zentimeter vor, so als wollte er mir eine Haarsträhne hinters Ohr stecken, aber er unterbricht die Bewegung, dabei hätte ich schwören können … Stattdessen beschäftigt er seine Finger damit, das Handy auf seinem Oberschenkel um die eigene Achse zu kippen. Wieder und wieder. Ringsherum.

Starrt er auf meinen Mund?

Natürlich tut er das!

Er starrt auf meinen Mund!

Wieso küsst du ihn nicht einfach, Janne?

Ich? Jetzt?!

Mach doch!

Ich streiche mir die widerspenstige Locke aus dem Gesicht.

Los! Warum denn nicht?

Weil ich's nicht KANN!, schreie ich in Gedanken meine hormonell verbeulte innere Stimme an. Ich *kann* das nicht! Ich bin nicht der *Typ* für so was! Mein Leben verläuft *kontrolliert* und *nach Plan*. Meistens jedenfalls, wenn ich nicht gerade meine Reisegruppe verliere. Oder mich Hals über Kopf verliebe. Deswegen bin ich mit Männern *durch!* Das endet *immer* im Chaos! Er sieht zu gut aus. Er wohnt zu weit weg. Außerdem haben wir noch Zeit, hat er gesagt, wofür auch immer. Darum: *nein, nein, nein!*

Wie peinlich wäre das außerdem, wenn er *nicht* auf mich stünde und ich einfach nur einen Kekskrümel im Mundwinkel hatte? Fahrig wische ich mir über die Lippen. Ha! Krümel!

Meine innere Hormontrulla hält die Klappe. Na toll. Und jetzt? Und jetzt senke ich ganz schnell den Kopf und wühle konzentriert in meiner Hosentasche nach einem Haargummi.

»Ja, das haben wir«, krächze ich halblaut. »Wir haben in der Tat noch jede Menge Zeit miteinander.« Was ich außerdem habe, ist ein ziemlich fetter Frosch im Hals. Mindestens ein weiterer hockt irgendwo in meiner Magengrube und quakt rum.

Der Frosch bin ich, und das Schlimmste ist: Ich weiß das sogar. Was, wenn Alex mein Prinz wäre? Nein, nein, nein und noch mal: *nein!* Viel zu dünnes Eis! Ich sollte schnell an etwas anderes denken. Alles, was mir an unordentlichem Kopfbewuchs in die Finger gerät, fessele ich, so fest ich kann, mit meinem Haargummi in den Nacken. Dann drehe ich mich weg und male zur Beruhigung mit der

Fingerkuppe eine krakelige Blume an die beschlagene Fensterscheibe. Mein Finger quietscht.

»Ein Wunder, dass wir nicht schon längst eine Reifenpanne hatten, findest du nicht?«, frage ich nach einer Weile.

Keine Antwort. Zu belanglose Frage? Ich drehe mich zu ihm. Alex hat den Kopf ans Polster gelehnt und hält die Augen geschlossen. Eingeschlafen? Habe ich ihn gelangweilt? Oder ist er sauer?

Sauer, bestimmt ist er sauer. Schöner Mist, aber was habe ich angestellt? Es sei denn ... wollte er mich doch küssen?

Nein, sicher nicht! Er ist einfach weggedöst. Viel Schlaf haben wir ja nicht bekommen in der vergangenen Nacht.

Du denkst schon wieder zu viel, Janne.

Hmmmm.

Mit dem Ärmel wische ich mein Scheibenkunstwerk weg und starre in das im Regen verschwimmende Draußen. Sichtweite: gefühlte zehn Meter. Und in mir drin: null Komma null.

12

Feen und Kelpies

James prescht ungerührt von Kurven, Wind und Wetter über die einspurige Fahrbahn. Die meisten Teerdecken sind hierzulande eher grob gestrickt und ziemlich löcherig. An den Fahrbahnrändern bricht der Asphalt ohne jede Markierung einfach scharfkantig ab, und die Landschaft geht erst zwanzig Zentimeter tiefer mit Morast und Schlamm weiter. In den zahlreichen Senken sieht man davon allerdings nichts mehr. Durch die heftigen Schauer sind die tückischen Reifenmörderkanten unter enormen Pfützen und Wasserwirbeln verdeckt und das macht es für meine Begriffe richtig gefährlich. Genau das Richtige für meine trübe Stimmung.

Außerdem rauschen wir beängstigend dicht an Hecken, Viehzäunen, gigantischen Felsbrocken und steilen Abhängen vorbei, die bis zum Meer hinunterreichen. Bei schönem Wetter würde ich mich nur ein kleines bisschen gruseln und überwiegend die grandiose Aussicht genießen. Jetzt aber bleibe ich in albtraumhaften Fantasien von sich überschlagenden Fahrzeugen stecken. Ich sehe die Schlagzeilen vor mir: *Zur falschen Zeit am falschen Ort – Janne Michelsen stürzt im Urlaub ab.*

Und mein Begleiter hat die Augen zu.

Der Bus geht in die Eisen. Ich kralle mich am Vordersitz fest. Auf der anderen Straßenseite erspähe ich einen Kleinwagen, der holpernd auf einem Halteplatz zum Stehen kommt, in einer abenteuerlichen Kraterlandschaft mit enormen Schlaglöchern – oder vielmehr Schlagseen. Bei Gegenverkehr muss man in diesem Land möglichst schnell eine dieser zahlreichen kleinen Ausweichbuchten erreichen und warten. Dabei scheint das Recht des Stärkeren zu gelten. Wer selbstbewusst genug aufs Gas drückt, lässt den anderen weichen. Unser Fahrer wirkt auf mich ziemlich selbstbewusst. Wir sind größer und länger als alle, denen wir begegnen. Der Kleinwagen tut mir leid. Aber alles geht gut.

Sind wir mit Gregory auch so sportlich unterwegs gewesen, oder ist dieser James besonders draufgängerisch? Mir ist jetzt wirklich ein bisschen flau im Magen. Zum Glück wird die Straße nach dem nächsten Kreisverkehr wieder breiter. Trotzdem. Besser, ich gucke nicht so viel aus dem Fenster.

Aber wohin kann ich dann gefahrlos schauen?

Ich schiele zu Alex, und schon wieder bricht mir der Schweiß aus. Seine Augen sind immer noch geschlossen, und mein Blick wandert unbeobachtet über sein Gesicht. Ich beneide ihn um diese dichten, langen Wimpern. Seine Haut ist feinporig, glatt und ganz leicht gebräunt. So als hätte er das Ereignis von unglaublichen zwei schottischen

Sonnentagen hintereinander in einem Straßencafé gefeiert. Vielleicht in Glasgow? Oder war er zum Wandern in der Heide?

Das würde zu der leichten Bräune auf seinen Beinen passen. Aber da hätten ihn die *midges* gefressen, diese minikleinen mückenähnlichen Kreaturen, die einem jede Sommersonne in den Highlands blutig vergällen, weil sie überall sind – habe ich mir sagen lassen. Gesehen habe ich noch keine. Und auch in Alex' Gesicht finde ich keine Spuren von ihnen. Da sehe ich nur ein Paar paralleler senkrechter Linien zwischen den Brauen und zwei feinere Striche, die horizontal verlaufen.

So was entsteht durch heftiges, dauerhaftes Stirnfurchen. Ich frage mich, wie er lebt, was er tut, wenn er nicht grade an Busrundreisen teilnimmt, und mit wem. Ich weiß fast nichts von ihm …

Ein paar weitere Fältchen in den Augenwinkeln kommen vom Lachen. Die mag ich lieber. Ich verfolge den Schwung seiner markanten Nase. Die Einkerbungen neben den schmalen Flügeln sind etwas breiter und tiefer und verlieren sich neben den Mundwinkeln in seinem sauber gestutzten Bart. Er rasiert sich den Hals, stelle ich fest. Da ist eine kleine Schnittverletzung. Sie sieht frisch aus. Wann hat er sich denn heute Morgen rasiert? Das habe ich gar nicht mitbekommen.

Alex' Adamsapfel hebt sich, als er schluckt. Der ganze Kerl bewegt sich sacht. Schnell drehe ich mich weg und wische über das erneut beschlagene Glas. Wieso studiere ich Alex, als ob es dafür ein Diplom gäbe?

Lass es, Janne.

Sogar die Römer waren nicht an Schottland interessiert, weil es hier oben nicht mal warmes Wasser gab. Auch wenn sich das inzwischen geändert hat, es ist immer noch das kalte, nasse, windige Ende der europäischen Inselwelt.

Draußen spritzt und sprudelt das Wasser aus allen Öffnungen. *Guck's dir an: unwirtlich und gefährlich.* Der moorige Boden wirkt wie ein riesiger inkontinenter Schwamm, der einfach alles loslässt, was er nicht mehr halten kann.

Und Schottlands Bewohner? Alex ist alles andere als kalt und unwirtlich. Er ist supernett und warm. *Hot*, würde Saida mich korrigieren. Er ist lustig und intelligent. Keine klassische Schönheit, aber er hat was.

Yeah, baby!

Okay, er sieht gut aus. Zu gut. Kein Wunder, dass Eva auf ihn abfährt. Das mit dem »gefährlich« kann ich noch nicht einordnen. Ich spüre den zunehmenden Reiz, es herauszufinden, auch wenn meine Stunden in seiner Gesellschaft gezählt sind – also doch gefährlich. Finger-weg-gefährlich sogar! Und vor allem laufe ich Gefahr, seine Hilfsbereitschaft mit anderen Gefühlen für mich zu verwechseln und seine Geduld überzustrapazieren. Ich meine – er ist nicht mal an Eva interessiert! So ein Mann läuft nicht frei herum, wenn er keinen gewaltigen Haken hat. Vielleicht hat er zu Hause eine Frau und vier rothaarige, sommersprossige Kinder? Und sie konnte die andere Hälfte des Doppelzimmers nicht in Anspruch nehmen, weil eins Flunzeritis mit Kniepickeln bekommen hat und die Tante, die sonst immer einspringt, nicht geimpft ist?

Deine Fantasie geht schon wieder mit dir durch, Janne. Ich haue mir innerlich selbst vor den Bug. *Außerdem ist das*

größtmöglicher Blödsinn: Heutzutage ist jeder gegen alles geimpft,
selbst gegen Flunzeritis mit Kniepickeln.

Der Bus bremst ab. Wir fahren langsamer und biegen in eine große Einfahrt. Ich erkenne zuerst weiträumig angelegte Parkplätze, dann den Schriftzug der Destillerie und lang gestreckte, an den Hang geduckte Gebäude. »Wir sind da!«, hauche ich erleichtert und schlage ein heimliches Kreuzzeichen. Vielleicht sollte ich wieder in die Kirche eintreten. Ein guter Draht nach ganz oben ist nie verkehrt.

»Brauchst du mich im Moment? Soll ich dir die Regenjacke dalassen?«

Alex' Stimme reißt mich aus meinem Gedankenwirrwarr. Sie klingt merkwürdig abgekühlt. Als ich mich zu ihm drehe, hat er bereits seine Jacke unterm Sitz hervorgeholt. Sie tropft immer noch. Er hält sie mir hin und macht Anstalten aufzustehen.

»Nein … wieso, ich …? Alles gut«, stammele ich und greife dann doch reflexartig zu. Verblüfft sehe ich ihm hinterher, wie er als einer der Ersten durch den Gang nach vorn eilt und aussteigt. Habe ich etwas verpasst? Im Mittelteil?

Anscheinend habe ich ihn wirklich vergrätzt. Aber womit jetzt genau? Hab ich was Blödes gesagt? Er weiß doch inzwischen, wie verpeilt ich bin, oder etwa nicht? Vielleicht sollte ich die Sprunghaftigkeit und schlechte Laune meiner Mitmenschen nicht immer gleich auf mich beziehen …

Durch die tropfenverhangene Fensterscheibe sehe ich, wie Alex mit hochgestelltem Kragen und eingezogenen Schultern um die Hausecke biegt, hinter der der Eingang zur Whiskyfabrik ausgeschildert ist. Der Wind spielt wilde Spiele mit seinen Kleidern und Haaren. Eilig hat er es. Hoffentlich nur wegen des Wetters.

Nein, ganz sicher wegen dir! Du bist so ein Schaf, Janne! Ein extrem tolpatschiges, flirtunfähiges, spaßbremsendes Spießerschaf!

Ich schlucke. Anscheinend würde selbst mein Verstand am liebsten die Beine in die Hand nehmen und abhauen, wenn er das könnte.

Wehe, wenn das stimmt.

Im Gang ist ein älterer Herr stehen geblieben, mit dem ich noch nicht das Vergnügen hatte. Er will mich einfädeln lassen. Ein wenig hölzern erwidere ich sein Lächeln und packe die nasse Jacke fester. Entschlossen reihe ich mich in den Fluss meiner Interims-Reisegruppe und bewege mich mit ihr Richtung Ausgang. Ich zwinge mich, nicht an Alex zu denken. Meine Technik, in kritischen Situationen Unsicherheit zu überwinden und nicht emotional zu werden, ist berufliche Distanz. Ich tue so, als würde ich einen Artikel schreiben, und zücke den Block, meinen neuen treuen Begleiter. Smartphones werden eh überbewertet.

Whisky. Was sonst.

Gutes Thema.

Es hat wirklich Vorteile, nicht mit einer Riesenhorde von Menschen unterwegs zu sein, sondern mit einer netten Kleingruppe von weniger als zwanzig Leuten. Das Gedrängel in der Distillery hält sich absolut in Grenzen. Die Führung durch die Brennerei ist supernett, die Leute engagiert und freundlich, und auch meine Mitreisenden sind irgendwie ein ganz anderer Schlag als Mellys wilde

Truppe. Artig im Gänsemarsch folgen wir einem jungen Mann durch die verschiedenen Abteilungen, der aussieht wie George Ezras noch jüngerer Bruder.

Über, unter und überall um uns herum hängt der schwere, süß-säuerliche Geruch der in gigantischen Bottichen gärenden Gerstenmaische. Bevor das malzige Zuckerwasser zu Whisky verdampft, wird es zu Bier, das niemand trinkt. Will man vielleicht auch nicht, obwohl? Ich würde!

Aber wir gehen weiter. Nicht einmal die Brennmeister haben die Möglichkeit, irgendeine der späteren Zwischenstufen zu probieren, erfahren wir. Alles ist von Staats wegen verplombt. Ich frage mich, wie diese sogenannten *still men* ihren Job machen können, nur durch Erfahrungswerte, Temperatur messen und Farbe begutachten – das Augenmaß hätte ich gern.

Am beeindruckendsten finde ich allerdings die riesigen Kupferblasen im nächsten Raum, in denen der Rohwhisky köchelt und vor sich hin destilliert. Jede ein Einzelstück aus reinem Kupfer, George junior spricht vom Heiligtum und Herzstück der Brennerei. Hier ist es außerdem am wärmsten, der ideale Ort an so einem nasskalten Tag. Ich höre ihm nur noch mit halbem Ohr zu, mein hypothetischer Artikel ist quasi fertig. Ich suche Alex. Er ist nicht bei uns. Anfangs dachte ich, er wäre nur kurz auf die Toilette verschwunden und würde gleich wiederkommen. Ist er aber nicht. Hmm. Ob ich mit meiner Vermutung richtiggelegen habe, dass ich ihm zu sehr auf die Pelle gerückt bin? Meine Intuition ist normalerweise nicht die schlechteste. Grübelnd tapere ich den anderen über die Gitterroste im Boden hinterher.

Wir bewegen uns Richtung Ausgang, in den Verkaufsraum. Meinen obligatorischen Dram am Ende der Veranstaltung verschenke ich spontan an Paul, meinen Kavalier mit dem Wanderstock.

»Kleines Dankeschön für gestern«, sage ich augenzwinkernd, und als ich beobachte, wie die kleine Geste ein sanftes Strahlen in sein Gesicht zaubert, wird mir auch ohne Alkohol ganz warm. Paul lächelt mich über seine Brillengläser hinweg an und erhebt feierlich sein Probierglas. »Alle Äcker, alle Wiesä, solle uns de Hals nahfliesä. Prositle!« Dann schließt er die Augen, schnuppert, hält das sich oben verjüngende Glas mit abgespreiztem kleinem Finger am Stiel, schwenkt es, schnuppert wieder. Die bernsteinfarbene Flüssigkeit fließt in dicken Schlieren zurück auf den Boden des Glases.

Paul sieht mich versonnen an. Plötzlich streckt er den Kelch noch einmal in meine Richtung, pflichtschuldig wie ein kleiner Junge, der sich daran erinnert, dass man auch seine Lieblingsschokolade teilen sollte. Ich lehne mit einem Kopfnicken ab. Ich will mein Geschenk nicht zurück.

»Wohlsein!« Paul nimmt genießerisch einen winzigen Schluck, lässt ihn über die Zunge rinnen, rollt ihn im Mund hin und her, spült, schluckt und wiederholt das Ganze mit dem nächsten Nippen. Dann folgt ein selig entrücktes »Ah!«.

Möglichst unauffällig scanne ich den Raum ab. Irgendwo zwischen den Regalen mit schottischen Souvenirs, zwischen Whiskys, Likören, Seifen, Tee, Servietten und Schlüsselanhängern mit Hochlandkühen muss er sich verstecken. Mein zweiter Kavalier.

Pauls hellwache Augen fangen mich zwischendurch ein. »Und Sie sind also die Begleitung von unserem Alex?«, pirscht er sich wie eine Katze an die Milch.

Ah. Da hinten ist er! Alex unterhält sich mit einer Dame an der Kasse des kleinen Distillery-Shops. Ich schiele flüchtig zu ihm hinüber und schaue dann schnell wieder zu Paul.

»Tja, das bin ich wohl«, behaupte ich, so locker ich kann, und befehle dem blöden Frosch in meiner Kehle, hübsch unten zu bleiben. »Aber morgen muss ich wahrscheinlich schon wieder weg«, füge ich hinzu. »Berufliche Gründe, leider.« Nicht, dass sich gleich die nächste Truppe wundert, wohin ich verschwunden bin.

»Ach. Iwo«, grätscht mein Schwabe vergnügt dazwischen. »Da kommt doch das Beschte. Man kann nicht immer nur arbeiten.« Er nippt wieder vergnügt an seinem Probiergläschen und mustert mich. Seine Augen sprühen. »Der Alex ist ein Feiner, stimmt's? Es isch so schön, eine junge Liebe erblühen zu sehen.«

Erblühen? Wie bitte? Was hier vor allem erblüht, ist meine Gesichtsfarbe. »Ich, äh …«, fange an zu stammeln.

»*Aye!*«, höre ich plötzlich Alex' Bass direkt hinter mir. Warme Finger greifen nach meiner Hand, er wirbelt mich zu sich herum und zieht mich an sich, bevor ich auch nur Luft holen kann. Mein Herzschlag setzt einen Moment aus. »Alex … was, um alles …?«

»Lass ab, mich anzuzieh'n, so hab' ich, dir zu folgen, keine Macht«, raunt er dicht an meinem Ohr, aber laut genug, dass Paul es mit zufriedenem Lächeln zur Kenntnis nimmt. Ich müsste dringend einatmen, aber Alex lässt mir gar keinen Raum dafür. Und ich habe auch plötzlich vergessen, wie das geht. Atmen. In meinem Magen fängt eine ganze Ladung Popkörner an zu brodeln, jederzeit bereit, unkontrolliert loszuploppen.

»Ach ja, der Shakespeare, wohl wahr, wohl wahr«, gniggert unser schwäbischer Wanderfreund in mein Whiskyglas und zieht sich endlich dezent zurück. Das würde ich auch gern tun, nur so drei oder vier Zentimeter, bevor ich aus Sauerstoffmangel ohnmächtig werde. Obwohl ... eigentlich würden mir zwei Zentimeter auch genügen. *Plopp.* Da platzen die ersten Maiskörner auf. Oder ein Zentimeter, wenn ich ganz flach atme? Atmen wird sowieso komplett überbewertet. Nicht loslassen, Alex! *Plopp, plopp.* Er hypnotisiert mich mit seinem Blick. Seinem feingeschnittenen Mund. Seinem frisch geduschten Männerduft und diesem ... *plopploppplopp* ... Ich muss immer auf seine Lippen schauen ... so nah ... So ... Neigt sich sein Gesicht gerade auf meines zu, oder bin ich das? Soll ich es riskieren?

»Luft ...«, japse ich erstickt und drehe den Kopf um jene zwei Zentimeter zur Seite, die verhindern, was jetzt ganz sicher wunderschön gewesen wäre. Ich knete und wringe die arme Regenjacke in meinen Händen und presse die Lippen aufeinander. Sie sind trocken. Genau wie mein Mund.

Ich kann das nicht ... einfach so ... so vor allen Leuten. So ... *Janne, du bist wirklich solch ein Schaf. Zum zweiten Mal vergeigt! Man könnte dich auf jeder schottischen Weide einfach dazustellen, und du würdest kein Stück auffallen. Wenn du mich fragst: Du gehörst auf die Couch!*

Ich frag dich aber nicht!, kreische ich in Gedanken hysterisch zurück.

Alex' Arm an meinem Rücken lockert sich. Für einen Augenblick huscht ein dunkler Schatten über sein Gesicht. Hab ich also auch in seiner Wahrnehmung was falsch gemacht? Ist er enttäuscht? Traurig? Verletzt? Aber was immer ich da kurz habe aufblitzen sehen, eine Sekunde später ist es vorbeigezogen. Schon hat er sich gefangen. »Entschuldige, ich wollte nur vermeiden, dass noch jemand falsche Schlüsse zieht«, flüstert er mir ins Ohr. Dann lässt er mich frei. »Bist du mir böse? Ich hab blöd reagiert vorhin im Bus. Tut mir leid.«

Was meint er? Mein Atmen stolpert. Zögerlich lasse ich seine Hand los. Irgendetwas ist anders. Ohne seine Körperwärme so dicht an meiner Haut ist mir schlagartig kalt. »Nein.« Ich schwanke, ein bisschen verwirrt, meine Stirn kraust sich, ich kann es fühlen, ernüchtert, als hätte mir jemand einen Eimer eiskaltes Seewasser ins Gesicht geschleudert. Noch jemand …?

»Die falschen Schlüsse? Nein, nein, natürlich nicht. Ich … was meinst du damit?« Einatmen … ausatmen. Mein Blick flattert hinüber zu der Rothaarigen, die abrupt den Kopf senkt und eine Auslage mit Miniaturfläschchen studiert.

Ich drücke die Schultern durch und schiebe trotzig das Kinn vor, dann drehe ich mich frontal zu ihm und strecke mich, damit ich direkt in seine Augen blicken kann.

»Sag mal, geht da was zwischen euch? Willst du sie mit mir eifersüchtig machen?«

»Was?« Alex sieht mich so entgeistert an, dass meine

Knie ein bisschen butterig werden. Ich würde gern wegsehen, aber meine Augen sind magnetisch mit seinen verbunden.

»Erstens: Das ginge dich gar nichts an. Und zweitens: ganz schön direkt, dafür, dass wir uns erst knapp zwei Tage kennen und du mir eben ...«

»... Knapp zwei Tage und eine Nacht«, korrigiere ich trotzig und putze schnell meine Brille, weil ich wieder einmal nicht weiß, wohin mit meinen Händen und meinen Augen. »Und wer hat hier denn grade wen semi-unbekannterweise beinahe geküsst?«

Oh Janne, mach es nicht noch schlimmer.

»Ist ja auch im Prinzip nicht schlimm, ich will bloß wissen, ob es das wert ist, weil sie mich nun wahrscheinlich über irgendeine Klippe schubsen wird, noch bevor ich es zurück zu meiner Truppe schaffe. Oder lässt du mich etwa dumm sterben?«

Alex hebt fragend die Augenbrauen. Kurz sieht er getroffen aus, aber er sagt nichts. Dann ändert sich sein Gesichtsausdruck, und er schüttelt sanft den Kopf. Auf einmal komme ich mir vor wie ein kleines Kind, das man nicht ernst nimmt. Am liebsten würde ich mit dem Fuß aufstampfen.

»Echt jetzt? Du sagst gar nichts dazu? Sie schießt ja jetzt schon Pfeile aus ihren Augen, und ich frage mich, was ich ihr noch getan habe, außer *nicht* eure blöde anonyme Bloggerin zu sein. Entweder sie kann mich einfach nicht leiden, oder ...«

Alex lacht irgendwie unecht. Aber bevor ich noch zorniger werden kann, weil er mich immer noch nicht einweiht, legt er mir den Arm um die Schulter und zieht mich hinter einer Werbetafel mit Whiskyfässern in Deckung. Jetzt bin ich zwar vorläufig aus der Schusslinie von Eva, aber behaglich fühlt sich anders an.

»Es ist nicht so, wie du denkst, okay?« Seine Stimme wird wieder weich. Er berührt mich am Kinn und verhindert damit, dass ich den Blick senke. »Bitte sei nicht wütend auf mich. Ich … ich mag dich … sehr, Janne. Du bist zwar unglaublich verkorkst, aber es kann doch kein Zufall sein, dass du mir gleich zweimal begegnet bist?! Also schön, Freundschaft. Vorläufig. Einverstanden?«

Plopp. Was soll das denn jetzt? Vorwitzig und eigenmächtig platzt ein winziges Popkörnchen. Total unpassend! Ich bin immer noch sauer! Ich habe feine Antennen, das nennt man weibliche Intuition!

Dem Boden unter meinen Füßen ist das allerdings völlig egal. Er fühlt sich an wie eine wabbelige Kinderhüpfburg. »Und warum habe ich dann das Gefühl, dass du deinen Finger jetzt nicht unter mein Kinn legen würdest, wenn sie uns nicht unauffällig nachgeschlichen wäre und weiterhin beobachten würde?« Ich versuche verzweifelt, die Kontrolle über mich wiederzugewinnen. In der Tat hat sich Eva von ihren Flaschenminiaturen gelöst und ist im Halbkreis zu einer Auswahl bauchiger Gläser weitergewandert.

Alex folgt meinem Blick »Hilfst du mir? Bitte spiel mit! Vertrau mir. Es ist wichtig!«

Spielen? Hat er nicht eben noch gesagt, er mag mich? Was ist das denn für eine billige Masche?

Alex' Augen funkeln. Er drückt meine Hand, die ich

ihm trotzig entziehe, aber Alex fasst nach. »Du bist eine sehr gute Beobachterin, aber du ziehst die falschen Schlüsse, Janne. Hat dir das schon mal jemand gesagt?«

Vor meinem inneren Auge ziehen diverse Filme vorbei. Ich denke an meinen Chef, an Saida, an Imme, diverse Ex-Freunde – und Alex vor geschätzten zwei Minuten. »Du meinst, in den letzten vierzig Jahren?«

Alex' Mundwinkel zucken. »Dachte ich's doch.«

»Okay, ich bin ein verkorkster Kontrollfreak«, rutscht es mir heraus. Diese Selbsterkenntnis war eigentlich nur für mich bestimmt. Leider ist sie mir nicht leise genug herausgeflutscht. Er hat mich gehört, und wer weiß, wie oft noch. Aber das ist jetzt auch schon egal. »Was soll's. Für Schottland!«

Ich lasse zu, dass Alex mich mit einer Hand dezent in Richtung Ausgang leitet. »Sieh nicht hin«, flüstert er mir ins Ohr. »Eva hat grade diesen ungeduldigen Reiseleiterblick. Wir sollten sie nicht unnötig vergrätzen.«

Sagt's und tut das Gegenteil. Ganz beiläufig drängt er mich hinter ein Regal, sodass wir vor allen Blicken und sämtlichen Pfeilen verborgen sind, und da bleibt er ganz dicht vor mir stehen. Sehr dicht. Ich kann seinen Atem an meiner Stirn spüren. Ich sehe seine Halsschlagader pulsieren und wie sich sein Adamsapfel hebt, wenn er spricht.

»Um deine Frage von vorhin zu beantworten ... Auch wenn es dich immer noch nichts angeht und Eva dich ganz sicher nicht töten wird, ich will nicht schuld daran sein, wenn du dauerhafte Stirnfalten bekommst.« Er fährt die Linien meiner Denkerstirn nach, und meine Kniegelenke bemühen sich, ein imaginiertes Erdbeben mittlerer Stärke auszugleichen.

Zärtlich! Das war eine zärtliche Geste, Janne. Also halt jetzt die Klappe und hör zu!

»Nein. Sie ist absolut nicht mein Typ. Sie hat sich vielleicht Hoffnungen gemacht …«

Wie lange ist die Gruppe denn schon unterwegs?, frage ich mich prompt.

Alex räuspert sich, als ob er meinen Gedanken lesen könnte. »Das war auf einer vorigen Reise. Aber ich fürchte, da hat sie Business und privat verwechselt. Ich hatte mich für ihre Tätigkeit interessiert, nicht für sie. Ich habe mehrfach versucht, mit ihr zu reden, das kannst du mir glauben. Es hat nur leider überhaupt nichts gebracht.«

Nicht für sie – hast du das gehört, Janne? Auf der Kommandobrücke in meinem Kopf wird bereits Sekt zum Popcorn ausgeschenkt. Ruhe da drin!

»… ich weiß nicht, was ich anderes tun soll, als ihr das noch mal ganz deutlich klarzumachen. Besonders jetzt, wo du hier bei mir bist.«

»Aha«, heuchle ich und versuche, mich zu konzentrieren. Ich verstehe nur Bahnhof. *Wieso geschäftlich? Und wer ist dann sein Typ, wenn nicht Eva?* Das frage ich jetzt natürlich nicht laut. Ich bin ja nicht blöd! »Aber warum sprichst du dann nicht einfach mit ihr? Klare Kommunikation, Ehrlichkeit. Das ist doch das Wichtigste überhaupt!« Er sieht mich nachdenklich an.

»Ja, du hast absolut recht. Ich muss es noch einmal versuchen. Wir beide müssen dringend reden. Aber nicht jetzt!«

Alex schnuppert hingebungsvoll an meinen Haaren und lässt langsam eine Strähne durch seine Finger gleiten. »Mhm. Ist das Honigshampoo?«

»Was? Ich ... ja ... öhm ...« Ich stottere schon wieder, dieser Typ macht mich kirre. »Vom Haus ... das ist doch nur ... das von der Ablage im Hotel.«

Unterdrückt glucksend zieht er mich weiter. Ist ja schön, dass ich ihn erheitere. Ich komme mir vor wie ein debiler Teenager, weil ich ihm einfach nicht böse sein kann. Mein Herz poltert. Wie schafft er das nur?

Er mag mich.

Prompt habe ich ein schlechtes Gewissen. Eva steht steif in der Eingangstür. Mechanisch sieht sie durch uns hindurch, als Alex und ich sie passieren. Aber ihre Lippen bewegen sich. Sie zählt.

Not my monkey, not my circus, erinnere ich mich – das ist nicht meine Baustelle. Alex wird das klären. Ich darf fröhlich sein. Urplötzlich bekomme ich gute Laune. Irgendwann werde ich Eva von Gregorys Stoppuhr berichten, beschließe ich. Und jetzt zucken *meine* Mundwinkel.

Draußen umfängt uns eine kalte Bö, die Regentropfen von den Bäumen auf uns herabweht. Alex drückt meine Hand. Wir traben auf den Bus zu. Der Motor läuft. Mein Gesicht ist nass, ich friere, und die Regenjacke habe ich über dem Arm, wo sie mir gar nichts nützt. Aber in diesem Moment finde ich Schottland einfach nur wunderbar.

13

Fish & Chips und Irn Bru

Jannes Reiseblog
(immer noch Tag 4)
Samstag, 12.47 Uhr
~~Blödes Reisetagebuch. Ich habe keine Lust, was zu~~
~~schreiben. Diese Kladde ist witzlos. Ich kann aber auch~~
~~nicht jedes Mal um Alex' Handy bitten, um etwas an mich~~
~~selbst zu schicken. Wenn ich nicht bald eine richtige Nach-~~
~~richt absetze, werden die zu Hause unruhig – oder sie~~
~~glauben, ich amüsiere mich so gut, dass ich alle(s) ande-~~
~~re(n) vergesse. Und das stimmt ja schon gar nicht. Aber~~
~~was mache ich mit Alex? Wie hat er das mit dem Mitspie-~~
~~len gemeint? Empfindet er nun was für mich, oder nicht?~~
~~Ich werde aus ihm einfach nicht schlau. Ach, Mist. Dieser~~
~~Pseudoblog wird mehr und mehr zu meinem Tagebuch.~~

Resigniert klopfe ich mit dem Kugelschreiber auf dem re-
sopalbeschichteten Imbisstischchen herum. Wir sind zum
Essen in einen Pub eingekehrt, der, was die Einrichtung
betrifft, den Charme einer Firmenkantine hat. Aber James

schwört, dass es hier den frischesten Fisch der ganzen Insel gibt, und Eva vertraut ihm offenbar. Alex ist zum Telefonieren nach draußen gegangen, etwas Geschäftliches, mitten im Nachtisch. Was für ein Luxus, sinniere ich dumpf, einfach angerufen werden auf einem intakten Handy. Ich mache mir weiter sinnlose Notizen, und sei es, um Eva zu ärgern.

Irgendein Pub unterwegs zu ~~den Fairy Pools auf Skye~~. (Achtung: Notiz an mich selbst! Hier irgendeine Sehenswürdigkeit aus unserem Tourenplan ergänzen, wenn ich zurück bei meinen eigenen Leuten bin.)

Die schottische Küche rühmt sich damit, um Längen besser zu sein als die englische. Das liegt an den französischen Einflüssen, habe ich mir sagen lassen – ~~und zwar von Alex. Er hat mir seine Regenjacke geliehen. Ich muss immer daran schnuppern~~ und ich bilde mir ein, dass sogar die traditionellen Fish & Chips besser schmecken. Allerdings kann ich frittierten Mars-Riegeln eher nichts abgewinnen. Das süße Zeug liegt einem ohne Whisky schwer im Magen. Und bei euch so? Geht's allen gut? Grüßt mir die Katzen! ~~Ich vermisse sie schrecklich!~~

Eine halbe Stunde später stiefele ich hügelaufwärts durch den nicht nachlassenden Regen. Diese Insel ist ein einziges Funkloch. Alex sagt, das liegt an den Bergen – und den Feen. Haha. Sein Handy zeigt jedenfalls keinen einzigen Balken. Ich glaube ihm ja, dass das dämliche Reiseveranstalterbüro in Glasgow nicht besetzt ist. Es ist nur ... »Es fällt dir nicht leicht, dich einfach mal treiben zu lassen,

Janne Michelsen«, hat Alex gesagt, mir mit dem Smartphone sanft gegen die Stirn geklopft und es mir wider besseres Wissen noch einmal geliehen, weil ich verkopftes Wesen das offensichtlich brauche. Und damit hat er recht, auch wenn mir das megapeinlich ist. Ich habe die Whiskywandergruppe also vorausgehen lassen, zu diesen legendären Fairy Pools. Während sie den schlammigen, ausgetretenen Trampelpfad hügelaufwärts marschieren, will ich wirklich nur ein allerletztes Mal ganz kurz sehen, ob nicht doch zufällig der Chef seinen Schirm im Büro vergessen hat und ans Telefon geht? Das wäre immerhin möglich, oder? Solche absurden Dinge passieren laufend. Sie verhindern Unfälle, führen zu Ehen, bestimmen Schicksale … Und dann will ich ganz schnell zurück zu Alex und üben … mich treiben zu lassen.

Immer wenn ich mit einem großen Schritt über eine Pfütze steige, schwappt eine winzige Duftwelle aus der von Alex geliehenen Regenjacke empor. Die Jacke ist gefüttert, natürlich kariert, und die Baumwolle mag diesen Geruch nach frisch geduschtem Mann, nach Aftershave, Deo oder was auch immer nur in kleinen, feinen Dosen hergeben. Was mir daran nicht gefällt, ist, dass ich dann jedes Mal kurz innehalte und verzückt die Augen schließe, solange es niemand sieht. *Warum kämpfst du immer noch dagegen an, Janne?! Lass doch mal das Leben auf dich regnen, und spann nicht immer deinen Schirm auf! Was kann schon passieren?*

»Neinneinnein«, brabbele ich vor mich hin. »Eine ganze Menge Chaos kann passieren. Als ob dieser Schlamassel nicht so schon groß genug wäre! Keine weiteren Komplikationen. Der Typ ist entschieden zu undurchsichtig, zu hübsch, zu witzig, zu charmant ... Das kann nur schiefgehen. Was will so ein Mister Perfect ausgerechnet mit mir?« Ich brauche mir nur die Genugtuung in den Gesichtern meiner heimtückischen Sieben zu Hause vorzustellen, wenn sie hören würden, dass ich mich in einen waschechten, verheirateten Schotten mit vier kniepickeligen, hochgradig flunzeritischen Kindern verknallt hätte – was ich selbstverständlich nicht getan habe, ich bin weit davon entfernt! – und Flunzeritis gibt's auch gar nicht, so! Nachdem ich das mir selbst gegenüber klargestellt habe, gelingt es mir bereits viel besser, mein Ziel im Auge zu behalten. Zumindest bis zur nächsten Pfütze.

Ich bin kein Mädchen für eine Nacht! ... Wer sagt, dass ich so lange bleibe? Ich muss kichern und beiße mir gleich wieder auf die Zunge. *Hör auf zu spinnen, Janne, du bist keine dreißig mehr. Außerdem Ball flach halten, dann tut's nicht so weh, wenn du aufprallst.*

Immer noch kein Empfang. Liegt das nun an den Bergen oder am Regen? Trotzig halte ich das verdammte Ding in alle Richtungen und schaffe es sogar irgendwie, eine dieser Trockensteinmauern zu erklimmen, die ihrem Namen heute allerdings keine Ehre macht. Die unbehauenen Felsbrocken sind durch Moos und Dauerregen so schlüpfrig wie die Witze meines dämlichen Ex-Freundes Hannes. Der sah auch richtig gut aus. Und hat das weidlich ausgenutzt, noch während wir zusammen waren.

Meine Finger sind inzwischen grün und braun, meine Jeans ist nass, und jetzt muss ich auch noch an Hannes' Vielweiberei denken, und das versaut mir komplett die

Laune. Ich habe mir einen Fingernagel eingerissen und die Hand aufgeschürft. Was ich nicht habe, ist Empfang.

Nichts! Das schottische Hochland ist definitiv noch nicht im einundzwanzigsten Jahrhundert angekommen. Ich weiß nicht wirklich, was ich davon halten soll. Momentan schwanke ich zwischen »Verdammter Kackmist!« und »Wie cool ist das denn?!«.

Klar, ich könnte die Zeit mit Alex einfach unbeschwert genießen. Ich meine, wer träumt nicht von einer unverfänglichen Urlaubsliebelei? Das muss wirklich Bestimmung sein, oder? Alles geht schief, aber zack! – da taucht der gut aussehende Held auf wie ein klassischer Deus ex machina. Was für eine Story. Alle meine Freundinnen würden mir applaudieren. Es ist einfach zu gut, um wahr zu sein. Und genau das ist der Haken: zu gut. Da muss was faul sein, also noch fauliger als Evas nach Kaugummi duftender Schlangenatem. Genau deswegen übernehme ich endlich den Regiestuhl in meinem Kopfkino und scheuche mein dummseliges, ewig plapperndes Bauchgefühlstimmchen gefesselt und geknebelt in die hinterste Gefühlsecke meines Hirns. *Du wirst dich nicht verlieben, Janne Michelsen! Verdammt noch mal! Wehe! Kopf sagt Klappe und Herz (fest-) halten!*

Sicher ist sicher, stimme ich zu. Keine Dramen mehr, damit bin ich durch. Dieser Mann ist Gefahr pur! Zu viele Hormone! Zu viel … Alex … Der spielt bestimmt nur mit mir. Und ich wohne ja auch viel zu weit weg. Was für eine Zukunft hätte so was denn bitte schön? Und wieso denke ich überhaupt so einen Blödsinn? Entschlossen kralle ich die Finger um die dicken Mauersteine.

Ich bin mir selbst genug. Ich bleibe Single. Mein Leben ist reich und rund und bunt. Ich brauche ganz bestimmt nicht noch einen Kerl, der mir das Herz bricht, nicht schon wieder so einen zweigleisig fahrenden, verheirateten, notorischen Lügner. Noch mehr Klebstoff verträgt das kleine Ding in meiner Brust nämlich nicht. Was ich brauche, ist Netz! Ächzend stemme ich mich nach oben.

Auf der anderen Seite der Mauer grasen zottelige Hochlandrinder. Eins steht ganz dicht vor mir und wirkt überhaupt nicht scheu. Gelassen malmend starrt es mich an, reckt die feuchte Schnute zu mir herauf und schiebt dabei sein Futter immerwährend von rechts nach links und wieder zurück. Seine Stirnlocke tropft.

»Na? Langeweile?«, frage ich. »Wenn das dein größtes Problem ist, beneide ich dich, weißt du das?« Die Zottelkuh sabbert ungerührt weiter. Sie beschwört in mir das Bild eines Kaugummi kauenden, debilen Antihelden herauf. Ich beiße mir auf die Zunge. Armes Tier, dabei sind Kühe sehr intelligent! Ich habe spontan das Bedürfnis, mich bei dem vierbeinigen Zottelchen für meine Assoziation zu entschuldigen, und strecke die Hand aus. Die Kuh schnauft überrascht und ruckt mit dem Kopf. Das erschreckt mich nun wieder. Ich zucke, und wieder steigt eine angenehm dezente Alexduftwolke zu mir empor. Ich recke mich noch ein wenig weiter vor und schneide der Schnuffelkuh eine Mitleid heischende Grimasse. Sie kaut ungerührt weiter. Dabei fällt mir auf, dass ihre Hörner ungefähr die gleiche Spannweite haben wie meine ausgestreckten Arme. Also beuge ich mich lieber nicht noch weiter herunter, sondern trete dezent den Rückzug an.

Das Zotteltier tut es mir gleich. Es verliert sein Interesse an mir, entfernt sich ein paar Schritte und steckt den Kopf wieder ins Gras. Kluges Tier, sage ich ja.

Ich dagegen starre auf das nichtsnutzige, nasse Hightech-Teil in meiner Hand. Recht hat die Kuh. Das bringt nichts. Dann kann ich mich der Wandergruppe ja wieder anschließen, die dem Nieselregen zum Trotz enthusiastisch zu den sagenhaften Fairy Pools hochmarschiert.

Oh, Moment mal? Was ist das? Sie haben Post? Ich will gerade rücklings von der Mauer robben, da rutscht mir das Handy vor Aufregung beinahe durch die Finger. Ich drücke freudig auf die Vorschau der E-Mail, die es irgendwie durchs Funkloch geschafft hat, »... *how's your mission doing?*« ... Blabla ... »*Does she believe you?*« ... Blabla ... »*Hugs and kisses, Robin*«, lese ich und scrolle irritiert weiter. Ich kenne keinen Robin, der mir Umarmungen und Küsse schickt. Weiter unten steht die ursprüngliche Nachricht.

»*Dear Robin*«, dann irgendwas mit »*met this girl, but how do I tell her?*« – »*Love, Alex, hope to see u soon. xxx*« Die drei »x« stehen für Küsschen.

Ach, du Sch... Erst jetzt realisiere ich, dass diese E-Mail gar nicht für mich ist. *Kann sie ja auch nicht, du Blödkopf, du hältst Alex' Handy in der Hand, deins ist immer noch Schrott!*

»Alex«, *steht da, du Dumpfbacke.* Das ist sein Posteingang, ich bin nicht mal eingeloggt, weil ich meine Passwörter nicht kenne.

Ja, jetzt habe ich es auch verstanden, das ist nicht für mich! Deswegen ist es auch auf Englisch.

Allein schon das hättest du merken müssen, Janne!

Ich beiße mir auf die Unterlippe und habe ein megaschlechtes Gewissen. Das war keine Absicht, wirklich nicht.

Peinlich berührt will ich die Nachricht wegdrücken. Dann halte ich inne. *Hugs and kisses? Love?* Stand das da wirklich? Was bedeutet das mit dem Mädchen, das er getroffen hat? Was will er ihr sagen und weiß nicht, wie? Und was soll sie ihm glauben oder auch nicht? Geht es da etwa um mich, ob ich ihm was abkaufe? Und was, bitte schön? Von was für einer Mission ist da die Rede? Wer zur Hölle ist Robin? Habe ich das alles überhaupt richtig gesehen?

Hin- und hergerissen zerkaue ich meine Unterlippe. *Es geht dich nichts an, Janne. Das ist ganz offensichtlich und so was von überhaupt nicht für dich bestimmt gewesen! Genau wie dieser ganze Kerl.*

Richtig.

Ich klappe die Handyhülle zu, klemme mir das Ding zwischen die Zähne und taste vorsichtig rückwärts nach einem Halt für meinen linken Fuß. Ich bin doch auch hier heraufgekommen. Wo war denn jetzt diese blöde Lücke zwischen den Steinen? *Hugs and kisses, Robin!*, tanzt vor meinen Augen. Und warum springe ich so auf Alex' Duft an, verdammt noch mal?

Does she believe you? Die groben Felsbrocken piksen mir unangenehm in den Bauch. Da drin gluckert es. Geschieht mir ganz recht. *I met this girl, but how do I tell her ...* Ich stoße sauer auf und ernte einen Seitenblick von einer anderen Kuh. Misstrauisch beäugt sie aus dem Augenwinkel, was ich da wohl treibe. Wahrscheinlich fragt sie sich, ob ich auch ein Wiederkäuer bin.

»Weiter links. Ein Stückchen tiefer. Genau da. Passt.«
Die Stimme zum Duft! In meinem Nacken stellen sich tausend Härchen auf, ein wohliger Schauer krabbelt mir den Nacken hinunter, und dann werde ich vor Schreck feuerrot am ganzen Körper. Zumindest fühlt es sich so an.

Hugs and kisses, Robin, rezitiert eine höhnische Stimme in meinem Kopf, *denk dran!*

Ich beiße reflexartig auf das Handy. *Es gibt bestimmt eine ganz harmlose Erklärung dafür!* Kaum denke ich das, probt meine ruhiggestellte Gefühlsduselerin in meinem Kopf den Aufstand, fängt an, wie wild an ihren Fesseln und dem Knebel zu reißen, und bringt mich gefährlich aus dem Gleichgewicht.

Alex!? Wo kommt der denn auf einmal her? Mag er mich also doch? Oder will er nur sein Handy?! Das Innere meines Schädels gleicht plötzlich einem grell erleuchteten Boxring. In der einen Ecke: Mister Verstand, gecoacht von *the one and only:* Schlechte Erfahrungen. In der anderen Ecke: die unverbesserliche Titelverteidigerin Miss Gefühl, *proudly presented by Heart and Soul,* dem hoch verschuldeten und ziemlich angeschlagenen Underdog.

Es gongt, und Mister Verstand drescht los:

Es ist ja echt süß, dass Alex sich um mich sorgt, aber das ist nicht die erste Mauer, auf die ich klettere. Ich komme hier auch allein wieder runter!

Mit einem entsprechenden Spruch auf den Lippen drehe ich mich um, aber die blöde Kapuze der Regenjacke dreht sich nicht weit genug mit, und ich habe ja auch noch das Handy im Mund und ... pardauz ... verliere ich den Halt auf den schlüpfrigen Steinen.

Etwas poltert. Ich höre mehr, als dass ich es sehe, wie Alex vorspringt. Dann fühle ich seine Hände, warm und kräftig, und lande eher minder elegant in seinen Armen.

Gong! Die erste Runde geht an … die ebenso bezaubernde wie naive und unbelehrbare Miss Gefühl!

Verlegen zappele ich mich frei, spucke das Handy aus und stelle mich, so schnell ich kann, auf meine eigenen Füße.

»Na, das hast du ja geschickt eingefädelt«, behaupte ich nach einer Schrecksekunde, verdränge die albernen Boxbilder aus meinem Kopf und kämpfe währenddessen gegen die viel zu große Kapuze, die sich mit meinen Haaren verknotet und verschworen hat und sich einfach nicht abnehmen lassen will. Und bei jedem Zerren und Rucken steigt mir ein feiner Hauch dieses speziellen Männerduftes in die Nase.

Jesus H. Roosevelt Christ!

Endlich gelingt es mir. Atemlos starre ich Alex an. »Hast du was gesagt?«

Er lacht nur, dieses kehlige, gluckernde Honiglachen natürlich. Meine Knie werden zu Pudding. Mehr Panzerband bitte! Schnell!

Oben in meinem Kopf verdrehen zwei Stimmchen die Augen.

»Autsch«, stöhne ich nach dem ersten Schritt. Dass ich so herumwackele, liegt nicht nur am Puddinggefühl. Ich habe mir das Knie angeschlagen. Es puckert und pocht. Das wird einen schönen blauen Fleck geben. Und die Fish & Chips von vorhin liegen mir auch plötzlich bleischwer im Magen. Zusammen mit *hugs and kisses* und *does she believe you …*

Vielleicht hätte ich im Pub auf Alex hören sollen und keinen halben Liter *Irn-Bru* auf den ultrasüßen frittierten Schokoriegel nachtrinken sollen. Wer ahnt denn aber auch, dass dieses orangefarbene Zeugs mehr Koffein als Flüssigkeit enthält? Und giftigen Süßstoff. Und dann noch der ganze Farbstoff. Zu Hause würde ich so was nie anrühren, warum hier? Was will ich mir beweisen? Oder wem sonst? Ich unterdrücke einen kleinen Rülpser, der nach Fisch und Pommes und Schokolade und Chemielimo schmeckt.

»Alles okay?«, fragt Alex belustigt.

Ich ziehe drohend eine Augenbraue hoch. Immerhin unterdrückt er daraufhin den Reflex, mich zu stützen.

Natürlich bin ich froh darüber, dass er hier ist. Ich will auch wirklich nicht so eine Ziege sein, ich würde es sofort abstellen, wenn ich wüsste, wie! Ich bin nämlich ein Schaf! Und ein Frosch! Hilfe!

In meinem Kopfkino herrscht hallende Leere. Also? Schweigen auf der Kommandobrücke. Alex wartet immer noch auf eine Antwort.

»Ich ärgere mich nur über mich selbst«, gebe ich zerknirscht zu und sehe nach unten, während ich ein trockenes Ende meines T-Shirts unter der Regenjacke hervorfummele. Meine Finger zittern ein bisschen, als ich sein Telefon damit trockne, bevor ich es ihm zurückgebe. Das Kunstleder weist einen leichten Abdruck meiner Zähne auf. Ich hoffe, der verschwindet mit der Zeit wieder. Unwillkürlich kaue ich auf meiner Lippe herum und unterdrücke das gleich wieder.

Alex bemerkt beides gar nicht weiter. Er steckt das Telefon in die Tasche der riesigen Ersatzjacke, die er dem Busfahrer abgeluchst hat. Der ist nämlich im Trockenen geblieben und liest Zeitung. Kluger Mann.

»Weil du mir nicht geglaubt hast, stimmt's?« Er sieht mich nachsichtig an, und ich gucke schnell woandershin. Da ist nämlich wieder das Schlange-Kaa-und-Mowgli-Problem: Mein Herzschlag überholt sich selbst, sobald sich unsere Blicke länger als eine halbe Sekunde begegnen.

»Auch ...«, druckse ich herum, und dann nehme ich meinen ganzen Mut zusammen, denn ehrlich währt am längsten. »Ich muss dir was gestehen«, sprudele ich los. »Da ist eine Mail angekommen, eben grade, als ich auf der Mauer stand ... und ich war so in Gedanken ... also ... ich habe kurz draufgeklickt. Aber nur ganz kurz, ehrlich. Und es tut mir so, so leid!« Ich habe keine hektischen Flecken, ich *bin* ein einziger hektischer Fleck!

»Von wem war sie denn?«, fragt Alex lapidar und setzt sich in Bewegung. Aber ich sehe genau, dass er kurz gezuckt hat. Automatisch folge ich ihm. *Jetzt oder nie, Janne. Frag ihn, los, mach schon!*

»... irgendein ... Robin? ... Es schien ziemlich ...«, *hugs and kisses, hugs and kisses, hugs and kisses ...,* »äh, es schien ziemlich privat zu sein.«

Ich beobachte ihn mit Argusaugen. Stockt er? Schwitzt er? Zögert er? Verrät er sich?

Aber Alex zieht nur kurz die Augenbrauen hoch und lächelt, so offen und arglos wie immer. Oder? »Ach, Robin. Das ist meine Schwester.«

Schwester! Ha! LÜGNER!, kreischen beide Stimmen in mir. Okay, Robin ist auch ein Frauenname, das stimmt. Aber Schwester? Wer's glaubt! Ich nicht! Für wie naiv hält er mich? »Willst du die Mail denn nicht lesen?«, bohre ich nach.

Er schüttelt den Kopf, und sein Gesichtsausdruck wechselt erneut zu einem schelmischen Grinsen. »Ist nicht so wichtig. Und wir können es uns nicht erlauben, dass noch ein Handy nasser wird, als vom Hersteller vorgesehen, richtig?«

Da ist er ja jetzt ganz schön schnell drüber hinweggegangen. Verdächtig, oder? Ich entschließe mich zu schweigen. *Haken, Haken, Haken, da hast du ihn, Janne Michelsen!*

Langsam tapsen wir nebeneinanderher, hügelaufwärts an einem wild sprudelnden Bach entlang, und hängen jeder den eigenen Gedanken nach. Über uns jagen sich die Wolken und geben zwischendurch sogar Flecken blauen Himmels frei. Der Regen hat aufgehört, aber der nächste Schauer kommt bestimmt.

»Hast du denn jemanden erreicht?«, nimmt Alex den Faden nach einer Weile wieder auf.

Ich schüttele kleinlaut den Kopf und kicke ein Steinchen an die Seite des kleinen Weges. Es kullert die Böschung hinab und bleibt an einer gelb blühenden Johanniskrautpflanze liegen. »Die Hörner eurer Hochlandrinder taugen leider doch nicht als Sendeleistungsverstärker. Ich hab's ausprobiert. Kein Empfang.«

Alex amüsiert sich über mich. Schon wieder. Seine Mundwinkel zucken.

»Ich weiß, dass du das schon vorher wusstest«, komme ich ihm zuvor. »Es ist nicht so, dass ich dir nicht geglaubt hätte. Ich musste es nur einfach selbst ausprobieren.«

Herrje, warum rechtfertige ich mich denn jetzt auch noch? *Does she believe you?,* spukt mir im Kopf herum.

»Deswegen lache ich gar nicht«, wehrt er ab.

»Worüber dann?« Ich blicke an meinem fleckigen, nassen Aufzug herunter. Oh. Der Riss oberhalb des Knies war vorhin noch nicht in der Hose. »Etwa über meinen Camouflage-Look? Das ist der neueste Schrei in London.« Zum Beweis drehe ich mich mit ausgebreiteten Armen einmal um meine eigene Achse. »Wenn das ein Talentscout sieht, werde ich bestimmt vom Fleck weg als neues Barbour-Model unter Vertrag genommen. Und dann habe ich Fotoshootings mit Sam Heughan … und Adso. So sieht das aus!«

Alex grinst noch breiter. »Du bist witzig, Janne Michelsen.«

Witzig, ja, auch das, aber nicht nur. Plötzlich passt es mir doch nicht mehr, dass er mich nur auf der kumpeligen Freundschaftsebene wahrnimmt. Ich bleibe cool und hebe gleichgültig die Schultern, aber in mir arbeitet es. Die Regenjacke knistert und quietscht, und ich atme schon wieder dieses Aphrodisiakum ein. *Was für Geheimnisse hast du vor mir, du wohlriechender Mistkerl?*

Wir gehen weiter. Es hat wieder angefangen zu nieseln. Ich ziehe die Nase kraus, als die feinen Tröpfchen von meinem Gesicht perlen, und denke darüber nach, dass ich ihm mit Sicherheit eine Erklärung für mein albernes Getue schuldig bin, aber wie soll ich das anfangen, ohne mein halbes Leben vor ihm auszubreiten? Und ohne zu gestehen, wie viel ich tatsächlich von dieser vermaledeiten Mail gelesen habe? *Hätte ich es mal nur ganz getan. Dann wüsste ich jetzt etwas mehr!*

Einerseits habe ich das Gefühl, ich könnte ihm alles sagen, aber ist das nicht eine Zumutung, wenn man jemanden gerade erst kennengelernt hat? Nur fürs Protokoll: Es ist nicht so, dass ich kalte Füße hätte. Sie sind nass. Pitschnass. Mürrisch setze ich mir die Kapuze wieder auf.

»Und ist es das, was du willst?«, fragt er leise ein paar Schritte später.

Fremder Leute E-Mails lesen?

»Was?«, platze ich erst heraus und denke dann nach. »Ach so. Sam Heughan meinst du?«, erwidere ich ein bisschen schnappatmig.

Alex nickt, und ich werde rot. »Nein.« Ich schüttele nachdrücklich den Kopf. »Ganz sicher nicht. Der Mann ist bildschön, ein begabter Schauspieler und hat anscheinend auch sonst einiges auf dem Kasten … Ich würde jemanden wie ihn gern mal interviewen, schließlich bin ich eigentlich Kulturredakteurin.« Ich überlege kurz. »Ja. Doch. Das würde ich sogar megagern. Es wäre eine nette Abwechslung zu den ganzen Jahreshauptversammlungen der Feuerwehr und den Geburtstagsjubiläen der Senioren in unserem Städtchen, mit denen ich mich momentan herumschlagen muss. Und es wäre sicher auch cool, sich bei einem Whisky im Pub privat mit ihm zu unterhalten. Über Katzen und so.« Ich grinse. »Aber eine Groupiegeschichte anfangen? Niemals!«

»Ach, tu doch nicht so cool! Er sieht verdammt gut aus, oder? Das musst du zugeben.«

Ich sehe Alex an, und etwas in meinem Magen pocht und prickelt, aber nicht wegen Sam Heughan. Schnell sehe ich weg.

»Ja«, gebe ich zögerlich zu. »Schon. Sicher. Aber selbst als rein hypothetisches Gedankenspiel: eine Romanze mit jemandem, der mitten in der Öffentlichkeit steht und wesentlich mehr Kohle hat als ich? Nein danke ... definitiv nein.« Ich zwinkere ihm zu. »Das sind die Männer, vor denen mich meine Mutter immer gewarnt hat. Das geht gar nicht! *No way! Never ever!* Außerdem ...«

Ich überhole Alex, hüpfe elfengleich über eine Pfütze und schaue ihn triumphierend an. Versunken reibt er sich über den Bart. Was ist das denn für eine fade Reaktion auf meine sportliche Einlage nebst Einblick in mein Seelenleben?

»Außerdem was?«, will er endlich wissen, aber seine Stimme klingt resigniert.

»Außerdem bin ich zu alt für den Scheiß.«

»Was für einen Scheiß?« Er hebt verdutzt den Kopf.

»Na, Männer«, sage ich lässig und grinse. *Oh, Janne, wirklich? Was soll das denn jetzt?*

Alex lacht nicht. Er räuspert sich. »Tja, das ist ausgesprochen schade ... Also, für die Heughans dieser Welt.«

Alex beschleunigt seine Schritte. »Wollen wir uns den anderen anschließen? Eva teilt heißen Tee und Cookies oben an den Wasserfällen aus. Wenn wir uns beeilen, kriegen wir noch was ab.«

Schon wieder Eva. *Himmel, vielleicht ist es ja ganz anders, und sie ist das Mädchen, von dem er geschrieben hat? Und darum wollte er sie mit mir eifersüchtig machen?* Natürlich kann ich meine vorlaute Klappe nicht halten: »Ich dachte, du warst nur geschäftlich an ihr interessiert?«

»Was?« Alex bleibt stehen. Er sieht mich entgeistert an.

Dann sehe ich förmlich, wie der Groschen durchrutscht.

»Ach *das*. Nein, das hast du wirklich falsch verstanden. Sie wollte mit *mir* ... Ich hatte mich von meinem Partner getrennt, und sie wollte unbedingt ...« Er sucht nach Worten.

Ja? Was genau?

»Ach, egal. Bitte, ich möchte nicht darüber sprechen, okay?«

Alarmglocken, Janne!

Alex spurtet weiter.

Hmm. Ich muss ganz schön zulegen, um mit seinem Tempo mitzuhalten. Ich versuche ein Lächeln. Verstohlen beobachte ich ihn von der Seite. Was hat er denn auf einmal? Er ist verletzt! Eindeutig!

Nach ein paar Schritten erwidert er meinen Blick endlich, aber nur kurz. Wir rennen weiter. Er klingt nicht nur verletzt, er guckt auch so. Das bilde ich mir bestimmt nicht ein! Menschenkenntnis gehört zu meinem Berufshandwerk. Langstreckenlauf nicht.

Ich zögere einen Moment und gebe mir einen Ruck. »Eigentlich finde ich es ziemlich schön, allein mit dir zu gehen«, japse ich etwas außer Atem.

Die Knitterpartie um Alex' Augen und Stirn glättet sich ein klein wenig, aber da ist immer noch dieser Marianengraben um seinen Mund ...

»Allein ist ja ein bisschen relativ«, unterbricht er meine Analyseversuche und zeigt mit einer Kopfbewegung nach vorn. *Spöttisch – das klang spöttisch, Janne!*

Ich schiebe die Kapuze ein Stück zurück und folge seinem Blick. Direkt vor uns läuft eine Gruppe asiatischer

Touristen in quietschbunten Plastikponchos. Hinter uns kommt zügig ein älteres Pärchen näher, er mit Rauschebart und im Kilt, sie mit Schirm bei ihm untergehakt. In weiterer Entfernung trotzen noch mehr Menschen dem Wetter, halten an, um für Selfies zu posieren, turnen am Bach entlang oder fotografieren die ersten kleinen Sturzbäche und natürlichen Felsenpools, die vor uns auftauchen, während wir langsam weiterwandern.

Sie sehen tatsächlich aus wie kleine Badewannen, diese Fairy Pools. Das Wasser ist so blau, als hätte jemand Farbstoff hineingekippt. Aber würde ich darin ein Bad nehmen wollen? Selbst wenn es nicht so eisig wäre und ich unsichtbar? Zwischen so vielen lauten Besuchern? Ich übersehe eine Pfütze. Mir läuft noch mehr Wasser in die Schuhe, und meine Socken fangen an, unmelodisch zu quatschen.

»Oh«, sage ich blöde und gucke nach unten, als wäre ich drei Jahre alt. In solchen Momenten – und davon gab es viele in meiner Kindheit – hat sich Imme kringelig gelacht und davon jedes Mal Schluckauf bekommen, wenigstens das.

Alex seufzt. Dann legt er die Arme um mich, hebt mich hoch, als wäre ich eine Tüte Luftballons, und trägt mich die Anhöhe hinauf, bis der Boden trocken genug ist für meine Großstadtschuhe. Er atmet nicht mal schneller, während ich vor lauter Verlegenheit und Aufregung nicht weiß, wohin mit mir. Er muss mein Herz hämmern hören. Es klopft doch direkt gegen seine Brust!

»Danke«, quetsche ich schließlich hervor, als er mich wieder auf meine eigenen Füße stellt. Zum zweiten Mal innerhalb von zwanzig Minuten! Der Mann trägt mich auf

Händen, und ich fühle mich damit unwohl, weil ich mich *nicht* unwohl damit fühle. Verdammt noch mal! Das ist paradox und gibt mir extrem zu denken, aber irgendwo in mir ist eine Sperre, und ich kann diesen Gedankensalat nicht sortieren.

»Entweder, du bist doch schwerer, als du aussiehst, oder deine Klamotten haben sich ordentlich mit schottischem Regenwasser vollgesogen«, behauptet Alex, und seine Augen funkeln jetzt wieder vergnügt. Keine Spur mehr von der Verstimmung eben. Abgeschüttelt wie Tropfen aus einem Hundefell. Das würde ich auch gern können.

Ihr könntet Freunde werden, kräht die Stimme in meinem Kopf – und zwar richtig spöttisch, eindeutig spöttisch, das Miststück!

»Da fällt mir jetzt nichts drauf ein«, erkläre ich wahrheitsgemäß an beide gerichtet.

»Macht nichts, ich nehme einfach ein Bier und einen Whisky.«

Ich muss grinsen. »*Aye*, das sollst du haben, wenn ich bis heute Abend noch nicht vollständig zum Schwamm mutiert bin!« *Gut gemacht, Janne, lass es laufen, und zwar ab sofort wirklich!* Kann ich. Läuft ja schon.

Dann juckt meine Nase, und ich muss niesen.

»Gesundheit!«, wünscht Alex und legt den Kopf schief. »Wirst du krank?«

»Niemals«, widerspreche ich schniefend und wühle in meiner Hosentasche nach einem Taschentuch. »Ich habe eine Bombenkonstitution. Mich haut so schnell nichts um. Alles unter Kontrolle. Ich glaube, hier liegt irgendwas in der Luft.« Zur Bekräftigung niese ich noch mal.

»Dann müssen es die Feen sein, die dich in der Nase kitzeln«, meint Alex, und ich muss mitlächeln, als ich seinen schelmischen Ausdruck sehe.

Die geplante Wanderung mit dem Dorfbarden fällt leider buchstäblich ins Wasser. Stattdessen treffen wir uns mit ihm und seiner Gitarre in einem urigen Pub. Wir sitzen auf Holzbänken und Schemeln um ihn herum. Im Kamin brennt ein knackendes Feuer. Ich habe definitiv schon schlimmere Samstagabende erlebt.

Auf dem Tischchen aus bearbeitetem Treibholz stehen unsere Getränke: Wasser, Bier, Cider und Whisky bilden ein Stillleben in Flaschen und Gläsern, von schmal und lang über bauchig, mit und ohne Stiel. Das Kaminfeuer zaubert glitzernde Lichtreflexe auf das Kristall, die eines Künstlers würdig sind. Ich habe mir einen Tee bestellt, um damit eine weitere Schmerztablette runterzuspülen. Die dritte seit heute Mittag. Komisch, dass die diesmal einfach nicht helfen wollen.

Meine Augen tränen etwas. Ich schiebe das auf den torfigen Rauch. Das leise Kratzen im Hals bekämpfe ich aus rein medizinischen Gründen mit einem kleinen Dram. Schließlich bin ich hier mit einer Whiskywandertruppe, warum also nicht auf Hausmittel zurückgreifen? Es war ein langer Tag mit viel frischer und ziemlich feuchter Luft und viel mehr Informationen, als ich mir gewünscht hätte. Ich werde langsam müde, während ich alten Geschichten über das Dorf und die Gegend lausche. Außerdem habe ich wirklich heftige Kopfschmerzen von dem ganzen Wind heute.

Suchend fische ich in meiner Jackentasche nach meiner Bordapotheke, drücke meine letzte Tablette aus dem Blister und spüle sie mit etwas Whisky und ganz viel Tee hinunter.

Unser verhinderter Wanderführer ist erstaunlich jung und richtig gut. Er erzählt schottische Sagen von Wassergeistern und Kelpies und singt zwischendurch wunderschön traurige Lieder von Seeleuten und ihren Mädchen.

Dummerweise fallen mir immer wieder die Augen zu, so sehr lasse ich mich von dem angenehmen Tenor des Sängers und dem Murmelbrei aus schottischen Lauten und Stimmfarben einlullen. So spannend die Geschichte von MacTavish und der schönen Fremden auch ist, ich werde vielleicht nie erfahren, ob sie ihn auf den Grund des Sees gelockt hat oder ob er sich gerettet hat, bevor sie Haggis aus ihm machen konnte.

»Und bist du auch ein Kelpie?« Säuselt das Alex' Stimme an meinem Ohr, oder träume ich schon? Ich lächle tiefgründig im Halbschlaf.

»Das darf ich doch nicht verraten«, murmele ich. »Ich muss nur ganz kurz die Augen schließen.«

Ohne es zu merken, bin ich offenbar ein klein wenig weggedöst und dabei an Alex' Schulter gerutscht. Als er sie wegzieht, um nach seinem Glas zu greifen, lande ich unsanft rumpelnd mit dem Hinterkopf an der getäfelten Wand. Ich murre leise. Alex sieht überrascht zu mir herunter, aber ich habe Mühe, seine Moosaugen scharf zu stellen. Vielleicht sollte ich doch endlich mal meinen ganzen Mut zusammennehmen und …

Alex stutzt. Sein Blick bleibt an der leeren Tabletten-packung auf meiner Untertasse hängen. »Sind das nicht Reiseta...?« Dann unterbricht er sich selbst und sieht mir prüfend in die Augen. »Dein Blick ist irgendwie glasig. Bist du beschwipst, oder ...«

»Hatschi!«, falle ich ihm ins Wort und richte mich dabei auf. Immerhin niese ich, wie es sich gehört, in die ent-gegengesetzte Richtung und meine Armbeuge. »Nein!«, näsele ich. Dabei fühlt sich alles dicht an, von den Zehen-nägeln aufwärts.

»Und du bist sicher, dass du dir keine Erkältung einge-fangen hast?«

»Niemals«, krächze ich und versuche, die Watte aus mei-nen Ohren zu bekommen. Aber es hilft nichts, ich kriege die Gehörgänge weder mit Grimassen noch mit den Fin-gern frei. Alles klingt dumpf, sosehr ich auch rüttele, kniepe und drücke.

Alex ruft etwas auf Gälisch oder vielleicht auch einfach nur Schottisch in die Runde. Der Gitarrenspieler und ein paar Männer aus unserer Reisegruppe lachen. Ich verziehe die Mundwinkel nach oben und lache ein wenig mit, ob-wohl ich kein Wort verstanden habe. Dann hilft Alex mir in meiner geräuschgedämpften Seifenblase hoch, hängt mir den Schal um und stopft mich in meine Jacke.

»Warum gehen wir denn schon? Es ist doch so gemüt-lich hier drinnen, und draußen ist es so kalt und brr ...«, lalle ich, als wir den Pub verlassen.

»Komm mit, Kelpie.« Er hält mir lächelnd die Tür auf, und bevor mich eine eisige Windbö fortweht, ist er wieder an meiner Seite. Auf einmal fühlt es sich ganz selbstverständlich an, dass er mich schweigend unterhakt und wir Arm in Arm nach Hause gehen. Selig grinsend genieße ich den Spatz in der Hand. Also um meine Taille. Den Arm, meine ich. *Dinna fash, Sassenach*. Ach, egal, dann ist er eben ein Schwindler und Hochstapler und wer weiß, was noch alles. Na und? Er tut mir gut, und morgen ist eh alles vorbei. Ich will jetzt endlich anfangen, diese Reise und das Leben zu genießen. Wenn ich nur nicht so müde wäre ...

14

Dinna fash, Sassenach!

Irgendwie muss ich weggesackt sein. Als ich wieder zu mir komme, hat jemand eine Baustelle direkt unter dem Hotelbett errichtet. Presslufthammergedröhne und gleißende Scheinwerfer wecken mich auf, und es dauert eine ganze Weile, bis ich realisiere, dass der Lärm vom Wasserkocher kommt, das Licht durch die Gardinen von draußen hereinscheint und die erdbebengleichen Erschütterungen davon stammen, dass Alex sich ganz vorsichtig an meine Bettkante setzt.

»Na, wie geht's dir an diesem herrlichen Tag auf Skye? Hat die Medizin geholfen?«

Im Schneckentempo schiebe ich mich rückwärts an der Wand hinauf, bis ich eine halbwegs stabile Schräglage erreicht habe. Mein Kopf ist heute Morgen zu klein für die Schädeldecke, und jeder einzelne Knochen schmerzt, als hätte ich gestern einen Marathon bewältigt und danach die gesamte Bar geplündert. Soweit ich mich erinnere, habe ich aber lediglich eine Kopfschmerztablette mit heißem Tee und einem klitzekleinen Whisky genommen und bin in meinen Klamotten, mit Papier und Stift in der Hand, weggedämmert, noch bevor Alex vom Zähneputzen aus dem Bad zurückgekehrt ist.

»So schlimm?«, fragt er einfühlsam.

Ich nicke, ebenfalls in Zeitlupe, und bereue die Bewegung sofort, denn das halbe Zimmer neigt sich mit.

»Männergrippe ist ein Klacks dagegen«, will ich sagen. Heraus kommt allerdings nur so was wie »Mmmänchhhh … ohhhhh.« Der Rest geht zäh fließend in heiseres Husten und Schniefen über, und dabei sehe ich bestimmt total attraktiv und supersexy aus. *Sehr geschickt, Janne. Na, wenn ihn das nicht auf Abstand hält, was dann?*

Alex beugt sich über mich, und meine verstopfte Nase erahnt einen Hauch seines Duschgels, als er mir eine Hand auf die Stirn legt. Sie ist angenehm kühl. Mich wundert unter anderem, dass es weder zischt noch dass er bei der Berührung zurückzuckt.

»Du glühst«, stellt er sachlich fest und beobachtet mich prüfend. »Aber dass Reisetabletten dagegen helfen sollen, wäre mir trotzdem neu.«

Ich kniepe fragend mit einem Auge. Schmunzelnd wirft er den leeren Blister auf die Decke.

Na toll, kein Wunder, dass meine Kopfschmerzen noch da sind. Außerdem hatte ich die für ihn aufheben wollen, für unsere Rückreise mit der Fähre.

»Bist du eigentlich schon die ganze Zeit in nassen Schuhen rumgelaufen? Wieso hast du denn kein Wort gesagt? Die Dinger sind kaputt. Nicht gemerkt?« Zum Beweis bückt er sich, hebt einen meiner geliebten Discounter-Wanderschuhe hoch und verbiegt ihn wie ein Stück alten Käse.

Ich kneife beide Augen zusammen und erkenne einen Riss in der Sohle. »Hnch«, mache ich kleinlaut, aber Alex geht nicht darauf ein, sondern wendet sich dem Wasserkocher zu.

Ich sehe, wie seine Rückenmuskeln unter dem Baumwollhemd arbeiten, und reibe unter der Daunendecke die Zehen aneinander. Sie sind nackt. Ich schlucke trocken. Oh je. Hat er mir etwa die Socken ausgezogen, bevor ich ins Bett gefallen bin?

»Hhhhhh«, setze ich an. Es kommt wieder kein Ton, und als er sich zu mir umdreht, habe ich auch schon vergessen, was ich sagen wollte.

Alex mustert mich kurz, brummt etwas Unverständliches und lässt eine Tablette über den Rand des Wasserglases in seiner Rechten springen, wo sie zischend und trudelnd auf den Grund sinkt und sich sprudelnd auflöst.

»Hhh?«, frage ich.

»Magnesium, Vitamin C und ein ordentlicher Schuss Entzündungshemmer«, antwortet er und hält mir das Glas vor die Lippen.

Brav greife ich danach und trinke aus. Hinterher verziehe ich allerdings das Gesicht. »Hhhhh!«

»Ja, ich weiß«, nickt er, und um seine Lippen spielt ein Zug von Genugtuung. »Schmeckt widerlich, hilft aber.«

»Hhhhh!« Widerlich ist gar kein Ausdruck! Ich würde so gern etwas mehr entgegnen, aber ich habe keine Zeit dazu. Meine Geschmackspapillen befinden sich zwar im Warnstreik, aber etwas zeitverzögert transportieren sie genügend scharf, bitter und am Ende eine zäh fließende Honig-Meerrettich-Ingwernote in die Schaltzentrale, dass es mir das Wasser aus den Augen treibt. Ich röchele, schniefe und schnorchele. Nachdem ich mir ausgiebig die Nase geputzt habe, kehrt meine Stimme zurück. Zwar eine Oktave tiefer und rau wie die eines Seemanns nach drei Flaschen Rum, aber ich kann sprechen. Meine ersten Worte sind: »Danke. Und: igitt. Was war das denn?«

Alex legt den Zeigefinger an seine Lippen. »Geheimrezept meiner Mutter. Jahrelang erprobt an Robin und mir. Ich kann es dir verraten, aber danach muss ich dich leider töten.« *Robin.* Oh nein, ich erinnere mich wieder, die angebliche Schwester …

Er nimmt mir das leere Glas ab, stellt es auf den Schreibtisch und wedelt dann fröhlich mit meinem Handy vor mir herum. »Sieh mal, was inzwischen trocken ist. Möchtest du es versuchen?«

»Du willst mich also loswerden, kaum dass ich sterbenskrank bin?«, krächze ich mit tränenden Augen und strecke die Hände aus.

»Nein, nur meinen Akku schonen.« Er zwinkert mir mit ungebrochen guter Laune zu, lässt das Telefon in meine Hände fallen und setzt sich wieder neben mich.

Nervös schalte ich meinen treuen Gefährten ein und warte, was passiert. Als das Display aufleuchtet, fühle ich mich an Weihnachten in meiner Kindheit zurückversetzt.

»Es geht wieder!«, krähe ich glücklich und ignoriere den stechenden Schmerz in meiner Kehle ebenso wie die Schraubzwinge um meinen Kopf.

»Alles in Ordnung?«

»Hab mich nur verschluckt.« Dass solch ein kleiner

flacher Kasten einen Menschen so glücklich machen kann! Mit fliegenden Fingern gebe ich meine Pin ein. Das Handy rechnet und wiederholt die Eingabeaufforderung. Vielleicht habe ich mich vertippt. Kein Ding. Also noch mal. Ich sauge meine Unterlippe zwischen die Zähne. Fester. Dann lasse ich locker und vergesse für einen Augenblick, den Mund zu schließen. Es ist wirklich genau wie Weihnachten. Wie 1989.

Damals habe ich mir nichts anderes als einen Hund gewünscht. Unter aller Augen, mit klopfendem Herzen, nahm ich den Deckel vom Karton ab, der direkt vor dem Tannenbaum stand. Vom Plattenspieler dudelte *Oh du Fröhliche,* und aus der Kiste mit den eingestanzten Luftlöchern glotzte mich ein vibrierender Plüschroboter an, dröhnte blechern »*Merry Christmas*«, und ich brach simultan in Tränen aus.

Jetzt in diesem Moment spüre ich einen vergleichbaren Kloß im Hals. »Ihr Handy wurde auf die Werkseinstellungen zurückgesetzt«, lese ich heiser vor. Das steht auf dem Display. »Bitte verwenden Sie Ihren PUK.«

Der kleine Apparat wiegt auf einmal so viel wie die Jubiläumslutherbibel. Kraftlos lasse ich meine Hand auf die Bettdecke sinken. »Meinen PUK? Wie kann das denn jetzt sein?« Die liegt in Deutschland, ganz weit hinten in meinem Schreibtisch, in den Tiefen eines Hängeregisters mit dem Etikett »Mobiltelefon«.

Alex greift unter meiner erstarrten Hand nach dem zweiten Plüschroboter in meinem Leben, tippt und wischt ein paarmal übers Display und gibt mir das dämliche Smartphone mit gekräuselten Lippen zurück.

»Tut mir so leid«, sagt er schließlich zerknirscht. »Ich komme auch nicht weiter. Sind jetzt alle deine Fotos weg?«

Ich schüttele mechanisch den Kopf. »Nein. Die sind in der Cloud. Die meisten Bilder habe ich eh mit der Kamera gemacht.«

»Und deine Kontakte sind auch noch da, die sind bestimmt auf deiner SIM-Karte.« Er lächelt mich aufmunternd an.

Mir dagegen ist zum Heulen. Da komme ich ja nun auch nicht ran. »Danke, dass du es versucht hast. Aber wenn das Gerät jetzt den PUK will, kann ich meinen Reiseblog wohl komplett vergessen. Selbst wenn ich mir ein neues Handy kaufen würde – damit wäre ja alles neu, und ich käme auch nicht an meine Daten. Und erst recht nicht an die Reiseunterlagen. Oder an Gregorys Handynummer …« Ich schlucke den immensen Kloß in meinem Hals hinunter, massiere mir die Schläfen und verkünde düster: »Ich gehe Zähne putzen.« Dann rolle ich mich über die andere Bettseite und stehe auf.

Fünf Minuten lang bleibe ich einfach auf dem geschlossenen Klodeckel sitzen und starre mit zugeschnürter Kehle und kratzendem Hals die Badezimmertür an. Wie soll ich jemals meine Reisegruppe wiederfinden? Es ist schon Sonntag! Wer weiß, wo die inzwischen sind?

Ein ebenso zaghaftes wie wahnsinniges Stimmchen in meinem Kopf wispert: *Wäre das denn so schlimm? Du hast noch eine knappe Woche Zeit, bis du zurück am Flughafen in Edinburgh sein musst. Wer braucht schon Gepäck, wenn da ein Alex ist?*

Ein Alex, der irgendwas zu verbergen hat.

Nebenan klappt die Tür. Schritte entfernen sich über die knarzenden Dielen. Ich lausche kurz und raufe mir die zerzausten Haare. Alex geht fort.

So einfach ist das nicht im Leben.

Und mit mir schon gar nicht. Ich glaube, ich bin wirklich völlig verkorkst.

Nach einer heißen Dusche, mit frisch gewaschenen und geföhnten Haaren fühle ich mich etwas besser und sogar halbwegs vorzeigbar – wenn man von den glänzenden roten Augen mal absieht. Aber nachdem ich dreimal versucht habe, mein Erscheinungsbild mit vertrocknetem Kajal aufzupeppen (den ich neben der Heizung vergessen hatte), gebe ich auf. Alex ist bereits Schlimmeres von mir gewohnt als das.

Wer mir die Stinkesocken auszieht, liebt mich auch ungeschminkt am Sonntagmorgen. Selbst wenn der Mann mehr Cremedosen und Tuben auf der Spiegelablage stehen hat als ich.

Da stockt mir der Atem. »Oh nein«, hauche ich. In mir keimt ein schrecklicher Verdacht:

Was, wenn er schwul ist?!

Vielleicht lag ich ja *komplett* daneben? Wenn sie nämlich kein abgrundtiefes Geheimnis haben, dann sind solche Traummänner immer vom anderen Ufer! Immer! Und womöglich trifft in meinem Fall sogar beides zu: Geheimnisse und schwul.

Das wäre so typisch für mich! In Schottland gestrandet. Handy kaputt. Toller Typ – schwul.

Auf einmal ergibt alles einen Sinn: seine Leichtigkeit im Umgang mit mir. Dass er sich für Honigshampoo interessiert, aber nicht für die rattenscharfe Eva. Dass er findet, Sam Heughan sehe verdammt gut aus … aber *Eva lässt ihn angeblich kalt.* Und hat er nicht was von einer Trennung und einem Partner gesagt? *LebensabschnittspartNER, Janne!* Darum wollte er partout nicht darüber reden!

Und ich dachte, die fehlende weibliche Endung wäre ein englisch-deutsches Sprachproblem. *Bist du blöd! Wie deutlich denn noch!* Jetzt *weißt du auch endlich, wer Robin wirklich ist! Mit* hugs and kisses *und* love! Dazu seine mütterliche Besorgnis um mich. Wie er mir die Stirn befühlt hat – und er mag weder Bier noch Fußball. Das war gestern Kneipenthema, auch wenn ich mich an das meiste nur verschwommen erinnere.

Dann noch der Spruch gestern Vormittag in der Destillerie, als er mich heftig angeflirtet hat: Er wolle nicht, dass noch jemand die falschen Schlüsse zieht. Und dass er mich mag. Ha!

Weil er *schwul* ist.

Stockschwul.

Ich starre auf die angebrochene Packung mit der Feuchtigkeitsmaske für Männer. Natürlich! Darum können ihn die Evas dieser Welt anbaggern, bis der Hahn Eier legt, das wird nichts – und jetzt kommst du, Janne Michelsen aus H. in D.

Dich findet er niedlich. Er hat mit dir herumgealbert, wie man das mit guten Kumpels macht. Denn so sieht er dich. Du bist das *girl he met,* und der arme Kerl weiß nicht, *how to tell you.* Dass er *schwul* ist nämlich, nichts weiter. Da hast du dein Geheimnis und Eva ihr Fett weg! So oder so.

Ich strecke meinem Spiegelbild mit einer abfälligen Grimasse die Zunge heraus und drücke die Klinke. Als ob mir das was ausmachen würde. Das ist mir so was von egal! Wir können immer noch beste Freunde werden, und ich kann mich auch endlich in seiner Gegenwart etwas unverkrampfter bewegen. Und vielleicht darf ich seine Nachtcreme mitbenutzen.

In unserem Zimmer duftet es nach geröstetem Toast und Kaffee.

Alex ist zurück und mit ihm mein Herzflattern. Mich erwartet ein vorzügliches Sonntagsfrühstück im Hotelbett mit einem äußerst gut aussehenden Schotten. Er hat uns schon wieder ein Tablett voller Leckereien besorgt und ist gerade damit beschäftigt, Tassen und Teller auf der Matratze zu drapieren. Ich würde ihn abküssen, wenn ich nicht so erkältet wäre. Jetzt ist es mir egal. Aber bestimmt bin ich ansteckend, also lieber doch nicht.

»Schaffst du beide Spiegeleier oder gibst du eins ab?«, fragt Alex beiläufig und schiebt sich mit seinen gepflegten, feingliedrigen Fingern einen der Cookies in den Mund, die neben meiner Teetasse auf dem Unterteller liegen. Er ist freundlich und gut gelaunt wie immer, und doch sehe ich ihn mit einem Mal in einem ganz anderen Licht. Seine Fingernägel sind nicht nur gefeilt, die sind auch poliert. Welcher Heteromann poliert seine Fingernägel?

Dass du das überhaupt nicht auf dem Schirm der Möglichkeiten hattest! Wirklich, Janne! Das zum Thema Menschenkenntnis und Vorurteile.

Pah! Dabei ist das doch nicht schlimm, das hätte er mir ruhig sagen können, meine Güte, wir leben im einundzwanzigsten Jahrhundert! Aber gut, ich werde mich nach Kräften bemühen, mir nichts anmerken zu lassen, sein Spiel mitspielen und sein Geheimnis bewahren. Was soll's. Wenn es ihm so wichtig ist … vielleicht findet er ja dadurch den Mut, sich mir zu offenbaren. Homosexualität ist völlig in Ordnung! Ein paar meiner besten Freunde an der Uni waren schwul, der nette Kollege aus der Buchhaltung … Christina und Maike sind ein Paar – *so what?* Gerade die Briten sind superliberal, dachte ich immer.

»Natürlich darfst du, edler Prinz«, gestehe ich ihm auch das Ei großmütig zu, setze mich ganz langsam hin, damit nichts überschwappt, und beiße dann vorsichtig in eine geschmierte Scheibe Toast mit Honig. *Köstlich!*

Neben meinem Teller mit Ei, Tomaten, gebratenen Champignons und Würstchen liegt eine Packung Halstabletten. Manche Prinzen sind Engel! Schwule Engel. Einfach Engel. Und das sind die besten!

Gerührt strahle ich ihn an, als er sich das zweite Ei schnappt. »Du warst sogar in der Apotheke für mich? Am Sonntag? Und so schnell? Bist du geflogen?«

»Kleinigkeit.« Er wischt meine Begeisterung mit einer Handbewegung und ein paar Krümeln vom Laken. »Noch besser. Ich habe ein bisschen mit dem netten jungen Mann an der Rezeption geflirtet und meinen umwerfenden Charme spielen lassen, dem offenbar niemand widerstehen kann außer dir. Die haben hier eine kleine Hausapotheke für besondere Gäste.«

Ich lächele tapfer weiter, als er mir zuzwinkert. Das war nur ein Spruch, Janne, du fängst schon wieder an. In meinem Kopf hagelt es.

Alex bemerkt nichts. »Ich hoffe, Kamillentee ist richtig? Nach Kaffee hast du vorhin nicht ausgesehen.«

Ich frage lieber nicht, was er mit *vorhin* meint, und ignoriere die diversen Schmerzen. Stattdessen schiele ich neidisch auf seinen Caffè Latte.

»Die Geheimrezeptur deiner Mutter wirkt Wunder. Danke noch mal. Für alles.«

»Sehr gern.« Er beißt herzhaft in seinen Toast und lächelt dabei so warm, dass ich wieder einmal zu glühen beginne. Immerhin kann ich meine aufsteigende Hitze glaubhaft auf das Fieber schieben.

»Wann müssen wir eigentlich los?«, frage ich mit einer Stimme, die nach grobem Sandpapier klingt und sich auch so anfühlt.

Alex sieht kauend auf seine Uhr. »Halbe Stunde etwa.«

»Bitte was?«, quietsche ich heiser. »Ich muss noch packen! Und angezogen bin ich auch noch nicht!« Ich will aufspringen, aber mein Kopf beschließt, mit dem Rest von mir alberne Balancespiele zu spielen, und ich muss einen Moment lang die Augen zukneifen, bis das Hotelzimmer ausgekreiselt hat und Alex aufhört, sich mit ihm zu drehen.

Als ich vorsichtig durch die Lider blinzle, nickt er mir tiefenentspannt zu. »Mach langsam. Das ist der Vorteil, wenn man mit kleinem Gepäck reist. Lang kann das Packen nicht dauern.«

Einsichtig lasse ich die Schultern fallen. »Das stimmt wohl.« Ich nippe an meinem Kräutertee. »Kann ich einmal noch dein Handy leihen, solange wir WLAN haben? Ein allerallerletztes Mal? Ich will doch noch mal versuchen, die Zentrale von Brave Hart Tours zu erreichen. Vielleicht ...«

»Wifi hat mit Telefonieren nichts zu tun, Janne, und es ist immer noch Sonntag. Aber selbst wenn Montag wäre ...«

»Das *Glasgow Weekend*. Ich weiß. Nur ein allerallerallerletztes Mal ...«

Er legt den Kopf schief, als ob er an meiner Zurechnungsfähigkeit zweifelt. Das tue ich allerdings auch. Alex hat Milchschaum im Bart hängen. Das lenkt mich ab, darum höre ich nicht mehr, was er danach sagt. Magisch angezogen von der weiß perlenden Crema strecke ich die Hand aus, wische darüber und lecke dann auch noch meine Fingerspitze ab, bevor ich in der Bewegung erstarre.

Alex' Augen weiten sich. Nur ein kleines bisschen. Er rückt näher an mich heran und ... reicht mir sein Smartphone über unsere Teller herüber. Unsere Finger berühren sich kurz. *Bilde dir nichts ein.*

Er greift nach meiner Hand, hält sie fest und drückt sie, eine Sekunde nur, vielleicht zwei, bevor er mich widerstrebend loslässt. Ich vermute, dass ihm meine bescheuerte Geste Angst gemacht haben muss, dass er mich einfach nur bremsen will, zurückhalten, trösten, auf seine verständnisvolle Art, damit ich mich nicht vergaloppiere, was weiß ich. Das macht es leider nicht besser.

Wie eine Zündschnur zieht ein Kribbeln in meinen Arm und bis in meine Fußspitzen. Als es den Brustkorb erreicht, versagt meine interne Wärmeregulation. Ein Kugelblitz implodiert und schießt von dort Hitze konzentrisch durch meinen ganzen Körper. Besser kann ich es nicht umschreiben. Jedenfalls werde ich megarot, so rot, dass man mich als Signalrakete ins All schießen könnte, und vielleicht wäre das auch besser so.

»O Gott, es tut mir leid, das war ein Reflex, nichts weiter. Kommt nicht wieder vor.« Ich halte die Luft an. Wenn er jetzt deswegen einen blöden Spruch macht, muss ich ihn leider umbringen.

»Mir auch.« Alex sieht weg. So wie ein Mann eben wegsieht, wenn ihn eine Frau auf eine Art angefasst hat, die ihm … unangenehm ist?

Verwirrt starre ich auf das blöde Telefon. … Und wenn er nur bi ist? Bitte, lieber Gott, lass ihn bi… *Vergiss es, Janne! Entschuldige dich oder halt die Klappe!*

Was wollte ich noch mal mit dem Handy tun? Es will mir nicht einfallen, also suche ich Hilfe im Reich der Medizin. Immer noch zitternd nehme ich eine der Halstabletten aus der Schachtel. Ich muss irgendwas sagen, um das peinliche Schweigen zu durchbrechen! Das halte ich nicht aus!

»Danke!«, schwärme ich los. »Du bist der beste jüngere Bruder, den ich nie hatte! Und das sind ganz bestimmt Halstabletten, keine Reisetabletten, oder? Haha. Helfen die auch gegen Kopfweh und Alzheimer?«, plappere ich aufgesetzt weiter. »Und bei Parkinson?«

Alex räuspert sich, und schon hat er zu seiner üblichen Gelassenheit zurückgefunden. Dem Himmel sei Dank, dass er so unkompliziert ist.

»Probier's aus«, meint er gezwungen lächelnd und verschwindet im Bad. Nee. Noch nicht wieder gut. Das war auch eher ein Stressgrinsen, genau wie bei mir.

Ich schließe für einen Moment die Augen. Nicht gut. In mir hallt das Gefühl von Milchschaum auf Bartstoppeln nach und das Kribbeln, das es ausgelöst hat.

Ach, du Scheiße.

Nicht grübeln, Janne.

Aber, ach, du Scheiße.

Mit reiner Willenskraft öffne ich die Augen, bewege die Finger und starte das Internet in Alex' Smartphone.

Ich google meinen Reiseveranstalter und die Brave Hart Filmtour. Die Suchmaschine spuckt jede Menge Treffer aus. Die meisten davon sind lila unterlegt, wurden also schon mindestens einmal angeklickt. Von mir nicht! Von Alex? Hat er es weiter versucht, ohne mir etwas zu sagen? Damit ich nicht enttäuscht bin? Ich würde ihn ja gern fragen, aber die Badezimmertür ist immer noch verschlossen.

Nachdenklich lutsche ich auf meiner Halstablette herum und starre zurück zu der Telefonnummer auf der Homepage meines Reiseveranstalters. Eine ganze Weile. Dann gebe ich mir einen Ruck und wähle. *Es wird niemand da sein, also sei nicht enttäuscht, Janne.* Andererseits bin ich schließlich auch manchmal samstags in der Redaktion. Obwohl wir am Sonntag keine Zeitung herausbringen.

Ein typisch britisches Freizeichen ertönt. Lange. Sehr lange. *Glasgow Weekend*-lange. Ich visualisiere mit aller Kraft einen vergessenen, dringend benötigten Regenschirm. Und wie jemand die Bürotür aufschließt, um ihn sich zu holen. Doch niemand geht ran. Immer noch kein Anrufbeantworter. Wie kann das eigentlich sein? Das muss ich ganz dringend Gregory erzählen, wenn ich zurück bin. Das müssen die ändern!

Ich will gerade wieder auflegen, da hebt jemand ab, und eine schläfrige Stimme nuschelt. *»What's up?«*

»Alex!«, kiekse ich heiser. Vor Schreck lasse ich beinahe das Telefon in die Marmelade fallen.

»Oh. Hallo. Äh ... *Hello«*, haspele ich dann eine Oktave tiefer. *»I have a problem!«*

Bevor der Typ antworten kann, geht die Badezimmertür auf. Alex hat den Mund geöffnet, als ob er etwas sagen wollte, aber als ich strahlend auf das Telefon zeige, klappt er ihn mit überraschtem Gesichtsausdruck wieder zu.

»Es ist doch jemand da!«, quietsche ich unterdrückt. Erstaunt kommt er näher.

»Nobody there«, schnarrt es am anderen Ende der Leitung.

Hach! Ich liebe diesen schottischen Humor. *»Yes, you are«,* widerspreche ich glücklich. *»I can hear you.«* Ich hopse im Bett auf und ab. Natürlich nur ein klein wenig, mein Kreislauf ist wirklich nicht der beste heute Morgen, aber auch so fängt das Geschirr an zu klirren. Mühsam beherrscht stelle ich das Zappeln ein und zwinkere Alex zu.

»I'm just cleaning, lass«, nuschelt es aus dem Hörer.

»No problem«, antworte ich. »Damit können Sie gleich weitermachen ... *It won't take long. Just a question.«* Ich will ihn wirklich nicht aufhalten. Er kann putzen, solange er will, wenn er am Sonntag nichts Besseres zu tun hat. *»I only need Gregory's phone number.«*

Die Antwort ist ein Schwall an schottischen Lauten, mit denen ich so wenig anfangen kann wie mit einer chinesischen Ikea-Bauanleitung. »Oh, äh ... sorry. *Just a moment, please!*« Hilfe suchend reiche ich das Handy an Alex weiter und beobachte gespannt, was weiter geschieht.

Alex geht ans Fenster hinüber, sagt was auf Schottisch, hört zu, sagt wieder was.

Ich verstehe nur Bahnhof. Nach einer Menge *Aye* und *Huh* und schottischer *Och* gibt er mir das Telefon zurück.

»*Hello?*«, versuche ich es noch einmal selbst. »*Dinna fash, lass*«, schnarrt der Typ, aber das tröstet mich jetzt auch nicht. »*Tuesday, aye? Happy holidays.*« Damit legt er auf.

»Was …?« Fassungslos starre ich vom Display zu Alex und wieder zurück.

Das Bett schaukelt, als er sich neben mich setzt und mir einen Arm um die Schulter legt. »*Dinna fash, Sassenach.*«

»Ja, das höre ich in letzter Zeit öfter. Aber den Rest habe ich nicht verstanden. Und nur fürs Protokoll: Er hat gar nicht Sassenach gesagt.« Mir ist nach Fauchen, und das würde ich auch, wenn mein entzündeter Hals es zuließe. Leider kommt mein Antwortanhang nur noch krächzend heraus. »Ich glaube außerdem nicht, dass ein Putzmann bei Brave Hart Tours *Outlander* kennt.«

Alex lacht auf. »Du bist wirklich witzig, wenn du wütend bist, Janne. Mich wundert aber auch, dass der Mann Gälisch konnte. Das sprechen eigentlich nur noch die alten Leute hier. Wahrscheinlich war es ein Rentner, der sich was dazuverdient.«

»Das würde sein zahnloses Nuscheln erklären«, brumme ich und mogele mich aus seinem viel zu intensiven Freundschaftsgriff um meine Schulter. »Ich bin. Nicht. Witzig.«

Alex steht auf. »Soll ich dir beim Packen helfen?«

Ich schüttele beleidigt den Kopf. »Kleines Gepäck und so. Geht schon.« Ich weiß nicht, worüber ich mehr enttäuscht bin: niemanden erreicht zu haben, oder ... ach, was weiß ich. Vermutlich bekomme ich zu all dem Übel auch noch meine Tage. Das würde zumindest zu meinen Stimmungsschwankungen und der Gereiztheit passen.

Mein Kopf fühlt sich immer noch an wie eine Waschmaschinentrommel. Ich verteile meine Tempovorräte auf sämtliche Jackentaschen, werfe wahllos meine spärliche Habe in meinen Rucksack und bin dem Universum dafür dankbar, dass wir heute nicht wandern oder trinken, sondern gemütlich mit einer Dampflok reisen. Vielleicht hilft mir das, ein wenig runterzufahren. Womit wir wieder am Anfang wären: Ich bin zu gestresst. Sogar im Urlaub. Oder erst recht da. Darum mache ich auch nie welchen. Aus genau diesen Gründen: weil dann unvorhergesehene, komplizierte Dinge geschehen!

Nachdenklich starre ich meinen Reiseabschnittsbegleiter an. Alex zieht den Reißverschluss seiner Tasche zu. Er steht mit dem Rücken zu mir, in gebückter Haltung. Ich kann nicht anders, als auf seinen vollendeten Hintern zu starren.

Rund. Fest. Knackig.

So nah, und doch unerreichbar weit weg.

Warum passiert immer nur mir so was?

Stöhnend schlurfe ich ins Bad. Mein Spiegelbild gibt mir auch keine Antwort darauf. Ich betrachte die etwas mitgenommene Vierzigjährige mir gegenüber. Eine bemitleidenswerte Frau schaut kampflustig zurück: bisschen mondgesichtig, frisch geföhnte, trotzdem wirr abstehende dunkelblonde Haare, fiebrig glänzende Augen, rot geschnäuzte Nase. Ich sehe aus wie Bridget Jones' schlimmere Schwester. Wenn ich mit so einer das Hotelzimmer teilen müsste, würde ich auch Männerliebe vorziehen. Ach, was rede ich. Ich steh ja auf Männer.

Heftig schüttele ich meine Zuppelhaare. Mir reicht's. Ich bleibe asexuell und mache Karriere in der Lokalredaktion (aber nur, bis Mareike wieder aus der Elternzeit zurück ist. Dann will ich meine Kultur wiederhaben!). Das ist definitiv sicherer.

Mein Herz gehört mir! Die Alexe dieser Welt können mir gestohlen bleiben. Aber hübsch, intelligent und sehr sympathisch sollen sie mich trotzdem finden, verdammte Axt!

Im Schnelldurchgang bürste ich mir durch die Haare und unternehme einen neuen Frisierversuch, den ich schließlich mit Zopfgummi aufgebe. Dann atme ich aus, so tief es mit verstopfter Nase geht, strecke den Rücken durch, die Brust raus, den Bauch rein, die Brille hoch, und mein Selbstmitleid schlucke ich hinunter.

Ich bin eine attraktive Frau um die vierzig. Jawohl. Und ich weiß, dass ich mir ständig widerspreche. Ich darf das. Die Tablette wirkt. Mir geht es besser. Morgen ist Montag. Selbst wenn das immer noch Feiertag in Glasgow ist. In Deutschland aber nicht. Dort rufe ich als Nächstes an. Ich kriege meinen Reiseplan, nehme einen Bus, die sagen Gregory Bescheid, und dann bin ich hier weg.

Schade.

Ja. Aber so war es von Anfang an geplant.

Ich weiß überhaupt nicht, warum mein Spiegelbild so bedröppelt aus der Wäsche guckt. Genervt schneide ich ihm eine Grimasse.

Als Erstes werde ich mich bei Alex für mein unmögliches Benehmen entschuldigen, und dann fangen wir endgültig an, den Tag zu pflücken: Carpe diem!

Schwungvoll reiße ich die Tür auf und pralle gleich wieder zurück. Erstens empfindet mein erkälteter Brausekopf hektische Bewegungen in höchstem Maß schwindelerregend, und zweitens steht Alex mit einer höchstwahrscheinlich geklauten weißen Rose vor mir und lutscht an seinem Zeigefinger. »Was immer ich angestellt habe, nimmst du das als Entschuldigung an?«

Hach! Ich liebe ihn! Das zum Thema »pflücke den Tag«! Ich beantworte seinen Hundeblick, indem ich ihm mein schönstes Fieberlächeln schenke. »Unbedingt. *Mir* tut es außerdem leid. Du hast gar nichts angestellt.« Behutsam greife ich nach der Blume und schnuppere. Sie duftet so unvergleichlich betörend, wie es nur gestohlene Rosen aus schottischen Hotelvorgärten tun, denn da habe ich gestern ein Beet mit genau solchen Knospen gesehen.

»*Och*«, deklamiere ich und bemühe mich, dabei möglichst schottisch zu klingen. »Hast du dich gepikst?«

Alex nickt mit säuerlicher Miene.

»Das geschieht dir ganz recht«, rüge ich krächzig. Ich würde ihm jetzt *so* gern durch die Haare fahren …

Schluss, Janne! Stattdessen gehe ich an meinen Rucksack und wühle sittsam durch das kleine, wasserdichte Mäppchen in der Innentasche, in dem ich meinen Notfallvorrat an Verbandsmaterial aufbewahre.

»Man darf keine Blumen klauen ... Ich bin da ja zum Glück nicht so kleinlich wie das Universum ... Aber lass dich bloß nicht vom Hotelmanager erwischen. Oder von deinem kleinen Rezeptionisten.«

Er lacht schallend. Ich drehe mich noch nicht wieder um. Die Pflaster habe ich längst gefunden, aber ich brauche einen Moment, bis mein Herzschlag sich wieder beruhigt hat. Ist er nun schwul oder nicht? Was sind das bloß für widersprüchliche Signale die ganze Zeit?

Ich richte mich auf, und mein Lächeln zittert nur ein ganz klein wenig, als ich ihn anschaue. »Tausche Pflaster gegen Fahrkarte für den Hogwarts Express.«

Alex grinst und hält mir den Finger hin.

Meine Hände vibrieren nur ein ganz klein wenig, als ich ihn verarzte. Zum Glück kann ich das auf die Erkältung schieben. Da hat frau ja manchmal ein bisschen Kreislauf.

15

Erster Klasse mit Sahne

Jannes Reiseblogck
Tag 4
Sonntagvormittag, 19. September.

PUK-technische Blogpause! Das ~~stimmt sogar ausnahms-~~
~~weise. Mal ganz abgesehen davon, dass mir kein Stück~~
~~nach Schreiben ist und dieses Ding hier ohnehin eher~~
~~zum Tagebuchblock statt Blog mutiert.~~
    ~~Mein Kopf brummt, und im Hals kratzt es auch.~~
    ~~Heul!~~

Ich fühle mich gleichzeitig wie in Watte gepackt und rückwärts durch die Mangel gedreht. Die stimmungsvollen
Landschaften von Skye fliegen einfach an mir vorüber.
Selbst das Lichterspiel von Himmel und Erde nehme ich
nur als farbiges, diffuses Rauschen wahr. Ich lasse mich be-
rieseln zwischen Dösen und Dämmern und habe wirre
Träume von Gregory, der einem blaugesichtigen Schaf mit
der Stoppuhr hinterherrennt und mittendrin von einem

Putzmann mit Wischmopp gestoppt wird, weil er, statt Schafe zu jagen, lieber Kartoffeln ernten soll.

Jemand rüttelt an mir.

Alex.

Der Bus hat angehalten, aber in mir vibriert die Bewegung weiter. »Wir sind auf der Fähre. Willst du aussteigen?«

Fähre? Verlassen wir diese zauberhafte Insel etwa schon wieder?

Ich versuche, meine glühende Stirn an der beschlagenen Fensterscheibe zu kühlen und wenigstens *einen* klaren Gedanken zu fassen. Was war der Plan? Ich habe immer einen Plan. Warum kann ich mich nicht mehr daran erinnern?

»Nein danke, ich bleibe hier drin. Ich muss doch nach Hause«, beharre ich.

»Dein Fieber ist gestiegen«, stellt Alex fest.

Woher will er das denn wissen? Blödsinn, mir geht es prima. Hohes Fieber habe ich erst, wenn ich anfange, zu halluzinieren, und ich bin ja wohl völlig klar im Kopf!

Alex' Augen sind riesig, als er sich über mich beugt. Seine Hand auch. Sie ruht warm auf meiner Stirn. In seinem Bart erkenne ich eine Herde grasender Hochlandrinder. Ich liebe Schnuffelkühe, wie lustig. Dass mir das nie aufgefallen ist! Ich kichere und versuche, eins auf meinen Finger zu locken. Das klappt leider nicht, sein Bart piekst.

»Mir geht es prima.« Bloß mein Hals kratzt wie ein verschluckter Wollpullover. Damit sollte ich besser nicht zur Arbeit gehen heute.

»Nur ein Viertelstündchen, dann bin ich wieder fit«, krächze ich. »Das bummele ich von meinen Überstunden ab. Rufst du für mich in der Redaktion an? Und mach doch bitte, bitte die Heizung aus. Es ist so heiß hier drin! Mir ist wirklich warm genug! Und dem Chef sagen wir, ich nehme einfach den nächsten Bus. Der 639 ist sowieso schneller … Der hält auch in Glasgow, oder?«

Alex' Stirnrunzeln schiebe ich darauf, dass er das nicht weiß und auch nicht, wie man die blöde Heizung abdreht. Aber das macht nichts, ich liebe ihn trotzdem.

Regen sprenkelt die Busfenster. Bin ich denn schon eingestiegen? Feine Tropfen werden vom Wind auseinandergetrieben und entwerfen kaleidoskopartige Muster. Ich bin nicht fähig, die spiegelnden Schlieren zu sinnhaften Bildern zusammenzusetzen. Alex tupft mir die Stirn mit einem kühlen, feuchten Tuch ab. Das tut gut.

»Du gehst nirgendwohin in dem Zustand. Und allein schon gar nicht«, dringt an mein Ohr.

Ich lächle zufrieden. Gut so, endlich sagt dem Chef mal jemand die Meinung! Erleichtert schließe ich wieder die Augen.

»Du bist mein *King of men,* Alex. Aber natürlich nur, wenn es dir recht ist. Kannst du bitte immer bei mir bleiben? Du würdest mir nicht einen Tag vor der Hochzeit weglaufen, weil du in Wirklichkeit schon verheiratet bist, oder? Das war soo gemein von meinem Ex! Oder hab ich das in einem Film gesehen?«

Bevor ich erneut wegdämmere, spüre ich, wie er nach meiner Hand greift und sie hält. Das fühlt sich gut an. Vielleicht sollte ich mir den ganzen Tag freinehmen? Ich drehe mich noch mal um und schlafe ein bisschen weiter.

Irgendetwas rumpelt und dringt damit zu mir durch. Ich fahre aus unruhigen Träumen hoch. Schleudert die Waschmaschine schon? »Ich bin so müde. Nimmst du die Wäsche raus, wenn sie fertig ist?«, murmele ich und kuschele mich an seine Schulter.

Aus dem Augenwinkel sehe ich Möwen und einen Hafen. »So nah am Wasser zu wohnen ist schön«, denke ich. Vielleicht sage ich es auch laut. Jedenfalls schlafe ich schon wieder halb, während wir ein Stück weiterrumpeln, und dann verschmilzt das Motorengeräusch mit dem heimeligen Schnurren meiner Katzen.

Zwischendurch komme ich ein- oder zweimal kurz zu mir, als Alex mir einen Sirup einflößt. Der schmeckt aber gar nicht gut, nach viel zu süßen Erdbeeren, aber auch metallisch und chemisch. »Whisky ist mir lieber«, murre ich und rolle mich wieder zusammen.

Als ich das nächste Mal wach werde, ist es dunkel und still im Bus. Auch hinter den Scheiben, und es riecht nach chinesischem Essen. Mein Magen knurrt. Ich kann das nicht zuordnen. Es ist unlogisch.

»Wo ist denn der Tag geblieben?«, frage ich eher mich selbst.

»Du hast ihn verschlafen, würde ich sagen.« Honiglachen, warmer Blick, warme Hände, die mich umfangen und die ich widerwillig freigebe. Ich schrecke hoch, als ich realisiere, dass ich mit dem Kopf auf Alex' Schoß liege und seinen Arm festgehalten habe. Das ist weder mein Kater noch liege ich auf meinem Sofa! Ich habe die ganze Zeit Alex' Arm gestreichelt, und geschnurrt habe höchstens ich!

Eine Wolldecke und seine Jacke rutschen von meinem Oberkörper, als ich hochfahre. Das Tischchen an der Rückenlehne vor uns ist heruntergeklappt. Alex kann gerade noch eine Styroporpackung und ein Fläschchen festhalten, als ich dagegenscheppere.

Mir ist schwindelig, vorsichtig lasse ich mich gegen das Polster meines Sitzes sinken. »Wie lange habe ich geschlafen?«

»So ziemlich den ganzen Tag hindurch, fürchte ich.«

»Oh nein! Und Hogwarts? Die Dampflok!« Ich reiße die Augen auf. »Habe ich die Zugfahrt verpennt?«

Ein heimliches Lächeln mogelt sich zwischen Alex' Fingern hindurch, während er sich über den Bart streicht. »Ehrlich gesagt habe ich unsere Tickets meistbietend verkauft, nachdem du dir einen Gepäckwagen geschnappt hast und damit die Wand vor dem Gleis rammen wolltest.«

Ich werde blass. »Das habe ich nicht wirklich getan, oder?«

Alex schmunzelt. »Nein. Ich gestehe eine kleine Übertreibung. Aber du warst kurz davor. Ich konnte dich gerade noch aufhalten, bevor du über deine eigenen Füße gestolpert bist. Wir sind brav wieder in den Bus gestiegen, haben James zu unserem Etappenziel begleitet und uns ein wenig die Gegend angesehen.«

»Haha«, mache ich. »Daran würde ich mich ja wohl erinnern.« Fröstelnd greife ich nach der heruntergerutschten Decke und klemme sie energisch unter meinem Körper fest. Alex zaubert zwei verwackelte Fotos aus seinem Handyspeicher, die uns beide vor einer Säule am Ufer eines Sees zeigen. Im Sonnenschein. Ich kann mich kein Stück erinnern. Fragend starre ich ihn an.

»Das Glenfinnan Monument am Loch Shiel?«, versucht Alex mir auf die Sprünge zu helfen. »Wir haben den Jacobite Steam Train gehört, als er über das Viadukt gefahren ist. Da wolltest du unbedingt aussteigen und nachsehen.« Er scrollt weiter und zeigt mir einen verwackelten Schnappschuss, auf dem ich dümmlich grinsend in die Wolken über der legendären Harry-Potter-Brücke zeige. Oh Mann. Und da ist noch eins, auf dem ich mich ganz ungeniert an ihn ranschmeiße. Da wäre ich gern dabei gewesen, also, mit vollem Bewusstsein, nicht als Fieberzombie. Ich kneife die Augen zusammen. Halt. Das sind keine Wolken auf dem Foto, das muss Dampf sein. Leider ist das die einzige Spur des berühmten Zuges.

»Aber wir haben ihn verpasst, oder?«

Alex kichert. »Ich habe jedenfalls gelernt, dass es keine gute Idee ist, sich dir in den Weg stellen zu wollen, wenn du etwas willst.«

»Oh«, mache ich bedröppelt. »Ich habe dir hoffentlich nicht vor das Schienbein getreten, oder?«

»Nein.«

»Da hast du aber Glück gehabt«, grinse ich verlegen zurück. »Meine Schwester behauptet, sie hat meinetwegen heute noch posttraumatische Reflexe.«

Abgesehen davon, dass ich mich ein wenig steif und ziemlich ausgelaugt fühle, geht es mir inzwischen wirklich besser. Sogar der Druck auf meinen Schädel hat nachgelassen, und meine Nase ist frei. Mein Blick fällt auf eine braune Glasflasche mit Medizin, die zusammen mit einem

Thermosbecher Tee und einem Dosierlöffel auf meinem Klapptischchen steht: der Erdbeersirup. Den habe ich mir also nicht eingebildet.

»Was ist das für Zeug?«, frage ich.

»Ein Fiebersenker«, erklärt Alex und schiebt die Flasche nebst Pappschachtel zu mir herüber. »Du sollst davon heute Abend noch mal einen Messlöffel voll nehmen.« Ein verschnupftes grünes Nessiemonster mit bunt gestreiftem Schal um den Hals schwimmt über den Karton.

»Aha?«, sage ich.

»Ich wusste mir nicht anders zu helfen. Als du angefangen hast zu fantasieren, habe ich meinen Freund angerufen und gefragt, was ich machen soll.«

Er hat einen Freund? Damit ist es dann ja wohl amtlich.

Alex missversteht meinen Blick. »Tom ist Arzt«, erklärt er nachsichtig. Offenbar ist er davon überzeugt, dass ich immer noch nur die Hälfte von allem mitbekomme. »Danach habe ich den Apotheker in Mallaig aus dem Bett geklingelt. Dieser Erkältungssaft für Kinder war alles, was er gerade dahatte. Eine Gruppe Japaner hat ihn leer gekauft, und weil Wochenende ist, bekommt er erst am Montag Nachschub. Das Zeug ist Chemie pur, aber er hat auf die Wirkung geschworen, und ich wäre mir mies vorgekommen, dich bei der Bahnhofsmission abzugeben. Ich hätte den Mann knutschen können!« Ich nicke abwesend. Vor meinem geistigen Auge sehe ich, wie Alex mit dem Hustensaft in der Hand leidenschaftlich den Apotheker küsst.

»Danke«, stammele ich und versuche, meine stetig wachsende Verlegenheit zu überspielen. »Auch wenn du mich damit natürlich sogar um zwei grandiose Erfahrungen gebracht hast.«

Alex zieht erstaunt die Augenbrauen hoch.

»Die Heilsarmee soll eine sehr gute Suppe haben«, erkläre ich und pule an einem losen Faden meiner Decke herum, während ich leiser hinzufüge: »Nein, ernsthaft. Danke! Wenn ich Fieber bekomme, dann schießt das immer gleich sehr in die Höhe. Dafür gehen Erkältungen bei mir auch schnell wieder vorbei.« Ich unterdrücke einen Hustenreiz. »Morgen kann ich bestimmt wieder Bäume ausreißen.« Zum Beweis meines guten Willens fülle ich meine Abenddosis Erdbeergift in den Messbecher und trinke mit Todesverachtung. Boah! Süß! Wie soll man das jemals hinunterschlucken können?

Alex lacht. »Warte noch ein oder zwei Tage, und dann fang lieber mit kleinen Büschen an. Oder nimm Unkraut. Jakobskreuzkraut beispielsweise. Das wäre sogar sinnvoll.«

»Langweilig«, behaupte ich mit vollem Mund und flüchte dann schnell aus dem Blickkontakt zwischen uns, der schon wieder so schweißtreibend intensiv ist, dass ich nicht weiß, wohin mit mir. Darf der so gucken? Das ist so was von heterosexuell, jetzt ich bin mir sicher!

»Du erinnerst mich an meine Schwester«, sagt er, und sein Lächeln trifft mich mitten ins Herz, nur leider etwas anders, als ich mir das heimlich gewünscht hätte. Das ist jetzt die Retourkutsche, oder?

Du wolltest Klarheit, Janne.

Aber doch nicht so! Autsch!!! Hilfe suchend blicke ich mich um.

Der Bus ist tatsächlich leer, wir stehen auf einem Bahnhofsparkplatz. Die Konturen der Gebäude werden von Straßenlaternen in diffuses Licht getaucht. Es hat aufgehört zu regnen. Nur der ewige Wind rüttelt an den Wänden. Alex sitzt dicht bei mir. Ich kann ihn atmen hören. Seinen Duft ahne ich leider nur, daran ist meine wieder verstopfte Nase schuld. Vielleicht ist das auch gut so.

»Wo sind eigentlich die anderen?«, frage ich möglichst unverfänglich.

»Müssten jeden Augenblick eintrudeln. Sie sind gleich vom Bahnhof aus in die Ben Nevis Distillery gepilgert. Das war zumindest der Plan. Wir sammeln sie da vor der Tür ein und übernachten in einem Guest House, zwei Meilen von hier.« Unauffällig tippt er etwas in sein Handy, aber bevor ich erspähen kann, was, klappt er den Deckel zu und widmet mir wieder seine volle Aufmerksamkeit.

»Du bist die ganze Zeit bei mir geblieben? Das heißt, du hast die Dampflok auch verpasst. Du bist nicht mitgefahren, und ich bin schuld!«, stelle ich zerknirscht fest.

»Du hast darauf bestanden, dass ich deinen Schlaf bewache, Dornröschen. Wenn es dich tröstet: Die hundert Jahre kamen mir vor wie ein einziger Tag ...« Alex feixt, als ich die Augen aufreiße. Um Himmels willen, was mag ich noch von mir gegeben haben? Imme schwört, dass alles ab 38,5 Grad in unserer Kindheit wie der Podcastschlüssel zu meinem eigenen Tagebuch war. Ob das heute noch so ist? Ich versuche, irgendetwas in seinen goldgesprenkelten Moosaugen zu lesen. Aber er hat anscheinend nicht vor, sich weiter über Details auszulassen.

»... und verhungert bin ich auch nicht, wie du siehst.« Er deutet auf das chinesische Styropack. »Hast du Appetit?

Wollen wir teilen? Es ist noch warm, hoffe ich. James hat mir das Essen vorhin reingebracht, bevor er in seine Pause verschwunden ist. Buddhas Fastenspeise. Vegetarisch.«

Mein Magen macht sich noch einmal bemerkbar. Lauter diesmal. Aber in meinem Bauch blubbert noch etwas ganz anderes. »Das hört sich fantastisch an.«

Alex verzieht die Mundwinkel zu einem schiefen Lächeln. »Ich habe nur kein frisches Besteck.« Verlegen wischt er mit einer Serviette über seine Stäbchen und bricht sie in der Mitte durch, sodass wir beide ein Paar haben.

»Das ist nur gerecht«, witzele ich. »Ich schätze, den heutigen Bazillenverteilerwettbewerb gewinne ich locker. Also bilde dir bloß nichts darauf ein.«

»Dann bilde du dir hierauf nichts ein!« Er klappt sein Handy auf, drückt einen Wimpernschlag lang darauf herum, stellt es dann umständlich auf, und als er seine Hand wegnimmt, sehe ich eine kleine weiße, virtuelle Kerze in Endlosschleife flackern. »In Ermangelung eines anständigen Restaurants«, sagt er leise.

»Wie schön«, flüstere ich rau, weil meine Stimme wieder wegkippt. Ausschließlich erkältungsbedingt natürlich.

Wir lächeln uns schüchtern an und beginnen zu essen, Schulter an Schulter. Schlucken schmerzt, ich habe Schweißausbrüche unter der Decke, und im nächsten Moment friere ich wieder. Mit gemischten Gefühlen wickele ich Asianudeln um meine abgebrochenen Stäbchen und schiele verstohlen auf Alex' schlanke Finger, die wenige Millimeter von meinen entfernt das Gleiche tun.

Hoffentlich habe ich im Delirium keinen Müll erzählt.

Darum bin ich beinahe froh, als die Tür sich zischend aufschiebt und neben einem Schwall frischer, kalter Nachtluft James und einen feuchtfröhlich plappernden Seniorenhaufen hereinweht. Nicht, dass ich doch noch …

»Moin, Jungs!«, ruft Alex plötzlich.

»Moin, Alex«, johlt es stimmgewaltig zurück.

»Janne, darf ich dich was fragen?«, sagt er mitten in das fröhliche Lärmen, Schieben und Schulterklopfen hinein.

Es tut sogar weh, die Stirn zu runzeln, stelle ich fest, als ich ihn ansehe. Ich will ins Bett. In irgendein Bett. Oder eine warme Badewanne.

»Klar«, schniefe ich.

»Ich habe wirklich kein gutes Gefühl dabei, dich morgen in diesem Zustand in irgendeinen Bus quer durchs Land zu setzen.«

»Aber …«

Er greift in seine Jeanstasche und faltet einen leicht zerknitterten Computerausdruck auseinander. Zwei Fahrkarten. Hin- und Rückfahrt. *Westcoast Railways* prangt als bunter Schriftzug obendrüber.

»Ich habe sie umtauschen können. Da war ein kreuzunglückliches Ehepaar, französische Touristen, die sich im Datum vertan haben. Sie haben mich angesprochen, kurz nachdem du mit dem Kopf und dem Gepäckwagen durch die Bahnhofswand in Mallaig wolltest.« Noch einmal kostet er ganz genüsslich meinen zerknitterten Gesichtsausdruck aus. Volle Kanne! »Was hältst du davon, mir Gesellschaft in der Ersten Klasse zu leisten?«, platzt er dann urplötzlich heraus. »Wir beide im Harry-Potter-Zug, Fort William–Mallaig und zurück. Stilecht mit einer Tasse Tee und einer kleinen Überraschung? Und zur Halbzeit signierst du den legendären Gepäckwagen, mit dem Filmfan Janne M. aus H. tatsächlich durch die Wand wollte.«

»Überraschung? Was denn noch?«, frage ich überrumpelt.

»Das darf ich natürlich nicht verraten.« Er guckt verschmitzt. Mein Herzschlag gerät schon wieder aus dem Rhythmus. Ich konzentriere mich auf Zahlen. Irgendwas ausrechnen, das ist fast so gut wie Listen machen oder Artikel schreiben. Es hat etwas Verlässliches, Logisches, Haltgebendes. Das hilft mir meistens. Der Jacobite pendelt jeden Tag zweimal zwischen Fort William und Mallaig. Für die Tour braucht er zusammen vier Stunden. Plus anderthalb Stunden Aufenthalt in dem kleinen Fischerstädtchen. Das ergäbe tatsächlich einen ganzen Tag … Was mache ich denn jetzt? Melly oder Alex? Gregory oder …?

Beschwörend sieht er mich an. »Na komm schon, Janne. Du schuldest mir was. Gregory und Melly kommen sicher noch einen Tag länger ohne dich aus.«

Kann Alex Gedanken lesen? »Ich weiß ja noch gar nicht, ob ich sie finde …«, blubbere ich halbherzig. »Und … und was machen dann die anderen so lange? Kannst du einfach deine Gruppe verlassen? Ich meine – du hast die Fahrt doch schließlich gebucht! Was wird deine Reiseleiterin sagen?« Ich kann mir ein süffisantes Grinsen nicht verkneifen.

Alex grinst noch breiter. »Ach, was du kannst, kann ich schon lange.«

Ich will etwas entgegnen, aber er legt mir einen Finger an die Lippen. »Warte. Lass mich kurz denken.«

Gehorsam klappe ich den Mund wieder zu und halte die Luft an. Meine Lippen vibrieren. Merkt er denn nicht, was er da tut?

Alex lehnt sich halb zurück, bevor er aus der Bewegung erneut regelrecht vorschnellt. »Das ist theoretisch natürlich ein guter Einwand. Die Jungs, also ich meine – die Gruppe muss weiterfahren, ganz klar. Sie wandern ein Stück den West Highland Way entlang, von Fort William bis zum Loch Leven, und dann wollen sie weiter Richtung Loch Lomond. Es ist traumhaft schön dort, aber ich habe mir etwas anderes ausgedacht. Was hältst du davon, wenn ich uns einen Mietwagen besorge? Ich könnte dir nach der Bahnreise die schönsten Ecken im Glen Coe zeigen, in unserem Tempo. Wir wären unabhängig von den Reisegruppen. Von meiner – und von deiner. Und wenn du die Nase von mir voll hast, bringe ich dich auf direktem Weg bei Melly vorbei und liefere dich ab. Einverstanden? Bitte sag Ja.«

»Warum würdest du das tun wollen?«, frage ich misstrauisch und ignoriere meine Pulsfrequenz, die einem Rennpferd Konkurrenz machen würde. Soll das etwa bedeuten, dass er …?

Er lacht wieder, aber diesmal sieht es ein bisschen gequält aus. »Okay. Erwischt. Du würdest mir tatsächlich einen Gefallen tun, wenn du mir ein Alibi verschaffst.«

Oh. Da war ja noch was. Ich gebe auf. »Eva?«, frage ich. Ich hatte die blöde Kuh erfolgreich verdrängt.

Er seufzt aus der Tiefe seines Bauches, dann nickt er widerstrebend. »Ich fürchte, die Nummer in der Destillerie ging nach hinten los. Jetzt ist sie wirklich sauer auf mich.«

»Wieso sprecht ihr euch nicht aus? Das hätte ich dir gleich sagen können.« Ich beiße mir auf die Zunge, aber Alex nickt einsichtig. »Gönnen wir ihr eine Auszeit. Ich verspreche feierlich, dir alles zu erklären, aber lass uns erst einmal weg von hier, okay?«

»Den Jacobite und Glen Coe, das schaffen wir alles an einem Tag?«, hake ich noch einmal nach.

»*I'll do my verra best, lass.*« Verschwörerisch lehnt er sich so dicht an mich, dass sein Bart mich am Ohr kitzelt. »Bitte lass mich nicht allein zurück mit … *ihr.*«

Die letzten Worte kommen nur noch als gehauchtes Raunen über seine Lippen, und mir läuft ein Schauer über den Rücken. Nicht wegen Eva, also … auch. Vor allem aber wegen dieser Stimme. Und seiner Nähe und diesem Akzent und … Hilfe! Was denn jetzt? Alibi? Romantik? Schwul? Oder vielleicht doch nicht schwul? Wie soll ich denn aus alldem bitte schlau werden? Der Mann bringt mich völlig aus dem Konzept.

Ich mache nur kurz die Augen zu, atme seinen Duft ein, und vor meinen geschlossenen Lidern läuft ein romantischer Film ab. Ich sehe uns durchs Hochland stapfen, Heide pflücken, übermütig Hügel herunterkullern, durchnässt in einem Bothy Zuflucht suchen und uns nackt am prasselnden Kaminfeuer dieser einfachen Schutzhütte aufwärmen. Und gerade, als es am schönsten ist, klopft es an der Tür, und ein gut gebauter, halb nackter Traumtyp im Kilt kommt herein, stemmt eine Hand in die Hüfte, zeigt mit der anderen auf Alex und näselt: »Hi, ich bin Robin, und das ist *mein* Mann!«

»Janne?«

Erschrocken starre ich Alex an, als mich seine kühle Hand auf meiner heißen Stirn aus dem Tagtraum reißt. »Was?«

»Ich glaube, du hast immer noch erhöhte Temperatur. Also …?«

Sehr erhöht sogar, ich schmelze wie Kokosöl unter seinen Fingern … *Lieber Himmel, cool bleiben, Janne! Bleib bloß cool und reiß dich zusammen!*

Alex' Gesichtsausdruck hat etwas Flehendes. Eva scheint ihm ganz schön zu schaffen zu machen. *Na, komm schon, Janne, das bist du ihm schuldig.*

»Ja. Na gut. Ja. Ausnahmsweise«, rutscht es mir heraus, bevor ich wieder klar denken kann. Er hat seine Hand längst weggenommen, doch meine Stirn gart noch nach. »Aber nur, weil …«

»Sie hat Ja gesagt!«, brüllt Alex quer durch den Bus.

»Moin, Alex!«, rufen die Whiskyjungs zusammenhanglos zurück.

»Aber morgen früh muss ich trotzdem als Erstes in Deutschland anrufen.«

»Wo immer du willst.« Er strahlt mich an, und ich schaufele mir schnell kalt gewordene chinesische Nudeln in den Mund, nicht, dass ich damit etwas noch viel Unüberlegteres tue.

16

On a steam train I ride

Jannes Reiseblogck

Montag, 20. September, 8.32 Uhr

Scheiß Handy. Scheißegal. Alles!

»Brave Hart Tours, guten Morgen?«

Mein Herz macht einen Sprung. Es hat gerade erst dreimal geklingelt. Wahnsinn! Ich hole tief Luft. Nicht ausflippen jetzt! Ganz ruhig bleiben! »Ja, hallo. Hier ist Janne Michelsen.« Ich mache eine bedeutungsschwangere Pause und zähle bis vier. Wenn die Dame mich auf der potenziellen Liste ihrer verloren gegangenen Teilnehmer hätte, müsste das genügen für einen ausgiebigen Blick auf die Pinnwand, einen Jubelschrei und eine Fangschaltung. So zumindest kenne ich das aus jedem zweiten Krimi.

Ich warte noch bis fünf. Aber ich höre weder ein verräterisches Klicken noch besagten Ausraster. Nur ein leises Ploppen, wie von einer zerplatzten Kaugummiblase.

»Und wie kann ich Ihnen helfen?«, kommt es bei sechs dreiviertel gedehnt. Das klingt gelangweilt. Und ganz sicher nach Kaugummi.

Ich ziehe die Augenbrauen hoch, aber ich bleibe freundlich. Ich will ja was von ihr.

»Ich habe meinen Bus verpasst«, kläre ich die Bubblegumfreundin auf. »Ich rufe aus Schottland an … von Ihrer Rundreise … beziehungsweise ja eben nicht, weil ich diesen bescheuerten Bus verpasst habe vor drei Tagen … die sind ohne mich weitergefahren, und ich ohne sie, in einem anderen Bus, aber ich müsste ja in ihrem drin sein.« Das war jetzt vielleicht ein bisschen unverständlich. Die Arme.

Erklär ihr doch einfach, was du willst, Janne.

Als ob ich wüsste, was ich will! Oder will, was ich bekommen kann.

Da unterbricht sie mich. »Vor drei Tagen«, stellt sie sachlich fest, »und da rufen Sie heute an.« *Plopp.*

»Es war Wochenende!«

»Das stimmt. Haben Sie denn keine Notfalltelefonnummer erhalten?« *Plopp.*

Ich hole tief Luft und ignoriere das Kratzen in meinem Hals. »Meine Reiseunterlagen sind nass geworden. Und mein Handy auch. Können Sie mir sagen, wo sich meine Tour inzwischen befindet, in welchem Hotel sie gerade absteigen und …«

»Das ist alles?«, unterbricht mich die Dame ebenso unvermittelt wie rüde und lässt erneut die Luft aus ihrem Kaugummi. *Plopp.*

»Äh …«, antworte ich verblüfft. »Ehrlich gesagt: nein.

Die Telefonnummer von Gregory, also von Gregor, von unserem Reiseleiter, bräuchte ich bitte auch noch.«

»Und Ihr Name ist?« *Plopp.* Wieso klingt die denn so unwirsch? *Nicht aufregen, Janne. Bleib du höflich. Woher soll sie wissen, was dir passiert ist? Es ist Montagmorgen, vielleicht hatte die Dame ein ähnlich schräges Wochenende wie du, nur ohne einen fantastischen Alex.* Mein Blick schweift durch den Raum unseres gemütlichen Bed & Breakfast-Zimmers. Die Tür zum Bad ist halb geöffnet. Alex steht vorm Spiegel und putzt sich die Zähne. Mit nacktem Oberkörper. Wenn ich das tun würde, wäre es anzüglich. Oder er würde es nicht bemerken. Zumindest nicht in erotischer Hinsicht. Aber vor allem würde ich mich gar nicht trauen. Hmm.

»Janne Michelsen«, seufze ich und angele nach einer Halstablette.

»Na, Sie haben ja Humor, Frau Michelsen.« *Plopp.*

Ich stutze und zwinge mich, woandershin zu sehen. »Durchaus, aber das hier ist Ernst. Ich bräuchte wirklich dringend Ihre Hilfe!«

»Haben Sie schon mal von der Datenschutzverordnung gehört?« *Plopp.*

Alex wandelt durch den Raum, lächelt mich an und greift nach einem frischen Shirt. Mein Mund ist eh schon trocken genug. *Woandershin, Janne!* Ich fixiere den Papierkorb und lutsche meinen Drops. »Soll ich Ihnen jetzt drei Durchschläge unterschreiben, oder was?« Okay, das kam wohl ein bisschen unfreundlicher rüber, als ich wollte.

»Gegenfrage: Ist das hier *Versteckte Kamera* oder so?« *Plopp.*

»Nein!« Ich verdrehe die Augen und muss niesen. »Wieso glaubt mir eigentlich niemand?« Alex reicht mir ein Taschentuch. Ich schenke ihm ein hinreißendes Schnupfenlächeln und putze mir die Nase.

Einen Moment lang höre ich nicht mal mehr ein *Plopp* und befürchte schon, dass Miss Kaugummi aufgelegt hat.

Dann kommt doch noch ein blasiertes Schnaufen. »Gesundheit.« *Immerhin.* »Haben Sie Ihre Reisenummer für mich?«

Ich starre auf die verwaschene Druckerschwärze der welligen Überreste meiner Reiseunterlagen, die ich vor mich auf der Bettdecke drapiert habe. »Nein«, muss ich zugeben. »Aber ich kann Ihnen gern meine Adresse sagen und ...«

Sie seufzt. »Gut. Versuchen wir's. Michelsen also.« Ihre Tastatur klappert los. »Janne mit zwei n?«

Ich bestätige das versöhnlich. »Vielen Dank, dass Sie es versuchen!« Alex schlüpft in seine Schuhe. Sogar das sieht sexy aus bei dem Mann.

»Straße?«, fragt sie ungerührt weiter.

Aber bevor ich darauf antworten kann, schnauzt sie plötzlich los. »So ein ... Schon wieder abgestürzt, das Ding.« Am anderen Ende der Leitung scheppert etwas. Unwillkürlich halte ich das Telefon ein Stück weg vom Ohr. Alex geht schmunzelnd ins Bad zurück. Wie kann man nur ständig so gut gelaunt sein?

»Was ist denn ...« passiert, wollte ich eigentlich noch fragen. Da höre ich ein Klirren und einen Aufschrei: »Scheiße!« Diesem folgt eine Reihe von Geräuschen, die dabei entstehen, wenn sich eine Flüssigkeit ungeplant über einen Schreibtisch ausbreitet und davon heruntertropft.

Plitsch. Plitsch. »Mist.« Das war jetzt nur noch ein Flüstern. Als Nächstes werde ich offenbar zur Seite gelegt. Es folgen hektische Wischgeräusche. Dann unheilvolle Stille, ein Klicken, und sie hat mich weggedrückt. Unvermittelt höre ich wieder den *Skye Boat Song.* Diesmal in einer Version mit Ukulele. Zumindest klingt es so. Aber bevor ich das genauer herausfinden kann, werde ich bereits zurückgeholt. Mitten im Refrain.

Sie klingt jetzt ein bisschen atemlos. »Unser System gibt das grade nicht her, und der Chef ist nicht da. Tut mir leid.« Sie atmet aus. Pause. »Warum schreiben Sie uns nicht eine E-Mail mit Ihrem Anliegen?« *Plopp.* Da ist es wieder, das Kaugummigeräusch. Die hat schon die Ruhe weg, das muss ich ihr lassen.

»Und dann bekomme ich Gregorys Handynummer?«, frage ich möglichst ebenso cool zurück. Gut, verschweigen wir eben das kleine Unglück in ihrem Büro. Dabei weiß niemand besser als ich, wie es ist, wenn einem plötzlich wichtige Dokumente davonschwimmen.

»Nein, natürlich nicht ... Das habe ich doch schon gesagt. Ich darf das nicht.« Sie macht ein seltsames Geräusch. Dann folgt ein unterdrücktes Husten. Ich ahne, dass sie ihren Kaugummi verschluckt hat. »Hören Sie, ist das vielleicht doch eine Art Datenschutzüberprüfung?«, fragt sie etwas gepresst.

»Himmel, nein!«, rufe ich entrüstet. Alex streckt sofort den Kopf aus der Badezimmertür. Ich winke ab. Alles in Ordnung.

Ruhiger spreche ich weiter. »Und wenn ich Gregory eine E-Mail schreibe?«

»Können Sie machen.« Pause. Ohne *Plopp*.

»Äh, dann bräuchte ich seine Mailadresse.«

»Schreiben Sie an unsere Zentrale.«

»Und Sie leiten die E-Mail dann weiter?«

»Natürlich ...«

Ich atme auf. Das war einfach.

Am anderen Ende der Leitung knistert Papier. Ein Schubfach wird auf- und wieder zugeschoben. Dann höre ich Kaugeräusche und ein unterdrücktes Schmatzen.

»... gleich wenn er wieder zurück ist.«

Ich wusste es. Ich wusste, dass da ein Haken ist! »Aber das ist zu spät!«, jammere ich. »Bitte, ich muss wirklich dringend mit Gregor Kontakt aufnehmen. Sagen Sie mir doch wenigstens, wo sich die Reisegruppe gerade befindet oder in welchem Hotel sie im Moment absteigt!«

»Das darf ich nicht, und das werde ich nicht ...« Es knatscht und quietscht ganz dicht an meinem Ohr. Offenbar hat sie einen neuen Kaugummi gefunden! »Woher soll ich denn überhaupt wissen, dass Ihre Geschichte stimmt?« *Plopp* ... »Und selbst dann dürfte ich nicht so einfach ...«

»Okay, ist gut«, unterbreche ich. »Wie wäre das: Ich schreibe Ihnen eine E-Mail. Mit meiner Telefonnummer. Würden Sie die dann bitte an Gregory weiterleiten? Auf sein Handy?«

»Das kann ich machen ...«

»Hallelujah!«

»... aber er wird sie trotzdem erst nach seiner Rückkehr lesen, fürchte ich.«

Ich bin kurz vor einem amtlichen Schreikrampf. Wäre

ich ein Cartoonwesen, würde mir jetzt Dampf aus den Ohren sprühen.

Plötzlich habe ich eine Eingebung.

»Und wenn ich noch mal buchen möchte? Könnten Sie mir dazu den detaillierten Programmablauf schicken?«

»Ich denke, Sie haben schon …?«

»Ja!«, unterbreche ich sie erneut. *Neue Strategie!* Die geht so: »Nein. Okay. Sie haben mich erwischt. Ich bin nicht Janne Michelsen. Ich bin ihre beste Freundin. Und ich möchte sie überraschen. Weil sie Geburtstag hatte. Ich möchte dazustoßen. Dazu muss ich aber wissen, wo die Gruppe sich gerade befindet.«

Plopp. »Sehen Sie, ich wusste gleich, dass Ihre Story nicht stimmen kann. Als Nächstes hätten Sie mir noch erzählt, dass Sie sich in Gregor verliebt haben.« Sie lacht keckernd. »Das hatten wir nämlich auch noch nicht. Einen Moment, bitte.«

Sie hält den Hörer zu, aber unter dem Rascheln ihrer Hand nehme ich undeutliches Murmeln wahr. Insgeheim beglückwünsche ich mich zu meinem Coup und klopfe gleichzeitig auf Holz. Sicher ist sicher.

»Dann müssten Sie zuerst den vollständigen Reisepreis überweisen«, fordert sie gleich darauf.

Ich schnappe nach Luft. »Aber die Tour hat ja schon begonnen!«

»Eben. Normalerweise müssten Sie sechs Wochen vorher komplett überwiesen haben.«

Unglaublich! Unverschämt! Mein Finger schwebt drohend über dem roten Auflegen-Symbol. Gleichzeitig überschlage ich im Kopf, wie viel Guthaben ich noch bei Pay-

Pal habe und ob mein Konto ausreichend gedeckt wäre. Die Situation ist so absurd. Liegt das an meinem Erkältungskopf? Oder bin ich einfach nur im falschen Film gelandet? Vielleicht ist das alles ein abgekartetes, komplett durchorganisiertes Spiel, und alle um mich herum sind Schauspieler? Wie in diesem alten Film mit Michael Douglas ... Gab es davon nicht sogar ein Remake? ... Nein. Ich glaube nicht, dass man einen Gregory oder so eine Telefontrulla derart genial casten könnte. Das muss echt sein. Und selbst wenn nicht ... Ich gehe mit.

»Vorschlag«, höre ich mich mit verschwörerischem Pokerunterton sagen. »Ich zahle hundert Euro jetzt direkt online an, aber Sie schicken mir dann umgehend den Reiseverlauf mit der nächsten Hoteladresse. Einverstanden?«

»Da muss ich erst den Chef fragen«, verkündet Frau Kaugummi ungerührt und drückt mich erneut weg.

Klischeegerecht ertönt der *Skye Boat Song*. Aber in einer neuen Variante: Xylophon trifft zwei traurige Geigen. Ich verdrehe die Augen und schlage rhythmisch auf mein armes Kissen ein. Das. Kann. Doch. Nicht. Wahr. Sein!

Aus dem Augenwinkel nehme ich ein Winken wahr. Alex macht auf sich aufmerksam. Seinen fragenden Blick beantworte ich, indem ich mit einem Ausdruck der Verzweiflung die Lautsprechertaste aktiviere. Das Xylophon scheppert jetzt etwas blecherner, aber immer noch äußerst enthusiastisch übers Meer.

Alex fängt albern im Takt an zu schunkeln und tanzt zur Tür. »Ich gehe schon zum Frühstück vor, okay?«

Ich nicke ergeben. In diesem Moment fängt das Handy

an zu brummen. »Oh, warte! Shit! Da kommt ein Anruf für dich rein ...« Pflichtschuldig halte ich es ihm entgegen. Auch das noch! Wenn ich jetzt aus der Warteschleife fliege ...

Er sieht mein verzweifeltes Gesicht und schüttelt grinsend den Kopf. »Ich muss da nicht rangehen. Ich habe Urlaub. Möchtest du Tee oder Kaffee?«

Dankbar ist gar kein Ausdruck. Ich schenke ihm mein schönstes, anhimmelndstes Wimpernklimpern und drücke das immer noch dudelnde Telefon an mein Herz. »Darf ich denn schon wieder Kaffee, Herr Doktor?«

»Ich sehe mal in Ihre Krankenakte. Bin gleich wieder da.« Er zwinkert mir zu, stimmt pfeifend in den *Skye Boat Song* ein und schließt die Tür hinter sich.

Ich lasse mich rücklings aufs Bett fallen und stöhne. Aus mehreren Gründen. Erleichterung ist einer davon. Außerdem beschäftigt mich der Anblick seines wiegenden Knackpopos in engen Jeans. Muskeln in fließenden Bewegungen. Geschmeidig. Wer gut tanzen kann, der ist auch gut im ...

»Hallo?«, quäkt es über den Lautsprecher aus der Leitung. Hastig richte ich mich auf, was ein erneutes Kreiseln und Drehen des Raumes zur Folge hat. Ich muss mich mit beiden Händen abstützen, bis ich mich ausgetrudelt habe. »Warten Sie. Bin gleich so weit«, rufe ich in Richtung des Telefons.

Plopp. »Sie wissen aber schon, dass ich nicht den ganzen Tag Zeit habe, oder?«

Wie kann man eigentlich gleichzeitig Kaugummiblasen machen und gestresst sein? Ich angele mit geschlossenen

Augen nach dem seidenen Faden, der mich von Gregory und meiner Gruppe trennt, und hebe das Fräulein gebührend behutsam an mein Ohr. »Hier bin ich«, ächze ich schließlich und spähe vorsichtig durch meine Wimpern. Es geht wieder. Die Möbel haben aufgehört, Karussell zu spielen, die Wände stehen still, und meine Hormone sind zurück auf Normallevel. »Und?«, frage ich mit ganzer Aufmerksamkeit da, wo sie hingehört.

»Was – und?«

»Na, was sagt der Chef?«, helfe ich ihr auf die Sprünge. *Plopp.*

Ich verdrehe die Augen. *Das hat er ganz sicher nicht gesagt.*

»Warum wollen Sie eigentlich unbedingt hundert Euro für eine Reise ausgeben, die Sie bereits gebucht und bezahlt haben?«, will sie plötzlich wissen. Die Kaugummikauerin des Monats klingt misstrauisch.

»Na, Sie lassen mir doch keine Wahl!«, seufze ich.

»Aha. Reingelegt. Also sind Sie gar nicht Ihre Freundin? ... Oder sind Sie so eine Art Qualitätsprüferin? Ich habe so was läuten hören, dass der Chef undercover ... Hören Sie mal, wir machen wirklich gute Arbeit hier. Wir bemühen uns sehr und ...«

»Nein«, flehe ich. »Bin ich nicht! Ich will einfach nur Gregory treffen.« Wenn sie jetzt kichert, bring ich sie um.

»Hmm ...« *Plopp.* Und wenn sie nicht sofort mit dem Blasenschlagen aufhört, ziehe ich sie mit der Nase zuerst durch den Hörer! Ich starre hilflos an die Zimmerdecke und fokussiere eine einzelne zarte Spinnwebe, die sich sanft in der Heizungsluft bewegt ... *Ich bin ganz ruhig. Ich atme ein ... und aus ...*

Plopp. Frau Kaugummi überlegt immer noch. »Sind Sie noch da?«

Ich muss niesen. Das kleine Gespinst über mir wird durch den plötzlichen Luftzug aus seinem Rhythmus gerissen.

»Ja natürlich«, näsele ich.

»Kein Scherzanruf?«

»Nein, ehrlich nicht! Beim Leben meiner beiden Katzen!«, heule ich auf. Das klingt zwar ziemlich verschnupft, aber nicht halb so unwirsch wie beabsichtigt. Leider – oder zum Glück.

»Sie haben Katzen?«

»Ja. Zwei.«

»Ich mag Katzen.« *Plopp.* »Aber Hunde mag ich lieber.«

Ich stöhne lautlos und setze alles auf eine Karte. »Die beiden sind aus dem Tierschutz.«

Plopp. »Das finde ich super.« *Plopp.* Es knistert und raschelt. Ich höre sie förmlich denken. Plötzlich fängt die Gute an zu flüstern wie der Buchstabenhehler Schlemihl in der Sesamstraße. »Psst. Hören Sie mal. Mir ist das egal, ob Sie nun Frau Michelsen sind oder ihre angebliche beste Freundin. Es scheint Ihnen ja ziemlich dringend zu sein, und ich habe wirklich Besseres zu tun, als stundenlang mit Ihnen zu telefonieren. Aber ich habe ebenfalls keine Lust, wegen Ihnen meinen Job zu verlieren. Klar so weit?«

Ich nicke und frage mich einen Moment lang hysterisch, ob sie mir als Nächstes ein »A« aus ihrem Trenchcoat verkaufen will. »Ja sicher«, krächze ich zunehmend verzweifelt. Ich würde auch ein »B« nehmen. Meine Nase läuft, und ich bekomme einhändig kein Taschentuch aus der Packung. Worauf will Miss Kaugummi denn hinaus?

»Also. Die sind noch bis übermorgen in den River Edge Lodges in Perth, das sind die Self-Catering-Hütten, in denen das *Gathering* von Staffel vier gedreht wurde, und dann übernachten sie noch mal zwei Tage in Fife im Old Manor. Aber das haben Sie nicht von mir. Klar?«

»Klar«, flüstere ich und muss mich räuspern. Ich bin völlig perplex und sogar ein bisschen ergriffen. In diesem Moment bin ich mir sicher: Die kaugummikauenden Büroangestellten unserer Republik werden völlig zu Unrecht und viel zu häufig unterschätzt. »Danke schön!«, wispere ich, weil mir die Stimme wegbleibt. Aber da hat sie schon aufgelegt, die gute Seele.

»River Edge Lodges und Old Manor«, brabbele ich stumpf vor mich hin, »Perth und Fife, Perth und Fife.« Ich kann mich gar nicht daran erinnern, etwas über die Lodges in meinen Reiseunterlagen gelesen zu haben. Vielleicht wollte Gregory sich das als Überraschung aufheben, würde passen. Hach, und so eine gelungene! Das müssen die Hütten sein, in denen Roger und Brianna beinahe miteinander geschlafen hätten und sich dann so fürchterlich gezofft haben – so was Rustikales kommt meinen Vorstellungen von Urlaub in Schottland schon eher entgegen. Aber stand in unserer Reisebeschreibung nichts von durchgängig Halbpension? Hmm. Susi wüsste das sofort, zumindest das Drehortspezifische, aber ist ja auch egal.

Ich robbe übers Bett, um an einen Kugelschreiber und einen Zettel zu gelangen. Wenn ich wieder zu Hause bin, schicke ich der Dame im Reisebüro eine Großpackung

Hubba Bubbas im Geschenkkarton. Die hat sie sich verdient. Jetzt muss ich mir superdringend die Nase putzen – und dann mit neuer Euphorie: Frühstück!

»Na? Was gibt's Neues? Du strahlst ja so! Ich habe auch Neuigkeiten, aber du zuerst.« Alex sitzt in dem kleinen Speisesaal des Bed & Breakfast, der eher einem familiären, etwas zu groß geratenen Wohnzimmer gleicht, an einem Tisch am Fenster. Er steht auf und hält mir den Stuhl hin, und als ich mich setze, scannt er mit den Augen jede meiner Bewegungen ab, vor allem die meiner Mimik.

»Alles super«, platze ich heraus. »Ich weiß, wo sie sind! Meine Katzen haben mich gerettet.«

»Du hast Katzen?«, fragt er erstaunt.

»Habe ich das nicht erwähnt?«, frage ich ebenso überrascht und ziehe die Stirn kraus.

»Nein?!« Er sieht mich fragend an.

»Doch, ganz sicher«, fällt mir ein. »Als wir über meine E-Mail-Adresse geredet haben. G und L – George und Lucas.« Und dann werde ich zur Abwechslung mal blass, weil ich ihm das damals nicht verraten habe.

»Das sind Katzen?«

»Ja sicher«, flüchte ich nach vorn. »Was dachtest du denn? Meine zweijährigen Zwillinge, die ich mit Dosenfutter und bei der Nachbarin zurücklasse?«

Er will sich beinahe ausschütten vor Lachen und schüttelt den Kopf. »Nein, ich dachte … du hast was von engen Freunden gesagt. Egal … das erzähle ich dir ein andermal … ein Missverständnis, es ist mir peinlich. Du hast also Katzen!«

Seine Euphorie ist mir unheimlich. »Bist du allergisch?«
»Nein!«

»Gut!« Ich erwidere sein Strahlen.

Er lächelt verhalten zurück. »Also? Erzähl!«

Ich habe einen Mordshunger. Auch wenn ich nur die Hälfte von dem schmecke, was ich mir zwischen die Zähne schaufele, vertilge ich drei Scheiben Toast, eine ordentliche Portion Rührei, gebratene Tomaten und Pilze, die obligatorischen weißen Bohnen in Soße, einen schottischen Kartoffelpuffer und Porridge. Dazwischen berichte ich von meinem unglaublichen Telefonat und dass ich schlussendlich gerettet bin: »... bis morgen sind sie noch in einer Ferienhaussiedlung in Perth und ab da die nächsten zwei Tage in Fife in einem Hotel namens Old Manor. Fantastisch, oder?« Ich nehme noch einen letzten Bissen vom besten Orangenmarmeladentoast, den ich je zum Frühstück gegessen habe, dann schiebe ich die Schüsseln und Teller stöhnend von mir.

»Und wo genau in Fife?«, hakt Alex nach.

»Wie, wo genau?«

Begriffsstutzig starren wir einander an.

»Na, Fife ist ein ganzer Bezirk, einer von zweiunddreißig *council areas* in Schottland«, erklärt Alex. »Old Manors gibt's da sicher einige.«

Kampflustig erwidere ich seinen skeptischen Blick. »Dann google ich eben. Jetzt bin ich so weit gekommen, das schaffe ich auch noch.« Und zwar ohne Miss Kaugummi.

Alex schiebt seinen Teller weg, er scheint keinen Hunger mehr zu haben. Aber vielleicht kommt er auch einfach nicht zum Essen, weil er mir ja zuhören muss. Und versöhnliche Fragen stellen. »Was macht dein Hals?« zum Beispiel.

»Auch viel besser!«, strahle ich und nehme einen großen Schluck Kaffee. Richtig guten, frisch aufgebrühten italienischen Kaffee. Herrlich.

»Freust du dich jetzt mehr auf den Jacobite oder eher darauf, mich bald los zu sein?«

Ach herrje. Mir dämmert, wie mein Energieschub auf ihn wirken muss. Ich stelle meine Tasse ab. »So ist das ganz bestimmt nicht gemeint. Ich …« Ich werde dich nämlich schrecklich vermissen, du Schotte Nummer eins, denke ich. Und eigentlich will ich auch gar nicht weg, aber du willst mich ja offenbar nur als kleine Schwester, und das halte ich nicht aus. Aber dein Mitleid will ich erst recht nicht, also halte ich die Klappe. Und wie soll ich dir das auch sagen? »Bist du mir böse?«

»Ach Quatsch! Es ist doch toll, dass du bald wieder mit deiner Gruppe vereint bist. Das wolltest du ja von Anfang an.« Er grinst schief. »Mit Melly … und Gregory … und, äh … wie hieß diese verrückte Kölnerin, von der du mir erzählt hast?«

»Susi«, nuschele ich und schmiere mir doch noch eine Scheibe Toast. Auf Maike und Christina freue ich mich mehr. Aber … *Sag doch einfach, dass ich bleiben soll, Alex! Sag es jetzt!* Sein Rührei sieht noch ziemlich unangetastet aus. »War es nicht gut?«, frage ich, obwohl ich genau weiß, dass es nicht das ist.

»Doch, doch«, beeilt er sich zu sagen und lächelt. Seine Augen sind dunkel und moosig und reflektieren das Licht der Kerzen auf unserem Frühstückstischchen. Er sieht traurig aus. Ich schlucke kurz. Ich werde ihn wirklich vermissen. Sehr! Ob wir uns wiedersehen werden? Auf einmal bin ich auch total bedrückt. Wir müssen unsere Telefonnummern austauschen, und die Adressen! *Statistisch bleiben Urlaubsbekanntschaften in den meisten Fällen sehr bald auf der Strecke, Janne!* Ich muss schnell an etwas anderes denken.

»Mein deutscher Magen ist so schwere Kost am Morgen eigentlich nicht gewöhnt«, plappere ich pseudofröhlich weiter. »Und so viel Aufregung auch nicht.« Ich unterdrücke einen Rülpser und sehe Alex zerknirscht an. »Adrenalin ist Adrenalin, oder? Wie soll so ein armer Körper denn unterscheiden können, dass das hier positiver Stress ist?! Aber für Whisky ist es noch etwas früh. Vielleicht sollte ich nachher beim Kohlenschippen helfen. Das ist bestimmt gut für die Verdauung.« *Oh Himmel, Janne! Was redest du schon wieder für einen Müll. Verdauung? Ernsthaft?* Wie überaus appetitlich! So wird er dich garantiert in bester Erinnerung behalten!

Er lacht schallend auf, und ich strecke meinem Meckerstimmchen in Gedanken die Zunge heraus. Ätsch, Mann. Ich weiß besser als du, was ihn aufmuntert!

»Den Dram heben wir uns für den Zug auf, in Ordnung? Und mit schweißtreibendem Sport warten wir lieber, bis du wieder völlig auf der Höhe bist, einverstanden?« Er zwinkert mir so vieldeutig zu, dass ich schon wieder rot anlaufe wie ein Schulmädchen. Schulmädchen*report*, wiehert die unreife Stimme in meinem Kopf und rutscht vor Lachen unter den Schreibtisch meiner Schaltzentrale. »Kindskopf«, schimpfe ich mit mir selbst. Alex zieht die Augenbrauen hoch.

»Nicht du«, beeile ich mich zu sagen und schiele auf meine Armbanduhr. Zehn Minuten haben wir noch. »Ich quassele die ganze Zeit Blödsinn. Welche Neuigkeiten wolltest du mir berichten?«

»Nicht so wichtig«, winkt er ab. »Ich hatte den Mietwagen organisiert. Aber ich kann das auch abblasen, wenn du nach unserer Bahnfahrt gleich weiter nach Perth willst. Es gibt mehrmals täglich gute Zugverbindungen von Fort William aus – es sei denn ... also, du willst doch noch mit mir und dem Steam Train fahren, oder?« Er sieht mich mit so weit geöffneten Augen an, dass seine Iriden darin schwimmen wie dunkelgrüne Inseln in einem gischtweißen Meer.

»Das würde ich mir um nichts in der Welt entgehen lassen!«, sprühe ich inbrünstig. Das war bestimmt schon wieder zu viel Enthusiasmus. »Wie weit ist es eigentlich von hier nach Perth?«, setze ich schnell hinterher.

Alex guckt wie ein Schuljunge, den man beim Abschreiben erwischt hat. »Bist du ganz sicher, dass du uns so bald schon verlassen willst?«

Nein. Ich bin nicht sicher! Ich bin überhaupt nicht sicher, was ich will oder nicht will oder muss oder wer ich bin und wenn ja, wie viele. Und außerdem: Nicht *euch* verlassen, sondern *dich*. *Du* wirst mir gefährlich, verdammt noch mal, und das führt mich in eine dunkle, schmale Sackgasse ohne Wendemöglichkeit!

Ich mache ein hilfloses Geräusch, das wie das gurgelnde Japsen eines Hundes mit Kissen im Maul aus meiner Kehle kommt. Zwei Jahre lang war ich unglücklich in Ruben verliebt. Zwei Jahre, in denen ich seine beste Kumpelfreundin war und er sich bei mir regelmäßig Rat für seine Flammen abgeholt hat! Diese Hölle will ich so schnell nicht mehr betreten.

Alex sieht mich einen Moment lang besorgt an, dann schiebt er mir mit einem verdeckten Grinsen eine vom Duschen noch feuchte Haarsträhne hinters Ohr. *Das ist eine durch und durch brüderliche Geste, Janne, du bist sein Alibi, alles rein freundschaftlich, das hat er selbst gesagt, und bei seinem oder seiner Robin macht er das garantiert auch immer, also bilde dir bloß nichts ein!*

O Gott! Ob der Mann eigentlich weiß, wie sehr er mir mit seiner Chemie den Kopf verdreht? *Denk an Ruben!* Seit ich ihn kenne, habe ich von Stunde zu Stunde mehr das beunruhigende Gefühl, dass ich mich weder auf die Stabilität meiner Knie noch meinen Herzschlag noch auf sonst irgendwas verlassen kann.

In seiner Nähe drohe ich all meine Grundsätze zu verlieren. *An Ruben denken, verdammt noch mal!* Und darum *mussssssss* ich weg. Ich muss doch, oder? Warum nur sieht er mich so an? Das darf er nicht. Das gilt nicht. Das ist so überhaupt nicht ... brüderlich ... fair ...

»Ich ... ich ... ich«, fange ich schon wieder an zu stammeln. »Ich bin gleich wieder da. Ich geh nur noch schnell Haare föhnen und Zähne putzen.«

Im Badezimmer glotze ich nachdenklich mein schaummündiges Spiegelbild an und überlege zahnbürstenkreisend, ob Alex wohl sehr eingeschnappt ist, wenn ich ihn bitte, mich doch schon heute Abend in einen Zug nach Perth zu setzen. Andererseits ... Er ist so großzügig. Hilfsbereit. Gastfreundlich. Fürsorglich. Warmherzig. Wunderbar. Sein Lachen. Seine Augen. Sein Charme. Sein Po. Seine Bartstoppeln. Die Art, wie er mir Haarsträhnen hinter die Ohren schiebt.

Nein, nein, nein! Schlag ihn dir aus dem Kopf, Janne. Ich muss abhauen! Rechtzeitig! Es ist höchste Eisenbahn. Einseitig verliebt sein – das hat bisher noch jeder das Herz gebrochen! Finger weg von der Ruben-Hölle. *Eine* Erfahrung mit so was reicht. Und diesmal *weiß* ich sogar, was Sache ist! Also, so ungefähr ... oder auch nicht.

Aber die Landschaft, widerspricht ein trotziges Stimmchen in meinem Kopf. *Glen Coe! Ich will ja nur dieses Naturreservat sehen, bevor wir die Highlands verlassen.* Wann hat man schon einmal die Gelegenheit, dass einem ein Schotte seine Heimat zeigt? Und dann noch so ein netter? Ich finde ja, das Stimmchen hat recht ...

Nein! Mach dir noch einen schönen Tag zusammen mit dem bestaussehenden Schotten, mit dem du jemals – quasi – das Bett geteilt haben wirst, und dann verabschiede dich in Würde, solange du noch kannst.

Ich nicke meinem Spiegelbild zu, schlucke traurig und muss prompt husten, als ich Zahnpasta in den falschen Hals bekomme, weil ich zu einem letzten inneren *Aber* ansetze.

Mir tränen die Augen, als ich schließlich wieder Luft bekomme. Apropos höchste Eisenbahn. Wenn wir den Zug nicht noch mal verpassen wollen, muss ich jetzt eine Schippe zulegen, um im Dampflokjargon zu bleiben.

Wir verlassen die Pension zeitgleich mit der internationalen *Whisky-and-Nature*-Gruppe, Busfahrer James nimmt uns noch mit bis zum Bahnhof.

Unser Abschied ist unspektakulär. Eva ist sichtlich erstaunt, anscheinend hat Alex ihr bis zuletzt nichts von seinen Plänen erzählt. Sie wirkt einen Moment lang aus dem Konzept gebracht, aber sofort gibt sie die Unnahbare und schickt Alex einen Blick hinterher, der ihm eigentlich den Hinterkopf kahl brennen müsste.

Er scheint davon nichts mitzubekommen, so sehr ist er mit unserem Gepäck beschäftigt und dem Abschied von den Jungs. Ich habe die alten Herren lieb gewonnen und muss mir tatsächlich ein Tränchen wegdrücken, als sie uns mit einem »Tschüs Alex und Janne!« verabschieden. Und meinen Namen natürlich wie Jenny aussprechen. Aber *die* dürfen das! Die schon! Bei Gregory dagegen hatte das null Charme …

Ich drücke dem verdutzten Paul noch ein Küsschen auf die Wange. Er steckt mir augenzwinkernd ein Visitenkärtchen zu und meint: »Man liest sich!«, und dann renne ich Alex hinterher, der schon beinahe um die Ecke des Bahnhofsgebäudes gebogen ist. James hupt. Wir winken noch mal heftig, und dann sind sie weg.

»Bereit?« Alex wedelt mit den Tickets.

»Unbedingt!« Schluss mit Trübsinn und Grübelei. Übermütig hake ich mich bei ihm unter, als wir die kleine Bahnhofshalle durchqueren und aufs Gleis treten. Und dann rollt er ein, der Jacobite, ächzend und schnaufend und mit ordentlich Dampf. Meine Sorgen wegen Alex und heute Abend und Gregory und allem Weiteren sind angesichts der stämmigen schwarzen Dampfmaschine wie weggeblasen. Ich komme mir vor wie in meine Kindheit zurückversetzt, oder nein, weit vor meine Zeit: wie in ein anderes Jahrhundert. Es riecht nach Kohlenfeuer. Wir laufen an Waggons vorbei, die nur von außen besonders aussehen, aber innen eher den abgeranzten Charme einer ausrangierten S-Bahn versprühen. Dann kommt der Harry-Potter-Waggon mit den eleganten Abteilen, die man aus den Filmen kennt, und schließlich zieht Alex eine Tür auf, die in unseren Großraumwaggon führt.

Mit kindlichem Breitmaulfroschgrinsen tappe ich ihm über den Holzfußboden voraus bis zu unserem Platz. Na ja, eigentlich hibbele und hüpfe ich eher wie eine Vierjährige ins weihnachtliche Bescherungszimmer.

Jeder der ovalen Tische, die zu den Vierersitzgruppen gehören, ist mit dunkelgrünem Leder bezogen, die gigantischen Plüschsitze mit einem edlen floralen Muster in Beige und Schwarz. Auf den Tischen stehen schwere Messinglampen. Alles *very British* und einfach bezaubernd.

Die grünen Schirme haben beigefarbene Fransen, die ekstatisch ruckeln, als die Lok sich schwerfällig in Bewegung setzt.

Unser Tischchen ist eingedeckt mit weißen Porzellantassen und silbernen Löffeln (zumindest bilde ich mir ein, dass sie nicht einfach aus Edelstahl sind, sondern von kleinen Hauselfen, denen noch niemand eine Socke geschenkt hat, auf Hochglanz poliert wurden, bis sie so aussahen). Ich lasse mich in meinen Sessel sinken und streichele behutsam über die dick gepolsterten Armlehnen.

»Wow«, raune ich ehrfürchtig. Ich sitze in einem antiken

Zug, in einem der berühmtesten weltweit. »Zwick mich mal!«

Alex liest den Roman in meinem Gesicht mit einem Ausdruck glücklicher Zufriedenheit.

»Gefällt's dir?«, fragt er bescheiden.

»Was für eine Frage!« Ich nicke begeistert, während ich die Jacke ausziehe und sie unauffällig mit meinem Rucksack zu meinen Füßen verstaue.

Das Abteil ist beheizt, mir ist gut warm. Vielleicht ist das auch schon wieder die Aufregung. Aber ich muss mich jetzt einfach zu ihm hinüberbeugen und ihn küssen. Ganz freundschaftlich. Schwesterlich. Oder so.

Der arme Mann weiß gar nicht, wie ihm geschieht, als ich mich über den Tisch kämpfe. Und das ist, angesichts der Möbelbreite, nicht so einfach, ohne das Geschirr zu zerdeppern wie ein Elefant im Porzellanladen. Es klirrt ein bisschen, aber der Überraschungsmoment ist meiner. Geschickt, wie ich bin, habe ich ihn am Schlafittchen, und zack, hat er einen Schmatzer auf der Wange.

»Danke!«, sage ich überschwänglich und lasse mich zurückplumpsen.

»Und wir sind noch nicht mal aus dem Bahnhof raus.« Alex guckt verwirrt, dann feixt er mich mit diesem Ich-weiß-was-was-du-nicht-weißt-Blick an, dass ich schnell wieder wegsehen muss.

Der Waggon ruckelt noch mal kurz, und dann dampfen wir wirklich los, im wahrsten Sinn des Wortes. Die Fenster werden von Schwaden hellgrauen Rauches verhüllt. Das gibt mir das Alibi, hinauszusehen und ein paar völlig Fremden am Bahnsteig zu winken, die uns sehnsüchtig hinterherblicken. Das Tempo der nostalgischen Dampflok ist gemächlich. Wer hier reist, möchte nicht möglichst schnell irgendwo ankommen, sondern ist es schon. Genau hier.

Das Unterwegssein genießen, die Aussicht auf die wunderschöne Landschaft draußen – hier drin sein ist alles. Der Weg ist das Ziel. Leben im Hier und Jetzt, den Augenblick auskosten und noch ein paar Kalendersprüche mehr fallen mir ein, und sie machen mich nachdenklich und fühlen sich rundum stimmig an zum Soundtrack der dickbäuchigen schwarzen Dampfmaschine. Ich muss an die Miniatureisenbahn meiner Kindheit denken, an den Museumszug mit dem simulierten Dampf, der Opa gehörte. Mein Großvater machte die Geräusche dazu für mich immer selbst mit Mund und Zunge. *Tsch-t-t-t-tscht-t-t-t* ... Hier sitze ich jetzt also, im Original, und kann es kaum fassen. Außen vor der beschlagenen Scheibe ziehen immer neue selbst gemachte Wolken vorbei, und es klingt ganz genauso wie damals, nur kraftvoller und größer, und eine sanfte Vibration kommt dazu, die ganz anders ist als in herkömmlichen Zügen. Im Hintergrund meiner Wahrnehmung murmeln andere Gäste. Man unterhält sich leise und gediegen. Offenbar tauchen alle in dieses sonderbar nostalgische Heile-Welt-Gefühl ein. Die beiden Sitze neben uns bleiben leer. Doppelter Luxus. Eine Zugbegleiterin in niedlicher Uniform kommt mit einem Teewägelchen vorbei, räumt dezent die überzähligen Gedecke ab und schenkt uns Tee ein. Versunken spiele ich mit der Verzierung der Lampe auf unserem Tisch und lasse den Zeigefinger durch den Fransenvorhang gleiten.

»Warte«, bittet Alex plötzlich. »Mach das noch mal.«

»Was denn?« Ich hebe den Blick und sehe, dass er sein Handy auf mich gerichtet hat.

»Nur ein Foto, schöne junge Frau, *please!*«

Ich muss lachen, und er knipst und knipst. Albern posiere ich mit aufgestützten Ellbogen, blicke verträumt aus dem Fenster, rekele mich in den Sessel und vertiefe mich in die Menükarte (sechzehn Pfund für ein bisschen Käse, ist das euer Ernst?).

»Jetzt ich!«, rufe ich übermütig und fordere das Handy. Dann fotografiere ich Alex und gebe ihm Regieanweisungen, die er auch brav befolgt, bis die Zugbegleiterin wiederkommt.

Und sie hat eine Flasche Champagner und zwei Gläser dabei. »Also, deinen Whisky bekommst du natürlich noch, wenn du möchtest, aber ich dachte, das hier wäre vielleicht ein bisschen stilechter. Ich liebe Champagner und du hoffentlich auch. Einverstanden?«

»Bist du …? Das ist ja …« Ich starre von Alex zu ihr. Mir fällt auf, dass die junge Frau ein Nasenpiercing und eine Tätowierung im Ohr hat. Für einen Moment bin ich abgelenkt durch den Stilbruch. Gefällt mir!

Immer noch sprachlos sehe ich dabei zu, wie sie gekonnt die Flasche öffnet und uns einschenkt. Als ich Alex das Telefon über den Tisch zurückschiebe, berühren sich unsere Finger. Schon wieder. Das elektrische Summen und Kribbeln, das die Berührung auf meiner Haut auslöst, bringt mich in die Wirklichkeit zurück. Oder eben nicht. Ich schaue ihm zu tief in die Augen. Mir wird schwindelig, noch bevor ich am Champagner auch nur genippt habe. *Einatmen … Ausatmen …*

»Auf diesen Moment!«, krächze ich mit belegter Stimme. Wir lächeln uns über unsere Gläser hinweg an, trinken, und mir wird noch wärmer ums Herz, um nicht zu sagen, ganz schön heiß. Mit einem glücklichen Seufzer stelle ich mein Glas ab. Scheißegal.

»Was ist?«, fragt Alex.

»Kennst du Goethes *Faust*? Wenn jetzt Mephisto bei mir anklopfen würde, wäre meine Seele auch ziemlich gefährdet, glaube ich.«

»›Werd ich zum Augenblicke sagen: Verweile doch! du bist so schön! Dann magst du mich in Fesseln schlagen, dann will ich gern zugrunde gehn!‹ – Meinst du diese Passage?«

Ich nicke und kann nicht aufhören, dabei selig zu lächeln. Alex kann den *Faust* zitieren. Und noch dazu so wunderbar mit diesem unvergleichlichen schottischen Akzent.

Er schmunzelt. »Also, wenn ich dich fesseln muss, damit du noch ein wenig bleibst, könnte ich vielleicht schwach werden, aber zugrunde gehen, dafür bist du mir viel zu schade.«

Ich verstecke mich hinter meinem Glas und halte, ohne es zu merken, für zwei Atemzüge die Luft an.

»Wann kommen wir eigentlich ans Viadukt?«, frage ich schnell. *Er flirtet nicht, er ist nur fürsorglich, Janne. Mach dir das nur einfach immer wieder bewusst. Freu dich, so einen tollen platonischen Freund zu haben, und dann ist alles gut.*

Nein, ist es nicht – der Kerl macht mich wahnsinnig! Ich muss ihm endlich sagen, dass er den Mietwagen abbestellen soll. Ich muss ihn verlassen. Heute Abend!

Aber ich kann nicht.

Ich kann es einfach nicht!

17

Verweile, Augenblick, und geh nicht weg!

Jannes Reiseblock

Tag 5
Montag, 11.05 Uhr
Wir haben den Jacobite gesehen, wie er das Glennfinnan-
Viadukt überquert hat! Es war spektakulär!

Das war es wirklich. Ich habe nicht mal gelogen, und trotzdem zerknülle ich den Zettel und stopfe den Block zurück in meinen Rucksack. Was soll das, diese ganze bescheuerte Schreiberei? Für wen? Für was? Ich werde einfach eine Postkarte nach Hause schicken und erklären, dass mein Handy den Geist aufgegeben hat. So einfach war das anno dazumal. Dieser antike Zug bringt mich auf hervorragende Ideen! Nur diese olle Mechanik macht mich irre!

Eine gefühlte Ewigkeit doktere ich vergeblich an dem blöden Schnappmechanismus des nur zehn Zentimeter hohen Fensterspalts herum, der sich über die ganze Breite zieht. Dann endlich gelingt es mir, das Glas aufzuschieben, und ich schieße mindestens fünfzig Bilder aus der schmalen Öffnung. Die Hälfte davon ist nicht verwackelt, sondern richtig gut geworden. Durch die Kurve der Brücke mit ihren hohen, bogenförmigen grauen Pfeilern sieht man fast den ganzen Zug darauf, mit Dampfwolken und Lok und dem tiefen, bewaldeten Tal darunter, das dem Viadukt und dem kleinen Dorf seinen Namen gab. Glenfinnan. In der Ferne glitzert blau der Loch Shiel, und ich meine sogar das Glenfinnan Monument an seinem Ufer erkennen zu können.

»Die schickst du mir alle, ja?«, bitte ich Alex, der sein Schmunzeln nur halbherzig hinter der Teetasse zu verstecken sucht. Wir sehen uns kurz in die Augen und müssen dann beide schnell weggucken.

Zwischen uns hängt eine Schwere, die sogar das Wetter beeinflusst, könnte man meinen. Verdammt, wir hatten so viel Spaß zusammen! Das Leben ist ungerecht! Draußen hat es wieder zu regnen begonnen. Der Himmel hat sich zugezogen, ich komme gar nicht mehr hinterher, die beschlagenen Scheiben mit meiner Serviette trocken zu wischen, und gebe schließlich auf. Draußen ist sowieso nur noch grau, und man kann nicht unterscheiden, ob es von der Lok oder vom Wetter kommt oder beide gemeinsame Sache machen.

Drinnen knabbern wir Cookies, trinken Champagner, tun fröhlich und unbeschwert und scrollen uns gemeinsam durch die Fotos, die wir voneinander, vom Zug und von der Aussicht gemacht haben. Auf Alex' Bildern bin ganz häufig ich in Nahaufnahme zu sehen und er auf meinen.

Und einmal taucht unvermittelt sein knackiger Jeanshintern auf.

Alex sieht mich an.

»Oh, da ist mir die Kamera verrutscht«, behaupte ich.

Er lacht. Wie immer, gut gelaunt, honigweich. Wenn man es genau nimmt: Der ganze Kerl *ist* Honig. Wir mögen die gleichen Filme, wir haben denselben Humor, wir … Hmmmm. Ich muss mich endlich einkriegen und akzeptieren, dass das hier aus tausend Gründen nun mal keine Zukunft hat. Aber bis zum Ende des Tages gehört er mir!

Als wir in Mallaig zur Mittagspause aussteigen, machen wir ein paar Selfies vor der Lok. Dann spazieren wir untergehakt (und das ist gut so, ich habe trotz des ausgiebigen Frühstücks einen leichten Schwips) in Richtung Hafen und gehen tiefer in das Fischerstädtchen hinein.

Hier und heute meint es das schottische Wetter entschieden besser mit uns: Kein Sturm diesmal, nur feiner, fast schon hanseatischer Nieselpiff. Die Möwen halten sich dezent auf Abstand. Sie haben Besseres zu tun und belauern ein anlegendes Boot mit fangfrischer Ware am Fischereipier.

Der Ort ist kleiner, als ich ihn in Erinnerung hatte. Die mit Moos und Heide bedeckten Hügel reichen bis hinunter zum Meer. Die bunten Häuser sind direkt an die Hänge gebaut, willkürlich verstreut, hineingewürfelt.

Wir kommen an mehreren geöffneten Cafés und Bistros vorbei. Aber Alex zieht mich entschieden an allen vorbei, die ich einladend und sympathisch finde. Er steuert eine Nebenstraße an, weg vom Meer und den Souvenirshops der ersten Reihe. Wir biegen um ein paar weitere Häuserecken und betreten schließlich einen unscheinbaren Laden mit Glöckchen an der Eingangstür.

Dort quetschen wir uns an das einzige freie Marmortischchen und nehmen auf schwarz lackierten Bistrostühlen mit Laura-Ashley-Sitzkissen Platz.

Hier scheint die Zeit im vorletzten Jahrhundert stehen geblieben zu sein. Staunend sehe ich mich um.

Alex lächelt, als er mein Gesicht sieht. »Ich dachte, das könnte dir gefallen. Passt vom Ambiente her zum Zug, oder?«

Ich nicke stumm, drücke seinen Arm und atme tief ein. Der Duft in diesem kleinen Süßigkeitengeschäft ist überwältigend. Die ganze Einrichtung besteht aus dunklem Holz. Die Regalwand hinter uns ist bis zur Decke vollgestellt mit riesigen Bonbongläsern in allen Farben und Formen. Das muss ich unbedingt fotografieren.

»Kann ich noch mal kurz …?«

Lächelnd greift Alex bereits in seine Jackentasche und zieht sein Handy heraus.

»Was möchtest du essen? Dann bestelle ich inzwischen schon einmal.« Er drückt mir das Smartphone in die Hand und steht auf.

»Zu essen gibt es hier auch etwas? Ich meine – außer Süßigkeiten?« Ich staune schon wieder wie ein kleines Mädchen.

»Es gibt hier die weltbesten süßen Pies – aber auch ein paar herzhafte mit Gemüsefüllung, wenn dir das lieber ist. Oder Scones mit Himbeermarmelade und *clotted cream*? Dazu eine heiße Schokolade mit Sahne? Was meinst du?«

Meine Ohrläppchen verfärben sich rosa, ich kann spüren, wie das Blut darin überkocht. Mir läuft das Wasser im Mund zusammen. Das Kind in meinem Inneren schreit: »Jaaaaaa!« Ich kann gerade noch die Lautstärke dimmen, bevor es hemmungslos aus mir herausplärrt. »Heiße Schokolade und Scones! Mit vieeeeel Sahne bitte!«

Der Blick, mit dem ich Alex hinterherstarre, als er zum Tresen geht und unsere Bestellung bei der netten älteren Dame mit Brille, Kittelschürze und hochgesteckten hellroten Locken aufgibt, ist allerdings schon nicht mehr ganz so kindlich. Mir schießen eher ein paar gänzlich unpassende, nicht wirklich jugendfreie Ideen durch den Kopf, was man mit Sahne, Marmelade und so einem Adoniskörper noch so alles machen könnte. *Janne, Schluss jetzt!*

Ich würde es niemals wagen, Alex auf seinen Hintern zu reduzieren, dass wir uns nicht falsch verstehen. Aber missen wollen würde ich diesen Anblick auch nicht. Oh nein! Beileibe nicht! Und ein bisschen träumen wird ja wohl erlaubt sein ... Wie ihm wohl ein Kilt steht? Ich meine, im Handtuch habe ich ihn ja schon gesehen, und das war ... Ich sehe schnell woandershin. Mein Blick fällt auf das Smartphone von Alex, das vor mir auf dem Marmortischchen liegt. Ich überlege, was wohl geschehen wäre, wenn mir Miss Kaugummi doch Gregorys Handynummer gegeben hätte. Und auf einmal läuft genau dieser Film vor mir ab, ich sehe mir selbst beim Wählen zu, obwohl ich nichts tue, ich höre ein Freizeichen, es klingelt.

»Er nimmt ab!«, quietsche ich in meiner Fantasie Alex zu und kann mein Glück kaum fassen, während mein Zuschauer-Ich die

andere Janne einfach nur schütteln möchte. »Ja? Hallo! ... Gregory?! ... Oh, dem Himmel sei Dank, endlich!« Mein Fantasie-Alex nippt an seiner heißen Schokolade und hält mir ein Stückchen hauseigenes Fudge unter die Nase. Es riecht köstlich. Aber selbst in diesem Tagtraum lehne ich kopfschüttelnd ab. Erst muss ich telefonieren. »Gregory, hier ist Janne ...«

»Wer ist da? ... Sorry, ich bin auf einer Tour, ich kann gerade nicht – oh, Vorsicht mit Melly bitte, nicht, dass er runterf... Mist!«

»Gregory! Ich gehöre zu deiner Tour! Janne ... Michelsen. Dein verschollenes Schaf. Hast du meine Nachrichten nicht bekommen? Du hast doch gemerkt, dass dir eine Teilnehmerin fehlt, oder?«

»Jenny? Bist du das? Na, du hast Nerven, dich nach drei Tagen zu melden! Wo steckst du denn?«

Die andere Janne und ich rollen mit den Augen. Mein Kopfkino-Alex will sich ausschütten vor Lachen. Grinsend schiebt er sich ein weiteres Stück hausgemachtes Sahnekaramell in den Mund.

»Weißt du, was ich hier durchmache? Noch nie ist mir ein Teilnehmer abhandengekommen, noch nie!«

Das ist so typisch Gregory!

Ich bin sprachlos. Kopflos.

Dann atme ich tief durch und realisiere, dass es nur ein Tagtraum war, Einbildung, ein flüchtiges Hirngespinst. Nein, Gregory hin oder her. Das hier ist einmal mehr vor allem typisch für mich. Immer wenn es brenzlig wird, wenn es um Gefühle geht oder ich eine Entscheidung treffen soll, flüchte ich mich in blöde Sprüche oder abgedrehtes Kopfkino. Und was sagt mir das jetzt?

Was sagt dir dein Gefühl, Janne? Wovor läufst du wirklich weg, immer und immer wieder?

Das Telefon liegt stumm und schwarz immer noch vor mir auf dem Tischchen. Alex steht drüben am Nostalgietresen und bezahlt. Alles ist gut. Es könnte zumindest gut sein. Auf einmal habe ich einen solchen Sehnsuchtsflash, dass ich stumpf losheulen könnte. Alex verkörpert all das, was ich seit Jahren vermisse, und was ich mir niemals eingestehe, weil es ja sowieso nie klappt. Ich werde ewig Single bleiben.

Mit der Einstellung ganz bestimmt!

Mein Blick springt auf die Glasscheibe an der Theke, direkt neben Alex. Hier gibt es hausgemachtes Eis?

Nach Großmutter Abigails eigenen Rezepturen, lese ich auf einem handgestickten (!) Stoffschild im Holzrahmen.

Irgendetwas in meinem Kopf oder vielleicht auch in meinem Herzen – was weiß ich, wo – macht laut und deutlich klick: Das vierzigjährige Kind in mir gewinnt Oberwasser, und wir treffen eine gemeinsame, unumstößliche Entscheidung: Diese andere Janne, die aus meinem Film eben, das bin nicht mehr ich. Gregory kann warten. Zumindest bis morgen. Vielleicht sogar bis übermorgen. Mal sehen.

Ich werde einfach im Hotel eine Nachricht hinterlassen, dass ich noch lebe und unterwegs bin. Ich bin eine erwachsene Frau und niemandem Rechenschaft schuldig, auch nicht den Evas dieser Welt. Wie gut, dass ich Alex noch nicht wegen des Mietwagens abgesagt habe.

Gregory – wer? Pff!

Ich bin noch nicht fertig mit Freischwimmen und Im-Augenblick-Leben! Noch lange nicht! Ich fange gerade erst damit an, mit Loslassen, Mich-treiben-Lassen … Wenn ihr wüsstet, Mädels! Es hat ein bisschen gedauert, aber jetzt bin ich so weit!

Halleluja!

»Du bist ja so aufgekratzt. Hat die Lottogesellschaft angerufen, während ich unser Mittagessen bestellt habe?«

»Viel besser«, strahle ich, als Alex sich zu mir setzt. »Gewonnen hast du allerdings in der Tat: und zwar einen weiteren Tag mit mir, vielleicht sogar zwei. Ich will nur kurz im Hotel anrufen und eine Nachricht hinterlassen, dass ich noch lebe und zur Gruppe aufschließen werde … Also … wenn du noch willst?« Ich halte einen Moment die Luft an und beobachte, welche Wirkung meine Eröffnung hat.

In Alex' Gesicht wechseln die Emotionen wie die rotierenden Zahlen in einem einarmigen Banditen, und ich bin unsicher, bei welcher Kombination er stehen bleiben wird.

Endlich verziehen sich seine Mundwinkel zu einem befreiten Grinsen – Hauptgewinn! Wir strahlen um die Wette.

»Das finde ich großartig!«, sagt Alex. »Ich verkneife mir jetzt die Frage, wie es dazu kommt.« Er hält mir eine karamellfarbene Süßigkeit unter die Nase. »Hier, probier mal. Das ist hauseigenes Fudge. Das stellt Abigail nach einem Rezept ihrer Urgroßmutter her.«

Na so was. Ein Déjà-vu. Das nehme ich mal als gutes Omen dafür, dass meine Entscheidung richtig war. *Keine Grübeleien mehr, Janne. Nicht immer alles zerdenken, ich kann doch auch mal Glückskind sein!* Ich nicke, öffne den Mund und schließe sektlaunig lächelnd die Augen.

Es kitzelt, als Alex mit der Köstlichkeit verspielt über meine Unterlippe streicht, bevor er sie mir auf die Zunge legt. Das fühlt sich himmlisch an. Und es schmeckt auch so. Ich lutsche und seufze. Mein Bauch kribbelt bis in meine Fußspitzen. Das Fudge schmilzt mit mir um die Wette, und ich vergesse alles um mich herum. Da soll noch mal einer sagen, ich könnte nicht loslassen!

Ein Räuspern von Alex reißt mich aus dem Fudgeparadies. Er lächelt schelmisch, als ich widerstrebend ins Hier und Jetzt zurückkehre.

»Wir sollten aufessen, sonst fährt der Jacobite ohne uns zurück«, meint er augenzwinkernd.

Die Rückfahrt vergeht wie im Flug. Wir trinken Tee, schmieden Pläne für die kommenden beiden Tage, naschen unterschiedlichste Fudgevariationen aus Tante Abigails Laden, und zwischendurch drücke ich mir die Nase an der Scheibe platt. Ich bestaune Wasserfälle, Schafe und endlose, wellige Heideflächen.

»Sieh mal, ist das etwa ein Steinadler?« Ich deute mit der Fingerspitze in die Richtung, in der ich etwas Dunkles am Himmel kreisen sehe. Aber ich bekomme keine Reaktion. Nanu?

Alex ist eingeschlafen. Er ist in den riesigen Jacobite-Sessel gesunken, die halb ausgetrunkene Tasse Tee samt Unterteller noch in der Hand auf seinem Oberschenkel. Behutsam ziehe ich den Henkel aus seinen schlanken Fingern und stelle Tasse und Teller auf den Tisch.

Er sieht wirklich zum Anbeißen aus mit seinem Dreitagebart und den langen seidigen Wimpern.

»Träum schön«, flüstere ich in einem Anflug von Sentimentalität.

Es ist wirklich zum Heulen, und nichtsdestotrotz eindeutig: Alex will nichts von mir. Kein Kuss, kein Annäherungsversuch, kein sonst was, auch den heutigen Tag lang – nichts. Wir necken uns ein bisschen, mehr läuft eben nicht und wird auch nicht laufen. Er hat mich gern. Punkt. Ende im Gelände. Wenn er es gewollt hätte, hätte er mich schon längst verführen können.

Mein Blick fällt auf Alex' rechtes Ohrläppchen, in dem ich ein winziges Loch erspähe. Hat Holger nicht mal gesagt, auf der rechten Seite würden sich nur Schwule einzelne Ohrringe stechen lassen? Idiot. Ist doch völlig egal. Ich seufze. Platonische Freundschaften halten ohnehin meist länger als Beziehungen zwischen Mann und Frau. Zumindest bei mir ist das so. Meine Freundschaften halten ewig. Dazu müsste ich ihn nur im Freundschaftenschubfach einsortieren, aber will ich das? Meine Hormone kreischen lautstark Protest: nein! Ich will Alex in überhaupt keinem Schubfach haben, und wenn, dann im ... Ach, keine Ahnung. Kopfnuss für mich selbst: Bei einem schwulen Mann kann mir nichts passieren, ich bin emotional und auch sonst in Sicherheit ...

Und was, wenn ich mich total irre? Im Geist schreibe ich eine Liste. Linke Spalte: »schwul«. Dazu fallen mir eine Menge Stichpunkte ein: Nachtcreme, Fingernägel, Ohrloch, Küsschen für George, Kinderarzt, Robin, Alibi, steht nicht auf Eva, Flirt mit dem Rezeptionisten ...

Bei der »Nicht schwul«-Spalte würde ganz oben stehen: Flirtet mit mir. Und schon halte ich inne. Das ist in erster Linie ja sein Alibi – also tut er das gar nicht wirklich. Oder doch? Doch, doch, doch! Nervös knibbele ich an einem losen Faden der Gardine herum. *Okay, Janne, was noch? Konzentrier dich!* ... Mir will partout nichts einfallen, außer dass ich quer über die imaginäre Spalte schreiben würde: Ich will, will, *will ihn aber!*

Hoppla. Was ich will, steht nicht zur Debatte. *Leben im Augenblick, Janne:* Dieser Tag ist ein Geschenk. Und der morgen auch.

Während ich zwischen Philosophie und Pragmatismus schwanke, lasse ich den Blick über sein Gesicht gleiten, über die glatte, feinporige Haut, den kleinen Leberfleck oberhalb der Augenbraue, die schmale, kaum sichtbare Narbe knapp darüber. Ich entdecke eine winzige Schokoladenspur im Mundwinkel und kann mir gerade noch verkneifen ... Mein Finger juckt schon. Plötzlich bewegt Alex diese rosenholzfarbenen, samtweichen Lippen. (Wenn ich zu viel Sekt trinke, habe ich einen Hang zu übertriebener Schwülstigkeit.)

»Beobachtest du mich etwa?«, brummt er.

Ich zucke zusammen. »Ob ich ...? Nein!«, kiekse ich empört, gucke schnell auf meine Fingernägel und zupfe eine imaginäre Fluse von meinem Pulli.

Alex schiebt sich im Sitz hoch und öffnet schläfrig die Augen. »Tut mir leid, ich muss weggenickt sein.«

Abrupt höre ich auf, an meinem Kragen herumzunesteln. Moment mal: »Beobachtest du *mich* etwa, wenn ich schlafe?« Ich stelle mir vor, wie er in unserem Hotelzimmer über die Sofalehne zu mir herüberschielt und die Decke dabei von seinem nackten Oberkörper rutscht, bis die Boxershorts darunter hervorlugen … Mir wird auf einmal ziemlich warm.

»Das sollte ich auf keinen Fall zugeben, wenn es so wäre.« Alex gluckst. »Es wäre creepy, oder?« Sein Blick hält mich fest, während er sich aufrichtet und seinen erkalteten Tee austrinkt.

»Ein bisschen creepy«, gebe ich zu. *Aber auch romantisch,* liegt mir auf der Zunge, doch das schlucke ich herunter. Ich kann noch nicht einschätzen, wie fragil unser Freundschaftsgleichgewicht ist, und ich habe mir fest vorgenommen, ihn von nun an ebenso geschlechtsneutral zu betrachten wie er mich. An mir soll es nämlich nicht liegen, dass es womöglich anfängt zu wackeln. All meine guten Vorsätze helfen mir in diesem Augenblick nicht gegen die fliegende Hitze und die scharfen Bilder. Aber das ist schon okay.

Ich starre eine Weile aus dem Fenster und grübele über das Alex-Mysterium nach. Warum frage ich ihn nicht einfach, ganz direkt? Dann weiß ich's genau. *Los jetzt, Janne, trau dich!*

Also hole ich tief Luft und wage einen Schuss ins Blaue.

»Oh Mann. Das muss ja megaätzend für dich gewesen sein, wie Eva dich die ganze Zeit angebaggert hat.«

»Äh. Ja. Aber … Wie kommst du denn jetzt darauf?« Alex sieht mich verdutzt an.

Was sollte das denn werden? Er mag nicht darauf angesprochen werden, du Schaf! Natürlich nicht! Schon verlässt mich der Mut. Und wieder einmal kommt nur Müll aus meinem Mund.

»Ach, nichts weiter. Ich denke nur gerade darüber nach, wie ich das finden würde, wenn sie mich angegraben hätte.«

Alex guckt verständnislos. »Wieso sollte sie das tun?«

Ich schüttele den Kopf. »Natürlich weiß ich, dass sie auf Männer steht. Das ist ja auch nur ein Beispiel.« Jetzt rede ich mich endgültig um Kopf und Kragen. *Himmel, wie deutlich soll ich denn noch werden?*

Die schmalen Linien auf Alex' Stirn vertiefen sich. »Willst du mir irgendwas Bestimmtes sagen, Janne?«

Jesus H. Roosevelt Christ! Gibt es hier denn kein Mauseloch, in dem ich jetzt bitte verschwinden kann?

»Hmm? Was? Nein. Nein, nein ... oder doch, ja«, gebe ich endlich zu. »Aber ich weiß nicht, wie.« Meine Ohrläppchen färben sich wieder rosa.

Er lehnt sich interessiert nach vorn. »Bist du etwa eifersüchtig? Ich meine, sie ist ja schon ziemlich attraktiv, oder? Wenn man auf den Typ Frau steht, was ich nicht tue.« Er zwinkert mich an. Hä? *Was soll das denn jetzt?*

»Es geht doch nicht um den Typ!«, poltere ich los. »Ich wollte dir nur ... das hat doch nichts mit eifersüchtig zu tun!« Ebenso hilflos wie empört breche ich ab. Der Mann dreht mir ja das Wort im Mund um! »Lass uns nicht weiter über sexuelle Präferenzen reden, okay? Jeder sollte seine Neigungen so leben dürfen, wie er oder sie will. Das wollte ich einfach nur loswerden.«

Alex zieht die Augenbrauen in die Höhe, sieht mich mit großen Augen an und streicht sich verwirrt über den Bart. »Oh, darüber sprechen wir gerade? Ich dachte ... Janne, ich weiß gerade nicht, worauf du ...?«

»Nein, sag jetzt nichts!« Leidenschaftlich falle ich ihm ins Wort. »Wir leben im einundzwanzigsten Jahrhundert. Es sollte also völlig normal sein, darüber zu reden, oder? Trotzdem fällt es mir schwer, das zwischen uns anzusprechen, das kannst du mir glauben, aber es ist längst überfällig. Du bist ein attraktiver Mann, und ich ... aber ich ...« Meine Ohren sind inzwischen kurz vorm Siedepunkt, und ich breche ab, bevor ich nur noch mehr ungelenkes Zeug stammele.

Alex schweigt einen Moment. Er sammelt sich. »Völlig okay«, stimmt er dann zu. »Nur oute dich vielleicht eine Spur leiser.« Er deutet mit den Augen auf den Vierertisch schräg gegenüber. Seine Mundwinkel zucken kurz.

Jetzt greift die Farbe spürbar auch auf mein Gesicht über. »Was ich sagen wollte, ist ...«

»Brauchst du nicht, Janne. Ich habe dich verstanden.« Er fährt sich durch die Haare, greift dann kurz nach meiner Hand und drückt sie. Perplex suche ich in seiner Mimik nach einer Übersetzung für diese Reaktion. *Er sieht richtig erschüttert aus, Volltreffer also! Damit hätte er wohl nicht gerechnet, dass ich ihn durchschaue und dann auch noch so cool damit umgehe. Tja!*

»Gut, dann hätten wir das ja geklärt.« Erleichtert atme ich aus. *Das hast du gut gemacht, Janne, ein bisschen verquer, aber gut. Jetzt kann er sich bei dir sicher fühlen mit seinem Geheimnis!* – Und was ist mit meiner Sicherheit? Wie soll ich das aushalten, wenn er ... Ich könnte schreien!

»Alex? Darf ich dich um was bitten?«

»Ja, natürlich?«

»Würde es dir etwas ausmachen, wenn wir ... also wenn du ... Können wir bitte Berührungen und so was etwas zurückfahren?« Ich quietsche nervös. »Ehrlich gesagt fällt es mir im Moment schwer, damit umzugehen, weil, also … wir haben ja offensichtlich nicht die gleichen Gefühle füreinander – was überhaupt nicht schlimm ist und wofür wir ja beide nichts können …«

Er stutzt kurz und starrt mich dann an, als hätte ich ihm eben gestanden, dass ich mich mit Nessie verlobt hätte und wir morgen nach Las Vegas fliegen, äh, schwimmen würden.

»Ja, natürlich, tut mir leid, ich hätte nicht gedacht, dass … Aber da war ich wohl mächtig – wie sagt man – auf dem Holzweg?«

»Es tut *mir* so leid«, sage ich zerknirscht.

»Nein, nein, das muss es nicht.« Alex sieht aus dem Fenster gegenüber.

Oh, Janne! Janne Fettnapf Michelsen! Du blöde Spießerkuh. Du hast so viel Feingefühl wie ein Schmiedehammer.

»Und findest *du* Eva attraktiv?«, will er dann unvermittelt wissen.

Lass mich kurz überlegen, Alex: lange Beine, lange Haare, lange Fingernägel, kurzer Rock … »Wenn man auf Covermodels steht?«, sage ich knapp und grinse kleinlaut verstohlen. Ich bin ja froh, dass er es so leichtnimmt und das Thema wechseln will. Aber wieso interessiert ihn das?

Die Muskeln in Alex' Gesicht leisten ganz offensichtlich Schwerstarbeit, um sich unter Kontrolle zu behalten, während er weiter bemüht beherrscht aus dem Fenster sieht.

»Dann bin ich ja beruhigt«, quetscht er heraus und wird plötzlich von einem Hustenanfall geschüttelt. »Ich dachte schon, du wärst …«

»Ich wäre was?« Besorgt klopfe ich ihm auf den Rücken, aber er wehrt meine Hand ab. Bedrückt lasse ich ihn in Ruhe.

»Na, dass du auf Eva stehst«, krächzt er nach einer Weile. Seine Augen tränen.

»Was?«, quietsche ich eine Spur zu schrill. Diese Pute? »Nein!«

»Dann ist ja gut.« Wir lächeln uns an und haben doch beide Fragezeichen in den Augen. Irgendwas in unserer Kommunikation ist jetzt doch schiefgelaufen, habe ich so das Gefühl.

Zurück in Fort William teilen wir uns auf. Alex holt unseren Wagen ab, und ich genieße klammheimlich das Privileg, nicht in die Kälte zu müssen, auch wenn ich glaube, dass er das vorgeschoben hat und ganz froh ist, mal einen Moment Ruhe vor mir Mondkalb zu haben. Ich darf in der Cafénische des kleinen Bahnhofsupermarktes warten und mit seinem Handy nach Perth telefonieren. Das verschafft mir Zeit nachzudenken. Ich hoffe, dass ich nicht schon wieder alles kaputtgemacht habe. *Nein, Janne! Das gehört zu deinem Muster. Positiv denken. Läuft bei dir!* Und das stimmt ja letztlich auch.

Es ist verrückt. Kaum habe ich eine Entscheidung getroffen, scheint alles zu flutschen wie warme Butter auf dem Herd. Der Rezeptionist in den River Edge Lodges ist nicht nur leicht zu verstehen (weil er aus England kommt, das höre sogar ich), sondern auch superfreundlich und zuvorkommend: Ja, die Gruppe sei dort abgestiegen. Selbstverständlich nehme er eine Nachricht für Gregory auf, er werde ihm umgehend Alex' Handynummer weiterleiten, damit er mir das Programm der nächsten Tage mit den ungefähren Aufenthaltszeiten an den Sehenswürdigkeiten schicken könne.

Ich könnte ihn knutschen! Und wenn ich in Perth ankomme, dann tue ich das auch.

»*Thank you so much indeed,* Gary«, flöte ich.

»*You're absolutely welcome*«, trällert er zurück.

Unser Mietwagen ist ein dunkelblaues Schlachtschiff, eine Art höhergelegter Kombi mit Rückfahrkamera und Sitzheizung, aber dafür klemmt die Beifahrertür, und die Gangschaltung klingt, als hätte jemand eine Schraube im Getriebe vergessen. Auf der Fahrt ins Glen-Coe-Tal schwelge ich beinahe durchgängig im Zauber der Landschaft. Die Sonne hat sich mal wieder durch wandernde, vielschichtige Wolkenmassen gekämpft und taucht die violetten Hügel in ein magisches Licht. Ich entdecke einen Wasserfall nach dem anderen. Wir kommen an idyllischen Wiesen vorbei, die von wirbelnden Bächen durchzogen werden. Überall blüht etwas. Diese Farbenpracht muss ein Mekka für jeden Maler sein.

Alex ist immer noch ein wenig einsilbig, aber er hält bereitwillig an gefühlt jeder dritten Ausweichparkbucht für einen Fotostopp, und ich knipse ihm den Speicher voll mit Nahaufnahmen von Disteln und Erikablüten vor dem Hintergrund von Bergen, Wolkenformationen und Wasser.

»Im nächsten größeren Supermarkt kaufe ich eine SD-Karte«, verspreche ich. »Dann ziehen wir das alles rüber.«

Alex lacht. Da ist wieder dieses honigweiche Glucksen, das mich kirre macht. Also tut es natürlich nicht. Ich habe alles im Griff! Total! Meine Hormone sitzen schon wieder auf der Schaukel und stoßen sich schwungvoll von meinen Magenwänden ab. Auch wenn ich bisher keine Ahnung davon hatte, fühlt es sich so an, als ob die aus prall gefüllten Honigwaben bestünden. Jedes Mal, wenn die Schaukel anditscht, kribbelt es, ein kleines Bienchen schlüpft heraus und fliegt los. Innerhalb von Millisekunden ist da ein Gebrumme und Gewusel von einem Bienenschwarm in meinem Bauch. *Was wäre eigentlich, wenn man das einem Therapeuten erzählen würde?*, schießt es mir durch den Kopf. Aber, was ich so denke, das bekommt ja zum Glück niemand mit.

Vor allem nicht Alex, puh!

Der lehnt an der Motorhaube und sieht mir interessiert dabei zu, wie ich im Froschgang die Böschung entlangturne und in zunehmender Verzweiflung *Blumenwiese, Blumenwiese* denke, damit ich mir nicht bildlich vorstelle, was ich mit ihm auf so einer warmen Motorhaube anstellen könnte, ganz allein zu zweit vor dieser wunderbaren Sonnenuntergangskulisse in den Highlands. Wenn er sich doch nur ein kleines bisschen mehr für mich als Frau interessieren würde!

»Darüber mache ich mir nun wirklich keine Sorgen.«

Ich muss mich einen Moment lang sortieren. »Worüber jetzt?«, frage ich sicherheitshalber nach, während ich zu ihm zurückgehe und meine Hosenbeine von Gras und Kletten befreie.

Er schüttelt divenhaft den Kopf. Moment mal. Das sah

jetzt schon ziemlich tuntig aus. Dass mir das vorher noch nie aufgefallen ist, unglaublich!

»Na, die Speicherkapazität meines Handys und wie wir die Abertausend Fotos auseinanderdividiert bekommen. Alles gut.« Seine ungebügelte Stirn behauptet das Gegenteil, aber ansonsten spielt sie undurchdringliche Wand. »Was macht deine Erkältung?«, erkundigt er sich gespielt belanglos. »Ist es okay, wenn ich ...«

Er zeigt mit seiner Hand auf meine Stirn, und ich erlaube ihm, die Temperatur zu nehmen. *Wie süß, dass er fragt! So ein Gentleman!*

»Ich fühle mich wunderbar«, behaupte ich, und das stimmt wirklich. Meine Kopfschmerzen sind wie weggeblasen, seit Stunden habe ich nicht mehr gehustet. Und dass mein Hals ein wenig kratzt, das muss ich ihm ja nicht unbedingt auf die Nase binden. Auf die Nase mit den kleinen Sommersprossen, die ... *Lass es, Janne, es läuft so gut! Freundschaft! Halt dich dran!*

»Hast du vielleicht Lust auf eine kleine Wanderung?«, schlägt Alex vor. »Wir sind nicht weit weg von einem wirklich schönen Wasserfall.«

»Ich liebe Wasserfälle!«, seufze ich.

»Gut, dann komm!« Er lächelt, aber seine Mundwinkel bringen nicht mehr als kaschierte Melancholie zustande. Wahrscheinlich wäre er lieber mit jemand anders hier. Ich kann es ihm nicht verdenken. Nachdenklich schleiche ich hinter ihm her zum Wagen.

18

Das Tal der Tränen

Wir fahren ein paar Minuten auf der schmalen Nebenstraße weiter. Alex sieht konzentriert aus, als ob er die
Ausweichbuchten mitzählen würde. Aber anscheinend
verpassen wir unseren Haltepunkt trotzdem erst mal. Fluchend bremst er und setzt dann mit einem entschuldigenden Grinsen zurück. Die Gangschaltung beschwert sich
krachend. Um diese Uhrzeit sind wir die Einzigen weit
und breit auf der einspurigen Straße. Die Sonne geht bald
unter. Als wir parken, sehe auch ich das unscheinbare
Schild am Rand der Haltebucht, das auf einen kleinen
Trail verweist.

»Bereit?« Seine Augen sprühen. Definitiv bilde ich mir
das ganze Kleingedruckte zwischen uns nur ein. *Umschal-
ten, Janne. Oder noch besser: Abschalten! Er ist ein Hauptgewinn, auch als Freund!*

Ich nicke und schnalle mich ab. Wir lassen den Wagen
stehen und marschieren los.

Der Wanderweg ist eher ein ausgetretener Pfad. Unsere
Schuhe sinken tief ins feuchte Moos, und jeder Schritt löst

quatschende Geräusche aus. Wo nur blanker Lehm ist, muss ich aufpassen, wie ich meine Füße setze, denn dort ist der Boden extrem rutschig.

Alex hält mir jedes Mal galant eine Hand hin. *Very old school*, denke ich und frage mich, ob ich im Zeichen der Emanzipation nicht auch einmal vorangehen sollte. Andererseits, als ob Gleichberechtigung über so etwas definiert würde, und außerdem ist seine Fürsorge Balsam für meine erkältete Seele.

Wir klettern ein paar Meter abwärts, Schritt für Schritt, ich halte mich an den Zweigen vereinzelter Büsche fest, um nicht zu straucheln. Dann höre ich Wasser. Mit jedem weiteren Meter schwillt das Rauschen an. Und schließlich kann ich ihn sehen. In Kaskaden springt ein Bach über die Steine, teilt sich, findet wieder zusammen, lässt Felsvorsprünge aus, die trocken und von der Sonne gewärmt zum Verweilen einladen.

Mittendrin, umspült von perlender Gischt, wachsen ein paar Glockenblumen, blassblauviolette Tupfen, und das abendliche Sonnenlicht bricht sich in tausendfachem warmem Funkeln. Ich bin überwältigt.

»Alex, das ist …«

»Einer meiner geheimen Lieblingsplätze«, raunt er und streckt mir den Arm entgegen. »Komm mit.«

Ich ergreife seine Hand, und er zieht mich ein paar natürliche Stufen hinauf. Hinter einem Felsvorsprung gibt es eine vage Möglichkeit, trockenen Fußes in die Mitte des Bachlaufs zu gelangen, zwischen zwei kleineren Fällen. Wir hüpfen vorsichtig wie die Kinder beim Himmel-und-Hölle-Spiel über die Steine, bemüht, nicht auf die glitschigen, moosigen Stellen zu treten. Tatsächlich schaffen wir es ohne nennenswerte Ausrutscher auf ein natürliches, von strudelndem Wasser umspültes Plateau.

Dort setzen wir uns hin und sehen ins Tal hinunter. Der Blick geht unendlich weit ins Grün und Gelb und Orange. Magisch.

Unwillkürlich halte ich den Atem an.

»Ich habe selten so etwas Schönes gesehen«, sage ich leise.

Alex lächelt stumm. Er streckt die Beine auf den Felsen aus, und ich tue es ihm nach. Der Stein ist trocken und noch warm vom Tag, und ich entspanne mich augenblicklich. Unsere Schultern berühren sich, Alex zuckt zurück, aber ich sage leise: »Ist schon okay.«

Wir schweigen, und als Alex den Arm um mich legt, kuschele ich mich ganz selbstverständlich an ihn. In mir breitet sich Wärme aus. Wir sehen der Sonne dabei zu, wie sie sich langsam den Kuppen der Hügel nähert und das Licht ganz weich und warm macht, so wunderschön.

»Alex?«, frage ich ihn. Natürlich muss ich als Erste die idyllische Stille durchbrechen.

»Was?«, fragt er schläfrig. Er hat die Augen geschlossen. Sein bärtiges Kinn und die langen dunklen Wimpern sind in orangegoldenes Licht getaucht.

»Da vorhin im Zug … War das … ich meine … dachtest du … war ich sehr peinlich?« Ich höre mir selbst beim Brabbeln zu, aber ich kann mich nicht aufhalten.

Was ich eigentlich ganz dringend wissen muss, ist, ob er vielleicht doch nicht *ganz* schwul ist, ich meine, nicht *ausschließlich*, sondern vielleicht ein klitzekleines bisschen bisexuell? Das würde mir genügen!

O Gott, Janne, hör dir doch mal selbst beim Denken zu! Das ist ja furchtbar! Furchtbar ist gar kein Ausdruck.

»Was meint du?«

In meinem Magen strampelt der konfuse Hormon-Bienenschwarm in zähem Honig herum und schlägt emsig mit den Flügeln. Unwillkürlich halte ich mir den Bauch.

»Keine Ahnung, es ist nichts. Ich hatte nur eben so ein Gefühl, dass ich mich … ach, lassen wir das. Ich weiß nicht mehr, was ich sagen wollte.«

Er dreht den Kopf zu mir und blinzelt mich an. Seine Finger haben klammheimlich begonnen, mir sanft den Oberarm zu streicheln. *Das war nicht abgesprochen, Mister Hartley! Das verstößt gegen die Regeln! Das ist unerlaubte Härte!*

»Und das soll ich dir glauben?«

Trotzig schiebe ich das Kinn vor. »Klar?!« Ich mache mich steif, und er nimmt in stillschweigendem Gehorsam den Arm von meiner Schulter.

Auf einmal muss ich hier dringend weg. Romantik overload. »Wollen wir zurückgehen? Es wird langsam kalt, findest du nicht?«

Er hebt die Augenbrauen. »Möchtest du meine Jacke?« Er schickt sich an, sie auszuziehen. Ich sehe die Muskeln seiner Oberarme durch den Stoff spielen. *Bloß das nicht auch noch! Ich kann das nicht, ich will nicht nur mit ihm befreundet sein, ich will das volle Programm!*

»Nein!«, rufe ich panisch und stoppe ihn mitten in der Bewegung. »Vielleicht finden wir ja irgendwo eine Stelle mit Handynetz«, setze ich etwas ruhiger hinterher. »Ich würde gern deine Nachrichten checken und sehen, ob Gregory mir schon geantwortet hat, wo ich ihn treffen kann.«

Er runzelt die Stirn. »Und das kann mitten im kurz bevorstehenden Jahrhundertsonnenuntergang nicht noch eine Stunde warten?«

»Nein.« Ich stehe auf und klopfe mir den Hosenboden ab. Ich weiß, dass ich ziemlich unterkühlt klinge, aber anders kann ich mich nicht retten. »Außerdem fängt es gleich an zu regnen.«

Alex sieht nach oben. »Ich sehe nichts, was man in Schottland als Wolke bezeichnen würde.«

»Ich möchte bitte einfach ins Hotel«, beharre ich weinerlich.

Alex steht eine Sekunde nach mir auf. »Gut, dann gehen wir eben.«

Ich erwarte, dass er vorangeht, aber urplötzlich dreht er sich zu mir um, und ich pralle beinahe in ihn hinein. Auf seinem Gesicht wechseln die Emotionen so schnell wie bei einem Chamäleon im Kettenkarussell.

»Was ist eigentlich los mit dir, Janne Michelsen? Habe ich irgendwas falsch gemacht? Dann sag es doch bitte ein einziges Mal geradeheraus!«, herrscht er mich unvermittelt an. »Rede mit mir. Sprich aus, was los ist! Aber diese bescheuerte, urplötzliche Ich-steh-nicht-auf-dich-bitte-fass-mich-nicht-an-Nummer – das ist kindisch und albern! Einen Moment lang habe ich tatsächlich geglaubt, du würdest auf Eva stehen! Findest du das lustig? Ich halte dieses Wechselbad der Gefühle nicht länger aus. Im einen Moment denke ich, dass du auch etwas für mich empfindest, und im nächsten zeigst du mir derart die kalte Schulter, dass eigentlich ich es sein müsste, der das Fieber und die Medizin bekommt und ...«

»Bitte was?«, unterbreche ich ihn fassungslos. »Wovon sprichst du?«

»Janne, du machst mich wahnsinnig!« Er kommt einen halben Schritt auf mich zu.

Automatisch weiche ich im selben Abstand zurück und verliere vor lauter Entrüstung beinahe das Gleichgewicht. Mist. Unter meinen Füßen ist das Moos an dieser Stelle ziemlich schlüpfrig. Das passt jetzt ganz schlecht.

»Ich dich?« Ich schnappe nach Luft. Geht's noch? Aber einer hier muss ja ruhig bleiben. Also versuche ich es noch mal ganz vernünftig. »Ich habe das ungute Gefühl, dass wir komplett aneinander vorbeireden. Kann das sein?«

»Keine Ahnung! Ist das so?« Um seinen Mund spannt sich ein sarkastischer Ring. Er sieht mich aus dunkel sprühenden Augen an, und seine Augenbrauen darüber sind so zusammengezogen, als ob er mich gleich schütteln möchte. »Also bist du nun plötzlich lesbisch oder nicht?«

»Ob ich ...? Was? *Nein!* Wie kommst du denn auf das schmale Brett?«

»Was soll dann dieser ganze Bruder-Scheiß?«

»Und dieser Schwesterkram?«, schnauze ich zurück.

Alex verdreht die Augen. »Was sollte das mit George und Lucas? Und dass wir jetzt ganz plötzlich noch vor dem Sonnenuntergang zurückmüssen? Dass du mir jedes Mal ausweichst und Witze machst, wenn ... Und dann wieder die Nacht auf Skye?«

»Was war denn auf Skye?«, will ich wissen.

Er rauft sich die Haare. »Vergiss es. Nichts. Völlig egal ... Das heißt ... nein! Nein! Es ist mir eben nicht egal! Wieso gehst du so auf Abstand zu mir?«

»Weil der Boden hier verdammt glatt ist.« Ich weigere mich, ihm ins Gesicht zu sehen.

»Janne! Du tust es schon wieder!«

»Du musst mich nicht anschreien!«, verteidige ich mich hilflos und den Tränen nah.

»Rücke ich dir zu sehr auf die Pelle? Dann sag es geradeheraus, und ich lasse dich in Ruhe. Versprochen.«

»Nein, gar nicht, das ist es ja!«, wimmere ich.

»Was ist es dann?« Er fährt sich mit beiden Händen durch die Haare. *Herrgott noch mal, muss dieser Kerl denn bei jeder bescheuerten Bewegung, die er macht, so sexy aussehen? Ich! Kann! Nicht! Mehr!*

Meine Schutzwand bricht ein.

Es fühlt sich an, als ob meine innere Stimme sich ein Megafon schnappen, meinen Verstand zur Seite kicken und die blödsinnige Mauer umtreten würde, und dann redet und fliegt und summt die komplette Mannschaft da oben auf der Kommandobrücke wild durcheinander. Es sprudelt einfach alles aus mir heraus, was sich über die letzten Tage aufgestaut hat: »Du bist wunderbar, du machst einfach alles richtig. Das ist mir unheimlich. Das kann es nicht geben. Alle meine Ex-Freunde hatten eine Macke. Da muss irgendwo ein Haken sein. Und den habe ich gefunden, dem Himmel sei Dank. Denn wenn ich nicht höllisch aufpassen würde, müsste ich mich auf der Stelle in dich verlieben, und …« Ich schlage mir mit beiden Händen vor den Mund.

Alex starrt mich an. »… und das passt dir nicht«, beendet er meinen Satz sichtlich geschockt. »Was denn für ein Haken? Meinst du die Entfernung? Dafür würden wir sicher …«

»Nein!«, widerspreche ich. »Das ist es doch gar nicht. Aber selbst wenn du bi wärst, so kurz nach der Trennung von deinem Partner …«

»Moment mal, was hat denn mein Geschäftspartner … Du glaubst, ich wäre bisexuell?« Er starrt mich an. In seinen Augen wechseln die Farben, als ob schottische Wolken über den Himmel rasten.

»Nein. Schwul, das hast du ja selbst gesagt, vorhin im Zug, und das ist völlig in Ordnung, aber ich kann nicht einfach nur mit dir befreundet sein, ich wollte es wirklich versuchen, aber es schmerzt zu sehr. Es tut mir so leid! Ich weiß nicht, wie lange ich meine Gefühle noch zurückhalten kann, wenn du … weil du … du …« Ich schnappe nach Luft, und da dringt endlich zu mir durch, was er gerade gesagt hat. »Moment. *Geschäfts*partner? Aber …«

Dann kann ich nicht weitersprechen, weil da plötzlich Lippen auf meinen sind.

Alex küsst mich.

Ganz kurz nur, mitten auf den Mund. Warm und sanft, aber der Druck seiner Lippen ist fest und … Da lässt er mich auch schon wieder los.

Meine Lippen vibrieren. Ich glotze ihn fassungslos an, und dann verliere ich das Gleichgewicht. Ich spüre Alex' Arme in meinem Rücken. Er verhindert, dass ich hintenüberkippe, aber jetzt geraten wir beide ins Rutschen, landen auf dem Hosenboden und schlittern ein paar Steine tiefer. Plötzlich liegt Alex auf dem Rücken, und ich hänge halb über ihm. *Das hatten wir doch schon mal?!*

»Hoppla«, sagt er leise und samtig und mit ein bisschen Trotz und ganz viel unterdrücktem Lachen in der Stimme, als ich mich ächzend aufrichte. Ich habe mir das Knie angeschlagen, und meine Hose ist bestimmt ganz grün. Aber in meiner Magengrube kribbelt so etwas wie ein Ameisenhaufen in wildem Honig. Mein Bauch pulsiert. Mein Herz klopft schneller als die Dampflok. Und lauter. Ich habe wachsweiche Knie, aber zum Glück liegen wir ja halb.

»Das war lange überfällig, oder?« Seine Stimme klingt belegt.

»Du bist gar nicht schwul?« Ich versuche meine Arme und Beine zu sortieren; um das Chaos in meinem Kopf sollen die da oben sich selbst kümmern.

»Das fragst du jetzt nicht im Ernst!?« Seine Augen funkeln im Sonnenuntergangslicht.

Ich funkele zurück. Eine Schrecksekunde lang, vielleicht ist es auch nur eine Millisekunde. Ich wollte ja nur … Dann brennen bei mir alle Sicherungen durch, und ich küsse ihn zurück. Lange. Das kann ich nämlich besser. Er erwidert den Kuss mit einer Leidenschaft … also … was soll ich sagen. *Dieser Mann ist definitiv nicht schwul, Janne!*

Eng umschlungen schlittern wir noch ein Stückchen weiter die glatten Felsen hinunter. Ich spüre seine Hände um meinen Rücken, seine Arme, seinen Mund auf meinem, in meinem Haar, an meinem Hals. Er hält mich, und ich merke, wie ich trotzdem oder gerade deswegen den Halt verliere, jede Bodenhaftung. Ich fühle mich berauscht, beseelt, angezündet wie eine Lunte. Ich schließe die Augen und brenne einfach lichterloh im einsetzenden Regen.

Ha! Ich wusste, dass es noch regnen würde! Von wegen, keine einzige Wolke. Wir sind in Schottland! Lachend küssen wir uns weiter, während der Regen auf unsere Gesichter tropft. Alex' Arme um mich verstärken ihren Druck, und je fester er mich hält, desto gleichgültiger wird mir die ganze Welt um uns herum. In meinem Bauch breitet sich ein Kaminfeuer aus. Genau das habe ich befürchtet. Ganz genau das. *Und es ist so schöööön!*

Alex löst die Lippen für einen Moment von meinen. Ich öffne widerwillig die Augen. Durch die Regentropfen auf meinen Brillengläsern sehe ich ihn lächeln. Er nimmt mein Gesicht in beide Hände, so als wollte er sich vergewissern, dass ich aus Fleisch und Blut bin und kein Hirngespinst, und das weiß ich deswegen, weil es mir ganz genauso geht. Darum lege ich die nassen Hände auf seine und beiße mir auf die Unterlippe.

»Kann sein«, grinse ich.

»Was?«

»Na, dass das schon lange überfällig war.«

»Mit diesem Blick hast du mich in der ersten Minute gehabt, weißt du das?«

»Ist das so?«, hauche ich und strecke mich, damit ich ihn noch mal küssen kann. *So, so schön! Hach, so darf es für immer bleiben!*

»Ich muss aber zurück!«, jammere ich, als wir beide einfach mal Luft holen müssen, und bei aller Romantik sind diese Felsen auf Dauer doch ziemlich unbequem und zunehmend nass.

»Immer noch?« Alex lächelt verkniffen. »Wieso noch mal genau? Jaja, ich weiß … Aber wie eilig ist es damit nach unserem klärenden … sagen wir … Gespräch?«

Darüber brauche ich endlich mal nicht nachdenken. »Nicht besonders«, strahle ich erleichtert.

Alex hilft mir hoch, und wir klettern Hand in Hand langsam und vorsichtig über die schlüpfrigen Felsen zurück auf den Trampelpfad. Kaum haben wir den schmalen Weg erreicht, öffnet der Himmel so richtig seine Schleusen und treibt uns Arm in Arm rennend zurück zum Auto. Die Scheiben beschlagen, kaum dass wir sitzen und die Jacken auf die Rücksitze geworfen haben. Alex dreht die Lüftung auf Tropensturmstärke, und ich schalte die Sitzheizung dazu. Trotzdem haben wir genug Zeit, das mit dem Küssen noch einmal ausgiebig zu üben, bevor wir weiterfahren können.

»Ins Hotel?«, fragt Alex, als er sich schließlich von mir löst. Widerwillig lasse ich ihn los und schnalle mich an. »Auf dem schnellsten Weg, bitte.«

Alex startet den Motor und schüttelt den Kopf. Er setzt den Blinker und fährt los. »Wer wird es denn so eilig haben, Mylady? Ich habe euch das Glen Coe versprochen, und meine Versprechen halte ich.«

»Das ist eine löbliche Charaktereigenschaft«, nicke ich. »Unabdingbar in jeder Art von Beziehung. Das nehme ich ebenso wichtig wie absolute Ehrlichkeit.«

Er setzt an, etwas zu antworten, aber da springt uns ein selbstmordgefährdeter Fasan vor den Wagen.

»Pass auf!«, rufe ich unnötigerweise, denn Alex ist schon dabei, das Lenkrad herumzureißen. Ein paar Meter schlingern wir gefährlich nah an der Leitplanke vorbei, die uns davor bewahren soll, in eine tiefer gelegene Flussaue zu stürzen.

Ruckartig drehe ich mich um und sehe durch die Heckscheibe zurück. Flatternd und ein bisschen konfus rennt der Vogel in wahnwitzigem Zickzack auf die andere Straßenseite und verschwindet im Gebüsch. *Gott sei Dank!*

»Hat er's geschafft?«, ruft Alex besorgt. »Ich sehe ihn nicht in den Spiegeln. Ist er verletzt?«

»Noch mal Glück gehabt!«, seufze ich und sinke aufatmend in meinen Sitz zurück.

»Genau wie wir«, meint Alex erleichtert und drückt meine Hand. »Ich …«

»Später«, bestimme ich. »Jetzt gehen beide Hände ans Lenkrad. Auf zehn Uhr und zwei, und da nimmst du sie erst wieder weg, wenn wir am Ziel sind«, schimpfe ich in spielerischer Strenge. »Verstanden?«

»*Aye,* Mylady … Aber wenn ich schalten muss?«, fragt er. Seine Mundwinkel zucken schon wieder verschmitzt, als er krachend einen höheren Gang einlegt und mit seinen Fingern wie zufällig mein Bein streift.

»Ausnahmsweise«, gestatte ich lächelnd. »Nächster Halt bitte Glencoe, der Ort wurde mir von meinem privaten Reiseleiter fest zugesagt.«

»Schon unterwegs.«

Diese Landschaft kommt mir sonderbar vertraut vor mit ihren scharfkantigen, dunklen Höhenzügen, die in saftige Wiesen und lila Blütenteppiche übergehen und im frühen Abendlicht leuchten. Die Sonne ist inzwischen längst hinter Wolken und Hügeln versunken, aber sie hat den Himmel dabei in eine Palette aus Rot- und Violetttönen getaucht, die selbst die Heide blass aussehen lassen, so kitschig ist das und so schön.

Lange Zeit fahren wir parallel zu einem kleinen Flüsschen, immer wieder begegnen uns Fasane und andere Vogelarten, aber zum Glück nicht so nah wie vorhin. Sogar Schafe grasen immer mal wieder am Straßenrand, ungesichert, einfach so. »Passiert denen nichts?«, frage ich erstaunt. Mir sitzt die Erinnerung an den lebensmüden Fasan noch in den Knochen.

»Schafe sind klüger als Fasane«, behauptet Alex. »Zumindest die, die ich bisher kennengelernt habe.« Er macht ein schottisches Geräusch. »Eins musst du mir aber wirklich noch erklären: Wie um Himmels willen bist du nur auf die absurde Idee gekommen, dass ich schwul sein könnte?«

»Wieso hast *du* geglaubt, ich sei lesbisch?«, frage ich beleidigt zurück.

»Falsch«, korrigiert er mich. »Ich dachte, du wolltest mir *weismachen*, Frauen zu lieben, damit ich dich in Ruhe lasse. Und das hat mich ziemlich verletzt, ehrlich gesagt.«

»Es tut mir wirklich leid«, murmele ich zerknirscht. »Es war so logisch: Die Sache mit dem Partner, dann, wie wichtig es dir war, Eva abblitzen zu lassen, die Mail von deinem Robin, mit *hugs and kisses* ...«

»... die wirklich eine Frau und meine kleine Schwester ist«, unterbricht er mich schmunzelnd. »Wieso sollte ich dich anschwindeln? Ich ...« Er beißt sich auf die Lippe und zieht die Stirn kraus.

Ich schiebe den Gedanken an das, was ich sonst noch in der Mail gelesen habe, ganz weit weg. *Frag ihn doch einfach!*, wispert ein dünnes Stimmchen in meinem Kopf. Aber das will ich ganz bestimmt nicht. Einfach mal was ruhen lassen, das kann ich nämlich auch.

»Ich bin ein Schaf«, gebe ich freimütig zu. »Du warst

von Anfang an so fürsorglich und hilfsbereit, und ich dachte wirklich ...«

»Oder ein Fasan«, unterbricht mich Alex. Er grinst schon wieder wie ein Lausejunge. »Schieben wir deine seltsamen Gedankengänge auf die Nachwirkungen deiner Erkältung ... apropos. Die nassen Klamotten sind deiner Gesundheit nicht besonders zuträglich, oder? Vielleicht sollten wir doch gleich ins Hotel fahren, damit du aus deinen Klamotten raus ...«

»Keine Chance, Mister«, falle ich ihm ins Wort. »Es lebe die Sitzheizung. Wir ziehen das jetzt durch mit dem Sightseeing. Und ob und was und wie viel ich ausziehe, das entscheide ich später. Und ebenso, ob das dann aus medizinischen Gründen geschieht oder ...« Ich mache eine vielsagende Pause. »... das sag ich dir auch nicht!«

Er grinst. »Soso.«

Wir fahren an den berühmten Three Sisters vorbei, einem Bergmassiv, das den Namen wegen der Ähnlichkeit seiner Gipfel erhalten hat.

Kurze Zeit später wandern wir über den Parkplatz des Visitor Centers. Meine Hosen sind zwar grün und braun gefleckt, aber schon wieder dreivierteltrocken. Ich liebe diese Outdoorstoffe.

Das Besucherzentrum hat leider schon geschlossen, wie ausgestorben liegen die modernen Holz- und Glasgebäude in dem kleinen Wäldchen. Alex erzählt mir von der Ausstellung über die Flora und Fauna des Nationalparks und von der traurigen Geschichte des *Tals der Tränen,* an dessen Eingang wir uns hier befinden.

»Was ist geschehen?«, will ich wissen.

»Die Engländer waren fast zwei Wochen beim Clan der MacDonalds zu Gast, dann erhielten sie aus London den Befehl, alle zu töten. Es war ein grausames Massaker, bei dem weder Frauen noch Kinder verschont wurden«, erzählt Alex und führt mich zielstrebig über einen gewundenen Pfad durch die Bäume. »Nur wenige haben bei Schnee und Eis die Flucht in die Berge geschafft – und überlebt.«

Wir lassen die Häuser und Parkplätze hinter uns. Ich folge ihm über eine Holzbrücke, dann hüpfen wir über einen sprudelnden Bach, und nach ein paar Windungen gibt der Weg jenseits einer dieser uralten Trockensteinmauern den Blick ins Tal frei.

Es hat aufgeklart, der Himmel ist beinahe wolkenlos. Mir stockt der Atem, so wunderschön, so weit und friedlich liegt es da im Abendlicht. Wir setzen uns auf eine der Picknickbänke und genießen den Ausblick und die Stille, die nur durch emsiges Vogelgezwitscher und das Säuseln des Windes in Birkenblättern und Baumwipfeln eine sanfte Untermalung erhält.

Alex zieht mich an sich. Ich lehne mit dem Rücken an seiner Brust, genieße seine Körperwärme und seinen Atem in meinem Haar.

»Was machst du eigentlich, wenn du nicht gerade gestrandeten und leicht verwirrten Touristinnen dein Land zeigst oder mit Whiskyfreunden durch die Pubs ziehst?«

Ich höre das Schmunzeln in Alex' Stimme. »Na ja, ich gehe meinem Job nach wie jeder andere Mensch auch. Ich habe eine kleine Wohnung in der Nähe von Glasgow, abends treffe ich mich mit Freunden beim Sport oder im

Pub, ich lese viel und trainiere regelmäßig. An den Wochenenden gehe ich, sooft es geht, wandern in der Natur und ich helfe meiner Mutter im Garten ihres Cottages am Meer …«

»Keine Frauen? Wie kommt es, dass ein Mann wie du allein ist?«

»Suchst du immer noch nach dem Haken?« Er beugt sich vor und sieht mich schelmisch von der Seite an.

»Chronische Neugier ist eine Art Berufskrankheit«, behaupte ich.

»Jetzt ich«, fordert er. »Beatles oder Stones?«

»Stones«, antworte ich mit Nachdruck.

Er nickt anerkennend. »Star Trek oder Star Wars?«

»Beides, aber die alten Filme. Man kann den Weltraum ohne Spock oder Han Solo füllen, aber es lohnt nicht. Familienstand?«

»Geschieden, eine Tochter«, gibt er grinsend zu Protokoll. »Sie lebt bei ihrer Mutter in England, und das bricht mir das Herz. Wir hatten eine unschöne Scheidung im vergangenen Jahr. Meine Ex-Frau hat sich alles unter den Nagel gerissen: die Jacht, den Rolls, die Pferde – also, falls du auf mein Geld aus bist, Janne Michelsen, dann muss ich dich leider enttäuschen. Es ist so gut wie nichts mehr übrig. Selbst das Haus ist weg.«

»Witzig. Du armer, armer Mann«, spöttele ich. »Heißt das etwa, wir müssen uns aus Kostengründen ein Hotelzimmer teilen? Das macht mir nichts aus. Ich brauche nicht viel. Du siehst ja …« Ich zeige an mir herunter. »Ich reise mit leichtem Gepäck. Von mir aus könntest du mich auch in eine Holzhütte …«

»Ist das so?« Er dreht mich zu sich. Seine Augen blitzen ebenso ungläubig wie begeistert.

»Ich bin mehr so der abenteuerliche Typ und nicht die typische Pauschalreisende, falls du das noch nicht gemerkt hast«, erwidere ich gespielt beleidigt. »Mein Schottlandtraum war es immer, mit ein paar Leuten in den Bergen von Hütte zu Hütte zu wandern, die Natur zu genießen, abzuschalten. Deswegen bin ich auch so neidisch auf meine Gruppe, die jetzt in Perth in Hütten am Flussufer übernachtet und wahrscheinlich überm Lagerfeuer Eintopf direkt in der Dose brutzelt ...«

Alex lacht. »Deswegen fällt es dir so leicht, auf dein Handy zu verzichten?«

»Ich würde das *plaaaanen*«, erkläre ich entrüstet. »So was braucht Vorbereitung. Was ich aber eigentlich sagen wollte, war: Deswegen haben mich Melly und Gregory und diese Bustour auch solche Nerven gekostet.«

»Und trotzdem willst du partout zurück.« Er knetet meine Finger.

Ich lasse den Kopf hängen und schmiege mich an ihn. »Ich muss doch aber.«

»Ich weiß«, sagt er leise, und es klingt traurig.

Das ist so typisch für mich: Wenn ich mich schon mal verliebe, dann offenbar grundsätzlich in therapiebedürftige Idioten, notorische Schwindler oder einen Kerl, der am äußersten Ende Europas wohnt.

»Ich habe eine Idee«, flüstert Alex. »Lass mich mal eben telefonieren, okay?«

Er zieht sein Handy aus der Tasche und wählt. *»Ally? Hi, It's Alex. How's things? Are ye fine?«* Ich fröstele, sobald er aufsteht, ziehe die Jacke enger um mich und verschränke die Arme. Laue Sommerabende findet man hier wohl eher nicht, schon gar nicht im September.

Alex schlendert ein paar Schritte den Weg hinunter, während er in breitestem Schottisch auf diese Ally einquatscht.

Nach einer Minute kommt er mit einem abenteuerlustigen Funkeln in den Augen zurück. »Es klappt!« Er freut sich wie ein kleiner Junge.

»Was denn?«

»Das bleibt eine Überraschung! Wir müssen noch mal kurz zum Supermarkt. Ich habe das Hotel gecancelt«, strahlt er und zieht mich hoch. »Mir ist etwas Besseres eingefallen. Die Nacht wird sternenklar, das sollten wir uns nicht entgehen lassen. Los, komm! Du wirst es nicht bereuen.«

Mit zwei Stofftüten mehr an Bord halten wir eine halbe Stunde später in einer Sackgasse. Wir haben das ultimative schottische Nichts erreicht. Das letzte Stück des Weges wurde immer holpriger und schmaler, am Schluss war die Straße nicht einmal mehr befestigt.

»In vier Wochen kommt man hier nur noch mit Allrad durch«, verkündet Alex fröhlich, während ich mir Sorgen um die Erreichbarkeit eines Pannenservice in der schottischen Wildnis mache und mich frage, ob ich zum krönenden Abschluss meiner Männer-Historie nun an einen charmanten Ladykiller geraten bin, dem noch ein bisschen Frischfleisch für die Truhe fehlt. Die schottischen Winter sollen ja sehr lang sein.

»Wir sind da, das letzte Stück müssen wir zu Fuß gehen.«

Es dämmert bereits, als ich mit klopfendem Herzen hügelaufwärts stapfe. Hätte ich bloß die Klappe nicht so weit aufgerissen, dann könnte ich jetzt bereits in einer Hotelbadewanne liegen und mit Schrumpelfingern meine blauen Flecken zählen – oder zählen lassen. Mein Blick fällt unweigerlich auf Alex' Kehrseite, denn der kleine Trampelpfad ist schmal und der Boden schlüpfrig und im Dämmerlicht kaum noch zu erkennen, deswegen geht er voran. Und weil er unsere Supermarktschätze links und rechts in den beiden Stofftaschen verschleppt, hat er keine Hand mehr für mich frei. Also folge ich ihm dichtauf.

»Ist die Aussicht nicht herrlich?«

Ich löse den Blick ungeniert grinsend (er kann mich ja nicht sehen) von seinem wohltrainierten Allerwertesten und folge dem seinen ins Tal. Das Licht des aufgegangenen Mondes spiegelt sich in einem See. Die Bäume sind nur noch Silhouetten. Weit entfernt mache ich ein paar Lichter aus, dort scheint ein Dorf zu sein.

»Wir haben es gleich geschafft«, verkündet er. »Nur noch ein paar Meter.«

Und dann sind wir da. Auch wenn ich kaum noch etwas erkennen kann, bleibt mir der Mund offen stehen. Da liegt es, im zunehmenden Dunkel, mein winziges weiß getünchtes Traumhaus in der schottischen Botanik. Die beiden Fensterchen rechts und links von der Tür blicken einladend auf uns – und hinunter auf den See. Es hat dunkle Fensterläden, ich vermute, sie sind grün oder blau gestrichen, und üppig bepflanzte Blumenkästen davor. Alles sieht gepflegt aus, jemand scheint hier regelmäßig nach dem Rechten zu sehen. Es fehlt nur der Rauch im Schornstein.

»Das haben wir gleich«, liest Alex meine Gedanken. Er ist stehen geblieben und beobachtet jede meiner Regungen. »Gefällt's dir?«

»Ob es mir …? Es ist ein Traum«, hauche ich.

»Warte, bis wir drinnen sind und der Kamin brennt.« Er bückt sich und hebt die Fußmatte an. Darunter liegt der Schlüssel.

»Wozu schließt man überhaupt ab, wenn doch jeder weiß, wo das Ding zu finden ist?«

Alex schmunzelt und lässt mir den Vortritt. Drin ist es bereits stockfinster. Aber mein schottischer Held ist vorbereitet. Er zückt eine Taschenlampe. Im Kegel ihres Lichts erkenne ich Kerzen und Streichhölzer auf einer kleinen Kommode.

»Wenn wir Strom wollen, müssen wir den Generator anwerfen«, erklärt er. »Aber das Ding macht Krach und stinkt. Wenn du mich fragst, ist es gemütlicher ohne.« Er zieht die Tür hinter uns zu, und ich lasse den Rucksack von den Schultern gleiten.

»Unbedingt«, raune ich beeindruckt und zünde den ersten Stumpen an. Er wirft ein flackerndes Licht auf hell getünchte Lehmwände, an denen Aquarelle mit Landschaftsmotiven, einem röhrenden Hirsch und galoppierenden Pferden hängen. Im Schein der Kerze entdecke ich weitere Halterungen und auch zwei Öllampen an den Wänden, die ich ebenfalls entzünde.

Ein Sofa und zwei Sessel stehen vor einem offenen

Kamin, an den Fenstern hängen geraffte Vorhänge mit Blütenmuster, vor der kleinen Küchenzeile mit einer Arbeitsplatte aus massivem Stein führt eine steile offene Holztreppe nach oben unters Dach. Dahinter geht eine schmale Tür ab, ich vermute ins Bad oder eine Vorratskammer – aber wo wäre dann das Bad? Und wo schläft man?

»Früher war ich oft hier«, erzählt Alex, während er Torfbrocken in den Kamin schichtet und mit einer alten Zeitung und etwas Reisig in Brand setzt. »Das war, bevor ... ach ... nicht wichtig heute Abend.« Er klopft sich die Hände ab und steht auf. »So. Gleich wird es warm.«

Ich nicke. Wahrscheinlich grinse ich so dämlich wie ein Wackeldackel, aber ich kann nicht anders. »Alex, das ist ... Ich ... Wie soll ich dir dafür danken? Du hast ja keine Ahnung, was das für mich ... Danke!«, stammele ich.

»*Och* ...« Er kommt langsam auf mich zu, legt die Hände auf meine Hüften und schiebt mich durch den Raum, bis ich an der Küchenzeile lehne. »Ich hätte da schon die eine oder andere Idee. Es gibt leider nichts im Fernsehen, wir müssen uns also auf andere Art unterhalten.«

Ich ziehe seinen Kopf zu mir herunter und küsse ihn. Er riecht nach Torf und frischem Rauch. »Ich schätze, da wird uns schon was einfallen«, nuschele ich zwischen seinen Lippen.

»Aber erst sollten wir essen!«, ruft er, packt mich um die Taille, hebt mich hoch und setzt mich schwungvoll auf die Arbeitsplatte. Dann fängt er an, unsere Einkäufe auszupacken. Er legt Obst, Gemüse und Fisch auf die Arbeitsplatte. Außerdem fördert er eine Flasche Wein zutage, dazu Orangensaft, Brot und Käse.

»Frisches Quellwasser kommt aus dem Hahn«, erklärt er mit einem Kopfnicken auf die kleine Schwengelpumpe am Spülbecken und zeigt mir, wie man sie bedient, indem er den Salat wäscht.

»Was kann ich tun?«

»Ich bin mir sicher, dass Auntie Ally irgendwo eine Flasche Scotch versteckt hat. Schau mal hinter den Büchern im Regal da drüben.« Ich folge seiner Augenbewegung und werde schnell fündig. Aus dem antiken Holzbuffet zaubere ich zwei leicht verstaubte Gläser hervor, wische sie mit einem Hemdzipfel sauber und schenke uns ein.

»Just a wee dram before dinner!« Damit reiche ich Alex das zweite Glas und schwenke die goldene Flüssigkeit in meinem.

»Gib einen Tropfen Wasser dazu«, rät er mir lächelnd und lässt etwas Flüssigkeit von den Fingerspitzen in seinen Whisky perlen. Dann pumpt er erneut für mich. Ich schöpfe mit meiner Hand aus dem Wasserstrahl und tue es ihm gleich.

»Slàinte mhath!«, prosten wir uns zu und nehmen einen Schluck. Der Whisky brennt ein kleines bisschen auf meiner Zunge, dann rinnt er mir beinahe ölig die Kehle hinunter und wärmt mich von innen. Aber mein Bauch und die Füße fangen nicht nur deswegen an zu kribbeln, sondern vor allem wegen Alex' Blick aus diesen moosgrünen, im Feuerschein flackernden Augen.

Es dauert ein wenig, bis das Essen fertig ist, weil wir uns immer wieder küssen, während wir gemeinsam Gemüse schnippeln. Der Herd ist eine dieser alten, mit Brennholz und Torf betriebenen Küchenhexen. Ich habe noch nie auf so einem Gerät gekocht oder gebraten, aber Alex scheint das nicht zum ersten Mal zu machen. Mit sicheren Handgriffen zaubert er uns ein perfektes Dinner mit gedünstetem, fangfrischem Lachs im Gemüsebett, einem gemischten Salat und leckerem Rotwein. Mir traut er immerhin zu, dass ich den Teig für unser Fladenbrot anrühren und über zwei Holzstäben am Kamin ausbacken darf.

Mit roten Wangen sitzen wir schließlich im Schneidersitz auf Decken vor dem offenen Feuer und genießen schweigend unsere Mahlzeit.

»Ich habe selten etwas so Köstliches gegessen«, stöhne ich irgendwann verzückt und stelle meinen leeren Teller auf dem Sofatischchen hinter uns ab.

»Und ich war schon lange nicht mehr so hungrig und durstig«, lacht Alex und schenkt mir Wasser aus einem Steinkrug nach.

»Ich nehme an, die Toilette ist draußen?«, frage ich.

»Ganz so vorsintflutlich ist es nicht mehr«, antwortet Alex stolz. »Sonst hätte ich mich vielleicht doch nicht getraut, dich herzubringen. Schau mal in die kleine Kammer hinter dem Vorhang. Es gibt sogar eine Duschwanne … mit warmem Wasser, wenn du mir etwas Zeit gibst, es für dich vorzuheizen.«

»Das klingt himmlisch«, sage ich. »Erst mal möchte ich mich nur ein wenig frisch machen, und dann hast du mir den Sternenhimmel versprochen.«

»*Aye*, und den sollst du auch zu sehen bekommen, Janne, und die Milchstraße mit dazu.«

Ich kann mich gar nicht sattsehen an dem Gefunkel der zahllosen Lichtpunkte am Firmament. Mir kommt ein altes Lied in den Sinn. »›Wie die hohen Sterne kreisen, ewig voller Harmonie, sollen uns des Lebens Weisen unverwirret sein wie sie. In dem Großen, in dem Kleinen will der Welten Gott erscheinen‹«, zitiere ich aus dem Kopf.

»Wunderschön«, flüstert Alex und zieht die dicke Wolldecke fester um uns.

»Der Komponist heißt Werner Gneist, glaube ich. Wir haben das als Jugendliche im kirchlichen Zeltlager gesungen.«

Er sieht mich erstaunt an. »Ihr macht Zeltlager mit der Kirche?«

Ich lache. »Das war in meiner Jugend eine super Gelegenheit, ohne Eltern in die Ferien zu fahren. Kirche klang nach behütet. Aber ich hatte da meinen ersten Kater … und meinen ersten Freund.«

»Kleine Wildkatze«, raunt Alex an mein Ohr. »Wollen wir reingehen?«

Ich nicke.

Wir wärmen uns die Hände am Kamin auf. In dem kleinen Cottage riecht es nach Torffeuer und Essen.

»Ich kann mir nichts Gemütlicheres vorstellen«, sage ich laut und ein bisschen schwermütig. Wenn ich morgen meine Truppe wiederfinde, ist das hier mein letzter Abend. Mein letzter Abend mit Alex. Ich schlucke. »Wie soll das weitergehen mit uns?«, frage ich beklommen.

Er hebt langsam die Schultern und sieht mich aufmerksam an. »Keine Ahnung, sag du's mir. Es macht ja wenig Sinn, Telefonnummern auszutauschen, oder?«

Ich sehe ihn verdattert an, und Alex lacht amüsiert auf. »Dummchen ... weil du dein Handy geschrottet hast, meine ich. Glaubst du etwa, ich würde dich einfach so laufen lassen, auf Nimmerwiedersehen? Jetzt, wo ich dich endlich habe?«

Ich schüttele langsam den Kopf. Ich muss immer auf seinen Mund starren, seine Lippen, und dann küssen wir uns schon wieder und landen auf den Decken auf dem Boden und rollen in wilden Umarmungen darauf herum wie die Teenager. Ich will ihn anfassen, berühren, spüren. »Ich ... warte ... Alex, ich ...«

»Was ist?«, fragt er zärtlich.

Ich habe einen Kloß im Hals, so groß wie ein Straußenei. Irgendwo in meinem Kopf meldet sich dieses warnende Spießerstimmchen zurück zum Dienst. *Tu's nicht, Janne. Lass es. Es wird nur wieder wehtun. Er wird dir wehtun. Es wird alles nur noch schlimmer, wenn du jetzt mit ihm schläfst.*

Die ganze Zeit hat es die Schnauze gehalten, und jetzt fängt es da oben wieder an, laut zu denken, zu nörgeln und die Stimmung kaputtzumachen.

»Alex, ich kann das nicht.« Mir ist zum Heulen, aber ich komme nicht dagegen an, zu spät. »Es geht nicht. Ich muss morgen zurück, und ich ... Bitte lass uns warten, okay? Ich muss meinen Kopf sortiert kriegen. Ich ... wie soll das denn funktionieren? Es tut mir leid.«

Alex wischt mir stumm eine Träne vom Kinn und schließt mich in seine Arme. »Es ist alles gut. Wir müssen das nicht tun. Es wäre wunderschön, aber ich bin schon groß, okay? Und das ist nicht der Grund, weswegen ich dich hier raufgebracht habe. Ich möchte nicht, dass du das von mir denkst.«

»Tu ich nicht«, wimmere ich an seiner Brust, und mein Herz klopft wie verrückt und seins auch, und er riecht so gut, nach Mann und Whisky und Schottland und Alex. Und das macht es nicht leichter.

Das macht es kein Stück leichter.

Was soll ich nur tun?

19

Heiliger Boden

Am nächsten Morgen wache ich Arm in Arm mit Alex auf dem Dachboden des Häuschens auf. Das Bett ist nur etwa eins vierzig breit, und es ist das einzige Möbelstück hier oben. Ich frage mich, wie man es jemals diese schmale Treppe hinaufschaffen konnte. Vermutlich hat es irgendjemand erst an Ort und Stelle zusammengebaut.

Die dicke Daunendecke knistert, als ich mich bewege. Alex atmet tief und regelmäßig, seine Augen sind geschlossen. Ich muss ganz schnell woanders hinsehen, damit ich ihn nicht einfach wachküsse, das wäre vermutlich das komplett falsche Signal nach meinem Rückzieher.

Neben uns auf dem Fußboden steht ein Teller mit übrig gebliebenen Käsewürfeln. Die Flasche Rotwein ist leer, die Wassergläser auch. Ich will mich vorsichtig aus den Laken schälen, aber Alex ist wach geworden. Er stützt den Kopf auf einen Ellbogen und beobachtet mich.

»Guten Morgen. Geht's dir gut?«, fragt er mit einem zögernden Lächeln. In der Frage liegt jede Menge Unausgesprochenes, das ich nicht beantworten kann.

»Ja«, sage ich befangen. »Dir auch?«

Er nickt mir zu, und ich könnte ihn schon wieder knutschen. Für sein Verständnis, für seinen sexy, nackten Oberkörper (weil ich sein T-Shirt trage), für seine Kochkunst, für den romantischen Abend, für … Oh. Da sind seine Lippen bereits auf meinen. Offenbar warten wir nicht bis nach dem Zähneputzen.

»Soll ich dich immer noch nach Perth bringen?«, fragt er nach einer Weile.

Ich schlucke und nicke tapfer. Mein Herz hämmert, als würde es nach Akkord bezahlt.

»Okay.« Alex wirft schwungvoll die Beine aus dem Bett. »Aber erst heize ich dir noch mal richtig ein …« Er zwinkert mir zu. »Für eine heiße Dusche. Und dann gibt's Tee und ein ordentliches Frühstück. Ich will mir nicht von deinem Gregory anhören müssen, ich hätte dich nicht anständig versorgt.«

»Du willst mich bis dorthin fahren?«, frage ich erstaunt.

»Ja, was dachtest du denn? Dass ich dich auf den letzten Metern an einer Bushaltestelle rauslasse? Janne Michelsen, ich will es nicht riskieren, dass du noch mal in das falsche Vehikel einsteigst.«

»Jemanden wie dich habe ich gar nicht verdient«, jammere ich.

Alex legt den Kopf schief. »Also, ich weiß ja nicht, wie das in Deutschland ist. Aber bei uns in Schottland kommt so ein Spruch gleich hinter: *Lass uns Freunde bleiben,* und *Ich finde dich nett.*«

»Nein, so habe ich das nicht gemeint!«, sage ich schnell. Aber eine fiese Stimme in meinem Kopf protestiert: *Hast du doch, Feigling, du läufst weg!* »Sag du mir, was ich tun soll!«, bitte ich Alex.

Er zögert kurz. »Das kann ich nicht«, meint er schließlich und klettert die steile Treppe hinab.

Blöder, blöder Kopf!, fluche ich innerlich. Warum nur kann ich nicht *einmal* aus meiner Haut? Was stimmt denn bitte schön nicht mit mir?

Die Fahrt nach Perthshire verläuft weitgehend schweigend. Mal greife ich nach Alex' Hand, mal sucht er meine. Abschied hängt wie eine drohende Wolke zwischen uns. Ich kritzele ihm meine E-Mail- und meine Postadresse, meine Profilnamen bei sämtlichen sozialen Medien und sämtliche Telefonnummern zu Hause auf ein Blatt meines Hotelblocks. Die Stimmung hat ein bisschen was von den Zeltlagern in meiner Jugend. Wie damals frage ich mich, ob und wann wir uns wiedersehen oder ob der Alltag das gemeinsam Erlebte und unsere Gefühle mit jeder Meile zwischen uns schneller verblassen lässt, bis am Ende nur noch eine schöne, aber irreal erscheinende Urlaubserinnerung bleibt. Eigentlich war es bislang immer so. Ich will es nicht wahrhaben, aber …

Und da ist sie wieder, Janne, genannt Trübsinn Michelsen!

Vielleicht bin ich auch einfach nur beziehungsinkompatibel geworden?

Wir fahren Richtung Westen über die Autobahn A 85. Anfangs versucht Alex noch, sich oder uns mit Geschichten und Wissenswertem rund um die entlang der Strecke liegenden Sehenswürdigkeiten abzulenken, aber wir werden beide wortkarger, je näher wir unserem – meinem

Ziel kommen. Von einer Raststätte aus rufe ich im Hotel an und frage nach Mellis Gefährten.

»Sie sind in der Tibbermore Church«, gebe ich weiter, was der Concierge mir hat ausrichten lassen. »Bis Viertel nach elf und keine Minute länger.« Ich verdrehe die Augen. »Typisch Gregory.«

Wir lächeln uns verhalten zu.

Und du willst da ganz sicher hin?, fragen Alex' Augen schwermütig.

Nicht wirklich, antwortet mein Herz, und es liegt schwer wie Blei in meiner Brust.

Als wir weiterfahren, flüchte ich, indem ich die Augen schließe. Das macht es nicht wirklich besser, denn vor der Leinwand meiner geschlossenen Lider laufen endlose Erinnerungsclips der letzten Tage ab. Alex im Handtuch in unserem ersten Hotel, Alex, der mich im Regen an der Mauer auffängt, Alex, der mich nach dem Kneipenbesuch halb nach Hause trägt, die Grübchen unterm Bart, sein unterdrücktes Glucksen bei unserer ersten Begegnung, wie er aus der anonymen Menge in der Distillery herausstach und mir zuprostete. So fing alles an. Und nun hört es auf. Er ist mir so vertraut, so ... *Du kannst das nicht bringen*, schreit etwas in mir. Ich reiße die Augen auf und will alles widerrufen, da bremst Alex und verkündet in gespielter Heiterkeit: »Wir sind da.«

»Was?«, rufe ich. Es klingt so entgeistert, wie ich mich fühle. Ich bin nicht vorbereitet. *Ich bin nie vorbereitet!*

»Du hast die letzte halbe Stunde verschlafen«, erklärt Alex mit diesem weichen Blick, den ich inzwischen so gut kenne.

Wie lange ist es her, dass mich ein Mann so angesehen hat? So ... liebevoll? *Himmel, sag doch was, Alex, sag nur noch einmal, dass ich nicht gehen soll!* Aber er tut es nicht, und ich weiß auch, wieso: weil ich ihn darum gebeten habe gestern Nacht, damit es mir nicht noch schwerer fällt.

Er räuspert sich verlegen. »Ich kann hier nicht lange halten. Die Ausweichbucht ist schon besetzt, und ich stehe auf der falschen Straßenseite.«

»Okay«, sage ich leise und reibe mir den Schlaf aus den Augen.

Wir haben im Nirgendwo angehalten, so scheint es mir. Weit entfernt sehe ich ein paar Farmhäuser. Zwischen ihnen und der einspurigen Straße, an deren Rand wir parken, liegen Felder, Viehweiden und Trockenmauern. Die hohen Berge sind in den Hintergrund getreten. Direkt hinter uns allerdings steht der Bus, den ich verwechselt habe, vor denselben drei Ewigkeiten, die nach der Zeitrechnung aller anderen einfach nur drei Tage sind. Durch die Frontscheibe erspähe ich die Silhouette des Fahrers, halb hinter einer Tageszeitung verborgen. Es ist nicht James, der da auf seine Schäfchen wartet, natürlich nicht. Verflixt, wie hieß *unser* Fahrer noch mal? Ich kann mich nicht erinnern. Nur zögernd greift meine Hand nach dem Türgriff. *Jetzt mach schon auf, es ist das, was du wolltest.* Ich will nicht. *Herrgott noch mal, denk pragmatisch, Janne: Du musst das tun. Dadrin ist dein Koffer und mit ihm dein ganzes Geld, dein Pass, dein Flugticket. Du hast für diesen Trip bezahlt.* Mit einem sarkastischen Grunzen korrigiere ich mein inneres Stimmchen: Erstens nicht ich, sondern die Mädels, und zweitens – *für diesen Trip bezahlt*, das kann man auch anders verstehen, und dann stimmt es sogar zu gut.

Vor lauter innerem Geheule habe ich gar nicht mitbekommen, wie Alex ausgestiegen ist. Ganz Gentleman öffnet er die Beifahrertür von außen und wirft sie sofort noch mal zu. Ein Auto will vorbei, und die Straße ist so schmal, dass er sich ganz dicht an die Beifahrertür lehnen muss. Er ist mir so nah, nur durch das dünne Fensterglas getrennt, dass ich sein Herz schlagen fühle, als ich meine Handfläche gegen die Scheibe presse. Doch da ist keine Haut, nur kaltes, glattes Glas. Und dann nicht mal mehr das, weil er die Tür ein zweites Mal öffnet.

Ich steige aus, und er drückt mich an sich, ich spüre seinen Atem, seinen Kuss in meinem Haar, seine Hände in meinem Rücken. Schließlich löst er sich, reicht mir meinen Rucksack und schiebt mich in mein Leben oder was ich dafür halte. »Es ist vier Minuten nach elf«, sagt er leise und räuspert sich.

»Was wirst du jetzt tun?«, frage ich, während ich mir das Ding umhänge, halb erstickt von so einem dämlichen Kloß im Hals. *Jetzt nur nicht heulen, Janne! Du bist keine siebzehn mehr!*

Er hebt kurz die Schultern. »Ich schätze, ich werde den Mietwagen zurückbringen und wieder zu den Jungs stoßen. Sie müssten jetzt in der Nähe von Tyndrum sein. Vielleicht haben sie es auch schon bis Lochearnhead geschafft. Zur Not nehme ich mir ein Taxi.«

»Oder den Bus?«, scherze ich halb lustig.

»Oder das.«

Mein Kinn beginnt unkontrolliert zu zittern.

»Hey!«, sagt er leise und legt mir einen Finger genau dorthin. »Mach dir keine Sorgen um mich, ich schaff das, okay?«

Ich nicke und weiß nicht, ob ich lachen oder weinen soll.

»Dein Timeslot schließt sich in neun Minuten«, sagt er sanft und zieht mich noch einmal an sich.

Ich verkrampfe mich zu einer eingefrorenen Springbrunnenfigur mit Rucksack.

»Wir sehen uns wieder«, brabbele ich tränenerstickt und nicke erneut. Dann reiße ich mich los, weil ich sonst doch noch die Heulsuse gebe, und stapfe los. In diese Richtung ist nur leider nichts außer Büschen und Mauer. *Wo ist denn der Scheißeingang zu diesem bescheuerten Friedhof?*

Alex lehnt am Wagen und zeigt stumm in die andere Richtung. Er nickt, als ob er mir Mut machen wollte, und ich nicke zurück, ein drittes Mal, und zwinge mich, nicht in seine Richtung zu schwenken, sondern den Friedhofseingang anzuvisieren.

Ohne mich noch einmal umzudrehen, trete ich durch das schmiedeeiserne Tor. Meine Ohren lauschen nach hinten, achten auf jedes Geräusch, das von da kommen könnte. Schritte vielleicht, die mir hinterhereilen? Aber was würde das ändern, ich habe meinen Standpunkt, meine Not mehr als klargemacht. Was ich höre, ist ein Türenklappen und wie der große Bus den Motor anwirft. Er überlagert jedes andere Geräusch von jenseits der Friedhofsmauer, aber wie es klingt, wenn ein dunkelblauer Mietwagen mit klemmender Beifahrertür und krachender Gangschaltung losfährt, das weiß ich auch so.

Alex ist weg, genau so, wie ich das wollte.

Ich wische mir ein paar vorwitzige Tränen weg und zwinge meine Aufmerksamkeit mit Gewalt nach vorn.

Meine Schritte knirschen über den Kies, zu beiden Seiten liegen leicht erhöht in gepflegtem Rasen die Grabfelder. Gedenksteine aus verschiedenen Jahrhunderten säumen den Weg, die jüngeren haben sich besser, die älteren weniger gut gehalten, weiter weg sind einzelne komplett umgestürzt.

Der Friedhof selbst liegt verlassen da, nur am Rand, an einer entfernten Mauer stehen ein paar Leute und verzehren Brot aus Butterbrottüten, beißen in Äpfel und schlürfen heiße Getränke aus Picknickbechern. *Sie essen? Auf dem Friedhof?,* bricht die alte Klugscheißerin in mir wieder an die Oberfläche.

Ich schüttele den Kopf. Beinahe hatte ich diesen Teil meines schrägen Schottlandfilms vergessen, aber das geht mich nichts an, und es interessiert mich auch nicht mehr wirklich …

Langsam gehe ich weiter auf die unscheinbare graue Kapelle zu, die hinter einem verwitterten hohen Torbogen liegt. Eine zu beiden Seiten daran anschließende Mauer trennt diesen Bereich vom eigentlichen Friedhof mit den Gräbern. Je näher ich komme, desto mehr Geräusche nehme ich dahinter wahr, undeutlich zuerst, dann kristallisieren sich allmählich Worte aus dem Stimmenbrei, der aus der Kapelle nach außen dringt.

Ich bleibe nur kurz vor dem Tor stehen, um mir die Nase zu putzen. Dann streiche ich mir die Haare zurück und gehe weiter.

Es hat ein bisschen was von *Stargate*, als ich den halbrunden Bogen durchschreite, so als ob ich durch ein Science-Fiction-Portal in eine andere Dimension träte. Ausgelassene Rufe schallen aus der offenen Tür. Unwillkürlich bemühe ich mich, leiser aufzutreten. Dabei würde es an ein Wunder grenzen, wenn meine Anwesenheit bemerkt würde. Die da drin sind ganz offensichtlich gut mit sich und der Sehenswürdigkeit beschäftigt.

Wenn ich Sakralbauten betrete, egal wie groß sie sind, erfasst mich immer ein ehrfürchtiges Gefühl. Ich muss an den alten *Highlander*-Streifen mit Christopher Lambert und Sean Connery denken und den Ausspruch: »Heiliger Boden!« Nicht mal der größte Schurke hätte dort jemals sein Schwert gezogen.

Auf Zehenspitzen tappe ich durch die niedrige Holztür und gelange in den winzigen Vorraum eines ebenso winzigen, beinahe heimeligen, T-förmigen Kirchenschiffchens. Das komplette Mobiliar, die kastenförmigen Kirchenbänke mit ihren halbhohen Türen, die rechteckigen Säulen, auch die beiden einander gegenüberliegenden Emporen über mir sind aus rotbraunem Holz mit gedrechselten und geschnitzten Details gearbeitet.

Als kompletter Stilbruch dazu steht links von mir eine moderne Aufstellwand aus Alu und Plastik. Sie zeigt Szenenfotos und Filmmotive der *Outlander*-Serie und macht den Eindruck zunichte, hier drin wäre die Zeit stehen geblieben.

Ein Pulk Erwachsener fotografiert hingerissen die Bilder ab. Zwischen ihnen erspähe ich Amelie, die sich in dem schnatternden Menschenknäuel unbemerkt wähnt, hingebungsvoll Pinnnadeln aus dem schwarzen Stoff zieht und zu neuen Mustern anordnet.

Unwillkürlich trete ich einen Schritt hinter die Säule zurück. Ich will mir erst einmal einen Überblick verschaffen, bevor ich mich zu erkennen gebe.

Man tritt quer zur Kanzel ein. Davor liegt ein grober roter Teppich, die Farbe findet sich in den Rückenpolstern der halbrunden Sitzreihe wieder, die der Kanzel gegenüber angeordnet ist. Alle Plätze orientieren sich von drei Seiten auf diese Mitte zu. Dem Pult des Predigers gegenüber ziehen sich weitere geschlossene Kirchenbänke treppauf das kleine Hauptschiff hinauf. Ich versuche, den Ort auf mich wirken zu lassen, mich ein wenig zu sammeln. Ich stelle mir die friedliche Ausstrahlung vor, die dieser Raum haben muss, wenn er leer ist. Er strömt etwas Besonderes aus, aber das zu erfassen fällt mir grade schwer, bei dem Krach der vielen Menschen, die nicht wegen der Andacht gekommen sind.

Natürlich erkenne auch ich diesen Innenraum wieder, auf Anhieb. Er diente als Filmkulisse für den Hexenprozess gegen Claire und Geilis in der ersten *Outlander*-Staffel. Da brauchen Susi und Lore gar nicht so laut »Jamie!« zu schreien. Sie tun es aber leider trotzdem. Und sie sind nicht die Einzigen, die hier drin einfach nur laut sind, rufen, scherzen und schreien. Ich ziehe unwillkürlich den Kopf ein, als über mir jemand über die Holzempore rennt. »Ey, von hier oben ist es auch geil!«

»Lore, jetzt lass mich mal … nein, wir wollen jetzt da rauf.« Mein Blick fliegt wieder hinüber zu der Kanzel mit den hübsch geschnitzten Kassetten, vor denen Susi gerade gegen den Hardrockfan und seinen gehbehinderten Vater kämpft. »Wir waren zuerst da, aber … oh, wartet, ich helfe euch! Vorsichtig mit der Treppe hier.« Eine links, eine rechts, greifen Lore und Susi dem älteren Herrn unterstützend unter die Arme und helfen ihm von der Kanzel.

Mellys wilde Kindergartentruppe hat die winzige Kirche erobert. Selbst die Vandalen können kaum schlimmer gewesen sein. *Na gut, vermutlich schon, das war wohl ein kleiner Rückfall in mein Spießer-Ich …*

Grüppchenweise eilen jedenfalls alle die vier Stufen zur Kanzel hinauf, um dort für Fotos zu posieren, wo ihre Fernsehidole als Angeklagte Rede und Antwort standen. Es fehlt nicht viel, und sie prügeln sich darum, wer sich als Nächstes quer übers Geländer hängen darf, wo sonst nur der Pfarrer für die Predigt oder die Ansprache bei einer Beerdigung Zutritt hat. Ein paar warten wie ich im Hintergrund und finden das Benehmen ihrer Mitreisenden offenbar ebenfalls befremdlich, aber die wissen vielleicht auch einfach nicht, worum es geht.

»Mädels, ihr Lieben, noch vier Minuten, denkt dran, ja?« Das kam von der Empore auf der anderen Seite des Raumes. Gregory steht mit Klaus und Natalia oben auf dem Holzbalkon. Er muss nicht mal brüllen, die Akustik ist phänomenal. »Wir haben noch viel vor heute, den Faskally Forest und die Drummond Gardens … also husch, husch jetzt! Beeilt euch!«

»Immer nur laufen. Was ist denn in diesem blöden Wald so Besonderes?«, ruft Amelie schmollend nach oben.

»Kindchen, wir machen uns auf die Suche nach Indianern! Das war doch der Drehort für die Mohawk-Siedlung in Staffel vier von *Outlander,* und in Staffel zwei waren … Wo bist du überhaupt?« Er beugt sich mit zusammengekniffenen Augen gefährlich weit über die Brüstung, und eine Schrecksekunde lang glaube ich, er hätte mich entdeckt. »Amelie! Hör bitte auf, ich sehe dich … Die Szenenfotos darfst du nicht mitnehmen, Schätzchen, die gehören zur festen Ausstellung. Mach die Reißzwecken wieder rein. Braves Kind!«

Erleichtert atme ich auf und ziehe mich hinter die Wand zurück.

Vier Minuten, Janne!

Der Countdown läuft, und er hat plötzlich verdammte Ähnlichkeit mit einer Zündschnur. Moment mal, was tue ich da eigentlich? Ich verstecke mich vor meinen eigenen Leuten?

Und dann wird es mir klar. Nein. Darum geht es überhaupt nicht. Die sind alle goldrichtig in dieser Reisegruppe. Ich mag sie, auf ihre eigene Art: Gregory, Melly, die Kölnerinnen, Klaus und Natalia und wie sie alle heißen, sie sind speziell, aber liebenswert. Ich habe zwei ganz andere Probleme: Dieses Sightseeing im Zeitraffer mit Stoppuhr ist einfach nicht mein Ding. Und es sind mir ganz generell zu viele Menschen! Vor allem, weil *einer* fehlt! Das ist alles. Alex ist mein Prüfstein, mein Sehnsuchtsort, mein *Jamie.* Vielleicht musste ich nur deswegen in diese kleine Kapelle kommen, um das zu erkennen. Jetzt hoffe ich inständig, dass es noch nicht zu spät ist.

»Janne?« Das ist Amelies ungläubige Stimme. Ich fahre herum, schüttele den Kopf, lege flehend den Zeigefinger an die Lippen, und dann mache ich auf dem Absatz kehrt und sprinte nach draußen, als wollte ich die Olympiade gewinnen.

Ich habe keine Ahnung, wie das alles weitergehen soll, aber ich weiß definitiv, was ich nicht will – nämlich das hier. Meinen Koffer natürlich ausgenommen!

Alex ist wahrscheinlich schon längt über alle Berge, aber das schaffe ich schon, gleich habe ich meine Sachen wieder, mein Ticket und mein Geld, im Dorf habe ich eine Bushaltestelle gesehen, und ich weiß, wo die Whiskyfreunde abgestiegen sind, und wenn er mich dann nicht mehr will, dann ... *nein!* Darüber werde ich nachdenken, wenn es so weit ist!

Im Geist entschuldige ich mich bei all den Seelen, die auf diesem Friedhof ruhen, für meine Rennerei. Die haben doch sicher in festem Glauben *Ruhe in Frieden* gebucht, und zack! – Autobahn!

Atemlos klopfe ich an die Fahrertür des Busses. Himmel noch eins, wie hieß dieser Typ denn bloß?

»Machen Sie bitte auf!«, flehe ich, bevor ich begreife, dass niemand drin ist, obwohl der Motor läuft. Panisch gehe ich um den Bus herum, und da ist er, halb in der offenen Seitenklappe verschwunden. Na, wenn das kein Wink des Schicksals ist! *»Hey, how are you? ... Matthew? ... Oh sorry ... äh, Graham!«* Graham, so war sein Name, genau! Ein bisschen gehetzt strahle ich ihn an. »Könnten Sie mir bitte meinen Koffer rausgeben? Er muss hier irgendwo ...« Ich spähe an ihm vorbei in das Halbdunkel und erkenne die vertraute Silhouette – Kunststück, es ist das einzige große Gepäckstück in der gähnenden Leere. »Da ist er! Super, ich nehme ihn gleich selbst.«

Ich packe zu und wuchte das Ding gerade ächzend auf die Straße, als ich bereits die Stimmen der ersten Brave Harts näher kommen höre. Oh nein, die will ich nicht sehen, sonst bequatschen sie mich womöglich. Wer wüsste besser als ich, wie dünn mein Bauchstimmchen ist und wie leicht man die da oben auf der Kommandobrücke mit rationalen Argumenten und strengen Blicken kriegen kann.

»*Just a moment*«, fordert Graham. »*What the hell are you doing, lass?*«

Ich schüttele den Kopf. »Das weiß ich selbst nicht, Graham, Entschuldigung. Bitte sagen Sie Melly … also … Gregory meine ich natürlich, … dass es mir fürchterlich leidtut. *I'm sorry, I can't come back right now, I have to … I need to …*« Wie sagt man das auf Englisch? Ich weiß ja nicht mal auf Deutsch, wie ich es ausdrücken soll. Ich zerre an meinem Koffer herum, gehe damit rückwärts und stammele immer weiter »Es geht mir gut, aber ich muss noch was erledigen, okay? Vielleicht mache ich gerade den größten Fehler meines Lebens, nur wenn ich ihn nicht mache, dann werde ich es ewig bereuen, verstehen Sie? Und darum habe ich leider gar keine Zeit jetzt. Entschuldigung! *Finally I follow my heart! It's alright! Promise!*«

Ich fingere meine letzte Zehnpfundnote aus meiner nutzlosen Handyhülle, drücke ihm den Schein in die Hand, und dann schleife ich meinen Koffer über den Asphalt, ganz schnell weg, bevor ich ins Sichtfeld der bedrohlich herannahenden Meute gerate. *Du musst in die Gegenrichtung, Janne!*, dämmert mir. Aber hügelaufwärts steht Graham mit in die Hüften gestützten Armen, vor dem einstiegsbereit in Fahrtrichtung stehenden Bus. Die beiden versperren mir die Sicht, und noch schlimmer, um hügelabwärts zu flüchten, müsste ich an dem hünenhaften Fahrer vorbei und würde direkt ins Blickfeld der rückkehrenden Friedhofsbesucher geraten. Das geht gar nicht.

Graham marschiert gestikulierend in Richtung der näher kommenden Stimmen. O Gott, was macht der da? Verrät der Schuft mich etwa? Wozu habe ich ihm denn das Geld gegeben? Und was soll ich jetzt tun?

Mir bleibt nur eins! Immerhin guckt er ja gerade nicht.

Todesmutig schleudere ich meinen Koffer in die Büsche, direkt wo ich stehe, und klettere hinterher. Mit der kalten, feuchten Friedhofsmauer im Rücken, auf meinem Rucksack hockend, halte ich mir Ohren und Augen zu wie ein kleines Kaninchen und warte bang auf die Hand, die mich innerhalb der nächsten Minute unweigerlich am Genick aus meinem Versteck ziehen muss.

Aber …

Sie kommt nicht.

Dumpf dringt ungeduldiges Hupen zu mir durch. Gleich mehrere Autos scheinen nicht noch länger darauf warten zu wollen, dass der dicke Bus endlich abfährt und sie weiterkommen.

Aber …

Niemand greift nach mir.

Ungläubig nehme ich die Hände von den Ohren und lausche.

Noch einmal wird gehupt, penetranter jetzt. Graham flucht irgendwas auf Schottisch, und zwischen den Blättern hindurch sehe ich, wie Gregory in die Hände klatscht und seine Schäfchen zur Eile antreibt.

»Bisschen schneller, meine Lieben! Melly möchte sich nicht mit den reizenden Pkw-Fahrern duellieren müssen.«

»Haben sie einen Kilt an?«, höre ich Susi krähen.

Lachend und schnatternd verschwinden die Letzten im Bus. Ich höre, wie die Türen sich zischend schließen, dann fahren sie los, höchstens einen Meter von mir entfernt, am Rhododendron vorbei, gefolgt von drei Autos und einer entsprechenden Abgaswolke.

»Bin ich froh, dass ich kein Kaninchen bin«, huste ich und wedele mit der Hand den Benzingestank fort, der mich wie eine Glocke umgibt. Dann rappele ich mich auf. »Au!« In die Büsche hineinzuklettern war definitiv einfacher, als wieder hinauszukrabbeln. Ich bin eben doch keine zwanzig mehr, auch wenn sich das vor lauter Adrenalin und Herzklopfen eben noch so angefühlt hat. Rückwärts und auf allen vieren ziehe ich mein Gepäck zentimeterweise aus dem Dickicht. Natürlich bleibe ich mit den Haaren in den Zweigen hängen, und die Brille fällt mir auch in den Dreck.

Das ist wohl der Preis der Freiheit. Ächzend und stöhnend arbeite ich mich zurück in die Senkrechte und strecke den schmerzenden Rücken durch. Die schmale Landstraße liegt wie ausgestorben da, das Kirchlein von Tibbermore ruht wieder im Dornröschenschlaf, die winzige, geschotterte Haltebucht vor dem Eingang ist gähnend leer – bis zum nächsten Touristenansturm, der sicher nicht lange auf sich warten lässt. Das bringt mich auf eine Idee. Ich könnte natürlich auch auf den nächsten Reisebus warten und fragen, ob … *NEIN, Janne! Definitiv: Nein! Ganz sicher nicht!*

Ich ziehe den Kopf ein, als ob mich die komplette Belegschaft meines Großhirns gerade nicht nur in meiner Einbildung so entgeistert angebrüllt hätte. »War ja nur 'ne Idee!«, murmele ich vor mich hin, setze mir den Rucksack auf den Rücken und bringe meinen Koffer in Position, um ihn hügelaufwärts zur Kreuzung zu ziehen. Oder doch lieber bergab? Ratlos bleibe ich stehen. Das sieht in beide Richtungen ziemlich gottverlassen aus. Wo hatte ich die Haltestelle gesehen? Ein Pick-up saust in halsbrecherischem Tempo so dicht an mir vorbei, dass mich der Fahrtwind kurz aus dem Gleichgewicht bringt, und dann hupt er mich auch noch an. Wahrscheinlich gehe ich auf der falschen Straßenseite.

»Du bist so bescheuert, Janne Michelsen, du hast kein Handy, kein Netz und keinen doppelten Boden, und wenn es gleich wieder anfängt zu regnen, dann hast du nicht mal einen Schirm.«

Trotzig schiebe ich das Kinn vor und marschiere bergab. Da sehe ich wenigstens Häuser, auch wenn sie noch ewig weit weg scheinen. Das nächste Auto fährt an mir vorbei, immerhin kam mir dieses entgegen. Da unten gibt es also eindeutig Zivilisation.

Ich überlege kurz, den Daumen rauszustrecken, um zu trampen, aber das ist mir dann doch zu heikel. Wieder kommt ein Auto, und ich mache Platz, so gut ich kann. Warum hupen die denn alle? Ich gehe doch bereits halb im Graben!

Meine Schulter schmerzt von dem Geruckel, das die kleinen Rollen meines Kofferungetüms auf der unebenen Straße verursachen. Ich gönne mir einen kurzen Moment

Pause, setze mich auf meinen Hartschalenkoffer und wühle in meinem Rucksack nach der Wasserflasche. Da fällt mir ein flaches Päckchen in Geschenkpapier entgegen. An der Kordel hängen ein winziger Flachmann mit Whisky und ein Kärtchen.

Trink einen Dram auf mich, wenn sie dir wieder auf die Nerven fallen, und denk dabei an mich.
In Liebe, Alex
PS: Ich vermisse dich jetzt schon!

Mit zitternden Fingern reiße ich das Päckchen auf – und breche kommentarlos in Tränen aus. Es ist eine gerahmte Fotocollage von Alex und mir: wir beide zusammen vor dem Glenfinnan-Monument, das Selfie am Jacobite Steam Train und ein Foto von mir allein, wie ich gedankenverloren mit den Troddeln dieses antiken Messinglampenschirms im Zug spiele. Wann hat er denn bloß die Fotos ausgedruckt und heimlich gerahmt?

Mein Herz brennt.

»Ich vermisse dich auch!«, schluchze ich. »Und ich bin so blöd, so blöd, so blöd!«

Das nächste Fahrzeug rollt heran, aber ich bleibe sitzen. Das geht hier ja zu wie auf der Autobahn! Sollen die doch um mich herumfahren, so dick bin ich ja nun auch wieder nicht.

Ich höre das Summen einer herunterfahrenden Fensterscheibe. Die sollen mich in Ruhe lassen, alle! Ich habe mich noch nie so schrecklich gefühlt.

»*I am totally fine,* mir geht's gut«, heule ich, ohne hochzusehen, und stopfe mein Abschiedsgeschenk zurück in den Rucksack.

Das Auto fährt weiter, einen Augenblick später geht der Motor plötzlich aus. Eine Tür wird geöffnet und wieder zugeschlagen. Schritte kommen langsam näher. Echt jetzt?

»Das ziehe ich überhaupt nicht in Zweifel«, erklingt plötzlich eine mir wohlvertraute Stimme. »Ich wollte dir nur sagen, dass der Kaffee da unten im Dorf hundemiserabel schmeckt. Wenn du allerdings zur nächsten Bushaltestelle willst, läufst du außerdem in die falsche Richtung.«

»Alex!!!« Ich springe auf und drehe mich um die eigene Achse. Mein Koffer kippt mit Getöse um, aber das kümmert mich nicht. Den Rucksack stelle ich erheblich vorsichtiger ab, und dann laufe ich los.

Er hat den blauen Riesenkombi einfach mitten auf der Straße stehen lassen, breitet die Arme aus und kommt mit unsicherem Gesichtsausdruck auf mich zu. Aber da bin ich schon bei ihm und hänge an seinem Hals. »Was machst du denn noch hier?«, will ich wissen und muss gleichzeitig lachen und weinen.

»Ich brauchte dringend einen Kaffee«, behauptet er lächelnd, hebt mich hoch, und ich schlinge Arme und Beine um ihn und fühle mich, als würde ich fliegen.

»Gegenfrage: Müsstest du nicht in diesem Bus voller verrückter Filmfans sitzen, der Richtung Drummond Gardens unterwegs ist?«

Ich schüttele den Kopf und wische mir mit dem Ärmel die Tränen vom Gesicht. »Nein, ich müsste schon seit

Stunden bei dir in diesem Ungetüm von einem Mietwagen sitzen ... wenn du so ein Schaf wie mich noch haben willst.« Ich ziehe schniefend die Nase hoch und wühle in meiner Jacke nach einem Taschentuch. »... und es heißt hund*s*miserabel und nicht hund*e*miserabel.«

Statt einer Antwort beißt Alex mich zärtlich in die Lippe, küsst mich und wirbelt mich ausgelassen herum.

»Genügt das als vorläufige Antwort?«, fragt er, als ein Motorradfahrer hupend an uns vorbeifährt. Alex wankt ein paar Schritte mit mir zum Wagen, ohne mich loszulassen oder auch nur die Lippen von meinen zu lösen.

»Ich glaube, davon brauche ich mindestens noch drei Durchschläge und beglaubigte Kopien«, murmele ich dicht an seinem Mund. »Am besten jetzt sofort.«

»Etwa so?«, flüstert Alex heiser und presst mich gegen die Autotür. Er umarmt mich so fest, dass ich kaum atmen kann. Seine Hände wandern zärtlich über meine Haare, meinen Nacken, meinen Rücken. »Ist das ein Anfang?« Er küsst mich hingebungsvoll und lange, dann wandert sein Mund über meine Wange, meine Ohrläppchen, meinen Hals. Seine Hände schleichen sich unter meine Jacke. Mein Puls rast, und mein Herz flattert irgendwo in meiner Kehle herum.

»Ja, das kann ich gelten lassen«, schnurre ich, während seine Finger meine Rippen ertasten. »Natürlich nur vorläufig ...«

»*Oh, shut up*«, wispert Alex frech und macht küssend da weiter, wo er eben aufgehört hatte.

Das nächste Auto rollt heran und quetscht sich hupend zwischen Graben und Friedhofseinfahrt an uns vorbei.

Jemand kurbelt die Scheibe herunter, schimpft zuerst und pfeift dann anerkennend. Wir müssen beide lachen, Stirn an Stirn.

»Warum bist du nicht eingestiegen?«, fragt Alex kaum hörbar in einer kleinen Knutschpause, die wir beide brauchen, um halbwegs zu Atem zu kommen.

»Ich konnte nicht«, flüstere ich, meine Hände in seinen Haaren. »Es war allerdings ein ungleiches Rennen. Ich weiß jetzt, was Melly unterm Kilt trägt, und das hat mich nicht besonders umgehauen.« Ich grinse frech. »Abgesehen davon bin ich zu alt für diesen Scheiß.«

»Wofür genau?«, fragt er mit einer hochgezogenen Augenbraue und pflückt mir schmunzelnd ein Rhododendronblatt aus dem Kragen. »Und sag jetzt nichts Falsches, denn das glaube ich dir nicht, so wie du küsst.«

»Dafür, meine Lebenszeit in Situationen zu verbringen, mit denen ich mich unwohl fühle«, verkünde ich altersweise, »und ohne die Menschen, die mir guttun, und du tust mir sehr gut ... also ...« Ich krieche mit den Fingern unter sein Hemd. »... soweit ich das bisher beurteilen kann.«

»Das nehme ich als Kompliment«, raunt Alex, presst mich ganz fest an sich, und wir knutschen so lange weiter wie die Teenager, bis ein langsam heranrollender Reisebus hupend darauf aufmerksam macht, dass er auf dem kleinen Kiesstreifen vor der Einbuchtung zum Friedhof halten möchte, und wir ihm im Weg sind: mit Koffer, Auto und uns selbst.

Kichernd trollen wir uns. Meine Hormone feiern eine ausgelassene Sektparty in der Kommandozentrale und hängen ein Schild raus mit der Aufschrift: *Das Büro ist bis auf Weiteres wegen Komplettumbau geschlossen.*

Ich kann nicht aufhören, selig zu grinsen, während ich Alex helfe, meinen Koffer in den Kombi zu wuchten. Den Rucksack mit der wunderschönen gerahmten Collage nehme ich mit nach vorn.

»Wo soll's jetzt hingehen?«, fragt er und lässt meine Hand nur los, um schnell den Gang einzulegen.

»Sag du's mir«, erkläre ich entschlossen. »Mir bleiben noch drei Tage und Nächte, bis mein Flieger nach Deutschland geht, und in denen will ich mit dir zusammen sein, ganz egal wo, und was immer dann ist, sehen wir weiter. Leben ist heute!«

20

Kelpie oder nicht Kelpie?

Der Rezeptionist händigt uns zwei Schlüssel aus – mit verschiedenen Nummern. Ich lächele und bemühe mich, den nagenden Hauch einer Enttäuschung zu überspielen. »Zwei Einzelzimmer? Du hättest es ruhig sagen können, dass du keine Lust mehr auf Sofanächte hattest.«

Der Mann hinterm Tresen des Lakefront Hotels zuckt einen winzigen Augenblick lang mit einem Auge, dann hat er sich wieder unter Kontrolle. Alex quittiert das mit einem souveränen Grinsen, legt mir einen Arm um die Taille und sagt übertrieben laut: »Du dachtest ja sowieso, dass ich schwul bin.« Nur unerheblich leiser fügt er hinzu. »Als du dir kurzfristig überlegt hast, mich für diesen Zwerg Melly zu verlassen, fand ich die Aussicht auf mein leeres Doppelzimmer plötzlich sehr ... erschreckend.«

Er guckt tatsächlich ein bisschen bedröppelt, aber als er meinen Blick sieht, hat er Mühe, seine gute Laune hinter einer Hand in seinem Gesicht zu kaschieren.

»Das zweite Zimmer hatte ich auf Verdacht dazureserviert, als ich uns den Mietwagen gebucht habe. Ich wusste nicht, ob du zur Abwechslung eine Nacht ohne mein Schnarchen vorziehen würdest.«

»Du schnarchst ja gar nicht«, unterbreche ich grinsend. »Aber ich, wenn ich erkältet bin. Ein Wink mit dem Zaunpfahl hätte genügt.«

Alex zuckt mit den Schultern und feixt. »Na denn, hier wäre er also.« Dann muss er sich ducken, um meinem angetäuschten Boxhieb auszuweichen. »Die *Whisky-and-Nature*-Jungs steigen auch hier ab, falls du Sehnsucht hast. Sie kommen allerdings frühestens morgen an. Dann könnten wir bereits über alle Berge sein«, erklärt er. »Ehrlich gesagt wäre mir das lieber, aber das Hotel hier ist so traumhaft, das musste ich dir zeigen.« Alex versucht weiter, meine Hände zu erwischen, aber ich bin flink, und er hat keine Chance. Ich lande einen Treffer in seinen Nieren, natürlich ganz harmlos.

»Uff. Ich sehe schon, es ist gut, dass ich nicht mehr dazugekommen bin, das Zimmer abzusagen. Ich werde Erholungspausen brauchen, wie es aussieht.«

Ich schmiege mich theatralisch an seine Brust und schnurre lüstern: »Okay, Waffenstillstand.«

Alex lacht und umfasst meine Handgelenke, damit ich aufhöre, an seinen Hemdknöpfen herumzuspielen. »Das Hotel ist inzwischen leider ausgebucht, sonst hätte ich uns ganz sicher ein Upgrade für die Präsidentensuite geordert«, flüstert er und küsst mich hinters Ohr. Sein Bart kitzelt mich, und ich muss kichern. Ich komme mir vor wie ein Teenager und fühle mich großartig dabei.

»Sir?«, meldet sich der Hotelier schüchtern. »Es sind ohnehin beides Doppelzimmer, wir ... äh ... könnten für

Sie selbstverständlich auch jetzt noch eines davon stornieren und das andere für zwei Personen herrichten, wenn Ihnen das lieber ist.« Er räuspert sich dezent.

»Auf keinen Fall«, hauche ich und gebe mein Bestes, so richtig verrucht zu klingen. »Ich wollte schon immer mal den Satz loswerden: Gehen wir zu dir oder zu mir?« Dabei ist mir insgeheim ein bisschen schwindelig davon, wie rasant sich auf einmal alles zwischen uns entwickelt. Als wäre das letzte fehlende Dominosteinchen angestoßen worden und hätte eine Kettenreaktion in Gang gesetzt. Vielleicht ist so eine abschließbare Brandschutztür zwischen uns gar nicht mal schlecht. Im Moment allerdings will ich diese Tür möglichst schnell hinter uns beiden zuwerfen – von innen.

Alex schenkt dem hilflosen Hotelangestellten ein Lächeln. »Danke. Wir sehen uns die Zimmer an und sagen dann Bescheid.« Damit schnappt er sich meinen Koffer mit der Linken und meine Hand mit seiner Rechten und biegt mit mir um die Ecke, wo der Weg zu unseren Räumen ausgeschildert ist.

»Wir sind hier ganz in der Nähe von Doune Castle und der Deanston Distillery«, schwärmt Alex, während wir ausgelassen wie die Kinder über den Flur laufen. »Nach Stirling ist es auch nur ein Katzensprung. Das Schloss dort ist noch viel schöner als das in Edinburgh. Das musst du unbedingt alles gesehen haben.«

»Etwa sofort? Bist du dir da sicher? Ich hatte eigentlich gedacht …«

»Jetzt, wo du's sagst …« Er sieht mich mit schräg gelegtem Kopf von der Seite an und bleibt auf einem Treppenabsatz stehen. »Nein, nicht sofort. Vielleicht fällt mir ja ein anderer Programmpunkt ein, den wir vorziehen könnten.«

Ohne Vorwarnung stellt Alex den Koffer ab, nimmt mein Gesicht in beide Hände und bedeckt es mit Küssen.

»Mister Hartley«, gluckse ich und kitzele mich frei. »An Ihnen ist in der Tat ein Reiseleiter verloren gegangen. Aber auch wenn Schottland traumhaft schön ist, ich bin nicht wegen der Landschaft zurückgekommen ...« Ich hauche einen Kuss auf seine Stirn. »Oder wegen der Burgen ...« Ich küsse seine linke Wange. »Nicht mal wegen des Whiskys ...«

»Ach nein?« Alex dreht blitzschnell den Kopf, und mein nächster Kuss landet wieder mitten auf seinem Mund statt auf der rechten Wange.

Es dauert ein wenig länger, bis wir die letzten Meter zurückgelegt haben. Aber irgendwann sind wir da, und wir haben noch fast alles halbwegs ordentlich an, mein Gesicht glüht auch nur minimal.

Alex bleibt ein bisschen kurzatmig vor einer Zimmertür im ersten Stock stehen. »Und was ist mit den Hochlandrindern?«

»Die waren auch nicht der Grund.«

»Nein?«

»Nein«, hauche ich keck und schubse ihn küssend gegen die Wand, während er mit blinden Fingern nach dem Schlüsselloch tastet.

Die Tür springt auf, und wir fallen beinahe ins Zimmer. Lachend stolpern wir über unsere eigenen und die Füße des anderen und bewahren uns gegenseitig davor, vollends das Gleichgewicht zu verlieren. Ich habe das Gefühl, meinen ganzen Körper würde Sekt durchströmen und nicht Blut. Alles an mir und in mir kribbelt und prickelt, sobald Alex mich berührt.

»Janne, ich ...«, setzt er an.

Taumelnd und außer Atem reiße ich mich los und stürze ins Badezimmer. »Gib mir eine Minute.«

»Es hat eine Badewanne! Mit Löwenfüßen! Das müssen wir nehmen«, juchze ich durch die geschlossene Holztür und überlege, was ich hier drin eigentlich wollte. Mich frisch machen? Ich bin nicht schon wieder mal einfach weggelaufen, als es eng wurde, oder?

Mein Spiegelbild weiß darauf auch keine Antwort. Es sieht ein bisschen derangiert aus mit seinen hektischen Flecken und der zerzausten Frisur, aber auch abenteuerlustig, viel jünger als noch vor einer Woche und ... glücklich. »Ich habe keine Ahnung, was hier abgeht, aber es tut dir offensichtlich wirklich gut, Janne Michelsen!«, wispere ich tonlos und zwinkere mir selbst zu. Ich bin stolz auf mich, weil dieser übereifrige Verstand endlich mal die Klappe hält und weil ich keine zwanzig mehr bin und voller Komplexe, ob meine Wimperntusche womöglich verläuft oder meine Jeans eine Falte an der falschen Stelle schlägt.

Im Geist leiste ich Abbitte bei all meinen Freundinnen und danke ihnen für die Reise meines Lebens, und dann reiße ich die Tür auf und habe einen ganz, ganz kurzen und wirklich winzigen Moment lang einen Anflug von

Panik, dass das Zimmer leer sein könnte und ich es wieder einmal verkackt habe.

Aber Alex ist noch da. Er steht am Fenster, mit dem Rücken zu mir, und streckt mir den Arm entgegen.

»Komm her und sieh dir das an, hast du schon mal so was Schönes gesehen?«

Ich ergreife seine Hand und lasse es zu, dass er mich zu sich herumwirbelt. Eng umschlungen blicken wir in den Garten hinunter, der direkt an den See grenzt. Zwei Regenbögen spannen sich darüber und verlieren sich im Wald. Die Nachmittagssonne hat für ihren Untergang das große Abend-Make-up aufgelegt. Über dem anderen Ufer färbt sich der Himmel in kitschigsten Schattierungen von Pink und Orange.

Alex streichelt meine Arme, meine Schultern, streift wie von ungefähr meine Rippen und wiegt sich mit mir im Takt einer unhörbaren Musik, die mir Gänsehaut auf die Arme malt und meinen Magen vibrieren lässt. Ich spüre seine Körperwärme, seinen Herzschlag, seine Muskeln, sei... Er streicht mir behutsam die Haare aus dem Nacken und küsst mich auf die Stelle, wo einer meiner Nackenwirbel deutlicher heraussteht als alle anderen. Er hält mich ganz fest und doch sanft, und mein Herz wummert wie die Bässe einer Techno-Party beim Frühlingsfest.

»Was wolltest du vorhin sagen?«, frage ich, solange ich noch kann, weil es sich sehr danach anfühlt, dass ich in den nächsten Minuten meine Fähigkeit, halbwegs klar zu denken, komplett verlieren werde.

»Nichts«, flüstert er, dreht mich zu sich und küsst mich leidenschaftlich. »Hab ich vergessen.«

Und damit fliegt endgültig die Sicherung raus in meinem Vorderhirnbüro, es wird zappenduster da oben, der Letzte macht das Licht aus, Feierabend.

Ich denke nichts mehr, ich fühle nur noch.

Aber das dafür umso intensiver.

»Was hältst du davon, wenn wir vor dem Essen noch einen kleinen Spaziergang machen?«, schlägt Alex irgendwann vor. »Ich bin noch gar nicht richtig hungrig. Du?«

Ich habe jedes Zeitgefühl verloren. »Ich bin mir nicht sicher, ob ich noch laufen kann«, flunkere ich – in Wahrheit bin ich mir nämlich völlig sicher, dass ich es nicht mehr kann. Mein Atem hat sich immer noch nicht beruhigt, geschweige denn mein Herzschlag oder das leichte Muskelzittern, das mich in nachhallenden Schüben noch immer wohlig erschauern lässt.

Alex stützt sich auf den Ellbogen und lächelt mich an.

»Heißt das, es wird zur Gewohnheit, dass wir beide im Bett essen müssen?«

»Wenn das, was dazu führt, auch zur Gewohnheit wird«, grinse ich und klemme mir die Unterlippe zwischen die Zähne. »Vielleicht müssen wir einfach noch ein bisschen üben.«

»Das lässt sich einrichten, zu Euren Diensten«, verkündet Alex und taucht unter meine Bettdecke. »Hat dir schon mal jemand gesagt, dass du äußerst appetitanregend bist?«

Meine Antwort ist ein wohliges Stöhnen. Ich kralle mich in die weißen Laken und schließe die Augen. Hinter meiner Stirn rechnet ohnehin niemand mehr damit, dass in absehbarer Zeit irgendwelche Rollläden wieder hochgezogen werden. Ich bin dann mal weg. Denken wird sowieso gnadenlos überschätzt.

Knappe drei Stunden später schaffen wir es dann doch noch einmal hinunter. Nachdem wir beide Zimmer ... öhm ... ausführlich besichtigt haben, gehen wir im hoteleigenen Restaurant essen. Der Wintergarten blickt durch große Panoramascheiben direkt auf den Schilfgürtel des Lake of Menteith. Alex lädt mich zu einem stilechten Candle-Light-Dinner ein, und diesmal habe ich auch endlich das passende Outfit für den Anlass: Imme, du nervige Schwester, ich danke dir von Herzen, dass du mir klammheimlich das kleine Schwarze in den Koffer geschmuggelt hast.

Zusammen mit den Wanderstiefeln finde ich die Kombination ja ein bisschen sehr modern, aber Alex' heruntergeklappte Kinnlade interpretiere ich so, dass ich nach einer schnellen Dusche und ein bisschen Make-up dennoch halbwegs vorzeigbar bin – und wahrscheinlich sogar ziemlich hip.

Galant hält er mir den Arm hin und geleitet mich an unseren Tisch.

Ich schwelge in einem wunderbaren orientalischen Tajine-Eintopf mit gegrilltem Gemüse und Aprikosen, Pistazien, Koriander und Couscous und nasche zwischendurch von Alex' Seehecht mit Butterbohnen, Spinat und rotem Paprika. Wir reden über Gott und die Welt, Alex erzählt Anekdoten aus seiner Zeit in Norddeutschland, von seinem Großvater, der ihm beigebracht hat, wie man Fischernetze flickt, und wie er sich als Junge beim Fliegenfischen fast mit der Angelschnur stranguliert hätte.

Statt Nachtisch entscheiden wir uns für Espresso – und natürlich nehmen wir einen kleinen Dram Single Malt als Digestif dazu. Ich könnte ihm stundenlang zuhören, aber die Kellner decken im Hintergrund bereits dezent fürs Frühstück ein, wir sind die letzten Gäste, also räumen wir das Feld.

Jetzt kommt ein romantischer Verdauungsspaziergang an der frischen Luft genau richtig. Alex holt unsere Jacken, ich warte unten in der Lobby, und es fühlt sich ganz selbstverständlich und vertraut an, wie er mir die Tür aufhält und den Arm um mich legt, als wir in die sternenklare Nacht treten.

Der Mond ist aufgegangen, er ist fast voll und tupft glitzernde Reflexe auf die sich im Wind kräuselnde Wasseroberfläche und die leise raschelnden Blätter der Bäume.

Arm in Arm stehen wir am Ufer und blicken auf den See hinaus. »Was denkst du gerade?«, fragt Alex leise.

»Dass ich glücklich bin«, antworte ich, und als ich es ausspreche, wird mir erst richtig bewusst, dass das wirklich und ohne Einschränkungen zutrifft. »... und dass es schon eine ganze Weile her ist, dass ich mich so ... leicht ... gefühlt habe.« Ich sehe ihn an. Irgendetwas scheint ihn zu beschäftigen. »Und du?«

Er zögert. »Kennst du die Sage von den Kelpies?« Alex mustert mich mit schief gelegtem Kopf. Ein bisschen zögerlich klingt er, unsicher. Was kommt jetzt? Fürchtet er, dass ich ihn auslache?

»Du meinst die Kindergeschichten von diesen Wasserpferden? Ich erinnere mich dunkel, dass der Barde in dieser Kneipe auf Skye von ihnen erzählt hat.«

»Das sind keine Märchen. Es ist ein uralter keltischer Mythos, den es nicht nur in Schottland gibt, er ist in ganz Großbritannien und auch in Skandinavien weit verbreitet.« Unschlüssig spielt er mit einer Zweipencemünze.

»Bist du abergläubisch?«, taste ich mich vorsichtig heran.

»Keine Ahnung.« Da ist wieder dieser spitzbübische Blick. »Wenn ich dich so anschaue, könnte ich's glatt werden.«

»Mich?«, frage ich verwundert. »Was habe ich denn mit den Kelpies zu tun?«

»Man muss etwas aus Eisen dabeihaben, um sie reiten zu können – und das meine ich jetzt nicht anzüglich. Eine Münze zum Beispiel, wie diese hier.« Er hält das Geldstück hoch, lässt es in seiner Hand verschwinden und zieht es hinter meinem Ohr wieder hervor. »Sie besteht aus mit Kupfer ummanteltem Stahl. Wusstest du das?«

Ich schüttele schmunzelnd den Kopf. »Bist du jetzt unter die Zauberer gegangen? Die Numismatiker? Oder unter die Kelpie-Dompteure?«

Alex setzt mir die Kapuze meiner Jacke auf. »Oder man wirft ihnen einen Schleier über den Kopf, das hilft auch, wenn sie einen in die Tiefe ziehen wollen. Es heißt, manche Kelpies verwandeln sich in eine schöne Frau, um einen Mann in ihre Falle zu locken. Man kommt nicht von ihr los.«

»Und hast du Angst, dass ich dich auf den Grund des Sees ziehen und verspeisen könnte?«

Seine Stimme klingt ein wenig rau, als er antwortet. »Mit Haut und Haaren, und es würde mir nichts ausmachen. Nur das Wasser wäre mir etwas zu kalt, wenn ich ehrlich bin.« Er streift meinen Nacken mit seinen Lippen. »Was hältst du von einem heißen Bad?«

»Eine Menge«, flüstere ich heiser. »Aber ich kann dir nicht versprechen, dass ich nicht vielleicht doch zubeiße. Auf einmal verspüre ich schon wieder so einen Heißhunger …«

Am nächsten Morgen bin ich früh wach. Meine euphorische Grundstimmung ist ungebrochen. Mich hat's erwischt, und zwar so richtig. Neben mir holt mein ganz persönlicher, äußerst privater und unglaublich attraktiver, ureigener und immens talentierter Jamie Fraser den Schlaf der Gerechten nach. Nackt. Die Decke ist ein wenig verrutscht und gibt nicht nur den Blick auf seinen Oberkörper frei, sondern auch auf ein unbekleidetes Männerknie. Knieporno, da ist was dran. Susi kennt sich aus, ich werde das nie wieder anzweifeln. Vielleicht brauche ich auch so ein Shirt … als Nachthemd.

Schmunzelnd spiele ich ein wenig an der Bettdecke herum. Wie soll es mir beim Anblick dieses Traummannes – und der Erinnerung an die vergangene Nacht – anders gehen als blendend? Ich will Alex nicht wecken, also schleiche ich ins Bad und putze mir die Zähne.

Auf der Toilette überfällt mich die absurde Idee, joggen zu gehen. Das habe ich ewig nicht mehr getan, aber Imme hatte darauf bestanden, dass ich meine Laufhose einpacke, nur für den Fall, und jetzt, wo ich meinen Koffer wiederhabe … also, warum nicht? Irgendwo muss dieses ganze Adrenalin ja hin, solange der Mann selig schlummert!

In Windeseile ziehe ich mich an und schlüpfe durch die Tür.

Morgentau bedeckt die Rasenfläche rund ums Hotel. Wo entlang? Die benachbarte Bilderbuchkirche liegt an der Straße, die uns hergeführt hat. Ich lasse sie links liegen, ich will es querfeldein versuchen. Unter meinen Füßen knirscht ein wenig Raureif, als ich den Rasen überquere und den kleinen Trampelpfad am See entlang einschlage. Wie schlafend liegt er da, zugedeckt von einem seidigen Nebelbett. Auf dem Parkplatz, deutlich weniger mystisch, steht der Reisebus. Eine Schrecksekunde lang glaube ich, Melly hätte meine Fährte aufgenommen und bis hierher verfolgt, dann begreife ich, dass die Whiskyfreunde spät in der Nacht angekommen sein müssen. Auch die liegen vermutlich alle noch in ihren Betten.

Mein Atem malt Dampfwolken in die klare schottische Luft. Als ich langsam Tempo aufnehme, fliegen ein paar Krähen empört krächzend auf. Anscheinend laufe ich für ihren Geschmack zu dicht an dem Pizzakarton vorbei, den sie sich aus einem Mülleimer gezogen haben.

In der Ferne bellt ein Hund, ich bin ganz allein hier draußen, herrlich. Ich lasse meine Gedanken durch den nebelfeuchten Morgen schweifen, doch sie drehen sich alle um Alex und kehren immer wieder zu ihm zurück. Ich höre seine Stimme, sein Lachen, seinen Atem. Ich spüre seine Lippen noch auf meinen, seine Haut ganz dicht an meiner, seine Wärme unter meinen Händen. Ich sehe seine moosgrünen Augen direkt vor mir, fühle seine Finger auf meiner Haut, und das Bild seines nackten Knies zwischen den Laken genügt, damit sich etwas in meinem Magen süß zusammenzieht und ein ganzes Bienenvolk durch mein Inneres summt.

Ein Reiher steht wie ausgestopft im Schilf und visiert sein Frühstück an, das irgendwo unter der Wasseroberfläche noch nichts Böses ahnt. Seine einzige Konkurrenz sind die Fischer, die sind vermutlich noch früher aufgestanden als ich. Sie kontrollieren weit draußen vom Boot aus ihre Reusen.

»Ich bin verliebt!«, flüstere ich strahlend einem Schwan zu, der gemächlich am Ufer entlangpaddelt. »Es hat mich richtig erwischt, und ich glaube, ihn auch.« Ist ja sonst keiner da, ich kann es ruhig zugeben. Und sowieso würde ich es am liebsten laut hinausschreien und die ganze Welt umarmen. Der Reiher fliegt auf und versucht sein Glück an einer anderen Stelle, wo keine aufgedrehten Touristinnen herumjoggen.

Na gut, ich belasse es dabei, den wenigen Spaziergängern, die mir begegnen, ein etwas heruntergeregeltes, aber nicht minder euphorisches »*Good morning!*« entgegenzuschmettern.

Nach zehn Minuten habe ich Seitenstiche. Meine Kondition ist lächerlich, ich sollte wirklich wieder mehr Sport treiben. Der Menteith-See ist höchstens anderthalb Kilometer breit und nicht mal doppelt so lang, aber nachdem ich eine halbe Stunde abwechselnd gerannt und gelaufen bin und wirklich nur ganz kurz auf einer Parkbank pausiert habe, um die Aussicht auf die Insel mit den Klosterruinen zu genießen, beschließe ich, es gut sein zu lassen.

Mein Magen knurrt, und vielleicht sollte ich nicht all meine Kräfte beim Laufen verausgaben. Ich muss unwillkürlich grinsen. Mir fallen lauter schöne Dinge ein, die ich mit Alex zusammen anstellen möchte, und nicht für alles davon muss man angezogen sein. Aber ich möchte auch mit ihm reden, mich unterhalten, seiner dunklen Stimme lauschen, wenn er schottische Geschichten erzählt und dabei das »R« rollen lässt. Irgendwo in meinem Bauch britzelt es wie überschäumendes Brausepulver.

Beflügelt ziehe ich noch einmal das Tempo an, Endspurt bis zur Lobby und dann die Treppe hinauf in den ersten Stock.

Eine Frau lacht. Es kommt vom Ende des Ganges, da, wo unsere Zimmer liegen. Einen gnädigen Moment lang glaube ich, es wäre die Reinigungskraft, die Alex viel zu früh aus den Federn geschreckt hat, dabei wollte ich ihm doch Tee ans Bett bringen. Habe ich etwa vergessen, das »Bitte nicht stören«-Schild an die Klinke zu hängen?

Mechanisch gehe ich auf das Murmeln zu, ich kann mich nicht wehren. Es zieht mich machtvoll an, wie einen Raumgleiter, der in den magnetischen Fangstrahl eines Ufo-Mutterschiffs gerät. *Du guckst eindeutig zu viele Filme, Janne.*

Die andere lacht gurrend, schmeichelnd, flirtend, siegessicher. So schäkert kein Zimmermädchen mit einem Gast. Es ist dieser ganz spezielle Beiklang, der meinen Schritten Bleischuhe anlegt, noch in der Sekunde, bevor ich hinter diesem Ungetüm von Zimmerpalme erkenne, wer da im knappen Morgenmantel bei Alex im Türrahmen lehnt.

»Das musst du mir erst mal beweisen. Also, sagst du es ihr, oder soll ich? Du bist ein böser Junge, und du weißt, was man mit bösen Jungs machen muss, oder?« Das ist Evas Stimme. Unverkennbar. Sie lacht wie immer ein bisschen zu hoch, spricht eine Spur zu schrill, und was sie sagt, kriecht mir wie Schlangengift unter die Haut. Was will die Zicke hier? Alex' Antwort ist ein gedämpftes Murmeln.

»Ach«, sagt sie gedehnt. »Das würde ich noch lange nicht hart nennen. Aber wenn du mich reizt, kann es das werden. Hart und schmutzig, ganz wie du willst.«

Ich muss nicht mal pirschen, die beiden sind komplett aufeinander konzentriert. Lasziv fährt sie mit ihrer Hand über seine Brust und geht einen weiteren Schritt auf ihn zu. Sie steht so dicht vor ihm, dass keine Hotelbibel mehr zwischen die beiden passt, und noch immer haben sie mich nicht bemerkt.

Was soll ich denn jetzt denken? Hallo, da oben auf der Kommandobrücke! Irgendjemand wach? Ich schüttele den Kopf, als ob ich meine grauen Zellen auf diese Art mit Gewalt an ihren Job erinnern könnte. Aber in meinem Vorderhirn herrscht Funkstille, Leere, totaler Blackout. Ich muss mich an der Wand festhalten, um nicht das Gleichgewicht zu verlieren. Nicht wegen des Schocks, sie hier zu sehen, das wäre ja wohl etwas übertrieben, sondern weil ich so schnell gerannt bin. Mein Puls wummert derart in meinen Ohren, dass ich Alex' Antwort nicht verstehen kann.

Er hat Evas Handgelenke gepackt, ganz offensichtlich, um sie davon abzuhalten, völlig ungeniert noch weiter auf Tuchfühlung zu gehen. Immerhin das.

Unbemerkt tappe ich immer näher.

Jetzt beugt er sich sehr nah zu ihr, und seine Stimme klingt genauso honiggolden wie noch vor viereinhalb Stunden, als er mir damit unanständige Sachen ins Ohr geflüstert hat. »Hör auf damit, Eva. Lass mich in Ruhe und verschwinde. Sie kann jeden Moment hier sein.«

Meine Augen flimmern, und mein Puls hämmert gegen meine Schläfen. Einatmen ... ausatmen. *Ganz ruhig, Janne. Und noch mal ein... Zieh jetzt keine voreiligen Schlüsse. Es ist bestimmt nicht das, wonach es aussieht!* Und ausatmen ... Ach, scheiß doch auf dieses Entspannungstraining! Jetzt reicht's mir!

Ich verlasse meine Deckung und stapfe drauflos. »Ich unterbreche euch ja nur ungern, aber ich würde gern duschen gehen, bevor ich mich erkälte. Darf ich mal vorbei?« Ich lege meine Hand auf Alex' Brust und schiebe ihn damit ein kleines Stückchen rückwärts. Genug, um meine Besitzansprüche mit einem deutlichen Zeichen zu markieren.

Alex erstarrt wie schockgefroren in der Bewegung. Er sieht mich so fassungslos an, als hätte ich ihn gerade in flagranti mit Eva auf dem Hotelflur erwischt, halb nackt und in Boxershorts. Wobei, *hab ich ja, na so was!*

»Ach, so weit ist das also doch schon?« Eva fängt sich als Erste. »Na, das ist ja sehr aufschlussreich, Mister *Hartley*.« Sie mustert mich ebenso unverblümt, wie sie eben noch Alex angegrabbelt hat, und zieht dabei eine ihrer perfekt gezupften und geschminkten Augenbrauen in die Höhe.

»Das passt ja wunderbar! Einen Augenblick, bitte. Ich würde Ihnen gern etwas erzählen, Frau Michelsen.«

»Eva, nicht«, bittet Alex leise. »Lass sie da raus.«

Sie windet sich energisch aus seinem Klammergriff, und er lässt los.

»Ich wüsste nicht, was so wichtig wäre, dass es nicht warten kann, bis ich mir etwas anderes angezogen habe«, antworte ich kühl. Rivalinnen begegne ich grundsätzlich gern weniger verschwitzt, gut gefrühstückt und vor allem nach meinem ersten Kaffee.

Doch Eva stellt sich mir in den Weg. Sie schnappt nach meiner Hand und packt mich am Gelenk. »Ich habe etwas über unseren gemeinsamen Bekannten herausgefunden, das Sie brennend interessieren dürfte. Aber vielleicht wissen Sie es ja auch schon?«

Triumphierend sieht sie Alex an. »Womöglich war deine Tarnung gar nicht so perfekt, wie du dachtest, und die Dame ist nur hinter deinem Geld her?«

»So wie du?«, fällt er Eva ins Wort.

»Wie kannst du es wagen!«, schreit sie ihn an. Ich zucke zusammen. Immerhin lässt sie mich jetzt wieder los.

Alex' Augen sprühen, ich sehe, wie seine Kaumuskeln arbeiten, aber ich begreife immer noch kein Stück, wovon hier die Rede ist. Das würde ich allerdings gern. »Um was geht es hier genau?«, spreche ich es aus. Ich habe ein mieses Gefühl, ein richtig mieses Gefühl.

Sie mustert mich verächtlich. »Vielleicht sollten Sie ihn mal fragen, für wen das Doppelzimmer ursprünglich reserviert war, Schätzchen?« Eine Faust klammert sich um mein Herz und drückt zu, als sie weiterspricht. »Ich sag's Ihnen: für mich.«

»Eva!«, stöhnt Alex matt. »Warum tust du das? Das ist doch gar nicht wahr.«

Aber das bringt sie erst so richtig in Fahrt. »Du wirst schon sehen, was du davon hast. Bist du mit mir aufs Zimmer gegangen, oder nicht? Los, sag's ihr!«

Alex sieht mich schmerzerfüllt an. »Ich war betrunken, Janne, und da ist nichts gelaufen, sie …«

»Ich solle ihm vertrauen, hat er mir gesagt, als Sie plötzlich bei uns an Bord waren. Dass mein Arbeitgeber sich sicher erkenntlich zeigen würde, wenn wir Sie pampern, dass ich mitspielen soll und dass er einen verdammt guten Draht nach oben hat. Da wusste ich noch gar nicht, *wie* gut sein Draht ist, beziehungsweise wer unser Mister Hartley in Wirklichkeit ist. Aber ich bin nicht dumm.«

Sie blitzt mich an, als ob sie mir damit zu verstehen geben wollte, dass das auf mich in ihren Augen leider nicht zutrifft. »Ich habe recherchiert, das kann ich ziemlich gut, wissen Sie? Wieso macht ein Schotte gleich zwei unserer Busreisen mit, habe ich mich gefragt. Ich gebe zu, eine ganze Weile dachte ich wirklich, das wäre meinetwegen gewesen. Da war ich also auf dem Holzweg. Aber was glauben Sie wohl, wieso er sich so an Sie rangeschmissen hat, obwohl er mich hätte haben können? Wundert Sie das nicht? Der Mann tut nichts ohne Kalkül, und Reiseblogger sind Gold wert, richtig? Deine Worte, Alex. Und dann Skye …«

»Was war auf Skye?«, will ich jetzt endlich wissen.

»Hör nicht auf sie, Janne. Sie verdreht alles!«

»Ich verstehe das alles nicht«, sage ich schwach. Die prickelnde Brause in meinem Bauch ist zu einem zähen Zuckerklumpen zusammengeschmolzen, hart wie Stein. Verständnislos sehe ich von einem zum anderen, ich fühle mich als Zuschauer wider Willen in einer sehr schrägen Seifenoper.

»Hör auf, Eva. Es war nie meine Absicht, dich zu verletzen. Du hast dich derart verrannt ... außerdem weiß ich, dass du ...«

Drohend hebt sie ihren rot lackierten Zeigefinger. »Halt die Klappe!« Sie nimmt sich Zeit, um Luft zu holen, und lässt dabei ihren Busen wogen. »Mister Großkotz. Dir geht es nur darum, dein Gesicht vor Janneschatz zu wahren und deine teure Haut zu retten. Und jetzt? Willst du mich entlassen?« Erneut blickt sie hämisch zu mir herüber. »Das könnte er nämlich. Weil er mein Boss höchstpersönlich ist. Alex Hartley – der neue Mister Brave Hart Tours *himself*, der sich einen Spaß daraus macht, undercover seine Mitarbeiter zu bespitzeln und zu vögeln, bevor er offiziell aufrückt und das Zepter von seinem alten Herrn übernimmt. Ich frage mich nur, warum es ihm so verdammt wichtig war, dass *du* nicht erfährst, wer er ist. Nun, wenn ihr euch wirklich schon länger kennen würdet, dann hättest du's gewusst. Aber du warst genauso ahnungslos wie ich. Bist du also einfach nur ein Blind Date, und er wollte dich inkognito abchecken, so wie uns? Wie originell! Das dachte ich zuerst. Aber nein, es ist noch viel besser: Du armes Ding hast deine Reisegruppe verloren.«

Sie betrachtet mich selbstgefällig. Alex will sie unterbrechen, aber Eva lässt ihn nicht zu Wort kommen. »Oh ja, das habe ich herausgefunden, da müsst ihr schon früher aufstehen! Er hat mit dir gespielt wie die Katze mit der Maus, die ganze Zeit, nur um dich endlich ins Bett zu kriegen ...«

Ich schlucke trocken. Diese ganzen Informationen rutschen nur zeitverzögert zu mir durch. *Brave Hart Tours? Alex ist ...?*

»Eva, genug jetzt. Es reicht.«

Aber Eva ist noch nicht fertig. »Er ist ein mieser Lügner und Betrüger, dein feiner Mister Hartley. Viel Spaß noch mit ihm. Ach, und nicht, dass ich das vergesse: Hier ist meine Kündigung.« Damit versetzt sie Alex eine schallende Ohrfeige. Ich zucke noch mal zusammen, während Eva bereits auf dem Absatz umkehrt und den Gang hinunterstolziert.

Alex bewegt sich noch immer keinen Millimeter. Seine Wange ist feuerrot. Eine gefühlte Ewigkeit lang sagt keiner von uns ein Wort.

»Du bist ...? Brave Hart Tours ist dein ...?«

Er nickt hilflos. »Wird es ... ist es. Aber darum geht es hier gar nicht ...«

»Hart wie Hartley«, stelle ich tonlos fest. »Natürlich. Du bist also so eine Art Boss-Undercover-Schiene gefahren, ja?«

»Ich konnte es dir nicht sagen«, holt er aus. »Ich habe drei Touren mitgemacht, weil ich den Laden von meinem Vater übernehmen soll und mir das alles unvoreingenommen ansehen wollte. Ich hatte von Anfang an Probleme mit Eva. Dann stellte sich heraus, dass es ein paar finanzielle Ungereimtheiten an der Basis gibt, trotz wechselnder Teams, nur Eva war immer dabei. Und sie hat alles darangesetzt zu verhindern, dass ich ...«

»Wie die Katze mit der Maus«, wiederhole ich stumpf Evas Worte. *Er hätte dir von Anfang an helfen können, Janne!*

»O Gott, ich weiß, was du jetzt denkst. Bitte versteh das nicht falsch! Du bist mir schon in der Distillery ins Auge gesprungen. So verloren, so verletzlich und … liebenswert chaotisch. Und plötzlich bist du neben mir auf den Sitz geplumpst – wie ein Wink des Schicksals. … Ich habe mich auf den ersten Blick in dich verknallt, aber du hast mir nicht nur sofort um die Ohren gehauen, dass du dich auf keinen Flirt einlässt, du hast auch eindeutig ausgestrahlt, dass du niemanden an dich ranlässt, und das nicht erst seit gestern. Ich war so neugierig auf dich, Janne. Ich wollte dich kennenlernen, wollte Zeit gewinnen. Zeit mit dir!«

»Und Eva?«

»Ich habe ihr nie Grund zur Hoffnung gegeben, aber sie hat meine Abfuhren einfach nicht akzeptiert – bis du kamst. Das hat sie immerhin kurzzeitig aus dem Konzept gebracht. Dieses Reisebloggergerücht kam wie ein weiteres Geschenk des Himmels. Das habe ich wirklich nur genutzt, damit sie dich in Ruhe lässt.«

»Wohl eher, damit deine Tarnung nicht auffliegt, richtig?«

»Janne! Nein! Ich hatte es nur gut gemeint.«

Von wegen! Er hat dich nach Strich und Faden manipuliert, Janne. Dich hintergangen, auflaufen lassen. Du hast mit seinen Mitarbeitern telefoniert! Er hätte dir jederzeit alle Infos geben können, stattdessen hat er dir dabei zugesehen, wie du im Kreis rennst, und sich königlich über dich amüsiert …

Wie in Trance sehe ich durch ihn hindurch. »Euer Blogger war übrigens Paul.«

»Was?«

»Ja.« Ich zucke mit den Achseln. »Er hat mir seine Karte gegeben, Reisejournalist im Ruhestand. Wir sind quasi Berufskollegen.«

Alex starrt mich stumm an.

»Mir ist kalt«, stelle ich irgendwann ganz sachlich fest. Steif bewege ich mich als Erste und gehe ins Zimmer. Alex schleicht mir nach wie ein geprügelter Hund. In mir und um mich läuft immer noch alles wie in Zeitlupe ab.

Die Laken sind verwühlt. Mein Schlüpfer liegt noch wie gestern Nacht auf dem Teppich, mein BH hängt über der Stuhllehne. Ich habe noch unser Gelächter im Ohr, die honigsamtenen Worte, als wir uns gegenseitig ausgezogen haben. Plötzlich sind sie schal wie abgestandener Sekt am Morgen danach.

Stumm sammle ich meine Sachen ein und tausche sie gegen frische aus meinem Koffer. Ich wünschte mir, das ginge so einfach auch mit den Worten. Eine Jeans, ein Shirt, frische Socken, dazu wähle ich einen bequemen Baumwollschlüpfer und ein passendes Hemdchen. Spitzenwäsche wird überbewertet. Es sind Mogelpackungen, sie machen blind für das, was wirklich zählt. Ehrlichkeit. Ich dachte, dass ich ihn kennen würde, dass er ein Mann wäre, auf den ich mich einlassen könnte, dem ich endlich trauen kann, der ehrlich zu mir ist. Was für ein Quatsch. Wann kennt man jemanden? Ganz sicher nicht nach ein paar Tagen …

»Janne, ich … Du glaubst doch nicht, was sie gesagt hat, oder? Sie hat eine krankhaft verzerrte Wahrnehmung!« Er rauft sich die Haare und folgt mir ins Bad.

Verzerrte Wahrnehmung? Das hat Holger auch immer von dir gesagt, Janne! Und Rodrigo, als es um seinen permanenten Jointkonsum ging.

Alex legt mir beide Hände auf die Schultern, dreht mich zu sich und sucht verzweifelt Augenkontakt.

»Welchen Teil meinst du?«, frage ich und streife ihn zusammen mit meiner nassgeschwitzten Sweatjacke ab. Ich kann jetzt keine Berührung von ihm ertragen.

»Dass ich dir verschwiegen hätte, wer ich bin, nur um dich ins Bett zu kriegen? Das stimmt nicht! Bitte lass mich dir erklären ...«

»Was denn noch? Ich muss duschen«, unterbreche ich. »Du weißt ja, dass ich mir schnell was hole. Und ich muss nachdenken ... Allein.«

Widerstandslos lässt er sich aus der Tür schieben.

»Janne, bitte lauf nicht wieder weg.« Seine Stimme klingt gedämpft durch die Wand zwischen uns. Ich schließe ab, bleibe einen Augenblick stehen, die Klinke in der Hand, und presse meine Stirn gegen das weiß lackierte Holz.

Ehrlichkeit. Es ist mir scheißegal, ob er mit Eva geschlafen hat oder nicht. Das war, bevor er mich kennenlernte. Ich glaube nicht, dass er bewusst mit ihren Gefühlen gespielt hat. Aber wenn er sie ähnlich verwirrt hat wie mich? An seiner Kommunikationsfähigkeit muss der Mann dringend arbeiten! Warum nur hat er mir nicht die Wahrheit darüber gesagt, wer er ist? Glaubt er etwa, ich sei ein Plappermaul? Meine Trennung von Ben kommt wieder hoch. Und die Geschichte mit Sven. Sven! Und an den wollte ich überhaupt *gar* nicht mehr denken! Habe ich eigentlich ein

Abo auf notorisch lügende, zweigleisig fahrende, Drogen rauchende oder sonst wie schadhafte Männer? Steht irgendwo auf meiner Stirn geschrieben: Bescheiß mich? Die Stimme in meinem Kopf bekommt Oberwasser. *Das war doch klar, Janne, was hast du dir da eingebildet? Dass ein Mann wie Alex sich in dich verlieben würde? Du warst ein perfektes Alibi, um ihm Eva von der Pelle zu halten, nichts weiter, und das hat er dir sogar gesagt. Vielleicht war das ja das Einzige, wobei er nicht gelogen hat.*

Benommen klettere ich in die Dusche, seife mich ein, wasche mir die Haare, lasse das Wasser so heiß auf mich herabrauschen, wie ich es aushalte. Aber es wärmt mich nicht. Also stelle ich auf eiskalt. Das holt mich immerhin aus meiner Trance. Fluchend stelle ich den Hahn ab, greife nach einem Handtuch und rubbele mich trocken, so hart und kräftig ich kann.

Brave *Hart* Tours.

Ich stocke in der Bewegung.

Hart wie Hartley, nicht wie *heart* in Brave*heart*.

Wieso ist mir das nicht gleich aufgefallen? Ein Unternehmen dieser Größe leistet sich keine Schreibfehler. Aber – hätte es etwas geändert? Hätte ich daraus geschlossen, dass …? Ich denke zurück an Frau Kaugummi in der Zentrale. Selbst zu ihr war bereits durchgedrungen, dass der Chef undercover unterwegs war und alle sich in Acht nehmen sollten.

Wenn er dich einmal angelogen hat, wird er es immer wieder tun, Janne. Lass dich nicht einlullen, moosgrüne Augen hin, bester Sex ever her. Ben hat dich eingelullt, Holger hat dich eingelullt, und Alex steht als Nummer drei in derselben Reihe. Ach, was sag

*ich: Er toppt sie alle. Vergiss es einfach, vergiss ihn. Lieber ein Ende
mit Schrecken als Schrecken ohne Ende.* Mein Verstand kramt
emsig jede Kalenderweisheit hervor, die er finden kann.

Aber er hat mir diese wunderschöne Collage geschenkt, meldet
sich mein Herz. *In Liebe, hat er geschrieben!*

Papier ist geduldig, wer wüsste das besser als du.

Der Spiegel ist beschlagen. Ich wische mit der Handfläche einen Kreis frei, betrachte mein verschwommenes
Ebenbild und greife nach dem Föhn. Eine Träne stiehlt sich
aus meinem Augenwinkel und dann eine zweite. Energisch
reibe ich sie weg, trockne meine Haare zu Ende und setze
meine Brille wieder auf.

Als ich aus dem Bad komme, ist Alex angekleidet. Er sitzt
auf dem Bett, das Gesicht in den Händen vergraben, und
fährt hoch, als er mich bemerkt.

»Janne, bitte hör mich an. Jede Geschichte hat zwei
Sichtweisen. Gibst du mir die Chance, meine zu erzählen?«

Mein Kopf brüllt: *NEIN!* Mein Herz sagt in ruhigem
Ton: *Doch, das hat er verdient. Hör dir ganz in Ruhe an, was er
zu sagen hat, und lass ihn um Himmels willen ausreden.* Also nicke ich langsam.

Alex seufzt. »Eva hat mir seit Beginn unserer ersten
Reise eindeutige Angebote gemacht. Ich fange nichts mit
Angestellten an, und so oder so hätte ich riskiert, dass
meine Tarnung auffliegt. Also bin ich dazu übergegangen,
mir für den Rest der Fahrt Doppelzimmer zu bestellen,
unter dem Vorwand, dass ich noch jemanden erwarten
würde. Das hat sie offenbar komplett falsch verstanden
und sich in ihren Avancen noch bestärkt gefühlt.«

Ich hatte also doch recht mit meiner Intuition, meldet sich eine genugtuerische Stimme irgendwo aus dem Vakuum meines Kopfes.

»Ich weiß nicht, wann Eva herausgefunden hat, wer ich bin. Jedenfalls hat sie immer wieder versucht, mich in ihr Bett zu locken. Irgendwann hat sie mich so betrunken gemacht, dass es ihr geglückt ist, mich abzuschleppen, aber da lief nichts. Ich war zwar einsam, aber vor allem übermüdet und hackebreit. Auf Skye hat sie es noch einmal probiert. Ich konnte noch nicht schlafen, mir ging zu viel im Kopf herum … über uns. Nachdem du dank deiner ganzen Reisetabletten in Tiefschlaf gefallen warst, bin ich noch einmal an die Bar. Es war ja noch früh. Eva hat mich abgefangen. Sie wurde richtig wütend, als ich sie stehen gelassen habe. Darum wollte ich so schnell wie möglich einfach nur weg mit dir.« Er sieht mich zerknirscht an, lächelt schief und schlägt schnell die Augen nieder.

Ich schnappe wie eine Ertrinkende nach Luft und will etwas antworten, aber er hebt bittend eine Hand.

»Sie behauptet jetzt natürlich, ich hätte sie angemacht. Ich habe sie vorher damit konfrontiert, dass sie ein paar Ausflüge nicht abgerechnet und ganz offensichtlich in die eigene Tasche gewirtschaftet hat. Wahrscheinlich hat sie mich vor allem deswegen so eifrig angebaggert – damit ich abgelenkt bin und nicht so genau hinsehe, was sie da sonst noch treibt. Ja, es stimmt, ich bin quasi Brave Hart Tours, wenn du so willst, aber das ändert nichts an meinen Gefü…«

»Das ist mir alles zu viel. Du hättest es mir sagen müssen. Es wäre so einfach gewesen«, falle ich ihm endlich ins Wort.

»Stattdessen hast du mich die ganze Zeit glauben lassen …
O mein Gott … du …« Als ich das volle Ausmaß dessen
begreife, was er getan hat, bekomme ich mit einem Mal
keine Luft mehr in meine Lungen gepumpt, das liegt an
dem schwarzen Loch in meiner Brust, das rasend schnell
wächst. Mein Kopf klingelt, als die ganzen Groschen auf
einmal fallen. »Du hättest mir schon ganz am Anfang locker dabei helfen können, zu meiner Gruppe zurückzukehren, nicht wahr? Gleich nachdem ich zu euch in den
Bus gestiegen bin und spätestens am Fährhafen! Stattdessen
hast du mich die ganze Zeit glauben lassen, dass … Hat Eva
recht? Hast du es genossen, mit mir zu spielen? Hast du
mich benutzt? Warum hast du das getan, Alex? Warum?«

»Himmel, nein! Doch nur, weil ich eine Chance wollte,
Janne. Und du wolltest nicht zurück, wenn ich dich erinnern darf. Nach allem, was du mir über eure Gruppe erzählt hast – du hast sogar dein Handy vorsätzlich auf der
Heizung geschrottet, um für niemanden erreichbar zu
sein! Wenn ich das alles so fürchterlich falsch interpretiert
habe, dann tut es mir leid. Dann habe ich wohl wirklich
alles missverstanden, was du mir über diese überdrehten
Fans erzählt hast, über Melly und Gregory und wie furchtbar du dich dort gefühlt hast, immerhin so furchtbar, dass
du auch gestern nicht zu ihnen zurückkehren wolltest,
sondern dich davongeschlichen und in den Büschen versteckt hast wie ein kleines Kind.«

»Wie ein kleines Kind? So siehst du mich?« Mein Kinn
zittert. »Wir haben wohl beide so einiges mächtig falsch
interpretiert.« *Und das mit der Heizung war bestimmt keine
Absicht!*

Alex fährt sich über den Bart und strubbelt sich durch die Haare. »Janne. Es tut mir unendlich leid, ich wollte dich nie verletzen. Ich ... natürlich sehe ich dich nicht als Kind. Du bist eine wunderbare Frau! Die Erste, die mir wirklich unter die Haut geht, seit ...«

»Lass gut sein«, antworte ich und presse die Lippen aufeinander, damit sie nicht so erbärmlich zittern. »Gib mir einfach nur fünf Minuten, dann bin ich hier weg.«

»Himmel, Janne, kannst du denn nicht verstehen, dass ich dir das nicht sagen konnte, auch als ich es wollte? Im Übrigen habe ich es ein paarmal versucht!«

»Ganz offensichtlich nicht ernsthaft genug!«, falle ich ihm ins Wort.

»Ja, vielleicht. Das war ein Fehler und es tut mir so, so leid! Aber versteh doch: Bei meiner Tarnung ging es nicht um dich, sondern darum, zu sehen, ob irgendwer unsere Firma bewusst sabotiert. Ich bin stutzig geworden, weil unser Gewinn trotz steigender Buchungen abnahm. Ich wollte herausfinden, wie der Laden läuft, ob unsere Reisen ihr Geld wert sind, ob meine Mitarbeiter sich ebenso wohlfühlen wie die Kunden und wie es sein kann, dass manche Gäste unsere Ausflugspakete als schlecht und überteuert und andere als hervorragend bewertet haben.«

»Oh, über den Service kann sich sicher niemand beklagen«, lästere ich.

»Janne, Eva hat das völlig verdreht dargestellt. Sie hat verzweifelt versucht, ihre Haut zu retten, bitte glaub mir doch.«

»Nein, *du* verstehst *mich* nicht, Alex.« Ich schüttele den Kopf. »Du hättest mich einfach nur bitten müssen zu schweigen. Hast du mir das nicht zugetraut? Du kannst nicht von mir Vertrauen fordern, aber mir gleichzeitig keines schenken.«

Er streckt seinen Arm nach mir aus.

»Nein, lass. Es ist jetzt egal. Das ist nicht schlimm.«

»Bitte, Janne. Es stand so viel auf dem Spiel. Dann hilf mir dabei! In jedem drittklassigen Film verheimlicht der Boss dem schönen Mädchen, dass er reich ist, und sie verzeiht ihm.«

»Das kann sein. Aber du verstehst eins nicht. Das hier ist kein Film. Und schon gar nicht drittklassig! Das hier ... das war etwas ganz Besonderes für mich, Alex. Ich bin zu alt für den Scheiß, für billige B-Produktionen. Und ob du der Boss bist oder nur der Praktikant, ist mir scheißegal. Darum geht es nicht, sondern um Vertrauen, Ehrlichkeit und Kommunikation.« Geflissentlich wische ich den leisen Einwand meines Oberstübchens beiseite, dass ich in Sachen Kommunikation ja auch nicht gerade eine Vorzeigenummer bin.

»Und jetzt verkriechst du dich wieder in deinem Schneckenhaus?«

»Womöglich tu ich das.«

»Siehst du, und das ist der entscheidende Punkt«, herrscht er mich plötzlich an. »Das habe ich geahnt! Wenn ich es dir gesagt hätte, dann wärst du sofort wieder abgehauen, genau wie in der Whiskybrennerei, wo wir uns zum ersten Mal begegnet sind! Du hättest mir nicht den Hauch einer Chance gelassen, dich kennenzulernen. Glaubst du an Liebe auf den ersten Blick? Nein?! Dafür sind wir zu erwachsen und abgeklärt, richtig? Ich auch,

Janne, aber da war etwas, das mich unwiderstehlich zu dir hingezogen hat, schon als du die Probiergläschen in der Distillery geklaut hast.«

»Die hab ich doch nicht ge…«

Alex ist nicht zu bremsen. »Du bist sofort weggelaufen, das ist dein Muster, immer wenn es ernst wird, rennst du weg, und du hättest es wieder getan, wenn ich dir sofort gesagt hätte, wer ich bin. Gib es wenigstens zu.«

»Wann hättest du es mir denn sagen wollen? Bei unserer Hochzeit? Nach dem zweiten Kind? Du hast mich nach Strich und Faden verarscht!« Tränen schießen mir aus den Augen, und das macht mich noch wütender. Er hat den Finger bereits zentimetertief in meiner alten, verkrusteten Männerwunde. Alles bricht wieder auf, es tut weh, und er hört einfach nicht auf.

»Jemanden wie dich zeigt einem das Universum, um ihn zu foppen, den trifft man nur einmal, dachte ich. Und als du dann plötzlich direkt neben mir auf den Sitz geplumpst bist – wie eine zweite Chance –, so was ist doch kein Zufall, oder? Natürlich war ich erst mal zögerlich, obwohl ich dich unbedingt kennenlernen wollte. Ich bin auch schon verletzt worden, Janne. Du bist nicht die Einzige!«

»Du wiederholst dich.« Tränenblind wuchte ich meinen Koffer in die Senkrechte und steuere die Tür an. Noch nie hat mir jemand etwas Romantischeres gesagt. Und etwas so Schmerzvolles. »Ja, du hast wohl recht«, sage ich leise. »Nichts geschieht ohne Grund.« Es hatte seinen Sinn, warum ich glücklicher Single war. Dreimal habe ich mir das Herz brechen lassen, dreimal. Das genügt, das Universum spielt mit mir, es testet mich. *Hier gilt es, etwas zu lernen,*

Janne Michelsen, also nimm deine Sachen und geh denken. Denken ist dein Freund!

Ich habe es immer bewundert, wenn meine Freundinnen einfach so einen Schlussstrich ziehen konnten. Das habe ich bisher nie fertiggebracht, aber mit vierzig wird es Zeit, das zu lernen und durchzuziehen. Mein Verstand hält dem sentimentalen Heulsusenherzchen in meinem Kopf brutal den Mund zu, und so stapfe ich zur Tür hinaus.

Ende.

21

Schottenrockschocker

Jannes Reiseblog

Tag x – Donnerstag, 23. September

~~Tag 1 ohne Alex~~

Hallo, Mädels, heureka! Hier bin ich wieder! In Glasgow gibt es einen wunderbaren Handyshop mit dem freundlichsten und hilfsbereitesten Schotten ever – einem Inder namens Geeth, um genau zu sein –, und der hat mein Handy zum Laufen gebracht, es ist alles wieder da. Ich hatte es versehentlich ~~doch nicht mit Absicht! Alex, du Idiot, wie kannst du so was Bescheuertes denken?!~~ etwas zu sehr gegossen und zu stark getrocknet, lange Geschichte, aber nun habe ich ~~mein Leben die Technik~~ alles wieder im Griff. ~~Und wie! Blick nach vorn.~~ Ich hoffe, ihr habt euch keine Sorgen gemacht, weil ich so lange offline war, mir geht es jedenfalls blendend. Ich lade euch ein paar Fotos hoch, sobald ich WLAN habe, ist billiger. Hab euch lieb, grüßt mir die Katzen! In zwei Tagen sehen wir uns!

Abspeichern. Senden. Ich atme tief durch. Das wäre geschafft. Vor allen anderen Dingen muss ich als Nächstes
vorzeigbare Fotos finden. Die meisten sind auf Alex'
Handy gespeichert, und ich habe keine Ahnung, wann
oder ob er sie mir überhaupt noch schicken wird. Zur Not
muss ich eben Postkarten abfotografieren.

Ich lege das Handy neben mich auf die Parkbank und
schnäuze mir mit Blick auf die gotischen Schnörkel der
Kathedrale von Glasgow geräuschvoll die Nase. Vor Ur-
zeiten hatte ich vor, hier direkt ins Hauptbüro von Brave
Hart Tours zu marschieren und mich von einem freund-
lichen Mitarbeiter zum nächsten Etappenziel meiner
Gruppe bringen zu lassen. Aber bei meinem Glück wäre
ich dort vermutlich direkt in Alex hineingerannt, oder wer
weiß, womit er seine Angestellten instruiert hat, sollte ich
auftauchen. Ich traue ihm alles zu. Während ein kleiner
Teil in mir das fürchterlich romantisch fände, konzentriere ich mich mit all meiner Wut und meinem Schmerz
darauf, nach vorn zu blicken. (Auch wenn ich die Collage
aus dem Hotelpapierkorb wieder rausgekramt habe. Weg-
werfen kann ich den Rahmen zu Hause immer noch. Oder
ihn mit Katzenfotos dekorieren, das wäre dann sogar Up-
cycling.)

Rein rational betrachtet glaube ich außerdem nicht, dass
Alex seine Reise abgebrochen hat – warum sollte er? Jetzt,
wo alle Störfaktoren verschwunden sind, die seine Tarnung noch gefährden könnten, kann er viel Spaß haben
mit seinen Whiskyjungs. Prompt sehe ich sein lausbuben-
haftes Grinsen vor meinem inneren Auge, und wie süß die
gesetzten Herren ihr fröhliches »Moin, Alex!« anstim-

men … Schon muss ich wieder losheulen. Das Richtige tun kann unglaublich wehtun.

Es gibt also mehr als einen Grund, mich auf eigene Faust nach Edinburgh durchzuschlagen: Je mehr Abstand, desto besser. *Himmel, Janne, stell dich nicht so an – durchschlagen – die Städte sind gerade mal eine halbe Autostunde voneinander entfernt!* Nur, dass ich kein Auto habe.

»*You okay?*«, fragt plötzlich eine Stimme neben mir. Der Typ verteilt Flyer für Bustouren und sieht ein bisschen so aus wie der deutsche Schauspieler Jürgen Vogel. Er hat dieselbe Zahnlücke zwischen den oberen Schneidezähnen und aschblonde Haare dazu. Ich muss lachen, weil es mich so an die absurde Parkbankszene in *Keinohrhasen* erinnert. Aber das spielt jetzt auch keine Rolle.

»*Thank you*«, sage ich artig. »*But no thank you.*«

Er lächelt lieb, steht auf und hält mir zum Abschied eins seiner Flugblätter und einen Keks hin. Ich greife zu und verkneife mir die nächste Heulattacke. Alles in diesem Land erinnert mich an Alex, sogar ganz normale Shortbreads und Prospekte über Busse.

Verdammt!

Und auf Preston Mill hatte ich mich wirklich gefreut. Der Drehort der denkmalgeschützten Mühle war für mich eins der Highlights der ganzen Bustour. Ich überfliege die Werbung und habe eine verrückte Idee. »*Hey! Wait a minute!*«, rufe ich dem jungen Mann auf Englisch nach: »Sie bieten private Touren an? Wie viel würde es mich kosten, mit Ihnen nach Preston Mill zu fahren? Nur die Hinfahrt, für eine Person.« Die einfache Fahrt würde mir vollauf genügen, denn ich muss hier wirklich schleunigst weg. Ich bin immer noch rückfallgefährdet, ich sollte nicht alleine bleiben, und schon gar nicht in Glasgow. Ich muss mich vor mir selbst schützen, damit ich nicht doch noch ein Reisebüro stürme und wer weiß was anstelle. Und wer könnte mir besser dabei helfen, als … Schließlich habe ich einen eigenen Bus. Ich sollte mich endlich aufraffen, reumütig in den Schoß der Melly-Familie zurückzukehren und meine Gruppentherapie ordentlich zu beenden.

Willst du das wirklich, Janne? Bist du bekloppt? Ist das eine gute Idee?

Ich beschließe, das Schicksal entscheiden zu lassen – und meinen Geldbeutel.

»Preston Mill?« Jürgen Vogels jüngeres Double zieht erstaunt die Brauen hoch, dann lacht er breit und lässt mich seine Zahnlücke sehen. *»Yeerre an Outlander fan, aye?«* Er zwinkert vielsagend.

Es ist nicht, wie du denkst, Junge, aber dir das zu erklären ist viel zu kompliziert, und es tut immer noch sauweh. Da hat die Nacht im Fünfsternehotel mit Spa und Luxusdinner, die ich mir nach meiner abenteuerlichen Fahrt mit dem Linienbus nach Stirling und von dort nach ewiger Wartezeit mit dem Zug nach Glasgow gegönnt habe, auch nicht geholfen. Drei Stunden für knappe fünfzig Kilometer, weil man in diesem Land immer um die Berge drum herum muss. Also nicke ich einfach.

Er erklärt mir, dass er mit dem Reisebüro eigentlich nichts zu tun habe, sondern nur die Prospekte verteile, als Finanzspritze für sein Studium. Wenn ich will, dann fährt er mich hin. Und er heißt Bob.

»Cool!«, sage ich und schlage ein. »Abgemacht, Bob!«

Hauptsache, er fährt schnell. Ich muss ganz dringend hier weg, auf andere Gedanken kommen, und ich wüsste niemand Besseren für diese Herausforderung als die Bobs dieser Welt und eine gewisse verrückte Truppe von durchgeknallten deutsch-österreichischen *Outlander*-Fans.

Bob ist Schotte. Natürlich fährt er schnell, was für eine Frage. Eine Stunde und zehn Minuten, nachdem er mich mit quietschenden Reifen an meinem Hotel abgeholt hat, spuckt sein tiefergelegter Kleinstwagen mich zum wummernden Techno-Soundtrack an der Bilderbuchmühle meiner Sehnsucht aus. Bob hilft mir noch, meinen Koffer vom Rücksitz zu wuchten – sein kompletter Kofferraum ist mit Lautsprechern und Soundsystem verbaut –, dann steckt er meine hundert Pfund ein und braust davon.

Mir ist ganz schön flau im Magen, und das erinnert mich schon wieder an Alex und die stürmische Schiffs-überfahrt nach Mallaig. Nein! Ich denke nicht an Alex! Ich weigere mich! Ich muss ihn mir aus dem Kopf schlagen. Muss, muss, muss! Meine Augen sind nach sechsunddreißig Stunden Dauerweinen so rot geheult, dass man mich für einen *Marvel Comic* casten könnte. Ich will das nicht mehr. Ich sehe mir jetzt diese märchenhafte Mühle an, dabei warte ich, bis meine Bustruppe eintrudelt, morgen besichtigen wir alle zusammen Edinburgh, und übermorgen fliegen wir nach Hause.

Ich zerre meinen widerspenstigen Koffer hinter mir her über den abschüssigen, schlammigen Weg zu dem kleinen Café auf dem Mühlengelände, in dem auch die Tickets für die Besichtigung verkauft werden. Die nette Dame an der

Kasse lässt mich das sperrige Ding neben ihrem Tresen deponieren und verspricht, darauf aufzupassen, während ich mich einer Führung durch die natursteingemauerte Mehlmaschine mit dem windschiefen Kran und dem krummen Zipfelmützendach anschließe.

Unser grauhaariger Guide dreht an einer alten Eisenkurbel. Damit öffnet er den Zufluss des Mühlbachs auf das Wasserrad, und mit knarzendem Getöse setzt sich unter unseren »Ahs« und »Ohs« das Räderwerk in Gang. Die ganze Mühle rumpelt und rüttelt mit der gleichen Technik wie schon im siebzehnten Jahrhundert. Mein schottisches Englisch ist nicht gut genug, um wirklich alles zu verstehen, was der nette ältere Herr an Fachausdrücken über die verschiedenen Getreidesorten und die diversen Arbeitsgänge im Mehlmahlprozess zum Besten gibt. Außerdem ächzen und klappern die vielen hölzernen Zahnräder unglaublich laut. Aber seine Anekdoten über den letzten noch amtierenden Müller namens Geordie, der noch in den Fünfzigerjahren des letzten Jahrhunderts hier Korn getrocknet, Mehl gemahlen und nebenan mit seiner Familie gelebt hat, sind klasse. Es klingt fast so, als hätte unser Guide den alten Geordie noch gekannt. Natürlich wird er auch auf die Dreharbeiten angesprochen und gibt die eine oder andere Geschichte über das Filmteam und den halb nackten Jamie wieder, der sich in der ersten Staffel von *Outlander* im eiskalten Wasser unter dem hölzernen Mühlrad verstecken muss, während die Rotröcke anrücken – und ohne sein letztes Hemd wieder auftaucht.

Ich mache ein paar Fotos von den urigen Gebäuden und dem legendären Rad, dann fängt es an zu schütten, und ich wärme mich im Café auf. Schon zum zweiten Mal frage ich Anne vom Tresen, ob heute nicht doch schon so ein großer Reisebus mit Deutschen hier war und wieder weg ist. Es könnte ja sein, dass sie mich nicht verstanden hat. Allmählich werde ich nervös, und ich weiß gar nicht, welche Vorstellung schlimmer ist. Denn was könnte schlimmer sein als Gregory, Melly und den anderen zu begegnen, meine Schmach eingestehen zu müssen, reumütig zu Kreuze zu kriechen, nachdem ich zweimal vor ihnen geflohen bin (aber einmal aus Versehen!) – außer vielleicht, sie zu verpassen und mir eine völlig überteuerte Last-minute-Bleibe in Edinburgh suchen zu müssen? Auf jeden Fall freue ich mich auf Christina und Maike.

Ein junger Mann lässt seine Sporttasche direkt neben mir auf den Fußboden fallen und schreckt mich damit aus meinen Gedanken. Ich bin inzwischen der einzige Gast, mein Tee ist kalt geworden. Die zusammengewürfelte Gruppe, deren Führung ich mich angeschlossen hatte, ist längst weitergezogen, und bei dem Regen traut sich anscheinend kein Besuchernachschub vom Parkplatz über die nassen Wiesen hier herunter. Der Rothaarige plaudert locker mit Anne, verschwindet dann kurz in den Toiletten, und als er wiederkommt, ist er nur noch mit einem Handtuch und Gummistiefeln bekleidet. Fröhlich grinsend stakst er nach draußen in den Regen. Ich reiße die Augen auf, aber warum nicht, wenn's ihm guttut. Anne lacht und winkt mich mit einer Bewegung ihres Kopfes zu sich. Sie deutet zum Fenster hinaus in Richtung des Flüsschens, von dem der Mühlbach gespeist wird. »*If you wanna see it, head for the little white bridge and look towards the wheel. Your group arrives in three minutes.«*

Meine Gruppe ist in drei Minuten da? Am Mühlrad hinter der weißen Brücke? Woher weiß sie das auf einmal so genau? Egal, natürlich gehe ich ihnen entgegen, warum nicht. Verwirrt und dankbar nehme ich den angebotenen Schirm und stapfe los. Von dem Naturfreund keine Spur.

Dann höre ich auch schon fröhliches Schnattern und Gekicher hinter den Büschen, und über allem tiriliert Gregorys Stimme: »Hier gibt es sehr seltene Vogelarten, meine Lieben, haltet eure Kameras und Fotoapparate bereit. Sie sind sehr scheu, und wenn wir sie aufschrecken, wollen wir doch gut gerüstet sein, nicht wahr, Melly?« Er kichert. Dann biegt er um die Ecke, während die Brave Harts ihm folgen wie die Jünger ihrem Bryan bei Monty Python, hält die wasserköpfige Puppe hocherhoben wie einen Zeigestab – und sieht mich.

»Jenny?«

»Ich bin's«, lächele ich schüchtern und spanne meinen Schirm auf, weil sogar der Himmel angesichts unseres Wiedersehens weint.

»Oohhhh … nein, nein, nein, das geht nicht. Schnell, komm hier herüber«, pfeift mich Gregory plötzlich an, fuchtelt hektisch mit den Armen und stürzt auf mich zu, weil ich völlig verdattert in der Bewegung einfriere. Das ist so ziemlich die unerwartetste Reaktion, die ich mir anlässlich unseres Wiedersehens ausgemalt hätte. Ein bisschen ungelenk, aber umso energischer zieht er mich am Ärmel aus meiner Schockstarre auf die Seite. »Wir wollen Vögel gucken«, zischt er. »Ganz schlechtes Timing.« Da umringen mich bereits die Kölnerinnen, alle stilecht in gelben Südwestern und passenden Gummistiefeln. Natalia, Klaus, sogar Agnes, Hermine und Amelie plappern fragend und schulterklopfend auf mich ein. »Wo warst du?« – »Was hast du gemacht?« – »Ich hab doch gesagt, dass ich sie vorgestern in Tibbermore gesehen habe! Warum glaubt mir denn nie jemand?« Suchend stelle ich mich auf die Zehenspitzen, aber von Christina und Maike fehlt jede Spur.

»He, alle zusammen! Beruhigt euch doch!« Mit vollem Körper- und Stimmeinsatz versucht Gregory die Aufmerksamkeit zurück auf sich zu lenken. »Nicht so laut, bitte, denkt doch an die Natur und … oh … Was ist das denn für ein seltenes Vögelchen, seht doch nur, schnell, sonst verpasst ihr es!«, ruft er schrill.

Amelie folgt Gregorys ausgestrecktem Zeigefinger und kreischt noch höher. »Guck mal, Mum, ein nackter Mann!«

Jetzt gucken natürlich alle, außer Amelie, der hält ihre Mutter reflexartig die Hand vor die Augen. Für den Moment bin ich vergessen und sprachlos noch dazu. »Wo sind denn Christina und Maike?«, nutze ich die Gelegenheit und beuge mich zu Amelie. »Die sind doch kurz nach dir abgehauen«, kräht der Teenager.

»Was?«

»Ja, die haben nach dir die Reise abgebrochen. Allerdings nicht ganz so spektakulär.«

»Ruhe!«

Vom Mühlrad aus rennt der rothaarige Naturbursche quer über die Wiese in Richtung der weißen Brücke. Ein Flitzer! Ein bestellter offenbar noch dazu! *Bin ich schon wieder spießig, wenn ich das peinlich finde?*

»Ich hab ihn frontal auf Video«, ruft die ewig nörgelnde Agnes mit dem geblümten Kopftuch hysterisch. »Einmal mit alles.«

»Und ich hab's nicht gesehen«, heult Amelie.

»Mir ging's auch zu schnell«, beschwert sich Hermine und funkelt Gregory an, der diesen Blick wie den Stab beim Staffellauf an mich weitergibt. Schon ist er wieder sauer auf mich, und jetzt habe ich auch kapiert, wieso. Drei Flüchtlinge und ein fast verpatzter Flitzer.

»Na, wie Jamie sah er nicht aus, mit seinem kleinen Bäuchlein und den kurzen Beinen«, urteilt Susi als eine der Ersten und steckt ihr Handy in die stilechte *Outlander*-Hülle. »Du hast nicht viel verpasst«, meint sie schulterzuckend, legt mir den gelben Arm um die Schulter und zieht mich beschützend aus Gregorys Schusslinie. »Jetzt will ich alles wissen, Schätzelein. In was für einen Bus bist du da gestiegen? Ich hoffe, der Typ war es wert, dass du deine *Fan*mily dafür verlassen hast.« Sie piekst mich fröhlich mit dem Ellbogen in die Seite. »Melly nicht zu vergessen.«

Ich versuche ein Lächeln und blicke schnell auf meine Stiefelspitze, um ihrem prüfenden Scharfblick auszuweichen. Aber da ist es bereits um mich geschehen.

»Den Ausdruck kenne ich zufällig, Schätzelein«, erklärt sie und hakt mich unter. »Was du jetzt brauchst, ist ein Piccolo. Und dann erzählst du mir alles. Wo kann man hier so was kriegen?«

»Einfach nur einen Kaffee, bitte«, schluchze ich und zeige in Richtung der Mühlengebäude. »Da drüben, bei Anne im Café.«

Ich verbrühe mir die Zunge an meinem Heißgetränk, obwohl ich es mit meinen Tränen – und dem Schuss Whisky von Susi – eigentlich schon auf Zimmertemperatur verwässert haben müsste. Mitleidig streckt sie mir ein weiteres Taschentuch hin, das letzte in ihrer Packung. »Geht's wieder?«

Ich schüttele den Kopf. »Nein«, schluchze ich, schnäuze kräftig und tupfe mir die Augen ab. Voller Selbstmitleid starre ich auf das schwarz verschmierte Papiertuch in meiner Hand.

»Du siehst aus wie ein Pandabär auf Drogenentzug«, urteilt Susi und übernimmt meine Augenpflege mit demselben benutzten Tempo. Ich verkneife mir zu erwidern, dass sie mit ihrem Südwester und der sonnengelben Regenjacke auch nicht besser aussieht, während sie an mir herumwischt.

Es ist mir sogar egal, dass sie ins Taschentuch spuckt, um damit besser über mein Gesicht schrubben zu können. Dann sterbe ich eben an Kölner Bakterien. Aber es sind freundliche Bakterien, mir wohlgesonnene, ehrliche …

»Schätzelein, das wird dir nicht gefallen, aber ich sag dir jetzt, was mir meine Mutter mal mit auf den Weg gegeben hat: Wenn du das in dir nicht heilst, was dich verletzt hat, wirst du Menschen vollbluten, die dir nicht wehgetan haben.«

»Ich blute niemanden voll«, jammere ich.

Susi kneift verschwörerisch ein Auge zusammen. »Na ja, nicht wörtlich, aber du hast ganz schön auf dem arroganten Pferd gesessen, als wir uns zum ersten Mal getroffen haben, findest du nicht?«

Ich nicke schuldbewusst. »Ich hab's nicht so gemeint. Ich bin ja auch ein großer Filmfan, ich bin halt nur …«

»… ein bisschen verklemmt und superschlau«, grinst Susi und tätschelt mir den Arm. »Ich weiß.«

»Das hat Alex auch gesagt. Dieser … dieser …!« Ich heule wieder los. Susi seufzt und schielt nebenbei auf ihr Handy, wo sie die besten Schnappschüsse vierviertelnackter Schotten sortiert. Dann hält sie plötzlich inne. »Ach, fast hätte ich's vergessen.« »Hier.« Sie wühlt in ihrer Jackentasche und schiebt mir einen zerknitterten Briefumschlag über den Tisch. »Die Christina und ihre Maike haben das für dich dagelassen, für den Fall, dass du wiederauftauchst, um deinen Koffer zu holen.«

»Oh«, schniefe ich und nehme das Kuvert entgegen, um es zu öffnen.

Liebe Janne,

du bist unsere Inspiration! Wir bewundern dich für deinen Mut, deine Klarheit und deine Authentizität! Du bist einfach spontan deinem Herzen gefolgt, ohne dich von deinem Verstand bremsen zu lassen. Herz und Bauch sind so viel klüger als Konventionen und unnütze Gedanken darüber, ob es schlau ist, von einem vorgefertigten Plan abzuweichen. Chapeau! Keine Frau sollte ihre Urlaubs- und Lebenszeit mit etwas verschwenden, das ihr nicht guttut, egal was die anderen denken oder sagen. Denn es ist unser Leben, unser Glück, unsere Freiheit, so zu sein, wie wir wollen. Wir machen's wie du! Wir brechen ab und erobern die Highlands auf unsere Weise. Heute Abend trinken wir einen Dram auf dich, keine Ahnung wo, und das fühlt sich fantastisch frei an!

Wir würden uns sehr freuen, wenn wir uns mal wieder be-
gegnen, hier unsere …

»Schätzelein. Das ist jetzt vielleicht nicht passend, und ich
will auch nicht unhöflich sein«, unterbricht mich Susi mit
dem ihr eigenen Charme. »Wir sitzen hier jetzt schon eine
Stunde. Wir haben heute noch Culross auf dem Programm, und wenn wir jetzt nicht aufstehen, kommen wir
zu spät zum Bus! Du erinnerst dich an die Stoppuhr?«,
raunt sie verschwörerisch.

Wie zur Bestätigung nähern sich uns hastige Schritte
und ein leicht asthmatisches Keuchen. Ich falte eilig den
Brief zusammen und hüte ihn wie einen Schatz in meiner
Brusttasche.

»Aha. Dachte ich's mir doch … ihr schon wieder!« Gregory baut sich nach Luft ringend vor uns auf und betupft
sich Stirn und Nacken stilecht mit einem Taschentuch im
Schottenkaro.

»Susilein«, ächzt er kurzatmig. »… ab in den Bus …
sonst wird der liebe Melly … ganz blau … vor Kummer. … Und Jenny – das gilt auch … für Sie! Sie haben …
genug Chaos verzapft für … eine Reise, oder?«

Susi steht auf und sieht mich mit geschürzten Lippen
an. »Hast du mal ein Pfund vierzig für den Kaffee? Der
Whisky geht auf mich.«

Ich wühle in meiner Jackentasche und fingere drei Münzen heraus. Dabei runzele ich die Stirn. Erstens, seit wann
siezt Gregory mich? Das ist eine herbe Degradierung.
Zweitens sind es streng genommen sogar zwei Reisen, deren reibungslosen Ablauf ich empfindlich gestört habe.

Meine Augen füllen sich mit neuen, noch heißeren Tränen. Außerdem hatte ich gedacht, Susi hätte mir den Kaffee ausgegeben?

Oben vom Parkplatz höre ich den Bus hupen.

»Gehma!«, drängelt Gregory. Er wippt auffordernd in den Knien und spreizt die Arme, als wollte er mich eigenhändig vom Stuhl schubsen und hügelaufwärts treiben. »Fünfzehn Uhr achtundzwanzig!«

»Nein«, höre ich mich sagen.

»Was?« Seine Stimme überschlägt sich. Ich kann seine Panik, mich dummes Schaf noch einmal zu verlieren, durch sein üppig aufgetragenes Aftershave hindurch riechen.

Die Zeilen des Briefes klingen in mir nach, und irgendetwas in mir macht leise klick. Ich bin nicht so mutig, wie Tina und Maike mich eingeschätzt haben. Aber ich kann es werden. Ich muss reden lernen und Nein sagen auch. Ich schiebe die Unterlippe vor und höre mich zu meinem eigenen Erstaunen flüstern: »Ich bleibe hier.«

Das Herz schlägt mir bis in die Kehle. Die Spießerin in mir hängt bereits wütend an meiner Kehle, und Gregory sieht ganz danach aus, als würde er ihr liebend gern zur Hand gehen.

Er brüllt mich an. Ich höre kein Wort, weil das Blut in meinen eigenen Ohren so rauscht. Dafür kann ich auch durch den Tränenfilm auf meiner Brille die Adern auf seinen schweißnassen Schläfen anschwellen sehen. Sein Zäpfchen hüpft auf und ab. Wie in Watte gepackt, sehe ich ihm beim Toben zu, und es ist mir komplett egal, dass uns alle anstarren.

Alle Gäste, sogar Anne und der inzwischen wieder vollständig bekleidetet Flitzer, drehen sich zu uns um. Eine Mutter hält ihrem Kind die Ohren zu. Ich ziehe die Nase hoch und trinke noch einen Schluck von meinem Kaffee mit Schuss. Dieses Piepen in meinen Ohren ist interessant. Ich runzele die Stirn und mache eine Feststellung. Zum ersten Mal in meinem Leben ist es mir vollkommen wurscht, was andere über mich denken. Wie war das noch? Whisky ist das Wasser des Lebens – oder der Wahrheit ...

»Gregory«, beginne ich ganz ruhig. »Diese Reise war der größte Schwachsinn, in den ich mich jemals habe reinquatschen lassen. Ich bin nicht der Typ für Gruppenreisen, die von blaugesichtigen Vinylpuppen angeführt werden. Nichts gegen dich. Nichts gegen Brave Hart Tours *(abgesehen von eurem Chef, der mir das Herz gebrochen hat – falsch: von dem ich mir das Herz habe brechen lassen. Stopp: dem ich das Herz gebrochen habe)*. Du machst einen großartigen Job, und es tut mir von Herzen leid, dass ich dir so viel Kummer gemacht habe ...« Ich muss mich räuspern, weil mir schon wieder die Tränen in die Augen schießen. »Aber ich bin einfach nicht die richtige Klientel.«

Gregory wippt ungeduldig auf und ab. Oben hupt es wieder. »War's das?«

»Nein, warte.« Ich hole tief Luft. »Was ich sagen will, ist: Nicht ihr seid das Problem. Ich bin es. Ich bin das Problem! Ihr alle habt dazu beigetragen, dass mir so vieles klar geworden ist ... darüber, was immer noch falschläuft in meinem Leben. Ich habe es vergeigt. Und jetzt muss ich die Suppe auslöffeln, wenn ich nicht als mumifizierte Katzenoma enden will. Hast du einen Stift?«

Völlig verdattert greift Gregory in seine Brusttasche und hält mir einen blauen Kugelschreiber hin. Brave Hart Tours, springt mich der Schriftzug an. Selbstironisch presse ich Luft durch meine verstopften Nasenflügel. Ein tapferer Mister Hartley oder ein tapferes Herz? Letzteres hätte ich mal beweisen sollen. Und Ersterer ... ich schlucke trocken, greife nach einer Serviette und lese laut vor, was ich schreibe. »... entbinde ich, Janne Michelsen, Gregory ...‹ – wie heißt du eigentlich mit Nachnamen?«

»Pichler«, stöhnt er matt und setzt sich. »Der Chef bringt mich um.«

»Das wird er nicht«, sage ich fest. Das ist ein ganz feiner Kerl. Mit dem ein oder anderen ... Problem, ergänze ich im Stillen. Genau wie wir alle.

»›... entbinde ich Gregory Pichler und das Reiseunternehmen Brave Hart Tours von jeder Haftung und Verantwortung. Ich trete von sämtlichen Ansprüchen auf mir zugesagte und noch zustehende Reiseleistungen vollständig zurück.‹ Janne Michelsen, Preston Mill, Schottland, den 23. September.«

Ich schiebe ihm meine Abtretungserklärung über den Tisch und lehne mich mit Pokerface zurück. »Außerdem kenne ich den Chef, das sollte also wirklich kein Problem sein«, bluffe ich. »Ich bin Reiseblogger.« Schon muss ich wieder an Alex denken ... *Stark bleiben, Janne, genug geweint! Deine Taschentücher sind außerdem alle.*

»Na servus«, haucht Gregory und wischt sich um ein Haar mit dem Serviettendokument über die Stirn. Er bremst gerade noch rechtzeitig ab, starrt mich rätselnd an und springt auf. »Nummer drei …« Er macht eine wegwischende Handbewegung. »Dann, gute Reise.«

Ich nicke tapfer. Gregory klopft zum Abschied mit dem Fingerknöchel auf meinen grünen Koffer, stapft los, und ich schlage mir die Hände vors Gesicht und falle in mir zusammen wie ein Kartenhaus.

Einatmen … Ausatmen. Und wieder von vorn. Du kannst das, Janne!

Nach einer ganzen Weile verlasse ich die Deckung meiner Handflächen, wische mir mit den Fingern die letzten Tränenspuren aus dem Gesicht und stehe auf. Meine ersten Schritte sind ein bisschen wackelig. Schon lustig, dass so ein bisschen Geheule einem gleich den Kreislauf durcheinanderbringt. *Was jetzt, Janne? Was wird deine erste Unternehmung als freie Frau sein?* Ich zucke unwillkürlich mit den Schultern, als hätte mir die Frage jemand im Außen gestellt, »Tief durchatmen«, murmele ich, »und frische Luft schnappen. Draußen kann ich immer am besten überlegen.« Also frage ich Anne, wie lange das kleine Café wohl noch geöffnet hat und ob ich mein Gepäck eine weitere halbe Stunde neben dem Tresen stehen lassen kann, um mir kurz die Beine zu vertreten. Die junge Frau nickt und schiebt mir mit mitfühlendem Gesichtsausdruck einen Schokoriegel über die Theke. *»Of course, honey.«* Dann deutet sie auf meine Augen und schenkt mir auch noch eine Packung Taschentücher. Da könnte ich schon wieder losheulen, aber ich erinnere mich gerade noch rechtzeitig daran, dass ich ja mutig und stark bin und für einen Nachmittag genug geweint habe. Dankbar mache ich einen kleinen Umweg über die Toilette, putze dem Pandabärchen, das mich aus dem Spiegel anstaunt, die Nase und wische die Reste der Wimperntusche weg, mit der ich mir mal wieder wortwörtlich einen Bärendienst erwiesen habe. Meine Augen sind knallrot. »Aber wie auf *turkey* siehst du nicht aus, das könnte auch eine simple Bambusallergie sein. Dass Susi immer so maßlos übertreiben muss.« Ich muss an die wunderbare Nacht in der Hütte denken und daran, wie hingebungsvoll Alex mich gepflegt hat, als ich krank war. Mein Magen zieht sich zusammen. Schniefend starre ich einen Moment lang mein Spiegelbild an. Dann hole ich tief Luft und drehe mich um, bevor mich erneut der Weltschmerz einholt. Es wäre sowieso nicht gut gegangen mit Alex, eine Fernbeziehung mit einem frisch geschiedenen Mann … *Genau das Richtige, um dich langsam vorzutasten*, wispert eine quälende Stimme in meinem Kopf. Genau *der* Richtige … Ich presse die Kiefer aufeinander, aber ich höre sein Lachen in meinem Herzen, habe seinen Duft in meiner Nase, die honigsamtene Stimme in meinem Kopf. Es tut weh, so weh, und dass er sich verhalten hat wie ein Idiot, spielt keine Rolle. Das habe ich auch. »Verkackt ist verkackt, im Moment kann ich nichts tun, und die Grübelei macht es nicht besser«, murmele ich und marschiere entschlossen nach draußen, um mich von dem riesengroßen Sehnsuchtsloch in meiner Brust abzulenken.

Zur Abwechslung nieselt es mal wieder leicht. Aber das stört mich nicht. Mit quatschenden Schritten schlage ich den kleinen Weg hinunter zum Mühlbach ein. Ich muss nachdenken, nicht über Vergangenes, wie sonst immer, sondern über Dinge, die ich noch ändern kann, die in meinem Leben künftig anders werden sollen. *Ich* will anders werden. Denn Susi hat ja ganz recht: Wenn ich meine Verletzungen nicht vernarben lasse, blute ich immer wieder Menschen voll, die eigentlich nichts dafürkönnen. Also, Blick nach vorn. Wo will ich den letzten vollen Tag verbringen? In Edinburgh wie die anderen? Das wäre ziemlich in der Nähe, und die Stadt soll wunderschön sein. Dann würde ich womöglich ständig meiner Reisegruppe begegnen. Öhm ... sehr schräg. Oder sollte ich noch mal nach Glasgow? Das wäre komplett unlogisch. Ich habe allerdings die Nekropolis noch nicht besichtigt. Jetzt hätte ich die Zeit dafür, und ... Mein Puls beschleunigt sich. *Glasgow, Glasgow!*, skandiert ein hysterischer Frauenchor in meinem Kopf. Ich könnte schwören, dass es denen nicht um historische Friedhöfe, sondern um ein gewisses Reisebüro geht. Aber da geh ich auf keinen Fall hin! »Das könnt ihr knicken«, zische ich. *Er ist es wert!*, quengeln die Mädels. Widerworte aus den eigenen Reihen, na toll!

Der Mann hat innerhalb von drei Tagen das ganze verdrehte Janne-Paket abbekommen und sich nicht in die Flucht schlagen lassen, fällt mir auch noch mein Verstand in den Rücken.

Er hätte dich jederzeit verführen können, wenn es ihm nur darum gegangen wäre. Stattdessen hat er sich so zurückgehalten, dass du schon dachtest, er sei schwul. Schon vergessen?

Unwillkürlich muss ich an unsere Aussprache an diesem wunderschönen Wasserfall zurückdenken. An Küsse bei Sonnenuntergang und die Nacht im Cottage im Glen Coe. Nicht mal da hat er ...

Zählt Evas Wort mehr als sein tatsächliches Verhalten? Nein, natürlich nicht, aber ...

Er war einfach nur ein bisschen feige, und er wollte dich nicht mit seiner Firma beeindrucken. Na und? Du wärst doch wirklich sofort wieder abgehauen, das hast du ihm oft genug bewiesen, einschließlich jetzt! Du bockiges, unverbesserliches Schaf! Kann sein.

Werd endlich erwachsen! Ich will das nicht hören.

Fokus, Janne! First things first! Ja genau. Schluss jetzt mit hätte, hätte, Fahrradkette. Wie komme ich hier weg? Trotzig schiebe ich die Unterlippe vor.

Der Regen wird stärker, als ob er sich auch noch gegen mich verschworen hätte. Nach einem Blick in die dunklen Wolkenmassen beschließe ich umzukehren – und den Zufall über mein Reiseziel bestimmen zu lassen. Die erste Mitfahrgelegenheit wird die Entscheidung bringen. Ich setze mich bei einer Tasse Tee noch mal ins Café und checke ganz rational meine Möglichkeiten: den Busfahrplan, potenzielle Mitfahrgelegenheiten ... Das letzte Mal getrampt bin ich mit neunzehn ... Hu! Würde ich mich das heute noch trauen? Am besten, ich gönne mir erst noch einen kleinen Schluck Whisky – und bitte Anne um eine Karte der Umgebung und die nötigen Infos.

Eigentlich hätte ich mir ja denken können, dass heute nichts mehr fährt, das mich weiterbringt. Geknickt lasse ich das antik aussehende Faltblatt mit der Aufschrift *Timetable* sinken. Mein Blick schweift über die Menschen, die inzwischen wieder in Scharen Zuflucht vor dem Wetter suchen. Aber irgendwie mag ich niemanden ansprechen. Die sind alle nicht ... Alex.

Trotzig leere ich mein Glas. Zur Not suche ich mir zu Fuß ein Bed & Breakfast und sehe morgen weiter. Oder ob ich Bob noch mal anrufen soll? Aber der Gedanke an eine weitere Fahrt in seiner ohrenbetäubenden Techno-Disko verursacht mir Kopfschmerzen – und irre teuer wäre es auch noch. Meine Haare tropfen auf den verblichenen Flyer. Abwesend wische ich die Kleckse weg. Selbst die Wassertropfen erinnern mich an ... Nein! Nicht immer seinen Namen aussprechen ... denken ... Meine Augen brennen schon wieder verdächtig. *Heulsuse!*, schimpfe ich mit mir selbst. *Du wolltest mutig und stark sein.* Tolle Wurst, das klappt ja prima!

»Und jetzt?«, fragt eine vertraute Stimme hinter mir.

Mein Herz setzt gefühlte dreißig Sekunden lang aus und beginnt dann wieder zu schlagen, als ob es nach Akkord bezahlt würde. Das ist exakt die Zeitspanne, die mein Verstand benötigt, um zu mir durchzudringen und dem Rest von mir klarzumachen, dass ich nicht halluziniere. Ich wage es nicht, hochzusehen. Das kann doch nicht ... oder? Aber wie ...? Warum? Durch den Fransenvorhang meiner nassen Haare sehe ich, wie ein frischer Dram vor meine Nase gestellt wird, stilecht im silbernen, gravierten Becher. Das kann keine Einbildung sein, das ist zu real.

»Alex?«, hauche ich, als ich wieder Luft bekomme.

»Du bist nicht im Büro in Glasgow erschienen, und im Bus warst du auch nicht. Gregory hat gepetzt, da habe ich gehofft, dass ich dich hier finde.« Er zieht sich einen Stuhl heran. »Darf ich? Ich kann das einfach nicht so stehen lassen.«

Völlig perplex nicke ich. »Ich auch nicht. Was ich dir ...«, platze ich heraus, und Alex fängt gleichzeitig mit

»Was ich unbedingt ...« an. Wir brechen beide ab und schweigen. »Du zuerst«, sage ich schließlich.

Er greift über den Tisch und hält meine Hand. »Es tut mir so unendlich leid, Janne. Ich habe mich verhalten wie der letzte Arsch, und ich kann verstehen, wenn du jetzt kein Vertrauen mehr zu mir hast, aber ich würde alles dafür tun, es aufs Neue gewinnen zu dürfen. Ich weiß, wir haben uns eben erst kennengelernt, und doch kommt es mir wie eine Ewigkeit vor. Bitte, gib mir noch eine Chance. Wir müssen einfach reden, reden, reden. Das habe ich verlernt. Ich verstecke mich zu oft hinter Sprüchen und meiner losen Klappe. Du tust mir gut, du bist wie meine fehlende Hälfte. Ich bin in den letzten zwei Tagen herumgelaufen wie Falschmünzen, ich will nicht mehr ohne dich sein! Lass uns etwas Verrücktes tun, bitte brenn mit mir durch! Ich ...«

Er meint Falschgeld, Janne, Falschmünzen ist wieder so eine ...

»*Shut up*«, flüstere ich. »Mir tut es auch leid.« Ich beuge mich quer über den Tisch, greife nach seinem Kragen und küsse Alex unter dem johlenden Beifall der Gäste.

Über meine Haut laufen Zündschnüre, in meinem Herzen explodiert ein Feuerwerk, und meine Beine sind von den Knien abwärts einfach weggeschmolzen. Drei Ewigkeiten später fragt Alex ein bisschen atemlos: »Und was wolltest du sagen?«

Ich runzele die Stirn und atme tief ein. »Abgesehen davon, dass ich mich tatsächlich verhalten habe wie ein dummes, kleines Kind und dich genauso um Verzeihung bitten muss? ... Tja. Wo soll ich anfangen? Erstens habe ich inzwischen gelesen, dass es auch männliche Kelpies gibt – eine Information, die du mir wohlweislich unterschlagen hast. Das werde ich bei der Reiseleitung reklamieren müssen, wenn ich je wieder die Wasseroberfläche erreiche, nachdem ich mit dir durchgebrannt bin.«

Alex will etwas sagen, aber ich lege ihm den Finger auf den Mund. »Vor allem habe ich mich allerdings gefragt, ob Katzen jetzt eigentlich wieder in Quarantäne müssen, wenn man sie aus Deutschland nach Schottland übersiedelt, ich meine, rein theoretisch. *Falls* ich noch mal wiederkomme. Länger als zwei Wochen lasse ich die beiden nämlich auf keinen Fall allein, das kannst du dir abschmi…«

Diesmal unterbricht er mich mit einem Kuss, der eindeutig unter die Top Five aller jemals geküssten Küsse gehört. »Janne Michelsen, du verrücktes Huhn«, murmelt er zwischen unseren Lippen. »Ich liebe dich, und wenn wir einen ganzen Bus voller Katzen quer durchs Land schmuggeln müssen, damit du wiederkommst, dann schaffen wir das auch noch. Aber jetzt würde ich sehr gern mit dir allein sein.«

Er legt eine Zehnpfundnote auf den Tisch und zieht mich und meinen Koffer mit sich zur Tür hinaus.

»Moment mal«, hake ich draußen ein und lasse seine Hand los. »Habe ich mich verhört, oder hast du dadrin eben tatsächlich gesagt, du liebst mich?«

Er bleibt stehen und sieht mich mit diesem moosgrünen Alex-Hartley-Schmunzeln an, das meine Knie schon wieder ganz butterig werden lässt.

»*Aye,* das habe ich. Willst du's noch mal hören?«

Ich schüttele den Kopf. Dann nicke ich. Ich bin so durcheinander, dass ich alles nur noch durch einen Schleier sehe.

»Ich liebe dich, Janne Michelsen. Mit Haut und Haaren, mit und ohne Koffer, mit Katzen und mit Kater und Grippe und Besserwisseritis. Aber wenn wir jetzt nicht zusehen, dass wir nach Hause kommen, dann sind wir beide gleich nass bis auf die Knochen und können uns die nächsten Tage gegenseitig Kräutertee und Hustensaft einflößen. Und das wäre extrem schade, denn wir könnten die Zeit viel besser nutzen, als hier im strömenden Regen stehen zu bleiben.«

»Oh, es regnet«, sage ich und blinzele erstaunt durch die dicken Tropfen.

Alex streicht mir eine nasse Haarsträhne aus der Stirn. »Das tut es in Schottland öfter, behaupten die Leute. Aber man sagt, das macht diesen gewissen Reiz aus.«

Er zieht den Reißverschluss seiner Outdoorjacke herunter, breitet das karierte Innenfutter über mich, und ich flüchte an seine warme Brust und schließe tief einatmend die Augen, als seine Arme mich umfangen.

Dem kann ich ausnahmsweise nichts hinzufügen.

Es ist perfekt.

Ich atme aus.

Nachwort

Am Nachmittag unseres vorletzten Reisetages in Schottland steckte meine Freundin Meike mit mir und meinem gepflegten Anfall von Janneritis in einem winzigen, stickigen und dunklen Hotelzimmer in Edinburgh fest. Es stank ebenso bestialisch wie undefinierbar aus dem Abfluss im Bad, auf den Betten und dem Sessel lagen fremde Haare, die Tapete schimmelte, und die Fenster ließen sich nicht öffnen.

Es war mein Geburtstag – ein runder noch dazu – und der unerwartete Höhepunkt einer Reise, die wir uns zumindest teilweise etwas anders vorgestellt hatten. In diesem Augenblick sehnte ich mich nach meinem Zuhause, nach familientraditioneller Prinzesstorte und einem quirligen Rudel lieber Menschen. Stattdessen sahen Meike und ich ebenso staunend wie ungläubig dem um Hilfe gebetenen Hotelmanager hinterher, der all unsere Probleme mit einem Sprühstoß aus seiner Flasche Raumspray bekämpft zu haben glaubte.

Ich vermute, das war der Moment, in dem Janne Michelsen geboren und von mir auf eine noch verrücktere Rundreise geschickt werden musste.

Alle Figuren in dieser Geschichte sind selbstverständlich frei erfunden, ebenso wie ein Reiseveranstalter namens Brave Hart Tours. Jede Ähnlichkeit wäre rein zufällig und keinerlei Absicht. Auch die erwähnten Hotels, B&Bs und Kneipen gibt es so nicht – ich habe auf meinen Reisen kreuz und quer durch Schottland viel zu viele wunderschöne, stets gastfreundliche und sympathische Begegnungen gehabt, herrlich gegessen und getrunken und wirklich überall traumhaft geschlafen –, es erschien mir einfach unfair, einige namentlich hervorzuheben und andere unerwähnt zu lassen.

Outlander-Fanreisen und andere Motto-Busrundfahrten durch Schottland, die historischen Sehenswürdigkeiten und die verschiedenen erwähnten Drehorte dagegen gibt es natürlich. Wen das Reisefieber packt – sowohl die ursprüngliche Route, die Gregorys Truppe nimmt, als auch die der *Whisky&Nature*-Herren und die Extratouren von Janne und Alex sind nachvollziehbar und nicht nur landschaftlich und kulturell wirklich empfehlenswert.

Und ja – ich weiß natürlich, dass es auch eine Brücke nach Skye gibt – ich bin selbst drübergefahren. Aber Janne wusste das nicht, und Alex wäre schön blöd gewesen, es ihr zu verraten.

Liebe *Outlander*-Fanmily – nur für den extrem unwahrscheinlichen Fall, dass ihr es beim Lesen nicht gemerkt haben solltet: Ich bin eine von euch! Ich hoffe, ihr seht es mir nach, dass ich aus dramaturgischen Gründen ein klitzekleines bisschen übertrieben habe mit meiner Darstellung, welche Blüten die Verehrung von Jamie und Claire und den Schauplätzen ihrer Geschichte treiben könnte, wenn die Begeisterung mit einem durchgeht. Bitte nehmt es als Kompliment und als Hommage für Diana Gabaldons grandiose Bücher und die ebenso gewaltige Fernsehadaption von Starz/Sony Pictures!

Eine Sehenswürdigkeit, die mir besonders am Herzen liegt, hat es leider nicht in dieses Buch geschafft: Jamies und Claires verwunschene Hochzeitskirche, Clencorse Old Kirk. Ich hatte im Rahmen meiner Recherchen so wunderbare Gespräche mit der Eigentümerin, die schöne Anekdoten über die Dreharbeiten zu erzählen wusste … Ich glaube, Janne und Alex müssen da auf jeden Fall eines Tages hin. Mein Zeigefinger juckt, und das sagt mir, dass die Geschichte von Janne und Alex, von Imme und Eva, George und Lucas und einigen anderen vielleicht noch nicht zu Ende erzählt ist … Ob es irgendwann weitergeht, das liegt an euch, liebe Leserinnen und Leser, und wie ihr ja inzwischen wisst: Ein Schotte kommt selten allein!

Aber jetzt möchte ich mich erst einmal bedanken. Bei euch, die ihr bis hierhin gelesen habt. Ich hoffe, ihr hattet richtig viel Spaß dabei.

Bei all den Menschen, die mich wissentlich und unwissentlich auf dem fast zweijährigen Weg zu diesem Buch inspiriert, begleitet und unterstützt haben. Allen voran bei meiner Agentin Ulrike Schuldes und bei Lisa Krämer vom Penguin Verlag, die sofort von der Idee zu dieser Geschichte begeistert waren. Bei Angela Kuepper, die mich im Lektorat wunderbar sensibel, geduldig und kraftvoll über gut getarnte schriftstellerische Fallstricke, durch Selbstzweifel, gemeinsame Lachanfälle und unterzuckerte Schreibtischkoller begleitet und geführt hat.

Bei meiner Tochter, unserem Hund und unseren beiden Katzen für mindestens ebenso viel Geduld und Nachsicht, wenn ich mich mal wieder nicht vom Skript loseisen konnte. Bei meinen Freunden und Freundinnen – okay, vielleicht erkennt doch jemand von euch kleinere Facetten von sich wieder, die ich mir für den ein oder anderen Charakter geklaut habe – genau wie mir das ein oder andere Erlebnis während jener Schottlandreise, mit der alles anfing, als Nährboden meiner Fantasie diente.

Last but not least gilt mein Dank natürlich *herself,* für *Jesus H. Roosevelt Christ!*, für Jamie und Claire, für Murtagh, Lord John und all die anderen im *Outlander*-Universum, und für all die Bücher, die aus ihrer Feder hoffentlich noch folgen werden: Liebe Diana Gabaldon, danke!

Oh, und falls ihr das bitte jemand ausrichten könnte, oder wenn jemand zufällig einen Draht zu Caitriona Balfe, Sam Heughan, John Hunter Bell, Duncan Lacroix oder den anderen Hauptdarstellern hat – ich würde mich sehr über eine persönliche Begegnung freuen, natürlich rein aus beruflichem Interesse. Das habe ich mit Janne gemeinsam: Wir sind von Haus aus sehr seriöse Kulturredakteurinnen.

Wie der Nachmittag im Hotel in Edinburgh endete? Natürlich nicht im Hotel! Nach einem fantastischen Dinner mit Überraschungsgästen bestanden ein paar Darsteller einer hier bereits beiläufig erwähnten Serie darauf, Meike und mich auf einen privaten Absacker in den Pub um die Ecke einzuladen. Es wurde ein wunderschöner, sehr langer und unvergesslicher Abend – und ein geruchsfreies Hotelzimmer bekamen wir später auch.